CATHERINE MANN

Au creux de ses bras

Passions

HARLEQUIN

Collection : PASSIONS

Titre original : FOR THE SAKE OF THEIR SON

Traduction française de FLORENCE MOREAU

HARLEQUIN

83-85, boulevard Vincent-Auriol, 75646 PARIS CEDEX 13.

Service Lectrices — Tél. : 01 45 82 47 47

www.harlequin.fr

ISBN 978-2-2803-2924-8 — ISSN 1950-2761

Au creux de ses bras

Un mariage chez les Camden

- 1 -

Toute sa vie, Elliot Starc avait affronté le danger : enfant, il avait subi la violence physique de son père, et aujourd'hui, avec sa double casquette de coureur automobile de Formule 1 et d'agent d'Interpol, il avait placé son existence sous le signe du risque.

Mais jamais encore il n'avait été enlevé ! Et surtout pas au beau milieu d'une fête, en l'occurrence celle que donnait son meilleur ami à l'occasion de l'enterrement de sa vie de célibataire.

Fou de rage, il luttait pour reprendre complètement conscience, quand il se rendit compte qu'il était menotté. Abasourdi, il essaya de se libérer tout en s'efforçant de recouvrer ses esprits. Il se rappelait qu'il y avait encore peu, il était à Atlanta, en Géorgie... Que s'était-il donc passé pour qu'il se retrouve avec des menottes aux poignets et un bandeau sur les yeux ? Comme le lui indiquait son odorat, il était assis à l'arrière d'une voiture qui fleurait bon le cuir et le luxe. Son ouïe lui procurait également quelques pistes : le moteur ronronnait comme un chat endormi, signe qu'il était parfaitement entretenu. Le bruit sec d'une canette de soda qu'on ouvre avait retenti quelques instants plus tôt dans l'habitacle, et une musique de fond très ténue, provenant sans doute d'un casque à écouteurs, lui parvenait.

— Il est réveillé, murmura une voix d'un ton si bas qu'il ne parvint pas à l'identifier.

— Et zut ! renchérit une autre voix, sur le même ton.

— Hé ! hurla alors Elliot...

Mais il réussit surtout à produire un son rauque et étouffé. Il s'éclaircit la voix et recommença.

— Pouvez-vous me dire ce qui se passe, nom de Dieu ? Nous pouvons parler rançon si...

Un long bourdonnement s'ensuivit, et il comprit que l'on était en train de remonter une vitre de séparation. Puis tout retomba dans le silence, et il se retrouva dans l'impossibilité de crier leurs quatre vérités aux occupants de cette...

Cette quoi, exactement ? Etait-ce vraiment une limousine ? Qui pouvait bien enlever quelqu'un dans un véhicule de luxe ? C'était insensé.

Dès qu'ils s'arrêteraient, menotté ou non, il passerait à l'offensive. Il était rompu à des techniques d'autodéfense redoutables et saurait recourir efficacement à ses pieds, ses épaules, tout le poids de son corps. Il voulait bien être pendu s'il ne sortait pas la tête haute d'une bagarre, même dans des conditions extrêmes.

Vingt minutes plus tôt, ils avaient quitté l'autoroute, ainsi que son oreille exercée l'avait perçu, et ils devaient rouler à présent sur une route de campagne. Seulement, aucun indice sonore ne permettait d'estimer s'ils se dirigeaient vers le Nord, le Sud ou l'Ouest. Ils pouvaient tout aussi bien se trouver en Floride qu'au Mississippi ou en Caroline du Sud, et Dieu sait s'il avait des ennemis aux quatre coins de la planète, que ce soit en raison de sa fonction au sein d'Interpol ou de ses triomphes en Formule 1.

Sans compter toutes les ex-petites amies qui lui en

voulaient… Il fronça les sourcils. Il avait grandi en Caroline du Sud, et de nombreux souvenirs douloureux étaient attachés à cet Etat. Son seul rayon de soleil avait été Lucy Ann Joyner, et il avait réussi à tout gâcher…

Assez ruminé, il devait se concentrer sur le présent ! Le soleil commençait à percer sous son bandeau, provoquant des taches de couleur pareilles à des éclats de verre sous la lumière.

Une chose était certaine : la voiture possédait de remarquables amortisseurs, sinon il aurait été complètement ballotté sur cette route cahoteuse.

Il serra les dents. Il n'arrivait toujours pas à comprendre comment il avait pu être enlevé alors que la fête de son ami Rowan Boothe, organisée dans un casino d'Atlanta, touchait à sa fin. Il se souvenait à présent qu'il était allé chercher une bouteille de scotch hors d'âge au fond de la réserve, et qu'au moment où il avait voulu la prendre, quelqu'un l'avait assommé.

Si seulement il savait pourquoi on l'avait enlevé ! En voulait-on à son argent ? Ou bien avait-on découvert qu'il travaillait pour Interpol ? Dans ce cas, les voyous allaient-ils compromettre son réseau ?

Jusque-là, il avait su tirer parti du meilleur de la vie et prendre une revanche sur son enfance désastreuse. Depuis près d'un an cependant, il nourrissait un affreux remords, concernant la façon dont l'amitié de toujours qui le liait à Lucy Ann s'était brisée. Ce terrible événement l'avait dévasté, bien plus que lorsqu'il était sorti du circuit du Grand Prix d'Australie l'année dernière et que…

La voiture pila, et il dut prendre fermement appui sur ses pieds pour ne pas être projeté en avant. Il s'efforça de rester calme afin que ses ravisseurs pensent qu'il s'était rendormi.

Mais au fond de lui, tout son être était prêt à passer à l'offensive. Ses missions pour Interpol lui avaient appris à rester constamment sur ses gardes, prêt à passer à tout moment à l'action, et sa carrière de coureur automobile avait aiguisé ses réflexes. Il ne se rendrait pas sans lutter jusqu'au bout.

Depuis qu'il avait réchappé de son enfance misérable, il s'était toujours efforcé de conjurer le sort. Adolescent, il avait évité de justesse le centre de détention pour mineurs, et avait finalement atterri dans une école de redressement militaire, où il avait lié des amitiés pour la vie avec un groupe de jeunes adolescents en rupture de ban. De jeunes écorchés vifs que la vie avait contraints, comme lui, à contourner les lois, alors qu'ils possédaient par ailleurs un sens aigu de la justice. Chacun avait ensuite suivi une voie différente, mais ils étaient toujours restés en contact, par amitié, mais aussi en raison de leurs missions d'agents occasionnels pour Interpol. Encore que ses amis ne lui avaient été d'aucun secours, quand on l'avait kidnappé à quelques mètres d'eux sans qu'ils s'en aperçoivent. C'était un comble !

La porte de la voiture s'ouvrit, et il sentit qu'on se penchait vers lui. Il éprouva alors une curieuse impression, celle de connaître la personne qui se tenait près de lui. Et, tandis qu'il se démenait intérieurement pour élucider le mystère avant qu'il ne soit trop tard, son bandeau lui fut inopinément retiré.

La voiture était bien une limousine, comme il s'en était douté, constata-t-il en premier lieu. En revanche, l'identité de ses ravisseurs le plongea dans la plus grande stupéfaction…

— Salut, Elliot ! lança Malcolm Douglas, son vieil ami de lycée, qui lui avait précisément demandé d'aller chercher la fameuse bouteille de whisky, à la fête. Le réveil n'est pas trop difficile ?

Conrad Hughes, un autre fichu traître d'ami, lui tapota le visage.

— Tu m'as l'air tout à fait réveillé.

Elliot réprima un juron : il avait été enlevé par ses propres camarades !

— Quelqu'un veut bien me dire ce qui se passe ?

Il plissa les yeux et considéra Conrad et Malcolm qui avaient fait la fête avec lui jusqu'à minuit passé, au casino. Ils baignaient à présent dans la lumière du soleil matinal, qui inondait aussi les chênes dont les solides branches se déployaient derrière eux. La brise portait les fragrances du jasmin typique de la Caroline du Sud. Pourquoi l'avait-il amené ici ?

— Eh bien ? insista-t-il, devant le silence persistant de ses amis. Vous comptez me faire savoir ce que vous tramez, nom d'un chien ?

Il avait du mal à contenir sa colère, à se retenir de botter le derrière de ces sombres plaisantins.

— J'espère sincèrement que vous avez une bonne raison de me conduire au beau milieu de nulle part, poursuivit-il.

Conrad lui donna alors une tape sur l'épaule.

— Tu vas comprendre très vite, professa-t-il sur un ton mystérieux.

Elliot parvint à s'extraire de la voiture, ce qui n'était pas chose aisée quand on était menotté ! Ses chaussures s'enfoncèrent alors dans le sol bourbeux, les cailloux et la poussière : ils se trouvaient au cœur d'une forêt touffue de pins et de chênes.

— Dépêchez-vous de m'expliquer votre petite farce, ou je vous fais la peau, prévint-il.

Malcolm s'adossa alors à la limousine noire.

— Heureusement qu'on ne t'a pas retiré les menottes ! Continue comme ça, et on jette la clé quelque part dans cette jungle.

— Ce n'est pas drôle, répondit Elliot en serrant les mâchoires. Je ne comprends plus rien… N'est-ce pas le futur marié à qui les invités sont censés faire des farces ?

Un sourire éclaira le visage de Conrad.

— Sois sans inquiétude. A l'heure qu'il est, Rowan devrait être réveillé et avoir découvert son nouveau tatouage.

Elliot brandit ses mains menottées.

— Dans ces conditions, pouvez-vous m'expliquer pourquoi vous m'avez ligoté ? Ce n'est pas moi qui me marie !

Et d'ailleurs, cela ne lui arriverait jamais !

Malcolm se redressa, puis indiqua un sentier qui s'enfonçait dans la futaie parsemée de magnolias s'étirant vers le ciel.

— Au lieu de t'expliquer la situation, nous allons te la montrer, répondit Malcolm. Viens avec nous.

Comme s'il avait le choix ! De toute évidence, ses amis nourrissaient des intentions bien précises qu'ils comptaient bien mettre à exécution.

Il le reconnaissait, depuis sa rupture avec Gianna, il était d'une humeur massacrante. Enfin, pour être honnête, cette mauvaise disposition remontait à plus longtemps, très exactement à la démission de Lucy Ann, son assistante personnelle depuis toujours, laquelle était du même coup sortie de sa vie pour de bon.

Décidément, il avait bien besoin d'évacuer sa frustration, de se mettre au volant d'un bolide et de foncer… n'importe où.

Alors qu'ils avançaient dans le sous-bois, il sentit son sang se mettre à battre plus fort dans ses veines, alors qu'une impression de déjà-vu le submergeait. La nature s'était étoffée, depuis qu'il s'y était rendu pour la dernière fois, mais ce lieu lui était bel et bien familier. Il était chez lui. Ou plutôt, sur les terres qui avaient représenté tout son univers, quand il était un malheureux enfant livré à la tyrannie d'un père alcoolique. Cette petite bourgade agricole de Caroline du Sud, dans les environs de Columbia, avait été baptisée la « Terre de Dieu ».

Mais pour Elliot, elle s'apparentait plutôt à un coin d'enfer, même si, aujourd'hui, elle resplendissait de soleil.

Ils débouchèrent dans une clairière, où il aperçut un chemin de terre qui lui était bien connu avec, au bout, une cabane masquée en partie par un chêne centenaire. Enfant, il avait passé des heures à jouer sous ses frondaisons, et aurait aimé ne jamais quitter cet endroit, véritable havre de paix comparé à son foyer.

Il venait s'y réfugier avec Lucy Ann Joyner, dont la tante possédait la propriété. Tous deux adoraient ce sanctuaire, à quelques mètres de la ferme, et ne manquaient jamais une occasion de venir y passer quelques heures. Pourquoi ses vieux amis l'avaient-ils contraint à ce retour aux sources ?

Des branches craquèrent soudain, et un grincement attira son regard… Une balançoire était suspendue à une solide branche, oscillant sous les mouvements que lui imprimait la femme assise dessus et qui leur tournait le dos.

Soudain, il se figea, glacé.

Il venait de comprendre le but du voyage. Ses amis le contraignaient à une confrontation avec Lucy Ann, onze mois après les événements, puisque l'un comme l'autre étaient bien trop têtus pour faire le premier pas.

Savait-elle qu'il allait venir ? Sa gorge se noua d'émotion à l'idée qu'elle était peut-être à l'initiative de leur démarche, et qu'elle était revenue sur sa décision de couper les ponts. Mais dans ce cas, pourquoi ses amis ne l'avaient-ils pas déposé tout simplement devant chez elle ?

Il sentit son ventre se contracter violemment à la pensée de la revoir…

Pour l'instant, il se contentait de la regarder, comblé, comme la terre craquelée absorbait abondamment la pluie bienfaitrice. Il laissa ses yeux courir sur son dos si gracieux, sur ses cheveux châtain clair qui ondoyaient sur ses épaules, au moindre de ses mouvements. Comment avait-il pu vivre loin d'elle pendant onze mois ? Son amie de toujours avait comme bondi hors de sa vie, après une nuit brûlante qui avait tout détruit sur son passage.

Peu désireux de la brusquer, il lui avait laissé le temps de reprendre contact avec lui, mais il avait attendu en vain : elle ne lui avait jamais redonné de ses nouvelles. En l'espace d'une journée, la personne à qui il accordait la plus grande confiance l'avait balayé de son existence. Personne n'avait jamais été aussi intime avec lui, pas même ses amis de l'école de redressement militaire. L'histoire qui l'unissait à Lucy Ann, le lien unique qui les rattachait l'un à l'autre, dépassait la notion d'amitié telle qu'on la concevait habituellement.

Du moins l'avait-il toujours cru…

Comme attiré par un aimant, il se rapprocha de la balançoire sans faire de bruit, les mains toujours menottées, le regard rivé à elle. Sa nuque évoquait en lui des souvenirs olfactifs de jasmin, et la façon dont sa robe glissait sur l'une de ses épaules lui rappelait les années où elle portait les vêtements de seconde main, donnés par les voisins.

La corde tirait sur la branche, chaque fois qu'elle donnait un petit coup sur le sol. Tout à coup, une bourrasque de vent fit tourner la balançoire…

Il s'immobilisa, manquant de trébucher.

Oui, c'était bien Lucy Ann !

Elle fixa sur lui de grands yeux ahuris, sous le choc. Il comprit aussitôt que, tout comme lui, elle n'était au courant de rien et qu'elle n'était donc pas la commanditaire de son enlèvement ! Mais il n'eut pas le temps de se remettre de sa déception, rattrapé par la réalité : un nourrisson était recroquevillé dans les bras de Lucy Ann. Il était enveloppé dans une couverture en laine bleue et lui tétait le sein !

D'instinct, Lucy Ann serra son petit garçon contre son cœur, incapable de détacher les yeux d'Elliot Starc, son ami d'enfance et son ancien patron. *Qui se trouvait aussi être son amant d'une nuit, et le père de son enfant.*

Des centaines de fois, elle avait imaginé la scène où elle lui annoncerait pour leur fils, mais jamais elle ne s'était figuré un scénario où Elliot sortirait de nulle part, et menotté, qui plus est ! De toute évidence, il n'avait pas prévu de venir la voir. Elle avait tenté le destin en attendant si longtemps pour lui confesser la vérité, et quand elle s'était enfin sentie prête, il avait joué aux disparus, et elle n'avait pas pu le retrouver.

Mais, à présent, ils ne pouvaient plus s'éviter.

Une partie d'elle avait envie de s'élancer dans les bras d'Elliot et de faire confiance à l'amitié qu'ils avaient partagée autrefois et construite précisément ici, dans cette ferme de Caroline du Sud. Mais ses amis derrière lui, ainsi que ses menottes qu'elle distinguait clairement, lui livraient tout ce qu'elle avait besoin de savoir : Elliot n'avait pas eu soudain d'éclair de lucidité et ne s'était pas précipité sur leur terre natale pour lui demander pardon de son comportement inqualifiable. Non ! On l'avait traîné jusqu'à elle contre son gré !

Qu'il aille au diable ! Elle aussi avait sa fierté !

Et ce fut seulement à cause de son bébé qu'elle ne partit pas en courant vers le chalet de sa tante, en haut de la colline.

Elle écarta Eli de son sein, puis rajusta sa robe. Plaçant son fils sur son épaule, elle lui tapota alors doucement le dos, incapable de détacher ses prunelles d'Elliot, s'efforçant d'évaluer son humeur.

A la façon dont ses yeux la transperçaient, elle n'allait pas pouvoir différer plus longtemps les explications. Certes, elle aurait dû le prévenir bien plus tôt, dès les premiers jours de sa grossesse, mais elle n'en avait pas trouvé le courage. Puis, apprenant par les journaux ses fiançailles avec la belle Gianna, et furieuse de constater qu'il avait si rapidement rebondi, elle avait continué à garder ses distances : il n'aurait pas non plus fallu qu'il rompe avec sa fiancée à cause d'elle. Quel goujat, tout de même ! Elle avait alors décidé de lui apprendre l'existence d'Eli une fois qu'il serait marié et qu'il ne se sentirait plus obligé de lui offrir quoi que ce soit, même si la pensée qu'il épouse cette héritière à la plastique bien trop parfaite lui avait donné la nausée.

Elliot se tenait maintenant devant elle, la dominant de sa taille imposante, ses cheveux châtain cendré fraîchement coupés. Ses épaules étaient moulées dans une chemise noire, et son jean lui tombait légèrement sur les hanches. Avec ses joues mal rasées et ses yeux verts, il ressemblait au garçon peu fréquentable qu'il avait tant voulu être, dans sa jeunesse.

Elle le connaissait par cœur, à commencer par la cicatrice qu'il avait au bras et qui était le résultat non d'une chute de vélo, comme il l'avait tout d'abord prétendu, mais des coups de ceinturon assénés par son père. Ils avaient partagé tant de secrets… et maintenant, ils avaient aussi un fils !

Sans bouger, elle détourna son regard du sien et le posa sur ses anciens camarades d'école derrière lui, le ténébreux Conrad Hughes et Malcolm Douglas, le séducteur. Bien sûr, c'étaient eux qui l'avaient traîné jusqu'ici : ces derniers temps, ces deux-là nageaient dans le bonheur conjugal et semblaient penser que chacun avait envie de faire le saut.

Comme ils étaient loin du compte !

Elle n'avait nulle intention de tremper ne serait-ce que les orteils dans ces eaux-là, et certainement pas avec Elliot, le plus grand play-boy du monde libre.

— Messieurs, auriez-vous la bonté de le démenotter, puis de vous en aller afin que lui et moi puissions discuter poliment ?

Conrad, de son état propriétaire de casinos, fourra la main dans sa poche, puis brandit une clé.

— C'est envisageable, dit-il, avant de se tourner vers Elliot et d'ajouter : Je te fais confiance pour ne pas te jeter sur nous et tenter de nous donner une correction pour la petite blague que nous t'avons jouée.

La petite blague ? Mais ils étaient en train de jouer avec sa vie, ne s'en rendaient-ils pas compte ? Elle sentit la colère sourdre dans ses veines.

Il esquissa un sourire tendu.

— Bien sûr que non. Deux contre un, je n'ai aucune chance de gagner. Et maintenant, retire-moi ces menottes. De toute façon, j'ai les bras trop engourdis pour vous frapper.

Malcolm prit les clés des mains de Conrad et ouvrit les menottes. Elliot se frictionna alors les poignets en silence pendant quelques instants, puis il tendit les bras au-dessus de sa tête.

Pourquoi fallait-il qu'au fil des ans il devienne de plus en plus séduisant ? songea-t-elle, en déplorant ne pas avoir eu le temps de se doucher depuis la veille, en raison des nuits perturbées de son fils.

Humectant ses lèvres sèches, elle s'efforça de dissiper le malaise ambiant.

— Malcolm, Conrad, je conçois tout à fait que vous ayez cru bien faire, mais il est sans doute temps pour vous de vous retirer. Elliot et moi devons discuter sérieusement.

Au même instant, Eli émit un rot sonore. Lucy Ann roula les yeux et commença à bercer son fils, gênée par le regard perçant d'Elliot sur elle.

Malcolm donna à Elliot une petite tape dans le dos.

— Tu nous remercieras plus tard, vieux.

Conrad posa sur elle un regard bienveillant.

— N'hésite pas à appeler, si tu en ressens le besoin. Et ce ne sont pas juste des paroles de politesse.

Et, sans ajouter un mot, les deux hommes disparurent

dans les bosquets aussi rapidement qu'ils en avaient surgi. Pour la première fois depuis onze mois, elle se retrouvait en tête à tête avec Elliot.

Enfin, pas tout à fait…

Elle resserra Eli contre elle, si étroitement d'ailleurs qu'il poussa un petit cri. Pauvre petit chéri ! Il ne devait surtout pas faire les frais de son bouleversement.

Elliot mit les mains dans ses poches, sans doute pour se donner une contenance.

— Depuis combien de temps habites-tu chez ta tante ?

— Depuis que j'ai quitté Monte-Carlo.

Il l'aurait su, s'il s'était donné la peine de la rechercher ! Où aurait-elle pu se réfugier, sinon ici ? Evidemment, elle avait de l'argent sur son compte épargne, ce n'était pas le problème, mais il lui avait malgré tout semblé plus sage de revenir s'installer ici, ne sachant trop ce que lui réservait l'avenir.

— Est-ce que tu gagnes ta vie ?

— Cela ne te regarde pas, répondit-elle en relevant le menton.

Après tout, grâce à ses contacts d'Interpol, il avait la possibilité de tout savoir sur elle. Mais apparemment, il n'avait pas jugé nécessaire de se renseigner, sinon, il aurait appris qu'elle était enceinte, et il se serait forcément posé des questions. Et il serait sans doute venu bien plus tôt.

— Ah bon ? reprit-il en s'avançant vers elle, un éclair de colère dans les yeux. Je pense que nous savons tous les deux pourquoi cela me regarde, même si tu assures le contraire !

— J'ai épargné beaucoup d'argent pendant toutes les années où j'ai travaillé pour toi.

Il lui versait en effet un salaire extravagant pour son poste d'assistante personnelle.

— Et puis, pour entretenir mes placements, je travaille en free-lance, précisa-t-elle. Je crée des sites Web dont j'assure aussi la maintenance. Je gagne assez pour vivre bien.

Cette petite conversation commençait à l'agacer : Elliot semblait chercher à retarder le moment où ils aborderaient le sujet du bébé qui dormait dans ses bras.

Aussi ajouta-t-elle :

— Tu as eu des mois pour te préoccuper de ces questions, mais tu as choisi le silence. Si quelqu'un a le droit d'être en colère, il me semble que c'est moi.

— Toi non plus, tu ne m'as pas appelé, pourtant, tu avais incontestablement une bonne raison d'entrer en contact avec moi.

Il posa alors les yeux sur Eli.

— C'est mon fils !

— Tu sembles bien sûr de toi.

— Je te connais, Lucy Ann. Je vois la vérité dans tes yeux, dit-il simplement.

Elle n'allait pas contester sa paternité, ç'aurait été ridicule. Elle toussota pour s'éclaircir la voix et retrouver une contenance.

— Il s'appelle Eli, déclara-t-elle. Et oui, c'est ton fils. Il a deux mois.

Elliot sortit alors les mains de ses poches.

— Je veux le prendre dans mes bras, dit-il.

Elle sentit le sol se dérober sous elle. Elle avait imaginé cet instant des centaines de fois, et voilà qu'elle allait vraiment le vivre ! Les émotions faisaient rage en elle, quand elle tendit Eli à son père, le regard attaché à ce dernier. Le visage d'Elliot était impénétrable, elle était incapable de savoir ce qu'il ressentait, ce qui était d'autant plus étrange qu'ils avaient toujours été sur la même longueur d'onde, capables de deviner la pensée de l'autre sur un simple regard, de terminer sa phrase à sa place.

Et voilà que désormais, il était comme un étranger pour elle !

Le visage pâle, Elliot tenait son fils dans ses larges mains habiles, l'une enveloppant les fesses du bébé et l'autre maintenant délicatement sa nuque, tandis qu'il admirait ses traits. Eli portait sa grenouillère de nuit bleu foncé, ses petits cheveux blonds brillant sous le soleil qui filtrait entre les branchages. Le moment était féerique, et pourtant, ils n'étaient pas dans un conte de fées. Elle sentit son cœur se serrer en songeant à ce que cet instant aurait pu être. Aurait dû être.

Finalement, Elliot leva les yeux vers elle. Le masque tombé, son regard était empli d'un chagrin déchirant. Elle vit sa pomme d'Adam monter et descendre rapidement.

— Pourquoi m'as-tu tenu éloigné de… d'Eli ?

Un sentiment de culpabilité la submergea immédiatement. De frustration, aussi ! Elle avait essayé de reprendre contact avec lui, mais sans vraiment insister. Question de fierté, sans doute… Comme ce genre d'excuse lui semblait vaine, désormais !

— Tu étais fiancé à une autre. Je ne voulais pas contrarier tes projets.

— Donc, tu ne comptais pas me le dire ?

A en juger par la tonalité rauque qu'avait prise sa voix, il semblait avoir du mal à le croire. Il dévorait son fils du regard, lequel dormait paisiblement contre son torse, confiant.

— Bien sûr que si ! protesta-t-elle. Mais j'attendais que tu sois marié.

Nerveuse, elle essuya ses mains moites à sa robe.

— Je ne voulais pas qu'on m'accuse d'avoir fait fuir le grand amour de ta vie.

Certes, elle avait bien conscience du cynisme de ses propos, mais il l'avait cherché !

— Cela fait des mois que j'ai rompu avec Gianna, et j'imagine que les journaux te l'ont appris. Pourquoi n'as-tu pas cherché à reprendre contact avec moi depuis ?

Touché ! Sa première impulsion fut de fuir, mais il tenait son fils dans les bras ! Et puis, même si elle rechignait à se l'avouer, Elliot lui avait manqué. Leurs vies avaient été si entremêlées jusque-là que ces onze mois avaient été comme un sevrage difficile.

— Soit tu ne répondais pas au téléphone, soit ton nouvel assistant n'était pas en mesure de me dire où tu étais, répondit-elle alors.

Elle en avait tout d'abord conçu une grande rage, puis elle avait fini par s'inquiéter, étant donné ses missions sporadiques pour Interpol et compte tenu de son esprit d'aventurier.

— Tu as dû renoncer assez rapidement, Lucy Ann. Il te suffisait de téléphoner à l'un de mes amis.

Il plissa les yeux.

— Tiens, mais peut-être l'as-tu fait, finalement ? Ce qui expliquerait pourquoi ils m'ont amené ici, aujourd'hui…

A maintes reprises, elle avait envisagé d'appeler ses amis, mais elle s'était toujours ravisée, refusant de passer pour une manipulatrice. Elle préférait lui annoncer la nouvelle directement. Et elle se promettait toujours de le faire bientôt.

— J’aurais aimé te répondre par l’affirmative, mais ce n’est pas le cas, je suis désolée. L’un d’eux a dû finir par prendre des renseignements sur moi, même si toi tu n’en as pas vu l’utilité.

Voici qu’elle devenait amère… C’était nouveau, ce ton, entre eux. Totalement étrange, aussi.

Il arqua un sourcil.

— Il s’agit d’Eli, pas de nous deux, trancha-t-il.

— « Nous deux » ? répéta-t-elle avec dérision. Cette notion n’a plus lieu d’être.

Elle effleura le bras de son fils : elle avait sacrément envie de le lui reprendre !

— Tu as mis fin à tout ce qui a pu exister entre nous quand tu as fui, paniqué, après la nuit complètement irresponsable que nous avions passée ensemble.

— Je n’ai pas fui, protesta-t-il.

— Excuse-moi si j’ai porté atteinte à ton ego tout-puissant, ironisa-t-elle en croisant les bras.

Et brusquement, elle se sentit ramenée des années en arrière, quand ils se disputaient pour savoir si le ballon était ou non hors jeu.

Il poussa un soupir, puis regarda en direction de la clairière.

Comme lui, elle avait entendu le moteur de la limousine se mettre en route, puis se dissiper au fur et à mesure que le véhicule s’éloignait…

Il tourna de nouveau les yeux vers elle.

— Ce genre de discussion ne va nous mener à rien, déclara-t-il. Il faut que nous parlions entre gens raisonnables de l’avenir de notre enfant.

Oui, ils devaient s’expliquer, c’était indéniable ! Seulement, submergée par l’émotion, elle n’arrivait pas à réfléchir. D’autorité, elle reprit Eli.

— Remettons la conversation à demain, décréta-t-elle, quand nous serons moins perturbés.

— Et comment puis-je être sûr que tu ne vas pas disparaître dans la nature avec mon fils ? objecta-t-il en lui rendant Eli avec réticence.

Son fils.

La possessivité affleurait dans sa voix, alors qu'il venait tout juste de faire la connaissance d'Eli !

Elle plaça ce dernier sur son épaule, et l'odeur familière de sa lotion pour bébé la rassura, tout comme la sensation de la peau toute douce de ses joues potelées contre son cou. Elle devait impérativement gérer ses sentiments pour Elliot, car rien ni personne ne pourrait s'interposer entre elle et son bébé.

— Je me suis occupée de lui depuis sa naissance, Elliot, alors que toi, tu n'as jamais cherché à te rapprocher de nous. Et même aujourd'hui, c'est contraint et forcé que tu es venu jusqu'à nous. Menotté par tes propres amis ! Cela en dit long, tu ne crois pas ?

Il passa derrière elle et posa la main sur la corde de la balançoire. Sa démarche féline l'avait toujours fascinée, le moindre de ses pas contrôlé, alors qu'il était constamment sur la brèche, en train de flirter avec le pire.

Sa peau vibra soudain au souvenir de ses caresses, le vent charriant dans son sillage un soupçon d'après-rasage et de musc.

Elle s'éclaircit la voix.

— Elliot, je pense vraiment que tu devrais…

— Lucy Ann, l'interrompit-il, au cas où tu ne t'en serais pas aperçue, mes amis sont partis et m'ont laissé ici. Seul. Sans voiture.

Il se pencha un peu plus, tenant toujours la corde

pour maintenir son équilibre, et elle sentit presque le frôlement râpeux de sa barbe de deux jours contre sa joue.

— Aussi, que nous parlions ou pas, tu es obligée pour l'instant de supporter ma présence.

- 2 -

Elliot faisait de gros efforts pour garder son calme, en dépit de la frustration qui l'accablait. A l'idée que Lucy Ann lui ait caché sa grossesse, son fils, il sentait le sol se dérober sous ses pieds… Durant l'année qui venait de s'écouler, il n'avait jamais perdu l'espoir que tout finirait par s'arranger entre eux, car leur amitié l'avait toujours aidé à traverser les pires moments de sa vie.

Mais maintenant, il savait qu'ils ne pourraient pas faire machine arrière, effacer ce qui s'était passé cette nuit-là. Entre eux, les choses avaient changé de manière irrévocable.

Désormais, ils avaient un enfant ensemble, un petit garçon qui se trouvait là, juste à côté de lui… Il sentit sa main se crisper sur la corde. Son amie de toujours avait de nombreuses qualités, mais elle était aussi très entêtée. S'il commettait le moindre faux pas, elle risquait de se braquer.

Aussi se devait-il de maîtriser la colère qu'il sentait monter en lui quand il pensait à tout ce qu'elle lui avait caché. Plus d'une fois dans sa vie, garder la tête froide lui avait permis de rester sur le circuit, lors d'une course. Jamais l'enjeu n'avait été aussi important qu'aujourd'hui, et même s'il se sentait terriblement floué, il ne pouvait se permettre de le montrer.

La vie ne lui avait-elle pas appris qu'il valait mieux masquer ses émotions les plus sombres ?

Aussi préféra-t-il attendre, guettant les réactions de Lucy Ann sur son visage. La brise jouait dans ses cheveux, ramenant une mèche sur sa joue. Il sentait son cœur cogner violemment.

— Eh bien, Lucy Ann, finit-il par demander avec douceur, qu'est-ce que nous allons faire ?

Il vit ses pupilles s'élargir dans ses prunelles brun or, trahissant les questions semblables qu'elle se posait… Brusquement, elle se leva de la balançoire, et il lâcha la corde pour ne pas perdre l'équilibre.

— Rentrons ! ordonna-t-elle en s'élançant dans l'allée qui menait à la maison.

Les cailloux crissèrent sous ses pieds quand il lui emboîta le pas.

— Où est ta tante ? demanda-t-il.

— Au travail.

Quelques instants plus tard, Lucy Ann gravissait les marches qui conduisaient au balcon du chalet. Il remarqua alors les marques de l'érosion sur la balustrade en séquoia.

— Elle est toujours serveuse à la Pizza Shack.

— Tu lui envoyais pourtant de l'argent, non ?

Il était en effet tombé par hasard sur une transaction bancaire, ou peut-être son comptable avait-il fait en sorte qu'il s'aperçoive qu'elle versait presque tout son salaire à sa tante.

— Tout à fait, mais il se trouve que tante Carla ne l'a jamais utilisé, se contenta de répondre Lucy Ann en ouvrant la porte qui donnait dans le salon.

Rien n'avait changé : il y avait toujours le canapé marron qui s'affaissait en son milieu, les mêmes figurines en porcelaine un peu poussiéreuses. Carla ne manquait jamais un vide-grenier, car elle n'avait pas les moyens de s'offrir du neuf.

Enfants, ils avaient souvent trouvé refuge dans cette maison. Adolescents, ils y avaient imaginé des plans de fuite pour échapper à leurs foyers respectifs…

— Ta tante est pétrie de fierté, tout comme toi, dit-il alors en revenant à leur conversation.

— C'est faux. Moi, j'ai accepté le travail que tu me proposais.

Elle déposa Eli dans un couffin, près du canapé.

— Tout en préparant un diplôme en informatique, observa-t-il.

Il avait toujours admiré sa détermination et son ambition. Elle qui savait si bien creuser son sillon, pourquoi l'avait-elle fui quand elle était enceinte ? Elle n'avait tout de même pas eu peur de l'affronter, ils se connaissaient trop bien pour qu'une telle éventualité soit imaginable…

Ses cheveux ondoyèrent quand elle se pencha sur le berceau, et le tissu de sa robe glissa sur ses hanches. Il sentit son regard s'attarder sur ses nouvelles courbes.

Lucy Ann se redressa alors et se planta devant lui.

— Bon, tu comptes continuer à me faire la conversation longtemps comme ça ? Si tu ne veux pas appeler de taxi, je peux te conduire moi-même en ville.

— Je n'irai nulle part, la prévint-il.

Elle fronça les sourcils.

— Je pensais que nous avions convenu de discuter demain.

— C'est toi qui as décidé ça. Moi, je n'ai pas dit que j'étais d'accord.

Il s'assit alors sur l'accoudoir du canapé, se gardant

bien de s'installer au milieu, car Dieu sait jusqu'où il se serait enfoncé.

— J'avais cru que…

Elle s'interrompit et regarda autour d'elle, comme si elle espérait que les figurines allaient l'aider. Mais elles demeuraient silencieuses.

— En fait, tu voulais juste entrer dans la maison ! ajouta-t-elle d'un ton accusateur.

Il plaidait coupable !

— C'est le meilleur endroit pour discuter de l'avenir, sans que des fans surgissent de manière impromptue. Je te rappelle que nous sommes au pays de la NASCAR, entre cousins. Ce n'est pas l'univers de la Formule 1, où tout est bien policé.

Il leva les mains et ajouta :

— En outre, mes charmants amis m'ont abandonné ici sans portefeuille.

Elle poussa un petit cri.

— Tu plaisantes, j'espère ?

— Si seulement…

Ils avaient dû le lui dérober quand il était inconscient. De nouveau, il s'efforça de juguler l'élan de colère qui le traversa à l'idée d'avoir été manipulé de la sorte, sans le moindre avertissement.

— Pourquoi t'ont-ils fait ça ? *Nous* ont-ils fait ça ? corrigea-t-elle en s'asseyant sur l'autre accoudoir.

— Sans doute parce qu'ils nous connaissent bien, et savent que nous sommes aussi entêtés l'un que l'autre.

Il la considéra attentivement, tâchant de décrypter ses pensées, mais il ne vit que de la fatigue et de légers cernes sur son visage aux traits délicats.

— Est-ce que tu aurais fini par me dire, un jour, que nous avions un enfant ?

— Tu me l'as déjà demandé, et je t'ai répondu que oui, dit-elle en haussant les épaules.

Il lui posa alors la question qui le tourmentait le plus :

— Comment puis-je en être sûr ?

Elle secoua la tête.

— Ce n'est pas une question de certitude, mais de confiance.

Il eut un petit sourire.

— Toi comme moi n'accordons pas facilement notre confiance, commenta-t-il, pensif.

Pourtant, à présent qu'il était ici, face aux nouvelles réalités de sa vie, il lui était facile de prendre une décision. Aussi poursuivit-il :

— Je veux que toi et Eli veniez avec moi, juste pour quelques semaines, le temps que nous décidions de l'avenir.

— Non, rétorqua-t-elle en croisant les bras.

— Allez, Lucy Ann, ne fais pas ta mauvaise tête ! Prends le temps de réfléchir à ma proposition avant de la refuser de façon si catégorique.

— Très bien, je réfléchis…

Elle se tapota la tempe plusieurs fois, l'air songeur, avant de laisser retomber sa main.

— Désolée, mais c'est toujours non.

Quelle espiègle ! pensa-t-il. L'esprit et l'audace de Lucy Ann lui avaient mis plus d'une fois du cœur au ventre, et ils lui avaient fait cruellement défaut depuis qu'elle était sortie de sa vie sur un coup de tête.

Mais il avait manqué encore bien plus en ignorant l'existence de son fils !

— Je ne pourrai jamais revivre les deux premiers mois de la vie d'Eli, commença-t-il. Il faut que tu m'accordes une compensation.

Elle secoua tête.

— Qu'est-ce que tu envisages, Elliot ? Emmener le bébé en tournée ? Tu n'es pas sérieux.

— Au contraire ! affirma-t-il.

Il n'avait nulle intention de repartir sans eux. Hors de question pour lui de simplement lui donner de l'argent et de s'en aller.

— Bon, laisse-moi te rafraîchir la mémoire, Elliot. Nous sommes au milieu de la saison des courses de F1, articula-t-elle lentement, comme lorsqu'ils étaient enfants et qu'elle lui faisait réciter ses tables de multiplication. Tu vas travailler, voyager, être entouré par toute une équipe. J'ai vécu dans cette atmosphère pendant des années, je sais que ce n'est pas un environnement adapté à un bébé.

Evidemment, elle était toujours aussi maligne. Il devait trouver un argument choc, une façon de contourner ses objections.

— Parce que je n'en avais pas encore, rétorqua-t-il. Mais maintenant que la situation a changé, nous pouvons tout à fait nous organiser autrement. D'autres pilotes amènent leur famille sur les circuits.

Il se laissa glisser délicatement sur le canapé et se rapprocha d'elle.

— J'ai toutes les raisons du monde d'introduire du changement dans ma vie, poursuivit-il. Et c'est l'occasion ou jamais de t'en faire la démonstration.

Elle se mit à tortiller sa jupe avec nervosité, tout en rivant sur lui ses yeux mordorés. Un instant, il crut l'avoir emporté, mais c'était mal la connaître.

— C'est peine perdue d'espérer que quelqu'un change, lui asséna-t-elle.

— Pourquoi être si pessimiste, Lucy Ann ? demanda-t-il en posant sa main sur la sienne, pour en apaiser le léger tremblement. Le mieux qui puisse arriver, c'est que ça marche. Nous trouverons une solution pour être de bons parents, malgré le décalage horaire. Tu te souviens comme on s'amusait bien, toi et moi ? Tu me manques, tu sais.

De son pouce, il se mit à lui caresser le poignet et constata que, sous sa peau douce, son pouls battait comme un oiseau fou. Il avait fait l'impossible pour l'oublier. En vain. Par ailleurs, il avait été injuste envers Gianna en lui laissant penser qu'il était libre. Ah, il nourrissait tant de regrets !

— Lucy Ann…

Elle retira vivement sa main.

— Arrête, Elliot. Je t'ai vu séduire quantité de femmes au cours de nos années de collaboration, ton petit jeu ne marche pas avec moi. Alors cesse de me baratiner !

— Je me sens offensé, déclara-t-il d'un ton mélodramatique en posant la main sur son cœur.

En réalité, il voulait lui cacher la cruelle déception qu'elle venait de lui infliger.

— Tu imagines que je vais te croire ? rétorqua-t-elle. Il est onze mois trop tard pour jouer les innocents.

— Tu te trompes, je t'assure.

— Assez joué ! décréta-t-elle en se mettant debout. Nous avons tous les deux besoin de nous ressaisir et de réfléchir. Nous reprendrons cette conversation plus tard.

— D'accord, tu as raison, concéda-t-il.

Et il se cala au fond du canapé, étendant ses bras sur le rebord du dossier.

— Qu'est-ce que tu fais ? demanda-t-elle sèchement.

Il s'empara de la télécommande posée sur la table basse et se cala sur le sofa défoncé.

— J'essaie de trouver une place confortable.

— Pourquoi, au juste ?

Allumant la télévision, il se mit à zapper.

— Si je dois rester ici jusqu'à ce que tu sois en mesure de discuter avec moi, autant que je trouve de bonnes chaînes pour me divertir en attendant. Est-ce qu'il y a de la bière dans le frigo ? Non, remarque, il est encore un peu trop tôt. Un café, peut-être ?

— Ça suffit, Elliot ! trancha-t-elle en lui arrachant la télécommande des mains. Je ne sais pas à quel petit jeu tu joues, mais je te conseille d'arrêter. Comme tu ne sembles pas avoir compris, je te le répète : va-t'en et reviens plus tard ! Tu peux utiliser ma voiture, si tu veux.

Sans tenir compte de ce qu'elle venait de lui dire, il reprit la télécommande et se remit à zapper, les yeux rivés à l'écran plat.

— Merci pour ta générosité, mais je viens juste de faire la connaissance de mon fils et je n'ai pas l'intention de le quitter si vite. Tu me fais un café ?

— N'y compte pas !

— Je le prendrai sans sucre, ni lait. Noir, ce sera parfait.

— Elliot, cesse de faire l'enfant ! Je ne vais pas te préparer de café et tu ne vas pas rester ici !

Il reposa alors la télécommande, un sourire aux lèvres.

— Dans ces conditions, c'est toi qui vas venir avec moi. Et j'en suis ravi.

— Tu es fou, Elliot. Tu le sais, n'est-ce pas ?

— Oui, tu ne m'apprends rien, ma chérie. J'ai dû

subir trop de secousses, au volant de mon bolide, dit-il en se levant. Inutile de faire ta valise.

— Pardon ?

— Ne prends pas la peine de faire des bagages. J'achèterai tout ce dont tu as besoin, que du neuf ! Prenons juste quelques couches pour le petit, et en route !

Il jouait le tout pour le tout, car il avait besoin de sa présence à ses côtés. Il devait trouver un moyen de lier de nouveau leurs existences, de sorte qu'il puisse être un père, elle une mère et qu'ils mènent une vie normale.

— Arrête de vouloir contrôler ma vie ! le prévint-elle.

Elle le regarda d'un air triste et poursuivit :

— Elliot, j'apprécie tout ce que tu as fait pour moi par le passé, mais je n'ai plus besoin que tu viennes à ma rescousse.

— Aux dernières nouvelles, je ne te proposais pas de te secourir. Il s'agit plutôt… d'une association.

Puisque l'humour et l'obstination ne fonctionnaient pas, il était temps de recourir à d'autres stratégies. Ce qui n'avait rien de désagréable étant donné que l'attirance qu'ils ressentaient l'un pour l'autre était aussi tangible que l'électricité par un jour d'orage. Comme la nuit où ils s'étaient jetés tous les deux de façon impulsive sur un lit…

Il se rapprocha d'elle.

— En outre, si je me souviens bien, la dernière fois que nous nous sommes retrouvés en tête à tête, nous avons plutôt passé du bon temps. Mais au fait, maintenant que j'y pense, ni toi ni moi n'avons besoin de vêtements.

Lucy Ann recula contre le canapé dont le revêtement rugueux lui râpa les cuisses ; sa peau était hypersensible, comme si elle était revenue à la vie, face aux insinuations d'Elliot. Elle refusait de succomber de nouveau à son charme, même si elle sentait tout son corps la trahir…

Evidemment, il était beau comme un dieu. D'ailleurs, toutes les femmes de la planète pouvaient en attester, depuis qu'il avait figuré sur des publicités qui dévoilaient tous ses avantages, ou presque… Cependant, en dépit de son moment impardonnable de faiblesse, onze mois plus tôt, elle refusait de ressembler à ces millions de femmes qui se prosternaient devant lui.

Et le désir qu'elle ressentait pour lui chaque fois qu'il entrait dans la pièce où elle se trouvait n'avait qu'à bien se tenir !

Elle s'écarta du canapé, puis se mit à faire les cent pas, bien obligée de rester dans le salon où son fils dormait. Comme elle maudissait Elliot et le pouvoir de séduction qu'il exerçait sur elle et qui la tourmentait en réalité depuis leurs quatorze ans, alors qu'ils se baignaient tout nus dans la rivière, et qu'elle s'était rendu compte qu'ils n'étaient plus des enfants.

S'arrachant à ses pensées, elle se tourna pour lui faire face.

— Ce n'est ni l'endroit ni le lieu de faire des allusions sexuelles ! lui asséna-t-elle.

— Trésor, la sensualité est bienvenue à tout moment. Tout comme la nuance, la séduction.

L'humour qu'elle voyait danser au fond de ses prunelles compensait l'arrogance de ses paroles, ainsi que la position confiante qu'il avait adoptée sur le canapé, bras déployés sur le dossier.

— Si tu as l'intention de me persuader de partir, je peux t'assurer que c'est peine perdue. Tout comme il serait vain de ta part de nier que nous n'avons pas couché ensemble.

— C'est certain, dit-elle en regardant son fils.

— De la même façon, tu ne peux réfuter qu'entre nous, c'était bien. Très bien même. Plus que bien…

La voix d'Elliot était devenue rauque.

Elle tourna la tête vers lui… Son visage ne trahissait pas la moindre trace d'humour. Un frisson la parcourut : elle venait de prendre conscience du sérieux de la situation.

Déglutissant avec peine, elle se laissa tomber dans un vieux fauteuil en rotin.

— Nous avons agi sur une impulsion. Nous étions un peu éméchés, sentimentaux, et irresponsables.

Les sensations liées à cette soirée lui revinrent d'un coup, la célébration de sa victoire, un peu trop de vin, bien trop peu de vêtements…

— Cela dit, poursuivit-elle, je me refuse à regretter cette nuit ou à la qualifier d'erreur, dans la mesure où c'est grâce à ces… ces étreintes que j'ai aujourd'hui Eli. Mais je n'ai pas l'intention de recommencer l'expérience !

— Comme c'est dommage ! Quel gaspillage d'alchimie sexuelle !

— Tu veux bien arrêter, oui ? fit-elle, mains crispées sur les accoudoirs du fauteuil. Nous sommes amis depuis presque trente ans, et cela nous convenait tout à fait, jusqu'à peu.

— Es-tu en train de me dire que nous pouvons redevenir amis ? demanda-t-il. Que désormais nous ne jouerons plus à cache-cache et que nous nous dirons tout ?

Ses paroles charriaient trop de sincérité pour ne pas être dérangeantes.

— Tu déformes mes propos, lui reprocha-t-elle.

Il poussa un soupir.

— J'essaie juste de te proposer une trêve pour que nous réfléchissions à l'avenir de notre fils.

— Ah bon ? Et tu crois que le meilleur moyen d'y parvenir c'est de me demander de me déshabiller ? Visiblement, tu n'étais pas en cours le jour où la notion de trêve a été abordée !

— D'accord, je reconnais que mon allusion n'était pas fair-play, concéda-t-il.

Il se passa la main dans les cheveux et poursuivit :

— Je n'ai pas les pensées aussi claires que je le voudrais. Apprendre l'existence d'Eli a été un choc, et encore, c'est un euphémisme.

— Je comprends, dit-elle en desserrant la main de l'accoudoir auquel elle était toujours agrippée. Et je suis vraiment désolée pour la douleur que cette nouvelle a pu te causer.

— Etant donné que j'ai manqué les deux premiers mois de la vie de mon fils, le moins que tu puisses faire est d'accepter que nous passions quatre semaines ensemble. Comme tu travailles désormais en free-lance, tu pourras tout à fait emporter ton ordinateur et poursuivre tes activités. Cela dit, si reprendre les routes des circuits représente un trop grand sacrifice pour toi, je peux renoncer à cette saison.

Surprise, elle sursauta : il était prêt à risquer tout ce pour quoi il s'était entraîné si durement, prêt à remettre en cause une carrière qui était toute sa vie ?

— Et tes sponsors ? Ta réputation ?

— La balle est dans ton camp.

— Ce n'est pas juste de me lancer un tel ultimatum.

— Au contraire, je te laisse la possibilité de choisir.

Choisir, vraiment ? Elle savait l'importance que sa carrière avait pour lui. Et d'ailleurs, elle ne pouvait s'empêcher d'éprouver une certaine fierté d'avoir contribué à ses succès. Il était impossible qu'elle lui demande à présent de renoncer aux circuits.

— Très bien, dit-elle. Eli et moi allons te suivre sur les circuits pendant quatre semaines, le temps que tu trouves une solution pour gérer au mieux ton nouveau statut de père. Et tu y arriveras, je n'en doute pas, puisque tu l'emportes toujours.

Ce soir-là, pour Elliot, la victoire avait un arrière-goût d'amertume.

Il se servit un verre, au minibar de sa chambre d'hôtel. Lucy Ann et lui avaient fini par trouver un compromis : il logerait dans une maison de maître transformée récemment en hôtel, tandis qu'elle préparerait leur départ pour le lendemain. Il avait appelé un service privé de voitures, réglant au moyen de son numéro de carte bancaire qu'il connaissait par cœur.

Pendant la demi-heure où il avait attendu le véhicule, il s'était contenté d'observer son fils endormi en silence, Lucy Ann s'étant réfugiée dans sa chambre pour commencer ses bagages.

Il avait la tête qui bourdonnait encore, après cette journée si riche en émotions : il avait été assommé, puis enlevé, avant de se découvrir un fils inconnu. C'était beaucoup pour un seul homme. Il but d'un trait son verre de whisky avant de s'en resservir un deuxième et, cette fois, de prendre le temps de le savourer tranquillement sur le balcon donnant sur un jardin. De là, il recevait mieux le réseau.

S'écroulant sur une chaise en fer forgé, il s'absorba quelques instants dans la contemplation du clair de lune que lui offrait, ce soir, le ciel de Caroline du Sud. Cet Etat où il était né lui rappelait à la fois de bons et de mauvais souvenirs, et pour tout avouer, il préférait s'abstenir d'y revenir. Sortant son portable de sa poche, il coinça son oreillette Bluetooth dans son oreille et composa le 3, numéro préenregistré correspondant à celui de Malcolm Douglas.

Au bout de deux sonneries, ce dernier répondit.

— Salut, vieux ! Alors comment vas-tu ?

— A ton avis, Douglas ? J'ai une affreuse migraine et je suis à bout.

Il avait retrouvé de l'énergie, celle de la colère, à la pensée de l'incroyable tour que ses amis lui avaient joué, à la façon dont ils s'étaient amusés à ses dépens sur des questions existentielles.

— Franchement, tu aurais pu tout simplement m'informer que j'avais un fils, poursuivit-il.

Malcolm éclata de rire.

— Ce n'aurait pas été aussi drôle.

— Drôle ? Parce que pour toi il s'agit d'un jeu ? Tu es vraiment idiot !

A la pensée que ses amis avaient comploté dans son dos pendant qu'il s'amusait, sans savoir ce qui l'attendait, à l'enterrement de la vie de célibataire de Rowan, il se sentait oppressé. Ses amis et lui avaient l'habitude de se faire des farces, mais jamais de cet ordre-là.

— Depuis combien de temps étais-tu au courant ?

— Une semaine environ, répondit, sans le moindre repentir dans la voix, son ami musicien qui caracolait en tête du Top 50.

— Une semaine ? répéta-t-il d'une voix étranglée.

Sept jours qu'il aurait pu passer avec son fils.

Sept jours pendant lesquels ses amis lui avaient tu cet énorme secret. Il sentit la fureur le submerger. Ne pouvait-il donc faire confiance à personne, en ce bas monde ? Il serra si fort son verre qu'il crut un instant qu'il allait se briser.

— Et tu ne m'as rien dit, ajouta-t-il.

— Je sais que cela peut te paraître tordu, mais nous en avons discuté très sérieusement entre nous, reprit Malcolm d'une voix d'où avait disparu tout amusement. Et nous en sommes arrivés à la conclusion que cet enlèvement serait la meilleure solution, pariant sur l'effet de surprise pour désamorcer ta colère envers Lucy Ann. Si tu l'avais su à l'avance, tu te serais monté la tête contre elle pour t'avoir caché ton fils.

— Ah bon, parce que tu crois que je ne suis pas furieux ?

Il reposa son verre et le repoussa : ce soir, le whisky ne parvenait pas à l'apaiser.

— Tu as pu discuter avec elle plus sereinement que si tu avais eu le temps de ruminer. Tu es tellement entêté !

— Si je suis un tel crétin, pourquoi sommes-nous encore amis ?

— Parce que moi aussi j'en suis un, déclara Malcolm, sur un ton amusé, avant de poursuivre : Tu aurais agi de la même façon à ma place. Je sais ce que c'est de ne pas voir son enfant, de n'avoir pas pu passer de temps avec lui…

Il s'interrompit, la voix tremblante d'émotion.

Sa femme et lui sortaient ensemble depuis le lycée, et ils avaient dû faire adopter leur première fille, car ils étaient alors trop jeunes pour l'élever. Aujourd'hui, ils avaient des jumeaux, un garçon et une fille qu'ils adoraient, mais ils souffraient encore en pensant à ce bébé auquel ils avaient été contraints de renoncer, même s'ils savaient qu'ils avaient pris la meilleure décision pour lui. Malgré tout, Malcolm et Celia avaient été au courant de l'existence de leur enfant dès le début. Ce qui n'était pas son cas.

Elliot passa les mains dans ses cheveux qu'il avait dû raser suite à l'accident qu'il avait eu, juste avant Noël. Absorbé par ses pensées qui le ramenaient constamment à Lucy Ann, il avait quitté le circuit, et sa voiture s'était enflammée…

Cela lui avait juste coûté sa chevelure bouclée, mais il avait frôlé la mort.

— Je n'arrive pas à accepter qu'elle ne m'ait pas donné de ses nouvelles pendant onze mois.

— Et moi, je n'arrive pas à croire que vous ayez couché ensemble, renchérit Malcolm.

Elliot émit un grognement.

— Tu outrepasses les limites de notre amitié, à tenir de tels propos, le prévint-il.

Malcolm éclata de rire.

— Donc, tu es bien plus attaché à elle que tu ne l'as montré.

— Nous étions… amis. Amis depuis toujours, ce n'est un secret pour personne.

Lucy Ann et lui avaient partagé tant de choses qu'il était impossible d'évoquer le passé de l'un sans penser à l'autre.

— Je ne peux pas nier non plus que, l'espace d'une nuit, il y a eu soudain bien plus entre nous.

— Pourtant, tu n'as pas dû faire un tabac pour fuir à toutes jambes le lendemain.

Elliot serra les dents et résista à l'envie de jeter son oreillette Bluetooth par-dessus le balcon.

— Là, tu as franchi les bornes ! s'écria-t-il. Si tu étais en face de moi, je te collerais mon poing sur la figure.

— Je comprends, répondit Douglas en riant doucement. Mais c'est bien ce que je disais, tu tiens plus à elle qu'à n'importe quelle autre amie. Il ne sert à rien de se réfugier dans le déni, Elliot. Je t'ai percé à jour, mon vieux.

Vrai, il était vain de s'opposer à cet ami qui le connaissait si bien. Malcolm avait raison : il était très attaché à Lucy Ann, et comme chaque fois qu'il s'était épris d'une femme, la situation avait dégénéré…

Inutile de se lamenter ! S'il voulait s'en sortir et qu'Eli et Lucy Ann fassent partie de sa vie, quel que soit le titre auquel ils l'occuperaient, il devait faire davantage travailler ses neurones et tenir la bride haute à ses sentiments.

- 3 -

Lucy Ann plissa les yeux, gênée par le soleil levant qui brillait derrière les carreaux. Pour la troisième fois en vingt-quatre heures, une limousine venait de s'engager dans l'allée poussiéreuse, mais agréablement ombragée, qui menait chez sa tante. La première fois s'était produite la veille, quand Elliot était arrivé dans des circonstances rocambolesques, la deuxième fois lorsqu'il était reparti à l'hôtel. Et maintenant, il revenait.

Sa vie d'ermite était sur le point de prendre fin, pensa-t-elle avec dérision.

Sa tante Carla berçait Eli dans ses bras. Elle paraissait imperméable au passage du temps, en dépit de ses cheveux châtains grisonnants ; de fait, elle refusait de dépenser de l'argent dans des colorations. Elle avait les bras noueux et solides pour avoir exercé la profession de serveuse pendant des années, et le soleil éclatant de la Caroline du Sud avait légèrement fripé sa peau. Elle affichait surtout un éternel sourire.

C'était une femme forte et bonne, qui avait toujours été présente dans la vie de Lucy Ann. Il était vraiment dommage qu'elle n'ait pas eu d'enfants, même si elle avait chaque jour prié le ciel pour être mère.

Carla sourit à Eli qui venait d'entourer son petit doigt autour du sien.

— Vous allez me manquer tous les deux, c'est

sûr, déclara-t-elle. C'était vraiment une bénédiction d'accueillir de nouveau un bébé chez moi.

Elle avait toujours ouvert sa maison aux membres de sa famille dans le besoin. Elle ne résolvait pas les problèmes, mais en revanche, elle offrait une oasis temporaire.

Très temporaire, songea Lucy Ann en voyant la limousine se rapprocher…

— Tu es gentille de ne pas nous donner l'impression de t'avoir envahie, répondit-elle à sa tante.

Poussant son bagage à roulettes vers l'entrée, elle jeta un dernier coup d'œil aux figurines que sa tante avait collectionnées pendant toute sa vie, ainsi qu'au canapé avachi.

— Mon cœur, tu sais bien que j'aurais aimé pouvoir t'aider davantage. Aujourd'hui, mais aussi quand tu étais enfant, lui assura Carla.

Elle arpentait le salon avec Eli dans les bras. Elle portait son traditionnel jean à haute taille et un T-shirt de saison, représentant en l'occurrence un lapin de Pâques.

— Mais tu as toujours été là pour moi ! s'écria Lucy Ann, assise à présent sur son bagage, les yeux fixés sur la limousine. Et cela n'avait rien d'évident pour toi, j'en suis consciente.

— Non, je n'ai pas toujours agi comme j'aurais dû, et tu le sais comme moi.

— Tu as fait de ton mieux, et c'est ce qui compte.

Comme la mère de Lucy Ann détenait la tutelle légale sur sa fille et que les services de l'enfance ne voulaient pas croire aux plaintes de négligence portées contre elle, et encore moins aux accusations de maltraitance concernant ses divers beaux-pères, Lucy Ann n'avait pas eu d'autre solution que de se réfugier, dans les pires moments, chez Carla. Ou chez Elliot.

Allons ! Sa mère et son dernier beau-père ayant trouvé la mort lors d'une sortie en bateau, il ne servait plus à rien de ressasser.

— Je t'assure, Carla, qu'il est préférable de ne pas remuer le passé, ajouta-t-elle.

— Je me réjouis de cette philosophie, que tu as, j'espère, héritée de moi, dit Carla en tirant gentiment sur la queue-de-cheval de Lucy Ann. Si tu peux me pardonner mes défaillances, pourquoi ne peux-tu pas être aussi clémente envers Elliot ?

Bonne question ! se dit Lucy Ann en étouffant un soupir.

— Si je pouvais te répondre, je suppose que je n'aurais pas le cœur brisé, en ce moment.

Sa tante l'attira dans le creux de son bras libre, tandis que, dans l'autre, elle berçait le bébé.

— J'aimerais tant pouvoir t'être utile.

— Viens avec nous ! s'exclama tout à trac Lucy Ann. Je te l'ai déjà demandé, et je connais aussi toutes les raisons qui t'ont poussée à décliner mon offre : tu aimes ta maison, ton travail, et ton bingo hebdomadaire avec tes copines. Mais tu pourrais peut-être changer d'avis ?

Elle pencha la tête, insistante.

— Viens avec nous ! Nous formons une famille.

Carla secoua la tête.

— Ma chère enfant, il s'agit de ta vie, c'est ta seconde chance, ton aventure. Sois prudente et avisée, et n'oublie pas que tu es une femme formidable. Elliot serait vraiment le plus chanceux des hommes s'il te reconquérait.

Lucy Ann se crispa : elle se refusait à laisser ses pensées emprunter cette voie-là !

— Ce n'est pas pour cette raison que j'ai accepté de l'accompagner, répondit-elle, en prenant son fils des bras de sa tante. Il s'agit juste d'un voyage qui va nous permettre d'organiser l'avenir d'Eli, de trouver une façon de l'intégrer à la vie d'Elliot, en fonction aussi de ma nouvelle existence.

— Je te rappelle que tu as toujours occupé une place prépondérante dans sa vie.

— Oui, j'étais sa prétendue secrétaire.

Un titre qui permettait à Elliot de la rémunérer et à elle d'alléger sa mauvaise conscience ! Mais elle avait toujours vécu de façon frugale, placé son argent et en avait profité pour passer un diplôme afin d'assurer ses arrières.

Les pneus de la limousine crissèrent sur le gravier, en face de la maison.

— Tu étais sa meilleure amie et sa confidente… Et apparemment, tu as été aussi un peu plus.

— C'est-à-dire ? Dépêche-toi d'éclairer ma lanterne, car le temps presse, dit-elle en désignant du menton la porte de la limousine qui venait de s'ouvrir.

— Vous vous êtes merveilleusement entendus pendant des décennies et vous êtes visiblement attirés l'un par l'autre. Pourquoi est-ce que vous ne vous lancez pas dans une aventure plus grande encore ?

A cet instant, Elliot sortit du véhicule, faisant claquer la portière derrière lui.

Le soleil jouait dans ses cheveux cendrés, sur sa peau bronzée. Il portait un jean délavé et un polo blanc qui soulignait sa carrure impressionnante. Elle avait posé la tête sur ces épaules pendant des décennies sans la moindre arrière-pensée, et voilà qu'aujourd'hui, chaque fois que ses yeux se posaient sur lui, elle était obsédée par la sensation délicieuse de ses bras la serrant étroitement, sensuellement…

Elle détourna bien vite les yeux et regarda sa tante.

— Tu es sérieuse ? lui demanda-t-elle.

— Bien sûr !

— Cela fait un an qu'il n'est pas venu me voir. Je te rappelle qu'il m'a laissée partir !

Et cette trahison l'avait obsédée chaque jour des onze mois passés loin de lui.

Elliot, qui était en train de discuter avec son chauffeur, lui adressa alors un petit signe de la main, qu'elle lui rendit machinalement.

— Et s'il est revenu aujourd'hui, c'est parce que ses amis l'ont déposé, menotté, devant ma porte, ajouta-t-elle.

— Est-ce par fierté que tu refuses d'admettre la vérité ? demanda alors sa tante. Par fierté que tu le rejettes et, du même coup, que tu repousses un possible avenir à deux ?

— C'est lui qui m'a sortie de sa vie, et non l'inverse.

Et soudain, la panique la saisit…

Il était évident que sa mère avait regretté de l'avoir mise au monde et que, pour de nombreuses personnes de son existence, elle avait représenté un fardeau. Elle refusait aujourd'hui que son fils mène une vie de seconde classe, comme elle.

— Maintenant que j'y pense, je me demande pourquoi j'ai accepté de le suivre…

— Assez ! ordonna Carla en l'étreignant contre son cœur. Oublie ce que j'ai dit, ma chérie. Je comprends que tu sois bouleversée, on le serait à moins. Pars avec lui, et organisez tranquillement l'avenir de votre fils. Et je serai toujours là pour toi si tu décides de revenir.

— Si ? répéta Lucy Ann en roulant les deux. Tu veux dire *quand* je reviendrai.

Carla lui désigna alors la limousine, et l'homme à l'imposante stature qui s'avançait vers elles.

— Tu penses vraiment qu'Elliot va vouloir que son fils grandisse sur cette ferme perdue de la Caroline du Sud ? demanda-t-elle alors.

— Euh…, commença Lucy Ann. Je t'avoue que je n'ai pas réfléchi à la question.

Et, de nouveau, elle ressentit de l'affolement à l'idée qu'elle ne serait désormais plus la seule à décider pour son fils. Concernant Eli, Elliot nourrirait probablement des projets différents des siens. Il avait passé toute sa vie à imaginer comment partir d'ici, fait preuve de génie pour amasser une fortune, et il avait réussi.

Même si elle n'avait pas envie de l'admettre, sa vie ne pourrait plus jamais être aussi simple qu'avant.

Assis sur la banquette arrière de la limousine, Elliot regardait Lucy Ann ajuster les sangles du siège-auto, vérifier que chaque boucle était fermée, le tout avec une habitude manifeste. Sa queue-de-cheval retombait sur un côté de son visage, la lumière du soleil prêtant des reflets chatoyants à sa chevelure châtain clair.

Il enfonça subrepticement les doigts dans le cuir couleur caramel de la banquette pour ne pas les plonger dans les cheveux de Lucy Ann, car ils étaient aussi tentants que de la soie. Il ne devait surtout pas la brusquer. Elle avait accepté de l'accompagner pour quelques semaines, et c'était déjà une grande victoire, après un an de séparation.

Et maintenant, il ne lui restait plus qu'à trouver une solution pour qu'elle reste pour toujours auprès de lui. Pour que tout redevienne comme avant… sauf que ce ne serait pas possible, puisqu'ils avaient couché ensemble ! En tout état de cause, la plus grande prudence s'imposait. Il ne voyait vraiment pas comment elle pourrait accepter un compromis de type « amis et plus si affinités ». Il devrait prendre son temps pour comprendre son état d'esprit. Il ne manquerait pas non plus de lui rappeler tout ce qu'ils avaient partagé, leur complicité de toujours.

Elle recouvrit Eli d'une couverture, puis s'assit à côté de lui. Il donna alors un petit coup contre la vitre du chauffeur et la limousine s'ébranla, en direction de l'aéroport.

— Lucy Ann, je t'avais dit qu'il était inutile d'emporter des vêtements pour Eli, dit-il en considérant la couverture certes en cachemire, mais néanmoins abîmée de son fils. Je lui achèterai tout ce dont il a besoin.

Jamais son fils ne monterait sur un vélo d'occasion qu'il aurait trouvé chez un ferrailleur, comme lui, enfant. Il se sentit tout à coup traversé par un sentiment presque irrationnel de possessivité. Il commanderait ce qu'il y avait de mieux pour son enfant, du siège-auto à son lit de voyage. Oui, Eli aurait des vêtements et des jouets en abondance, une poussette dernier cri. Il prendrait conseil auprès des épouses de ses amis, qui seraient sans aucun doute ravies de l'éclairer, étant donné que celles-ci et leurs maris se reproduisaient de manière prolifique, ces derniers temps.

Manifestement, il leur avait emboîté le pas.

Lucy Ann posa la main sur la couverture de son fils.

— Eli n'a pas la notion de ce qui est onéreux. A son odeur, au toucher, il sait seulement si un objet lui est familier. Il a subi assez de changements jusque-là.

— C'est une pique ? demanda-t-il.

Il la trouvait plus réservée que la veille, plus inquiète aussi.

— Non, c'est un fait.

— Allons, il t'a toi, et tu es l'élément constant de sa vie, c'est l'essentiel !

— Encore heureux que je suis là ! s'exclama-t-elle avec la férocité d'une maman ours.

Cette détermination, tout comme la lumière presque sauvage qui brillait dans ses yeux, l'émut profondément.

Et subitement, il eut un éclair de lucidité : il représentait une menace pour elle. Elle pensait sans doute qu'il allait essayer de lui prendre son enfant, alors que rien ne pouvait être aussi éloigné de la réalité. Il voulait s'occuper d'Eli *avec* elle.

Il pencha la tête pour capturer son regard.

— Ecoute, Lucy Ann, je n'ai nullement l'intention de te prendre Eli. Je veux juste faire partie de sa vie.

— Je comprends ! C'est aussi ce que j'ai toujours souhaité, dit-elle, encore sur ses gardes. Je sais que notre confiance mutuelle a été mise à l'épreuve, mais je t'assure que je t'accorderai un droit de visite.

Tiens donc ! Déjà, elle essayait de poser des limites, au lieu d'envisager des possibles. Mais il n'allait pas commencer à la contredire, il devait agir en finesse et éviter à tout prix la confrontation.

Comme ils passaient devant l'école primaire qu'ils avaient fréquentée enfants, il désigna avec un sourire la bâtisse en briques rouges, qui disposait désormais d'une nouvelle cour.

— Nous avons partagé tant de choses ici, commenta-t-il, et maintenant nous avons un fils. Ce n'est pas une année de séparation qui va effacer tout cela.

— Je sais, répliqua-t-elle d'un ton sec.

Elle se tenait toute raide, s'efforçant de maintenir de la distance entre eux, les mains serrées sur son giron. Il remarqua que ses ongles courts portaient du vernis d'un bel orange.

Elle reprit :

— Tu te souviens du jour où tu as dévalé une colline sur un skate-board ? C'était au cours élémentaire.

Il en avait conservé un souvenir très précis, et pour cause !

— Tout à fait, puisque je me suis cassé le bras en tombant, répondit-il avec un petit sourire.

— Toutes les filles voulaient signer ton plâtre.

Elle lui jeta un regard en biais.

— Tu étais déjà un grand séducteur, ajouta-t-elle.

— Elles voulaient surtout tester leurs marqueurs.

Pour la première fois depuis qu'ils étaient montés dans la limousine, elle le regarda droit dans les yeux.

— En réalité, ton bras était déjà cassé avant ta chute, déclara-t-elle.

— Si tu le savais, pourquoi ne me l'as-tu jamais dit ? demanda-t-il en se frictionnant le bras d'un air absent.

— Tu aurais été gêné si je t'en avais parlé, et tu m'aurais menti. Tu n'aimais pas évoquer ce qui se passait chez toi, à l'époque.

Elle remonta la couverture d'Eli, qui suçait sa tétine dans son sommeil.

— Notre amitié était toute nouvelle, poursuivit-elle.

Nous nous contentions de partager nos sandwichs tout mous, à l'heure du déjeuner.

— Et pourtant, tu avais remarqué que j'avais le bras cassé, dit-il en s'efforçant de masquer son émotion.

C'était son père qui était responsable de la fracture…

Il regarda les petits membres de son fils : comment un père pouvait-il s'en prendre à tant d'innocence ? Cette pensée lui donna des sueurs froides.

— Je l'ai dit à ma mère, en rentrant de l'école, déclara Lucy Ann. En ce temps-là, elle n'était pas encore aussi… distante.

Elle avait les yeux fixés sur son poignet et son regard lui faisait l'effet d'une caresse.

— Je ne savais pas que tu lui en avais parlé, dit-il.

— Sa voix n'a pas été vraiment entendue, ou peut-être ne s'est-elle pas battue très fort pour qu'elle le soit, soupira Lucy Ann. Alors, comme rien ne se passait, je suis allée moi-même voir la directrice.

— Ah bon ? Quel cran, à cet âge ! Tu as toujours adoré être mon avocate.

Il lui sourit. Ce qu'elle avait pu lui manquer ! pensa-t-il de nouveau. Et dire qu'il croyait tout connaître à son sujet : or, voici qu'elle lui livrait des informations inédites.

— Je comprends mieux, maintenant, pourquoi la directrice est venue me chercher en classe pour me poser des questions sur mon bras, poursuivit-il.

— Mais tu ne lui as pas dit la vérité, n'est-ce pas ? Moi, je m'attendais à ce qu'il se passe quelque chose d'extraordinaire. A cet âge-là, on a une imagination débordante.

Il se rappelait parfaitement l'entretien… Ce jour-là, il avait vraiment hésité à se confier, mais la perspective de représailles lui avait noué la gorge, empêchant les mots de sortir.

— J'avais trop peur de ce qui arriverait à ma mère si je parlais. Ou de ce que mon père lui ferait subir.

Une lueur d'empathie passa dans les prunelles noisette de Lucy Ann.

— Nous parlions de tant de choses, à l'époque, sauf de notre vie de famille. Notre amitié était un havre pour moi, dit-elle.

Pour lui aussi, naturellement. Et l'entretien avec la directrice lui avait donné plus d'assurance, de sorte que, quelque temps après, il s'était confié à quelqu'un d'autre. Sauf qu'il n'avait pas choisi la bonne personne et que cela lui avait valu une nouvelle correction.

— Toi aussi, tu avais tes secrets, reprit-il. Je le sentais quand tu me cachais quelque chose.

— Et puis après, quand nous nous sommes mieux connus, nous nous sommes tout dit, commenta-t-elle avec un beau sourire qui s'évanouit au moment où elle ajouta : Jusqu'à l'année dernière, du moins.

La limousine cahota alors dans une ornière : leurs jambes se touchèrent et, instinctivement, il posa la main derrière les épaules de Lucy Ann, sur le dossier de la banquette. Il sentit qu'elle se raidissait, mais il ne retira pas son bras.

— Oh ! Elliot ! Comment en sommes-nous arrivés là ? s'écria-t-elle en s'appuyant contre le dossier. Avec l'enfance que nous avons eue, je me demande comment nous allons pouvoir élever notre fils de manière exemplaire.

Ce cri du cœur, écho d'une inquiétude profonde, le bouleversa. Il lui étreignit doucement l'épaule.

— Nous trouverons la force d'être de bons parents,

promit-il. Et il ne sera de toute façon pas très difficile de faire mieux que les nôtres.

— Eli mérite le meilleur, pas un peu mieux, trancha-t-elle.

Il la tenait toujours par les épaules, et sa chevelure lui caressait la main, ce qui l'apaisait : elle avait toujours eu ce pouvoir sur lui, se rappela-t-il. Mais désormais, sa chevelure convoquait aussi d'autres souvenirs, ceux de leur folle nuit…

Soudain, il sentit ses oreilles bourdonner, et une grande agitation s'emparer de son corps… Il la désirait. Et il ne voyait pas pourquoi il aurait dû réprimer les nouveaux sentiments qu'elle lui inspirait. Seulement, comment la convaincre qu'entre eux, tout était encore possible ?

— Je t'approuve entièrement, dit-il. C'est pourquoi il est primordial que nous fassions bon usage de ces quelques semaines, et que nous trouvions la façon d'être les meilleurs parents du monde pour Eli. Nous devons former une équipe, être partenaires.

— Je t'ai suivi dans cette intention, Elliot.

Elle se tourna alors vers lui, et son parfum au jasmin l'enveloppa tout entier.

— Que veux-tu de plus ?

— Je veux que nous redevenions amis comme avant, Lucy Ann, répondit-il d'une voix rauque, avec la plus grande honnêteté. Amis, pas simplement des parents qui se tendent et se reprennent leur enfant. Je veux que tout redevienne comme avant entre nous.

Il vit ses pupilles s'élargir sous le coup de l'émotion.

— Exactement comme avant ? répéta-t-elle. Tu crois que c'est possible ?

— Non, pas tout à fait, concéda-t-il.

Il nourrissait de bien plus grands projets pour eux que leur simple amitié.

Il se cala plus étroitement contre elle, se contentant de jouer avec sa queue-de-cheval, alors qu'il aurait aimé glisser la main sous son T-shirt et étreindre ses seins de ses doigts brûlants.

— Nous serons de nouveau amis, poursuivit-il, et bien plus, Lucy Ann. Nous pouvons reprendre les événements là où nous les avons laissés et poursuivre sur cette voie. Car je vais être honnête avec toi : mon objectif est de te ramener dans mon lit.

- 4 -

Lucy Ann frissonna, troublée par les paroles d'Elliot, ainsi que par sa main, qui jouait avec ses cheveux. Elle voulait croire que le désir qu'elle éprouvait était lié à une année de frustration sexuelle, mais elle savait bien qu'il était lié à cet homme.

Pourtant, elle devait garder la tête froide. Eli était désormais sa priorité, il n'était plus question de céder à ses impulsions. Elle saisit la main d'Elliot et la retira de ses cheveux.

— Tu n'es pas sérieux, déclara-t-elle.

— Bien sûr que si ! répondit-il en enfouissant de nouveau sa main dans les cheveux de Lucy Ann.

— Arrête, Elliot ! s'écria-t-elle, s'efforçant de ne pas céder à l'impulsion de se jeter à son cou. Coucher ensemble ne ferait que compliquer un peu plus la situation entre nous.

— Ou au contraire la clarifier, répliqua-t-il en laissant glisser sa main le long de son bras.

Se mordant la lèvre, elle ferma les paupières. Le désir qu'elle lisait dans ses yeux verts allait finir par signer sa perte !

— Lucy Ann ?

Sa voix de velours représentait une tentation bien trop forte après une abstinence de onze mois !

— Qu'est-ce que tu en penses ? insista-t-il.

— Ma tante semble partager ton point de vue, éluda-t-elle.

Il eut un petit rire, et elle sentit son souffle chaud courir dans sa nuque. Il était si proche d'elle qu'il aurait pu l'embrasser.

— Ta tante est une femme intelligente, ce n'est pas nouveau. Même si je peux t'assurer que je ne lui ai pas dit que je voulais que nous redevenions amants.

Elle rouvrit brusquement les paupières.

— Je te préviens, Elliot : tu redis une chose pareille, et je descends de la voiture. Il faut que nous nous fixions des limites si nous voulons que notre… association fonctionne.

Il fixa sa bouche pendant un instant qui lui parut une éternité, puis il s'adossa contre la banquette.

— Il va falloir que nous acceptions de ne pas être d'accord, déclara-t-il alors.

Elle poussa un soupir moins assuré qu'elle ne l'aurait voulu.

— Elliot, ne fais pas l'innocent avec moi. Je t'ai vu exercer tes talents de séducteur pendant des années. Ton petit jeu ne marche pas sur moi.

Pour l'instant, pensa-t-elle alors, mais qu'en serait-il dans quelques jours ? Pourrait-elle résister longtemps à son charme ? Elle devait faire en sorte que oui.

— D'ailleurs, ajouta-t-elle, il ne se serait rien passé entre nous si je n'avais pas bu un peu trop d'alcool, ce soir-là…

Il fronça les sourcils.

— Lucy Ann, je suis vraiment désolé si j'ai abusé de notre amitié pour…

— Non, pas d'excuses entre nous ! Je te l'ai déjà dit, ce fameux soir.

Les excuses qu'il lui avait alors présentées l'avaient mortifiée, car elle s'était attendue à ce que leur relation se poursuive… Il l'avait atteinte non seulement dans sa fierté, mais aussi en plein cœur.

— Nous étions deux, cette nuit-là, dans ton lit, et moi je ne regrette rien, reprit-elle. Mais cela ne se reproduira plus. C'est ce que nous avons décidé au petit matin, tu te souviens ?

En réalité, c'était lui qui avait décidé, et elle avait fait mine d'approuver, pour garder la tête haute. Pour masquer les sentiments qu'il lui inspirait réellement et qui n'avaient rien à voir avec l'amitié.

— Je me rappelle tout autre chose, dit-il alors d'une voix sensuelle, en plissant les yeux.

De nouveau, elle se sentit vulnérable face à lui. Elle devait mettre un terme à cette intimité, et tout de suite ! Le romantisme n'était pas de mise.

— Assez parlé du passé ! décréta-t-elle. Nous devons nous préoccuper de l'avenir, et plus précisément de celui d'Eli.

Et, prenant la voix d'assistante personnelle qu'elle avait utilisée des millions de fois durant leur collaboration pour mettre de la distance entre eux, elle enchaîna :

— Où allons-nous, pour commencer ? Je dois t'avouer que je n'ai pas suivi le calendrier des courses, cette année.

— Les courses, ce sera pour plus tard, déclara-t-il alors que la limousine atteignait l'aéroport. Pour l'instant, nous nous rendons à un mariage.

— Un mariage ? répéta-t-elle des plus surprises.

***

Lucy Ann détestait les mariages, même quand il s'agissait de ceux d'amis de longue date. Il s'agissait en l'occurrence de celui du Dr Rowan Boothe, ami de lycée d'Elliot, qui épousait une princesse d'origine africaine, elle aussi scientifique.

Elle était bien consciente qu'il était ingrat de sa part d'y venir à reculons, car ces noces représentaient l'événement international de l'année. La cérémonie, qui avait lieu en Afrique de l'Est, était grandiose, avec ses invités en superbes tenues colorées et l'immense buffet déclinant les meilleures spécialités locales. Les invitations étaient convoitées, et le tout était filmé et retransmis sur les chaînes du monde entier. Par ailleurs, les festivités étaient placées sous haute surveillance.

Confortablement calée dans un transat au milieu des pelouses du palais donnant sur la mer et baignées par le clair de lune, elle sirotait un jus de fruits épicé, sans quitter des yeux son bébé endormi dans sa poussette. De la musique traditionnelle, où se mêlaient tambours et flûtes, leur parvenait, portée par la brise du soir, tout comme les rires et les vivats des convives.

Les amis d'Elliot n'avaient fait aucun commentaire concernant son fameux enlèvement, mais manifestement, tous savaient ce qui s'était passé et supposaient qu'Elliot et elle s'étaient réconciliés. Ce qui, en un sens, était le cas, et la frustrait énormément, car tout n'était qu'apparence.

Ah, ces redoutables faux-semblants ! Elliot avait même commandé des robes de soirée pour elle. Comment refuser, quand aucune pièce de sa garde-robe n'aurait été digne d'un mariage aussi somptueux ? Elle portait ce soir une robe longue couleur lavande qui n'était pas trop voyante, à ceci près qu'il s'agissait d'une robe bustier, dont le haut était rehaussé de perles. L'allaitement lui avait donné une poitrine avantageuse, que la robe soulignait amplement.

Ce qui n'avait pas échappé à Elliot, qui ne se gênait pas pour profiter du spectacle.

Mais elle était d'humeur trop sombre pour s'attarder sur ses œillades torrides. Dans son smoking noir à la coupe étroite, rasé de près et souriant, il était magnifique. Le pouvoir de séduction qu'il exerçait sur elle la tourmentait terriblement.

Elle souhaitait de toutes ses forces que les festivités prennent fin, pour qu'enfin elle se sente moins vulnérable et qu'elle puisse reprendre le contrôle de sa vie.

Pour la plupart des gens, les mariages étaient des événements heureux : ils leur rappelaient de bons souvenirs ou les faisaient fantasmer. Pas pour elle. Dès qu'elle voyait une traîne blanche, des fleurs et une pièce montée, elle se rappelait les « Oui, je le veux » de sa mère. Il y en avait eu quatre en tout, et chaque nouveau mari avait été pire que le précédent… Jusqu'à ce que les services de l'enfance débarquent à la maison et déclarent que le beau-père numéro 4, toxicomane, devait quitter le foyer si la mère de Lucy Ann voulait conserver la garde de son enfant.

Celle-ci avait choisi son mari.

Alors Lucy Ann était allée vivre chez sa tante, pour de bon cette fois. Elle avait enfin échappé aux beaux-pères un peu trop câlins, qui voulaient qu'elle vienne s'asseoir sur les genoux de « papa ». Au moins, Carla l'aimait et prenait soin d'elle, même si elle devait aussi s'occuper d'autres personnes, notamment de sa mère et d'un oncle vieux garçon, de sorte que Lucy Ann n'avait jamais eu l'impression d'occuper la première place dans le cœur de quelqu'un… Mais maintenant, elle avait Eli, et plus rien d'autre ne comptait. Pour lui, elle avait même renoncé à sa fierté et accepté qu'Elliot revienne dans sa vie.

Et elle était en train de faire bonne figure à un mariage ! Elle devrait apprendre à détacher ses émotions de ses pensées, si elle voulait tenir pendant les quatre prochaines semaines.

— Lucy Ann ?

La voix familière de Hillary Donovan la fit sursauter. Elle posa son verre et se retourna.

Hillary était mariée à un autre camarade d'école d'Elliot, Troy Donovan, qu'on surnommait le « Robin des bois du piratage ». Adolescent, il était capable de craquer n'importe quel programme, et il était devenu aujourd'hui un développeur de logiciels qui engrangeait des millions. Il avait récemment épousé Hillary, organisatrice d'événements, qui était d'une élégance absolue, ce soir-là, dans sa robe de soie verte, de style grec.

La belle rousse se laissa tomber dans un transat, à côté de la poussette.

— Cela ne t'ennuie pas si je me réfugie auprès de toi et du bébé pendant quelques minutes ? Heureusement, mon rôle de chef d'orchestre est enfin terminé ! Ce mariage princier retransmis en direct à la télévision était un vrai challenge.

— Tu as réalisé un travail remarquable en mêlant les traditions locales à la modernité. Les photos du mariage vont être publiées dans les magazines du monde entier.

— Je n'ai pas eu beaucoup de temps pour me retourner, étant donné qu'ils ont annoncé leur mariage à Noël, mais j'avoue que je ne suis pas mécontente du résultat. J'espère que les mariés non plus.

— Je suis certaine qu'ils sont ravis, même s'ils n'ont d'yeux l'un que pour l'autre.

— Quand on pense qu'ils ont été rivaux pendant des années sur le plan professionnel… Et maintenant, on entend presque les étincelles crépiter entre eux. D'ailleurs, je me suis demandé s'il était bien nécessaire de commander des feux d'artifice pour clôturer la soirée !

Lucy Ann s'efforça de sourire bravement.

— Il y a de l'amour dans l'air, en effet, parvint-elle à commenter.

— J'espère que tu n'es pas trop épuisée par le voyage, enchaîna Hillary. Et que le bébé n'est pas déboussolé.

— Il dort, tout va bien, lui assura Lucy Ann.

Si elle rentrait, Elliot se sentirait obligé de la suivre, et elle était encore bien trop à cran pour se retrouver en tête à tête avec lui.

Elle jeta un coup d'œil dans sa direction. Il se trouvait avec ses quatre meilleurs amis, qui s'étaient tous connus à l'école de redressement militaire.

Le lien qui les unissait était étroit et indéfectible.

Ils étaient sur la rive, vêtus de smokings quasi identiques ; tous étaient trop beaux et trop riches pour leur propre salut. Mais Elliot mis à part, ils étaient mariés et profondément épris de leurs épouses, incarnant une forme de rédemption susceptible de toucher les mauvais garçons. Quoi qu'il en soit, ils n'en demeuraient pas moins encore très troublants.

La confrérie Alpha se rassemblait rarement au grand complet, aussi était-il d'autant plus impressionnant de les voir tous réunis. Chacun avait connu des déboires avec la justice durant l'adolescence, mais l'école de redressement militaire les avait remis sur les bons rails, sans compter leur rencontre providentielle avec le colonel Salvatore, le directeur de l'établissement. Troy travaillait aujourd'hui au ministère de la Défense, où il s'occupait du service informatique et faisait la chasse à la corruption. Conrad Hughes était l'heureux propriétaire de plusieurs casinos et défendait parallèlement la cause des enfants exploités. Malcolm Douglas, autrefois arrêté pour consommation de stupéfiant alors qu'en réalité il jouait simplement du piano dans un établissement qui en favorisait l'usage, était désormais un musicien de jazz-rock connu dans le monde entier.

Le marié, le Dr Rowan Boothe, avait un passé un peu plus trouble. Adolescent, il avait été arrêté pour avoir provoqué un accident alors qu'il conduisait en état d'ébriété ; en fait, il s'était accusé à la place de son frère aîné, majeur, afin que celui-ci ne finisse pas en prison. Un an plus tard, ce dernier avait trouvé la mort dans un autre accident de voiture, une nouvelle fois sous l'emprise de l'alcool. Maintenant, grâce à la fortune qu'il avait amassée en créant un programme de diagnostic médical, Rowan ouvrait des dispensaires dans les pays en voie de développement.

Tous portaient un fardeau, et leur culpabilité les avait poussés à s'amender. Grâce notamment à leur travail en free-lance pour Interpol. Grâce aussi à des donations astronomiques à des associations caritatives.

Tous étaient également mariés. Elliot enviait-il leur bonheur conjugal ? Ses amis avaient franchi une nouvelle étape, et peut-être ne voulait-il pas rester sur la touche…

Lucy Ann tourna de nouveau la tête vers Hillary.

— Tu sais ce qu'ont fait Malcolm et Conrad ?

— Troy m'en a informée une fois qu'ils étaient en

route. Il était trop tard pour que j'intervienne. Mais tu as l'air d'être en forme… Ou bien ferais-tu mine de l'être ?

— A ton avis ?

Hillary recouvrit sa main de la sienne.

— Je suis désolée, Lucy Ann. J'aurais dû me rendre compte que le calme que tu affichais était une façade. Nous sommes pareilles toi et moi, nous ne dévoilons pas nos sentiments aux autres… Si tu as besoin de parler, je suis là.

— Merci, mais c'est à Elliot et à moi de résoudre notre problème. D'aller de l'avant. Si seulement je l'avais prévenu dès que…

— Ma chérie, l'interrompit-elle, il est parfois difficile d'entrer en contact avec les membres de la confrérie, lorsque le colonel les appelle en mission. Ils disparaissent, tout simplement, et sont injoignables.

Hillary lui adressa un petit sourire las.

— Parfois, il faut un tremblement de terre, comme la naissance d'un bébé, pour briser la loi du silence, ajouta-t-elle.

— Et toi, tu n'en souffres pas ? lui demanda Lucy Ann.

— J'aime Troy, je le soutiens.

Il était vrai que Hillary prenait parfois part aux missions secrètes d'Interpol, se rappela Lucy Ann. Elle baissa les yeux vers son verre.

— Est-ce si absurde de désirer une vie ordinaire ? Moi, la normalité, je ne l'ai jamais connue, et j'aimerais tant que mon fils ait une vie normale. Mais cela me paraît impossible.

— Avec un homme de la trempe d'Elliot, tu en demandes sans doute un peu trop… Comme ses amis, il possède de nombreuses et précieuses qualités, mais pour une vie plan-plan, tu as frappé à la mauvaise porte.

Voilà qui ne l'avançait guère…

— Merci pour tes conseils, Hillary, dit-elle malgré tout.

Celle-ci soupira.

— Je doute de t'avoir été d'une grande aide, mais encore une fois, si tu as besoin de te confier, n'hésite pas. Je ne trahirai pas tes confidences.

— J'apprécie beaucoup ton soutien, dit-elle.

Elle avait si peu d'amies. Elliot avait toujours été son seul et unique ami. Elle n'avait pas vraiment entretenu d'autres amitiés.

— Nous, les femmes, nous devons être solidaires, décréta Hillary en lui faisant un clin d'œil avant de se lever. Ton petit Eli est adorable, et je suis heureuse que tu sois venue.

— Merci, Hillary.

Lucy Ann la regarda s'éloigner d'un air songeur. Sa vie était liée pour toujours à Elliot à cause d'Eli, mais elle ne serait jamais sa femme. Pourrait-elle nouer un véritable lien avec les épouses de ses amis ?

Son regard glissa alors dans la direction d'Elliot, et elle sentit sa gorge se nouer… Il était si beau. Et son rire semblait faire briller les étoiles un peu plus intensément…

Mon Dieu, ce qu'elle pouvait être frivole !

Elle devait garder la tête froide et protéger son cœur. Elle devait se le tenir pour dit. Elle ne serait pas de nouveau un fardeau ou une obligation pour quiconque.

*
* *

Elliot espérait que le mariage de Rowan et de Mariama avait mis Lucy Ann de meilleure humeur. Après tout, ce genre de cérémonies n'était-il pas censé rendre les femmes sentimentales ? Il l'avait vue discuter avec les épouses de ses amis, étudiant de loin ses réactions. Même s'ils n'étaient pas unis par les liens du sang, tous formaient une famille, et cette notion devait plaire à Lucy Ann.

Eli, elle et lui pouvaient tout à fait se fondre dans cette tribu, et mener une vie agréable.

Aussi pourquoi affichait-elle un air si grave en regardant s'éloigner la décapotable qui emmenait les jeunes mariés en voyage de noces ?

Il se rapprocha d'elle et de la poussette où dormait leur fils. Bien qu'il ait loué les services d'une nourrice qui avait travaillé pour un duc anglais, Lucy Ann avait décrété qu'elle ne pouvait pas confier Eli à une totale inconnue. Elle souhaitait s'entretenir personnellement avec elle, et si cette Mary Poppins était à la hauteur de ses attentes, alors elle lui laisserait Eli pendant ses siestes, ce qui lui permettrait de travailler sur ses commandes, lui avait-elle dit.

Il s'arrêta à sa hauteur, subjugué par le spectacle de ses épaules dénudées que caressait le clair de lune. La brise du soir soulevait ses cheveux détachés, et une enivrante odeur de jasmin se dégageait d'elle. Le jasmin de la Caroline du Sud… Il sentit son corps vibrer d'excitation à l'idée de ce qu'ils pourraient vivre, tous les deux.

Onze mois plus tôt, au prix d'un effort inouï, il s'était soustrait à l'envoûtement de la nuit qu'ils avaient passée ensemble et qui n'avait jamais cessé de le tourmenter depuis.

Mais le destin l'avait rattrapé : fuir ne représentait jamais la bonne solution, et, en l'occurrence, il remerciait le sort de l'avoir rappelé à l'ordre.

Il posa une main sur la poussette.

— On rentre ? proposa-t-il. Ou préfères-tu faire un tour sur la grève ?

Elle s'humecta les lèvres, nerveuse.

— Allons nous promener, c'est une bonne idée, répondit-elle.

Bien. Elle n'avait pas envie de se retrouver seule avec lui dans leur suite : voilà qui était prometteur… Encore qu'une promenade sous les étoiles pourrait créer une atmosphère romantique, d'autant que la brise portait vers eux les bribes d'une sérénade.

— Très bien, ma chère Lucy Ann, en route ! décréta-t-il en prenant la poussette.

Et, abandonnant la fête et les invités qui dansaient au clair de lune, ils se dirigèrent vers la promenade qui longeait la mer. Tout observateur extérieur les aurait pris pour un heureux couple avec enfant.

Or, de la confrérie Alpha, il était le seul à ne pas être marié. Toutefois, il était père, et il devait être digne de ce nouveau statut, se montrer à la hauteur, pour Eli et Lucy Ann.

Celle-ci marchait à ses côtés, et il voyait la brise plaquer sa belle robe contre ses jambes, lui procurant des caresses secrètes.

— Je suis bluffée par la façon dont tu manies la poussette, lui dit-elle. Il m'a fallu plusieurs jours pour m'y habituer.

Il lui sourit, malgré l'élan d'amertume qui venait de le traverser : si elle l'avait voulu, il aurait pu être à ses côtés dès le début, pour l'aider.

— C’est bien moins compliqué que manœuvrer une voiture de course.

— Exact, je n’y avais pas pensé.

— Et il ne t’est pas non plus venu à l’idée que je savais m’occuper d’un enfant ?

— Tu as toujours affirmé que tu n’en voulais pas.

Etait-ce pour cette raison qu’elle ne l’avait pas averti de sa grossesse ? pensa-t-il.

— Je te rappelle que, toi non plus, tu ne souhaitais pas en avoir, répliqua-t-il pourtant.

— C’était à cause de ma mère… Mais à présent, je suis une adulte, et ma mère est décédée. Cela dit, nous parlions de toi, et de ton non-désir d’enfant.

Il ne pouvait nier ce qu’il avait autrefois claironné haut et fort, mais depuis qu’il avait posé les yeux sur le petit Eli, son univers et ses certitudes en avaient été ébranlés à tout jamais.

— Je n’ai pas l’habitude de fuir mes responsabilités, dit-il.

— C’est pourtant ce que tu as…

Elle s’interrompit et se mordit la langue.

— Pardon, oublie ce que je viens de dire !

Sans prévenir, il s’arrêta et la prit par les épaules : il la sentait soudain bien vulnérable.

— Tu peux dire ce que tu penses, tu sais, dit-il alors. Je t’ai abandonnée quand j’ai quitté Columbia, et que j’ai fait en sorte qu’on me prenne la main dans le sac afin d’aller en prison et d’échapper à mon père. J’ai agi par égoïsme, je le reconnais, j’ai alors oublié tout ce que tu signifiais pour moi. Depuis, il ne s’est pas passé un jour sans que je le regrette.

Il avait formulé sa confidence à voix basse, comme s’il pouvait être entendu, alors que la promenade était déserte. Il n'y avait que quelques luxueuses villas sur le promontoire, et de faibles lumières éclairaient la nuit.

— Elliot, déclara-t-elle soudain, tu dois cesser de te sentir responsable de moi ! Si tu n'étais pas parti, à l'époque, tu n'aurais jamais accompli la merveilleuse carrière qui est la tienne, et qui m'a donné à moi aussi l'opportunité d'échapper à Columbia.

— Seulement, tu y es retournée quand tu m'as quitté… Enfin, quand, par ma stupidité, je t'ai poussée à partir, ajouta-t-il dans un élan de sincérité.

Elle laissa retomber les bras le long de son corps.

— Je suis revenue en Caroline du Sud, certes, mais avec un diplôme en poche, et la possibilité de subvenir aux besoins de mon enfant. Je ne veux pas représenter une obligation pour toi, martela-t-elle alors en serrant les poings.

— Je comprends ton besoin d'indépendance, je conçois tout à fait que tu ne veuilles pas être mon assistante à vie, dit-il d'une voix basse, pour l'obliger à se rapprocher de lui à cause du bruit des vagues qui venaient mourir contre la promenade. Parlons à cœur ouvert, Lucy Ann, comme au bon vieux temps.

— Tu es si… si raisonnable, décréta-t-elle sur le ton du reproche.

— On dirait que tu prononces un gros mot. En quoi est-il répréhensible d'être raisonnable ?

Pourtant, il se sentait tout sauf raisonnable ! Si elle voulait de la passion et de l'émotion, elle n'avait qu'à demander : il se ferait un plaisir de la combler. Mais il ne pouvait agir sans connaître ses désirs profonds.

Le moindre faux pas pourrait être fatal à sa cause.

— N'essaie pas de m'embrouiller, Elliot, avec toutes les bonnes raisons que j'aurais de rester. Je veux que tu sois honnête avec toi-même. Avec la façon dont tu envisages ton avenir.

— L'avenir est une notion bien vague, Lucy Ann… Ce que je veux, c'est qu'Eli et toi soyez à l'abri du besoin et de la peur du lendemain. Cette nouvelle paternité me désarme.

Tout comme sa propre sincérité, d'ailleurs, pensa-t-il, confus. Assez, il devait se raccrocher à la logique ! Ou bien plonger dans la passion.

Il constata alors que la respiration de Lucy Ann s'était accélérée et que ses joues s'étaient empourprées.

— En quoi les choses auraient-elles été différentes, si j'étais revenue dès que je me suis rendu compte que j'étais enceinte ?

— Je t'aurais tout de suite demandée en mariage, déclara-t-il sans l'ombre d'une hésitation.

— Et j'aurais refusé, répliqua-t-elle sur le même ton.

— J'aurais insisté, rétorqua-t-il en se rapprochant un peu plus d'elle encore.

Les pans de sa robe l'enveloppaient à présent lui aussi, les liant l'un à l'autre malgré eux.

— Comment t'y serais-tu pris ?

Il aurait suffi qu'il avance un peu les lèvres pour effleurer les siennes…

— Je t'aurais offert des fleurs, des bougies, des bijoux… Et comme ça n'aurait pas marché, j'aurais eu recours à des stratagèmes moins conventionnels.

— C'est-à-dire ?

— Tu veux vraiment que je sois honnête ?

Il posa alors la main sur son bras, qu'il fit ensuite remonter jusqu'à son épaule, avant de l'enfouir dans sa chevelure et de la placer sur sa nuque. Qu'il était bon de pouvoir de nouveau la toucher, après tout ce temps !

— Je t'aurais embrassée, murmura-t-il en se penchant vers elle pour capturer ses lèvres.

- 5 -

Lucy Ann s'agrippa aux épaules d'Elliot, bien consciente que ce baiser était une mauvaise idée.

Pourtant, leurs corps s'épousèrent dans un élan irrépressible, et ses seins durcirent d'un coup à son contact. De ses mains chaudes et solides, Elliot caressait à présent sa nuque, ses cheveux… Elle sentit ses jambes faiblir, et, comme s'il l'avait perçu, il l'enlaça par la taille.

Comment avait-il pu anéantir d'un simple baiser les murs de protection qu'elle avait dressés entre eux ? Pourtant, elle ne pouvait nier la réalité. Ce baiser au clair de lune ralluma le romantisme qui sommeillait en elle.

Et son désir pour Elliot.

Bientôt, leurs langues se mêlèrent, et elle se laissa ensorceler par la magie de l'instant, comme s'ils étaient seuls au monde. La fête et les rires semblaient s'évanouir au loin…

Elle glissa les mains dans les poches arrière de son pantalon, caressant ses fesses musclées qu'elle avait souvent eu l'occasion d'admirer… Comme toute la population féminine de la planète, d'ailleurs : plus tôt dans sa carrière, afin de financer ses courses, en effet, il avait posé pour une ligne de sous-vêtements masculins. Pourquoi s'était-elle persuadé pendant si longtemps qu'elle était imperméable à ses charmes ?

Avec son charisme et son charme viril, il était impossible de lui résister.

Et, ce soir, elle avait envie de s'abandonner aux merveilleuses sensations que promettaient ses caresses. Elle sentait le désir enflammer peu à peu toutes les fibres de son corps.

Jusqu'à ce qu'elle se ressaisisse : il fallait arrêter ! Tout de suite. Parce que, désormais, les conséquences ne les concernaient pas seulement tous les deux. Il y avait aussi un enfant en jeu. Un petit être innocent, pour l'instant endormi, à quelques centimètres d'eux.

A regret, elle détacha sa bouche de celle d'Elliot, tout en lui mordillant doucement la lèvre supérieure. Il grogna, frustré, mais ne tenta pas de la retenir. Elle posa la tête sur son épaule, et, immédiatement, l'odeur de sa peau mêlée à l'air marin lui emplit les poumons. A sa respiration hachée, elle comprit qu'il avait été lui aussi très affecté par ce baiser, ce qui la rassura et la troubla tout à la fois, un an après la façon dont ils s'étaient séparés.

Elle avait besoin d'espace pour réfléchir. Peut-être que le mariage de Rowan et tous les couples heureux qu'elle avait rencontrés, ce soir, l'avaient affectée plus qu'elle ne le pensait. Et si elle s'attardait dans les bras d'Elliot, elle risquait bien de faire le mauvais choix. L'érection qu'il pressait contre son ventre ne lui laissait pas le moindre doute.

Alors, gentiment, elle le repoussa, en priant pour que ses jambes ne se dérobent pas sous elle.

— Elliot, commença-t-elle d'un ton hésitant, cela

ne faisait pas partie de notre marché. Du moins, ce n'était pas ce que j'avais compris.

La brise qui montait de la mer s'était rafraîchie. Il baissa vers elle son visage où dansaient les ombres créées par la lune.

— Que veux-tu dire au juste ? Qu'il s'agissait d'un complot pour te séduire ?

— Parler de complot est sans doute exagéré, concéda-t-elle, tandis qu'elle regardait Eli dans sa poussette pour reprendre ses esprits. Mais je pense que tu es tout à fait capable de former des plans bien précis pour arriver à tes fins. C'est dans ta nature, non ?

A cet instant, elle vit un éclair de détermination briller dans ses yeux.

— Je ne vais pas nier que j'ai envie de coucher avec toi. Et à la façon dont tu m'as rendu mon baiser, j'ai l'impression que je ne suis pas le seul à nourrir de telles intentions.

Elle sentit son cœur s'emballer à la pensée de se retrouver dans un lit avec lui et de reprendre le cours des événements là où ils les avaient laissés, un an plus tôt. Seulement voilà : comment pouvait-elle être certaine qu'il la désirait pour elle-même, et que ce n'était pas une manœuvre pour établir un lien définitif avec son fils ?

— C'est bien là le problème, Elliot : ce que nous ressentons n'entre pas en ligne de compte. Le mois que nous allons passer ensemble doit être consacré à organiser l'avenir d'Eli. Et jouer avec le feu comme nous venons de le faire risque de mettre ce projet en péril. Il faut que nous retrouvions l'amitié qui était la nôtre. Rien de plus.

Ces paroles lui coûtaient, mais la raison devait l'emporter. Elliot arqua un sourcil, arrogant.

— Et pourquoi est-ce toi qui déciderais toute seule des modalités de notre relation ?

— Si tu le prends sur ce ton, je rentre illico en Caroline du Sud, l'avertit-elle.

Elliot était un séducteur, elle l'avait souvent vu à l'œuvre. Par ailleurs, elle refusait catégoriquement de ressembler à sa mère, qui était incapable de résister aux beaux parleurs.

Devant son silence, elle reprit :

— Je suis sérieuse, Elliot. Il faut que l'on soit sur la même longueur d'onde pendant ce mois de cohabitation.

Il la considéra un long moment, le temps que quatre vagues viennent s'écraser contre la promenade où ils se trouvaient.

— Très bien, concéda-t-il enfin, je respecterai tes souhaits.

Un sourire éclaira alors son visage, et il enfouit ses mains dans ses poches avant d'ajouter :

— Sauf si tu changes d'avis, bien sûr.

— N'y compte pas, répliqua-t-elle d'un ton ferme.

Un rien trop ferme d'ailleurs, car le célèbre vers de Hamlet lui revint immédiatement en tête :

La reine fait trop de protestations, ce me semble.

— Bon, rentrons avant que tu t'énerves pour de bon ! trancha-t-il d'un ton amusé. Nous discuterons demain, à la lumière du jour.

— Tu as raison. Ce soir, l'atmosphère n'est pas propice aux raisonnements.

Même si elle savait pertinemment qu'à la « lumière du jour », il la troublerait tout autant.

Ils avaient franchi une ligne interdite, le soir où ils avaient fêté de manière « iconoclaste » sa victoire à la dernière course de la saison, tout comme les examens qu'elle venait de passer avec succès.

Et elle avait eu tort de lui céder dans la fièvre du moment, alors que, son diplôme en poche, elle pouvait désormais être sur un pied d'égalité avec lui. Mais cette nuit-là, elle avait jeté le masque et s'était avoué à elle-même ce qu'elle s'était caché pendant toute sa vie d'adulte, à savoir qu'elle était tout aussi attirée par Elliot que les groupies qui l'entouraient !

Au fond, elle n'était peut-être pas si différente de sa mère…

Cette pensée la fit presque vaciller, et elle se raccrocha à la poussette.

— Je vais monter dans la suite, annonça-t-elle. Il est temps qu'Eli retrouve son lit.

— Entendu, dit-il. Je te raccompagne.

Alors qu'il marchait à ses côtés, elle percevait nettement la chaleur de son corps, et cette sensation représenta tout à coup pour elle une tentation trop forte.

Elle secoua la tête.

— Je préfère rentrer seule, déclara-t-elle. Le palais est à deux pas, et il n'y a aucun danger.

— Comme tu voudras, dit-il. Nous parlerons demain, durant notre vol pour l'Espagne.

— D'accord. Bonsoir, Elliot.

Et, le corps vibrant encore du baiser qu'il lui avait donné et l'esprit bouillonnant, elle regagna l'une des nombreuses suites du palais qu'on leur avait allouée.

Elliot et elle avaient été de simples amis pendant de longues années, et ils avaient toujours été très à l'aise l'un avec l'autre. Enfants, ils se baignaient tout nus dans les rivières, construisaient des cabanes dans les bois, se réconfortaient durant les nombreuses crises qu'ils enduraient l'un et l'autre dans leurs familles respectives. Il avait toujours été son meilleur ami… Mais aujourd'hui, tout avait changé. D'où cette fichue attirance avait-elle bien pu surgir ?

Les roues de la poussette sifflaient sur la promenade, accompagnant la ronde des souvenirs dans sa tête. La nuit qu'ils avaient passée ensemble avait été aussi inattendue qu'extraordinaire. L'expression « amis et plus si affinités » lui avait paru soudain prendre tout son sens, et lui avait fait l'effet d'une bombe : l'alchimie sexuelle qui avait jailli entre eux lui tournait encore la tête, quand elle y repensait…

Et pourtant, à la façon dont il s'était comporté le lendemain, elle avait tout suite compris qu'ils ne pouvaient envisager aucun avenir ensemble. A la lumière du jour, son euphorie était brutalement retombée…

Réveillée avant lui, elle avait gagné la cuisine à tâtons pour préparer du café et disposer des viennoiseries sur un plateau. Elle avait alors entendu la porte de la suite s'ouvrir, et avait tout naturellement pensé qu'il s'agissait d'une femme de chambre, car il fallait disposer d'une clé et d'un code de sécurité pour entrer.

Pourtant, la femme qui avait brusquement surgi devant elle ne portait aucun uniforme. Non, Gianna était juste vêtue d'un imperméable, avec rien en dessous. Si seulement il s'était agi d'une admiratrice ayant perdu la tête ! Mais non, elle avait tout de suite deviné que c'était la dernière conquête d'Elliot. D'ailleurs, il ne l'avait même pas nié, par la suite, et pour cause : il n'y avait aucune ambiguïté !

D'un coup, la situation avait basculé dans une parodie de scène de théâtre de boulevard. Et quand Elliot était brusquement sorti de la chambre, Gianna était devenue plus pâle encore que la serviette qu'il avait nouée autour de sa taille.

Il avait conservé son calme, s'était excusé auprès de Gianna pour la situation embarrassante. Cette dernière avait alors éclaté en sanglots et s'était enfuie. Il avait tout de suite affirmé à Lucy Ann que c'était fini entre Gianna et lui, surtout après ce qui s'était passé entre eux deux la nuit précédente.

Elle avait rétorqué qu'il aurait dû prévenir Gianna *avant*, ce en quoi il ne pouvait évidemment pas lui donner tort. Puis il lui avait présenté de sincères excuses.

Mais cela ne lui avait pas suffi. Comment avait-il pu sortir avec une femme, même sans entretenir de relation sérieuse, et coucher avec une autre ? Non, c'était indigne de lui, d'elle, d'eux ! Elle ne pourrait jamais le lui pardonner, avait-elle alors pensé. Pas après avoir vu les maris de sa mère tromper cette dernière les uns après les autres, en dépit des vœux échangés et des promesses données. Et sa mère pardonner au premier, puis aux suivants…

Profondément déçue, elle avait compris que la confiance entre eux s'était brisée ; il s'était déshonoré à ses yeux. Et, en un instant, l'amitié d'une vie avait été réduite en poussière.

Elle s'était rhabillée en toute hâte et était partie.

Un mois plus tard, elle avait appris les fiançailles de Gianna et d'Elliot, et elle s'était sentie confortée dans sa décision. Ils ne s'étaient pas reparlé depuis qu'il avait réapparu, menotté, dans le jardin de Carla.

Et pourtant, quand ils s'étaient embrassés, tout à l'heure, elle s'était rendu compte qu'elle le désirait encore de toutes ses forces.

Elle aspira l'air marin à pleins poumons pour ne pas

s'effondrer, puis s'efforça de songer à sa mère. Non, elle ne commettrait pas les mêmes erreurs qu'elle. Cette résolution lui permit de chasser ses pensées importunes et son désir d'être de nouveau à Elliot.

Le vent soulevant les pans de sa veste, Elliot regarda Lucy Ann s'éloigner. Il ne la quitta pas des yeux jusqu'à ce qu'elle et son fils aient regagné les jardins du palais, même s'il savait que les gardes du corps royaux gardaient un œil attentif sur sa famille.

Sa famille ?

Oui, cela ne faisait pas le moindre doute : Lucy Ann et Eli étaient sa famille !

Eli était son fils, et Lucy Ann la seule qui ait vraiment compté dans sa vie. Et même s'il gardait un peu d'amertume qu'elle lui ait caché l'existence d'Eli, il ne pouvait se pardonner de ne pas avoir pris de ses nouvelles pendant presque un an. Depuis qu'ils se connaissaient, il l'avait laissée tomber plus d'une fois. Elle avait raison de se méfier de lui.

Et pourtant, il devait regagner sa confiance. C'était le moins qu'il puisse faire.

Poussant un lourd soupir, il s'apprêta à regagner la réception. Même si les mariés avaient quitté la fête, celle-ci n'était pas encore terminée et se prolongerait certainement très tard, dans la nuit. Ce n'était pas tous les jours qu'une princesse se mariait ! Les gens attendaient des célébrations inédites.

Soudain, une silhouette se détacha des convives et s'avança vers lui. Au feutre mou que l'homme portait, il reconnut tout de suite Troy Donovan, l'un des fondateurs de la confrérie Alpha, un groupe d'« inadaptés » qui s'étaient tout de suite reconnus comme des frères dans leur besoin de repousser les limites et de traquer l'hypocrisie, le plus grand crime à leurs yeux.

Arrivé à sa hauteur, Troy lui tendit une coupe de champagne.

— La réconciliation ne se passe pas aussi bien qu'espéré ?

— Qu'est-ce qui te fait dire ça ? demanda Elliot.

— J'ai vu Lucy Ann remonter seule dans la suite. En général, un mariage suscite l'émulation. C'est bien pour cette raison que tu lui as proposé de venir, non ? Pour créer une atmosphère romantique.

Etait-ce vraiment la raison ? Sans doute, mais il n'avait pas envie d'en parler.

— Je suis venu avec Lucy Ann, car je ne pouvais pas manquer l'événement, ni la laisser seule. Vous avez mal programmé votre enlèvement, c'est tout !

— Tu nous en veux toujours ? Oh ! vraiment, vieux, je suis navré. Je pensais que Malcolm t'avait expliqué les raisons de notre initiative.

— Oh oui, rassure-toi ! Je sais que vous vouliez me prendre par surprise, parce que je suis entêté, j'ai déjà entendu la chanson, merci.

Et pourtant, leurs éclaircissements ne l'avaient pas satisfait, et il éprouvait au contraire la sensation d'avoir été trahi.

— Mais je sais aussi que Lucy Ann avait pris contact avec vous une semaine auparavant. Ce qui signifie une semaine de perdue avec mon fils ! Tu serais content, s'il t'était arrivé la même chose ?

— Je comprends les raisons de ta colère, vieux, concéda Troy en repoussant son chapeau sur sa tête. Mais tu n'es pas tout blanc dans cette affaire. Elle était ton amie de toujours, et tu l'as laissée partir. Tu vas devoir déployer des tonnes d'énergie pour la convaincre que tu as changé d'avis comme par magie et que tu aurais repris contact avec elle, même sans enfant.

La vérité le frappa de plein fouet.

— Merci, tu ne m'apprends rien, répliqua-t-il froidement.

— Je te donnais juste un conseil.

— Les conseilleurs ne sont pas les payeurs !

Troy éclata de rire, et s'appuya contre la balustrade.

— Incontestablement ! Tout comme il est indéniable que tu es maintenant père. Prends avant tout ce rôle au sérieux, et le reste se fera de lui-même.

Elliot siffla, ironique.

— A t'entendre, on croirait presque qu'il n'y a rien de plus simple.

Le sourire de Troy s'évanouit.

— Pense à la vie que nous aurions eue avec des parents différents. Les choses sont rentrées dans l'ordre pour nous quand nous avons rencontré Salvatore et qu'il nous a remis sur le droit chemin, en nous prenant sous son aile. Sois présent pour ton fils, c'est tout ce qui compte.

— Jamais un enfant n'a permis de sauver une relation, dit-il alors.

Ses parents s'étaient mariés parce que sa mère était enceinte, et finalement, elle avait quitté le foyer sans l'emmener.

— C'est vrai. Mais se disputer un enfant marque la fin de toute relation. Agis avec circonspection en ce qui concerne Eli, et cela pourra peut-être contribuer à arrondir les angles, entre Lucy Ann et toi. Et si vous n'arrivez pas à vous réconcilier, tu auras au moins construit une relation solide avec ton enfant, ce qui est essentiel.

S'était-il trompé en essayant d'abord de reconquérir Lucy Ann ? Il devait admettre que les conseils de Troy étaient sensés. L'enjeu était bien trop grand pour risquer le moindre impair.

— D'où te vient cette grande sagesse ? lui demanda-t-il alors.

— Hillary est une femme très intelligente, et je suis moi-même assez avisé pour l'écouter.

Soudain, il lui fit un petit clin d'œil et retrouva sa légèreté habituelle.

— Surtout depuis qu'elle est enceinte ! ajouta-t-il.

— Ça alors ! Félicitations ! s'écria Elliot.

Et il lui donna une tape amicale dans le dos, se réjouissant sincèrement pour son ami, même s'il ressentit un petit pincement au cœur à l'idée qu'il n'avait pas pu partager la grossesse de Lucy Ann.

— Qui nous aurait prédit une vie de famille à tous, il y a encore quelques années ?

— Le colonel va devoir trouver de nouvelles recrues, commenta Troy.

— Tu abandonnes les missions pour Interpol ?

— Je peux y contribuer sans être sur le terrain, grâce à mes connaissances techniques. Qui sait ? Peut-être qu'un jour je prendrai la relève de Salvatore. Et maintenant, tu m'excuseras, mais je dois rejoindre ma femme.

Il lui fit un petit signe de la main et s'éloigna.

Elliot repensa aux conseils de Troy : ce dernier avait raison, il devait se concentrer sur le bébé, ce qui ne l'empêchait nullement d'espérer reconquérir Lucy Ann. Il ne comptait toutefois pas trop sur le cours naturel des événements pour que tout rentre dans l'ordre avec elle, et d'ailleurs cette notion lui était également étrangère. Il n'était pas comme Troy, qui savait attendre son heure. Lui, il devait agir et gagner.

Et ce qu'il voulait, c'était que Lucy Ann fasse de nouveau partie de sa vie.

Pendant des mois, quand il avait repensé à leur nuit torride, il s'était dit que la force de ce souvenir était liée à l'alcool. Mais ce soir, des minutes après le baiser qu'ils avaient échangé, son corps vibrait encore de désir pour elle. Ils s'étaient étreints avec fougue, et l'alcool n'avait rien à voir avec le potentiel explosif qui existait entre eux.

Evidemment, l'arrivée de Gianna, un an plus tôt, avait douché leurs ardeurs. Il avait vraiment tout gâché en ne rompant pas avec elle avant, et maintenant, il devait à tout prix réparer sa faute.

Mais pour ce soir, il se contenterait d'un baiser et rongerait son frein. Après tout, c'était mieux que rien, et cela valait tellement plus qu'une nuit avec une autre femme !

Lucy Ann faisait partie de sa vie, de lui… Comment avait-il pu rester aussi longtemps sans nouvelles d'elle ? Il n'arrivait toujours pas à le comprendre.

L'amitié, le sexe, tout cela n'aurait pas dû être aussi compliqué. Parcourir le monde et mener une vie excitante ensemble… Il était très fortuné, et ils pourraient louer les services de nourrices, puis plus tard de précepteurs pour les accompagner aux quatre coins de la planète. Eli grandirait dans un environnement de rêve : ne valait-il pas mieux découvrir le monde de visu, plutôt que dans les livres ? Lucy Ann ne pourrait pas y être opposée.

Comment pourrait-elle refuser un tel avenir à leur enfant, compte tenu de ce qu'avait été son enfance ?

Il avait été un parfait imbécile de la laisser filer, onze mois plus tôt. Et il ne lui avait même pas effleuré l'esprit que Lucy Ann pouvait être enceinte !

Désormais, il serait plus sage. Plus souple, aussi.

Elle finirait par être d'accord avec lui, et ils seraient partenaires, comme avant.

Lucy Ann regardait par le hublot du jet privé qui les emportait loin de l'Afrique.

A partir de maintenant, sa cohabitation avec Elliot commençait vraiment, pensa-t-elle. Côtoyer ses amis dans une atmosphère de mariage avait déjà constitué une rude épreuve pour elle qui n'était pas du tout dans ce genre de dispositions. Mais le défi qui l'attendait était bien plus grand encore : faire en sorte qu'Elliot et elle soient des parents dignes de ce nom, tout en participant aux circuits de Formule 1. Ils se rendraient chaque semaine dans un pays différent : l'Espagne, la principauté de Monaco, le Canada et l'Angleterre. Et partout, des festivités seraient organisées en leur honneur. En réalité, les voyages, les courses, la liesse, la découverte de cultures différentes, tout cela lui avait manqué, ainsi que les proches amis d'Elliot qui s'arrangeaient toujours pour les rejoindre, au moment de la victoire.

Elle se cala dans son siège en cuir, balayant du regard l'intérieur en chrome et en cuir blanc du jet qui lui était si familier. Leur fils était bien sanglé dans son cosy, à côté d'elle, recouvert de la nouvelle couverture blanche en angora offerte par son père. Elle caressa sa joue, puis admira ses petits cheveux d'un blond cendré semblable à ceux d'Elliot.

Elle leva les yeux vers Elliot, qui était en train de discuter avec le pilote, dans le cockpit entrouvert. Il était décidément d'une beauté époustouflante… Pourquoi la troublait-il tant aujourd'hui, alors qu'ils s'étaient côtoyés en toute amitié pendant tant d'années ? Dans son jean et sa chemise blanche, avec ses mocassins italiens, il incarnait dans toute sa splendeur le célèbre coureur automobile et l'idole qu'il était.

Combien de temps aurait-il envie de mener une vie de famille avec Eli ? Cette tournée lui montrerait peut-être justement que c'était impossible. Bien sûr, elle ne pouvait pas le priver de son fils, mais elle refusait que celui-ci ait une vie chaotique, car un enfant avait avant tout besoin de stabilité.

Et elle, que voulait-elle ? se demanda-t-elle alors.

Elle pressa tout à coup la main contre son estomac… S'il s'était contracté, ce n'était pas à cause des turbulences, mais plutôt au souvenir du baiser échangé avec Elliot, la veille au soir… Elle enfonça les ongles dans le cuir de son siège : elle devrait être forte !

— Tu veux manger ou boire quelque chose ? demanda alors Elliot en s'approchant d'elle. Ou préfères-tu de la lecture ?

Elle savait qu'il y avait à bord une bibliothèque électronique bien fournie, aussi bien en classiques qu'en derniers best-sellers, à disposition sur des tablettes. A l'école, c'était toujours lui qui lisait le plus de livres par an ; il lui avait confié un jour que la fiction lui permettait d'échapper au quotidien.

— Non, merci, je n'ai besoin de rien, répondit-elle. En outre, le petit déjeuner était très copieux.

Même si elle y avait à peine touché !

Elle était encore toute perturbée par ce qu'elle avait

ressenti la veille, par les retrouvailles avec ses amis qui vivaient un mariage heureux et qui pouvaient donner à leur enfant tout ce qu'elle aurait aimé procurer au sien.

Elliot prit place sur le canapé, à côté d'elle, se penchant pour rajuster la couverture d'Eli.

— Parle-moi de ses habitudes, dit-il.

Elle se redressa, surprise par sa question.

— C'est-à-dire ?

— C'est mon fils, je veux savoir comment se déroulent ses journées.

— A quoi bon ? Il a une mère et une nourrice pour s'occuper de lui.

La nurse anglaise se trouvait actuellement dans le petit salon du jet, en train de lire ou de se reposer, bref de se livrer aux activités auxquelles les nourrices avaient l'habitude de s'adonner quand les mères en avaient assez de les avoir tout le temps sur le dos !

Elliot la prit par le menton, la forçant à tourner la tête vers lui.

— Et il a un père, ajouta-t-il.

— Bien sûr ! concéda-t-elle, sachant que c'était parfait pour Eli, même si elle n'avait pas l'habitude de partager son enfant. Et si tu veux changer sa couche, je t'en prie.

Elle s'était efforcée de plaisanter, désireuse malgré tout de retrouver le ton qui était de mise entre eux autrefois. Elliot comprendrait-il la plaisanterie ?

— Le changer ? Euh… Je pensais plutôt à le nourrir, ou le bercer pour qu'il s'endorme.

— Le nourrir ? Mais je lui donne le sein, répliqua-t-elle brutalement.

Elliot baissa alors automatiquement les yeux vers sa

poitrine, ce qui mit tous ses sens en émoi… Eh bien, il y avait du travail ! pensa-t-elle avec dérision.

Il toussota, et déclara :

— Evidemment, ce sera un peu problématique pour moi. Mais je pourrais te l'apporter, puis le prendre sur mon épaule pour qu'il fasse son rot.

— Si ça t'est égal qu'il tache tes vêtements, rétorqua-t-elle en croisant les bras.

Il ne releva pas, se contentant de demander :

— Est-ce que cela lui arrive de prendre un biberon, de temps à autre ?

Décidément, il était tenace. Très bien, elle allait le prendre au mot.

— Donc, tu penses que tu pourras te lever en pleine nuit pour lui donner un biberon et être en forme le lendemain pour courir sur les circuits ?

— Si tu peux t'accommoder de nuits entrecoupées, pourquoi est-ce que je n'en serais pas capable ? Tu dois accepter le fait que je m'occupe d'Eli, moi aussi.

Il semblait sérieux. Il n'était pas qu'un play-boy, mais un homme foncièrement bon, un excellent ami, un philanthrope qui avait choisi de rester anonyme quand il faisait des dons.

— Je sais, c'est bien pour cette raison que j'ai accepté de t'accompagner. Pour Eli et au nom de notre ancienne amitié.

— Bien, je suis ravi que tu n'aies pas oublié toutes ces années. Nous pouvons repartir de notre amitié, Lucy Ann. Mais je ne peux pas non plus nier que je suis très attiré par toi.

Il allongea les jambes et poursuivit :

— Tu as toujours été ravissante, mais je dois dire

qu'hier, tu étais particulièrement magnifique. La maternité te va bien.

— Tu me flattes, à présent ? Et qu'est-ce que tu vas essayer la prochaine fois ? Des fleurs, des chocolats ?

— Tu n'aimes plus les compliments, Lucy Ann ?

Il prit une mèche de ses cheveux et poursuivit :

— Mais je ne mens pas. Tu es très belle et j'ai envie de toi…

Elle leva les yeux au ciel, s'efforçant de dissimuler le frisson qui lui parcourut tout le corps.

— J'ai déjà vu comment tu t'y prenais pour séduire les femmes, Elliot. Tu as oublié ?

— Je n'essaie pas de te séduire, Lucy Ann, sans quoi j'aurais convoqué un musicien qui aurait joué du violon pendant que nous dînions aux chandelles.

— Un violoniste ? Quelle idée ! dit-elle en éclatant de rire pour détendre l'atmosphère.

Mais ses prunelles couleur émeraude ne la lâchaient pas d'un pouce.

— Tu préférerais tout un orchestre ? Un concert ?

Elle ouvrit de grands yeux. Adolescents, ils allaient souvent aux concerts gratuits, dans les parcs.

— Nous pourrions partir pour un pays exotique, comme le Japon, continua-t-il.

Elle secoua la tête.

— Restons réalistes, Elliot, et honnêtes l'un envers l'autre, c'est ce qui marchera le mieux.

— Ce qui signifie qu'il n'y aura plus de secrets entre nous, précisa-t-il d'un ton qui laissait transparaître l'écho d'une blessure.

De nouveau, la culpabilité l'envahit. Elle devait prendre le taureau par les cornes ! Alors, elle se lança…

— Je suis sincèrement désolée de t'avoir caché ma

grossesse et la naissance d'Eli, commença-t-elle. J'ai eu tort. Peux-tu me pardonner ?

— Est-ce que j'ai le choix ?

— Oui, bien sûr.

— Je veux que nous fassions la paix tous les deux, dit-il en lui effleurant le dos de la main. Alors oui, je te pardonne.

Son pardon relevait de la nécessité, de son envie de surmonter le passé, tout comme il était passé outre aux maltraitances infligées par son père pour avancer. Elle ne s'en sentit que plus coupable.

— C'est très bien de vivre en paix, dit-elle simplement.

— Ce qui ne signifie pas pour autant la monotonie, observa-t-il en lui caressant le poignet.

Elle sentit son pouls s'accélérer.

— Ce n'est pas ce que j'ai dit.

— Le ton de ta voix le donnait à penser.

Son épaule effleura alors la sienne, tout comme ses inflexions suaves caressaient ses sens.

— Une trêve ouvre tout un champ de possibles, poursuivit-il.

— Oh ! vraiment, Elliot ? Comme celle de s'embrasser ? ironisa-t-elle. Nous avons déjà exploré ce « possible ».

— Chassez le naturel, et il revient au galop ! Je me réjouis de voir que notre trêve n'a pas inhibé ton caractère bien trempé ! Parfait. C'est très excitant, tu sais. Aussi brillant que tes cheveux blondis par le soleil de la Caroline du Sud.

— Ce sont des mèches faites chez un coiffeur.

— Menteuse !

— Pardon ?

— Je te connais, et je sais que tu ne dépenserais

pas ton argent dans de telles futilités. Tu ne peux pas me tromper, Lucy Ann… Tout comme je sais que tu éprouves du désir pour moi. Ce que j'ignore, en revanche, c'est ce que tu comptes en faire. Mais sache que moi, je ne réprimerai pas ce que je ressens pour toi. Et je te le redis, hier, dans ta robe du soir, je t'ai trouvée éminemment désirable.

A présent, il lui caressait le bras, et elle ne put s'empêcher de penser qu'il lui suffisait de s'avancer un tout petit peu plus vers lui pour qu'il effleure son sein. A cette pensée, un frisson la parcourut bien malgré elle…

Elle toussota pour masquer sa gêne… et ne pas se jeter sur lui.

— Je suis vraiment impressionnée par tes talents de séducteur, déclara-t-elle.

— J'en suis fort aise. Et au-delà d'être impressionnée, es-tu aussi séduite ?

— Comment ne pas l'être ? répondit-elle avec honnêteté. Mais Elliot, nous ne sommes pas dans un conte de fées. Et notre avenir ne sera pas non plus un conte de fées !

Un lent sourire éclaira alors le visage d'Elliot, et une lueur songeuse passa dans ses belles prunelles vertes.

— Il pourrait l'être.

Sans ajouter un mot, il relâcha son bras et, s'allongeant sur le canapé, ferma les yeux. Quoi, il allait dormir ? Il venait d'attiser son désir par des caresses, des belles paroles, déployant tout son arsenal de séducteur, et voilà qu'il tombait dans les bras de Morphée ? Elle en aurait hurlé de frustration.

Pire.

Elle aurait voulu s'étendre sur lui pour qu'il lui fasse l'amour avec la même fièvre que onze mois plus tôt !

- 6 -

Ils arrivèrent en Espagne à la nuit tombée, et Elliot se demanda ce que Lucy Ann allait penser de la résidence qu'il avait réservée. La limousine s'enfonçait à présent dans le quartier historique de la ville, loin de la zone des circuits où ils logeaient habituellement.

La notion de conte de fées dont ils avaient discuté dans l'avion avait fait son chemin dans sa tête. D'ailleurs, au lieu de continuer à badiner avec elle, il avait effectué une retraite tactique afin de mieux réfléchir. Et puis, il n'oubliait pas les conseils de Troy : ne pas agir sur un coup de tête, mais prendre le temps de définir un plan d'action.

Dans le jet, après que Lucy Ann se fut retirée dans la cabine du fond pour la nuit avec Eli, il avait passé quelques coups de téléphone pour changer rapidement leur hébergement : grâce à son compte en banque bien fourni et sa célébrité, l'opération avait été rapide. Maintenant, il croisait les doigts pour que Lucy Ann soit ravie de ses nouveaux plans. Il se sentait prêt à tout pour la reconquérir, pas simplement pour Eli, mais parce que sa vie avait été affreusement vide sans elle. Maintenant qu'elle y était revenue, il mesurait le désert qu'il avait traversé. Sa présence rendait la moindre chose plus vibrante, elle apportait un équilibre et de la beauté à son univers, et il n'imaginait plus possible de se passer d'elle.

Il était exclu qu'il la perde une nouvelle fois.

Il était confiant : il comptait bien arriver à ses fins.

Leur nouvel « hôtel » se dessina soudain en haut d'une petite colline, dans le poudroiement du soleil couchant. Le spectacle était à couper le souffle.

A côté de lui, Lucy Ann se redressa subitement, une expression de confusion sur le visage.

— Ce n'est pas là que nous logeons habituellement. C'est… C'est un château.

— Exactement.

Il s'agissait d'une construction médiévale récemment restaurée et qui offrait toute la sécurité et l'intimité voulues, ainsi qu'un cadre des plus romantiques.

— J'ai pensé que nous aurions plus d'espace ici, poursuivit-il, et que nous serions plus tranquilles.

— Pourtant, en tant que coureur célèbre, il faut bien que tu te prêtes au jeu des paparazzis !

Il s'efforça de se concentrer sur le contenu de ses paroles plutôt que sur son accent traînant du Sud, dont les coulées de miel excitaient ses sens.

— Je ne suis pas particulièrement à l'aise avec eux, poursuivit-il. De toute façon, il n'est pas question qu'ils s'en prennent à toi ou à notre fils. C'est moi qui mènerai le jeu, pas eux.

— Eh bien, quelle détermination ! Mais était-il vraiment nécessaire de louer un château ?

Avait-il tout gâché par excès ?

Mais le sourire ravi qui éclaira soudain son visage le rassura : il avait visé juste en lui réservant cette surprise.

— C'est un château reconverti en hôtel, lui expliqua-t-il. Les suites y sont immenses, et les meubles d'époque ont été conservés. Cela dit, il dispose de tout le confort pour Eli.

— Hum… Voilà qui a l'air très intéressant, concéda-t-elle tandis que les pneus de la limousine crissaient sur l'allée menant au château de pierre.

Du lierre tombait en volutes des tourelles, ce qui avait bruni le mur, en dessous, et conférait un tour très authentique à l'ensemble.

— Tu te souviens quand nous étions gosses, et que nous nous cachions dans les bois, en recouvrant les branches de couvertures ? Moi, j'appelais cela nos forteresses, et toi tu parlais de châteaux. Cela ne me gênait pas tant que je pouvais être un chevalier, et non un prince efféminé.

— Un prince efféminé ?

Elle éclata de rire et lui donna un petit coup de coude dans les côtes.

— Tu détruis toute la magie d'un conte ! Où est passé le petit garçon qui passait des heures plongé dans des livres d'histoire ?

A cet instant, il lui saisit la main, qu'il garda quelques secondes dans la sienne, avant de mêler ses doigts aux siens.

— Il y a des chevaliers dans les contes, et les châteaux existent bel et bien.

— Et c'est cela que tu voulais me prouver ? demanda-t-elle en retirant sa main. Que les contes de fées existent ?

Il regarda alors son fils endormi.

— Si nous revenons ici dans quelques années avec Eli, dit-il, il pourra imaginer qu'il est un chevalier, ou un prince, dans un vrai château. Ce serait vraiment formidable, tu ne trouves pas ?

— Si, très, approuva-t-elle avec un petit sourire moqueur. Mais cet endroit est à mille lieues des forts de notre enfance.

— Justement, renchérit-il d'un ton grave, c'est une très bonne chose qu'il ait une enfance qui ne ressemble en rien à la nôtre.

A cet instant, elle s'approcha de lui et prit son visage dans ses mains.

— Elliot, c'est évidemment très bien qu'Eli n'endure pas ce que nous avons connu enfants, mais ce que ton père t'a fait… eh bien, cela n'a rien à voir avec l'argent !

L'empathie et la souffrance qu'elle ressentait pour lui se reflétaient dans ses beaux yeux, et il en fut tout bouleversé. Il devait se ressaisir. Il avait laissé cette partie de sa vie loin derrière lui, et il ne voulait pas la revivre, même en pensée. Aussi détourna-t-il la conversation pour la rendre plus légère et supportable.

— J'aime quand tu deviens tatillonne, cela te rend très sexy, lui dit-il.

— Elliot, ce n'est pas le moment de plaisanter. Nous avons vraiment des décisions sérieuses à prendre, ce mois-ci.

— Mais je suis sérieux, croix de bois, croix de fer !

Et il posa leurs mains jointes sur son cœur, comme pour lui prouver que la vérité venait d'en jaillir.

— Arrête, Elliot, dit-elle en retirant sa main de la sienne. Nous devons parler d'Eli, pas de nous.

— C'est pour cette raison que nous venons dans ce château, pour Eli, insista-t-il alors que la limousine s'arrêtait devant l'imposante forteresse. Einstein a dit que le vrai signe de l'intelligence, ce n'est pas la connaissance, mais l'imagination. C'est ce que nous pouvons offrir à notre fils, en lui procurant ce style de vie : l'opportunité de développer son imagination. Réfléchis à ce que je viens de te dire pendant notre séjour ici.

Calée sur les oreillers de son immense lit, Lucy Ann allaitait son bébé. Elle aimait nourrir Eli, sentir la douceur de sa joue contre son sein. Et dans le contexte actuel, cela la rassurait.

Le décor médiéval l'entraînait dans des rêves intemporels qui la troublaient. Les murs de sa chambre étaient recouverts de tapisseries et, sur la table de nuit, se trouvaient des bougeoirs dotés d'ampoules qui scintillaient comme des flammes. Son lit à baldaquin comportait des piliers de bois aussi épais que le torse d'un guerrier. Et la nacelle qui attendait Eli, à deux pas du lit, était la reproduction d'un berceau de bois d'époque.

Elle laissa son regard vagabonder sur la tapisserie… Celle-ci racontait l'histoire d'amour d'un chevalier séduisant une jeune fille, auprès d'une rivière. Malgré elle, un sourire lui vint : le lieu était merveilleux, Elliot avait décidément effectué un très bon choix. Même le dîner avait été servi sur des tranchoirs, et l'eau dans des timbales.

Un feu brûlait doucement dans l'âtre et des madrigaux sortaient d'enceintes si savamment camouflées qu'on aurait cru qu'un groupe de musiciens jouait dans la cour.

A travers la porte entrebâillée, elle apercevait le salon, où Elliot était assis à un bureau, devant son ordinateur. Regardait-il les résultats de ses concurrents ? Ou bien lisait-il des informations liées à la saison des courses ? Cela lui manquait de ne pas prendre part activement à la fièvre ambiante, cette année, mais il avait un nouvel assistant, et celui-ci effectuait si bien son travail qu'on le remarquait à peine.

A propos de travail, elle devait elle aussi terminer des commandes ; elle s'en occuperait quand Eli serait endormi.

Par chance, la suite comportait trois pièces, salon mis à part. Une pour Elliot, une pour elle, et une autre pour la nourrice anglaise qui était allée se coucher après que Lucy Ann l'avait prévenue qu'Eli resterait avec elle, cette nuit. Même si Mme Clayworth avait gardé un air professionnel, elle avait semblé se demander pourquoi alors on avait fait appel à ses services.

Elle soupira. Elliot l'avait plongée dans un univers enchanté, dont toute famille aurait rêvé.

Agacée par ses pensées, elle détourna les yeux du salon : ce mois s'annonçait plus difficile qu'elle ne l'aurait cru. Désireuse de se raccrocher à la réalité plutôt que de se laisser complètement happer par l'univers onirique qui l'entourait, elle décida d'appeler sa tante Carla.

Après une nuit un peu agitée, Lucy Ann s'était levée de très bonne heure, et elle était à présent assise autour du guéridon qui se trouvait près de la fenêtre de la tourelle, les yeux rivés à l'écran de son ordinateur.

Elle repensa à sa conversation avec Carla et lui sut gré de son soutien, même si elle n'avait pas convaincu sa tante de les rejoindre. Mais celle-ci avait été catégorique : elle refusait d'être transplantée dans un univers qui n'était pas le sien, elle aimait sa maison et sa vie, et préférait rester à sa place.

Comment aurait-elle pu l'en blâmer ? La sensation

d'appartenir à un lieu était un privilège rare, que Lucy Ann n'avait jamais encore connu. Elle avait toujours rêvé de quitter la Caroline du Sud, mais voilà qu'à présent, elle avait envie d'y rentrer.

Comment pouvait-elle se montrer aussi ingrate ?

Elliot lui offrait une vie vraiment confortable, dont toute mère aurait rêvé. Pourtant, l'ironie du sort voulait que, chez elle, elle attendait toujours avec impatience les siestes d'Eli, et ne les trouvait jamais assez longues, alors qu'ici, c'était précisément le contraire : elle passait presque tout son temps à attendre qu'il se réveille !

Elle referma son ordinateur, heureuse d'avoir rattrapé son retard, puis s'habilla. Elle ne pouvait s'empêcher de penser combien ce voyage était différent de tous ceux qu'ils avaient effectués par le passé. De la fenêtre de sa tourelle, elle regarda le soleil commencer sa course ascendante sur les jardins parfaitement entretenus.

Oui, elle avait bel et bien dormi dans un château, songea-t-elle, cette bâtisse restaurée incarnait à la fois le luxe et l'histoire. Elle avait même pris quelques photos qu'elle comptait utiliser pour le site d'un client ; elle mourait d'envie de les retoucher, mais Elliot allait arriver d'un instant à l'autre.

Il était allé repérer le circuit, pour la course du lendemain. Normalement, il effectuait les repérages plusieurs jours auparavant, mais le mariage de Rowan en Afrique avait bousculé ses habitudes. Pourvu que cela n'ait pas d'incidence sur sa concentration ! A l'idée qu'il puisse avoir un accident, elle se raidit. Elliot ne devait subir aucune distraction pendant la saison des courses : elle aurait dû lui apprendre bien plus tôt la naissance d'Eli !

Pourquoi n'y avait-elle pas pensé avant, elle qui

connaissait si bien le monde de la Formule 1 ? En Espagne, les courses alternaient chaque année entre Barcelone et Valence. Elle savait qu'Elliot préférait les circuits de cette dernière ville, car ils longeaient le port. Et elle avait l'habitude d'être aussi active qu'une abeille dans sa ruche — non de rester assise dans un château, à se tourner les pouces et à manger des fruits disposés dans un compotier d'époque.

Elle se sentait étrangère à elle-même, à être servie comme une princesse avec nurse et chauffeur. Mais elle lui avait promis un mois, et elle tiendrait parole.

Soudain, comme par magie, Elliot se matérialisa sous la voûte qui menait de sa chambre dans le salon. Vêtu d'un jean et d'un polo à col roulé, il lui souriait de ses belles dents blanches, et elle dut puiser dans ce qui lui restait de volonté pour ne pas se jeter à son cou, se presser contre son torse solide, glisser ses mains dans les poches arrière de son jean et s'abandonner à l'alchimie qui existait entre eux.

Elle déglutit péniblement.

— Tu es venu déjeuner ?

— Je suis venu vous chercher, Eli et toi.

Il lui tendit un pull en cachemire, et ajouta :

— Tiens, au cas où tu aurais froid pendant notre sortie.

— Notre sortie ? répéta-t-elle pour éviter de prendre son pull.

Pendant des années, elle avait enfilé ses pulls sans même y penser, et soudain, l'idée de s'envelopper dans un vêtement qui lui appartenait la troublait profondément... Mais refuser le chandail, ç'aurait été avouer des sentiments qui la rendaient bien trop vulnérable, une passion qu'elle ne savait pas encore comment contrôler.

Alors, du bout des doigts, elle prit le pull qui portait encore la chaleur de son corps.

— Où allons-nous ?

Il lui adressa un sourire mystérieux.

— C'est une surprise.

— Tu peux me donner un indice ? demanda-t-elle, commençant à prendre goût à son petit jeu.

— Tu verras bien, répondit-il d'une voix chantante.

Puis il prit son fils dans son berceau, et ajouta :

— N'est-ce pas, mon petit Eli ? Nous allons prendre bien soin de ta maman, aujourd'hui. Si elle accepte de me suivre, évidemment.

En voyant ainsi Elliot tenant Eli dans ses bras, elle sentit son cœur cogner plus fort. Elle avait tellement imaginé ce moment, quand elle se figurait la façon dont elle lui présenterait son fils.

— Comment décliner une proposition si alléchante ? Je suis partante !

Ils sortirent de la suite et se dirigèrent vers la limousine qui les attendait à l'entrée du château, croisant d'autres convives et du personnel habillé en tenue moyenâgeuse.

Les pelouses étaient baignées de soleil, et un pont-levis qui enjambait des douves venait compléter le paysage médiéval, même si le moteur des voitures et des avions passant dans le ciel rappelait que le monde moderne était à portée de main.

Le chauffeur lui ouvrit la portière, et elle se glissa sur la banquette, tendant les bras vers Elliot pour qu'il lui donne Eli, ce qu'il fit le plus naturellement du monde, comme s'ils formaient la plus normale des familles.

Elle serra un instant son fils contre son cœur, humant à pleins poumons sa lotion pour bébé, avant de le placer dans son siège-auto.

— Tu ne devrais pas être en train de te préparer pour la course de demain ? demanda-t-elle alors à Elliot.

En train de se concentrer, de se reposer.

— Je sais ce que j'ai à faire, répondit-il comme s'il lisait dans ses pensées.

Il s'assit à ses côtés, étendit confortablement les jambes et riva son regard au sien.

— Ce qui ne signifie pas que nous ne pouvons pas passer un peu de temps ensemble.

— Je ne veux pas être la raison de ta fatigue, ou de ton manque d'entraînement. J'ai fait partie de ce monde pendant suffisamment longtemps pour savoir qu'une course ne s'improvise pas.

La saison des courses était à la fois excitante et terrifiante.

— Fais-moi confiance, j'ai plus de raisons que jamais d'être prudent, puisque toi et Eli êtes à mes côtés.

Sa détermination était totale, et elle se sentit quelque peu apaisée. Elle changea de sujet, l'interrogeant de nouveau sur le programme de la journée !

— Allez, dis-moi au moins où nous allons, aujourd'hui !

Il se pencha vers le minibar d'où il sortit deux bouteilles d'eau minérale.

— A moins que tu n'émettes une objection, nous sommes en route pour le monastère de San Miguel de los Reyes, déclara-t-il d'un ton solennel.

Elle se redressa, intriguée, et prit machinalement la bouteille d'eau qu'il lui tendait.

— Je ne suis pas certaine de bien comprendre…

— Le monastère a été reconverti en bibliothèque, et nous n'y étions encore jamais allés lors des voyages précédents.

Il ouvrit sa bouteille d'eau et enchaîna :

— En fait, quand j'y repense, nous avons passé notre temps à travailler, quand nous étions ensemble. Aussi, un petit peu de tourisme ne peut pas nous faire de mal.

— Tu as toujours été un homme très occupé, c'est vrai, reconnut-elle. Et je te remercie pour cette attention, aujourd'hui. Cependant, je me demande ce qui t'a poussé à choisir ce monastère parmi tous les sites touristiques que nous n'avons pas visités.

— C'est toi qui m'en as donné l'idée dans l'avion, quand tu as décrété que tu ne croyais plus aux contes de fées. C'est pour cette raison, d'ailleurs, que j'ai réservé une suite dans le château. Les contes de fées sont importants pour les enfants, et je crois que ni toi ni moi n'avons vraiment perdu notre âme d'enfant.

— Nous sommes des adultes, Elliot, lui rappela-t-elle sèchement.

Des adultes avec des désirs. Et en ce qui la concernait, le désir bien précis de lui retirer son polo vert foncé et son jean délavé !

— Peut-être, mais, enfants, nous avons été privés bien trop tôt de ces contes de fées, répliqua-t-il. Comme il n'est jamais trop tard pour bien faire, nous devons nous replonger dans cet univers, pour être de bons parents. A propos, Eli est-il bien attaché ?

— Mais bien sûr, quelle idée !

— Parfait.

Il tapota alors contre la vitre qui les séparait du chauffeur pour lui indiquer qu'il pouvait démarrer.

— Sache que j'ai baptisé le projet d'aujourd'hui *La Belle et la Bête*.

Elle sourit, à la fois étonnée et charmée.

Et elle qui pensait connaître toutes ses manœuvres de séduction ! Faisait-il dans la subtilité, à présent ? A ce petit jeu-là, elle ignorait quelles seraient ses capacités de résistance.

— Donc, je suis la belle et toi la bête ? demanda-t-elle.

— Oui, une belle du Sud. Et moi, tu m'as si souvent traité de bête dans le passé que ce rôle me va comme un gant, non ?

De nouveau, elle lui sourit.

— Tu es certain que tu veux aller rouler une poussette dans une bibliothèque ? reprit-elle.

Il était homme destiné à relever des défis physiques, c'était à cette image-là qu'elle l'associait, mais il était vrai qu'il appréciait aussi la lecture. Parfois, elle oubliait cet aspect de sa personnalité.

— Je ne suis quand même pas un homme de Cro-Magnon, bien qu'en l'occurrence, je tienne le rôle de la bête. J'adore lire, tu sais. Et à table, je me sers même d'une serviette.

Elle retrouvait bien là l'Elliot qu'elle avait toujours connu, et elle aurait aimé qu'ils aient encore treize ans pour pouvoir lui donner une petite tape sur l'épaule. Les choses étaient bien plus simples à l'époque, enfin, dans certains domaines…

— Tu as raison, ton choix ne devrait pas me surprendre.

— A partir de maintenant, laissons tomber nos préjugés. Nous avons été amis pendant des années, mais même les amis changent, évoluent. Un homme peut tout à fait mûrir, tu sais, quand les circonstances s'y prêtent. Et grâce à toi et Eli, c'est le cas pour moi.

Elle désirait le croire, avoir foi en lui. Elle aurait voulu oublier le passé, ce passé où les gens qu'elle aimait finissaient toujours par l'abandonner… Des centaines de fois pendant ces onze mois de silence, elle s'était demandé quelle aurait été sa réaction si elle l'avait prévenu, pour le bébé.

Au fond, elle était certaine qu'il aurait accouru sans délai !

Et la pensée qu'il ne tenait qu'à elle que leur amitié prenne de nouvelles couleurs l'effrayait… Mais elle ne devait rien anticiper et se contenter de vivre au jour le jour.

— Entendu, Elliot, dit-elle soudain, je m'en remets entièrement à toi pour cette journée.

Pourtant, elle ne pouvait s'empêcher de s'interroger sur ce qui était le plus difficile : résister à cet homme merveilleux, qui avait apparemment choisi d'ignorer l'année qui venait de s'écouler, ou imaginer toutes les raisons qu'Elliot avait de lui en vouloir.

Le passé se chargerait bien de les rattraper ! pensa-t-elle. Et pour l'instant, ils allaient jouer le rôle d'un couple modèle avec enfant.

Sa casquette de base-ball bien enfoncée sur le crâne, Elliot se régalait du spectacle de Lucy Ann, manifestement enchantée de découvrir les fresques et les anciens volumes du monastère, qu'elle s'empressait aussi de photographier. Il aurait dû l'emmener ici bien plus tôt ! L'endroit était magnifique et quasiment désert, à l'exception d'un groupe scolaire dont les bavardages et les rires étouffés avaient momentanément brisé le silence, et de quelques touristes. Personne ne l'avait reconnu, et ses gardes du corps se tenaient dans l'ombre. Aux yeux de tous, Lucy Ann et lui étaient une famille en vacances, comme les autres.

Dans le passé, il avait certes procuré un emploi à

Lucy Ann, mais il ne lui avait rien montré du monde. Quel égoïste il pouvait être !

Il fallait qu'il répare ses manquements ! Désormais, elle et lui étaient liés pour la vie grâce à Eli, et il devait s'efforcer de créer une vraie relation avec elle.

Il arrêta soudain la poussette près d'un ange en marbre.

— Tu es bien silencieuse, lui dit-il. Tout va bien ?

Elle détacha l'œil de son appareil photo et le regarda par-dessus son épaule.

— Tout est parfait, merci. J'apprécie énormément le calme des lieux. Les fresques, tout comme les enluminures. C'est une merveilleuse idée de nous avoir conduits ici.

Tout l'après-midi, elle avait pris des photos. Etait-ce pour le travail ? Pour le plaisir ?

Ou bien pour le maintenir à distance ?

Las de son mutisme, il insista :

— Si tu es heureuse, pourquoi est-ce que tu ne souris pas ?

Elle baissa lentement son appareil photo et se tourna, posant sur lui un regard méfiant.

— Je ne comprends pas où tu veux en venir, articula-t-elle.

— Lucy Ann, c'est moi, Elliot. On peut faire comme si on avait quinze ans de moins et être sincères l'un envers l'autre ?

Alors elle se mordit la lèvre, avant de déclarer tout à trac :

— J'apprécie tes efforts, Elliot, seulement, j'attends le moment de l'explosion.

Il passa la main dans ses cheveux courts, ce qui éveilla tout de suite en lui les images de sa voiture en feu.

— Ecoute, nous en avons déjà discuté dans la limousine, je ne vais pas avoir d'accident demain !

— Ce n'est pas ce dont je parle, asséna-t-elle avant de s'interrompre, car un couple de personnes âgées passait devant eux, un plan du monastère à la main.

Une fois qu'ils se furent éloignés, elle poursuivit :

— Je parle d'une explosion de colère. Je sais que tu es furieux contre moi, car je t'ai caché l'existence d'Eli. Je reconnais que j'ai eu tort de ne pas avoir tout fait pour te retrouver. Je me demande juste quand tu vas enfin t'énerver contre moi.

Pensait-elle vraiment qu'il allait se mettre à hurler ? Jamais il ne serait comme son père ! Les courses lui permettaient d'évacuer toute son agressivité. Il gardait toujours le contrôle de lui-même, en toutes circonstances.

Toutefois, n'était-il pas logique qu'elle soit sur ses gardes ? Durant son enfance, elle avait évolué dans une atmosphère instable, avec une mère qui changeait de petit ami ou de mari toutes les semaines. En outre, elle avait toujours pris la défense des autres… Un bon petit guerrier, en somme.

— Tu as toujours endossé la responsabilité pour tous, déclara-t-il à brûle-pourpoint.

— Je ne vois pas le rapport avec notre situation.

Il lui désigna un banc pour qu'ils poursuivent leur conversation assis.

— Quand nous étions enfants, tu te sentais toujours responsable de mes bêtises, comme le jour où j'ai brisé un aquarium, ou quand j'ai laissé un serpent sortir de son vivarium.

Elle sourit avec nostalgie.

— Sans compter la fois où tu avais coupé la natte de Sharilynn ! Ce n'était vraiment pas sympa !

— Elle était épouvantable avec toi ! Elle l'avait bien mérité. Seulement voilà, tu n'aurais pas dû aller t'accuser à ma place. C'est toi qui as été punie et qui as dû nettoyer les tableaux pendant une semaine.

— Cela ne me gênait pas de rester en classe après les cours, bien au contraire. Ma mère n'a rien dit, cela l'a juste fait rire, elle m'a fait écrire un mot d'excuse.

Elle regarda ses mains qu'elle était en train de tordre nerveusement, avant d'ajouter :

— Je ne pense pas que ton père se serait contenté de rire s'il avait été convoqué par la directrice.

— Tu as raison, dit-il en lui prenant la main pour qu'elle se calme.

Il avait la sensation que la communication se rétablissait petit à petit entre eux, et s'il fallait à cet effet revisiter le passé, il ne s'y opposerait pas, même si cela représentait une épreuve pour lui. A quel sacrifice n'aurait-il pas consenti pour la ramener dans sa vie !

— Nous nous sommes toujours protégés mutuellement, ajouta-t-il.

— Tu courais des risques bien plus grands que moi, avec ton père, dit-elle en lui étreignant la main. Tu étais un vrai chevalier servant pour moi. Ce qui signifiait beaucoup pour une gamine à qui personne ne prêtait attention, si ce n'est pour se moquer de ses vêtements ou de sa mère.

Il lui jeta un rapide coup d'œil. Quelque part en chemin, il avait oublié cet aspect de son passé ; il avait toujours vu en elle une fille fougueuse, voire un peu bagarreuse.

— Franchement, quel garçon d'école primaire attache de l'importance à la façon dont une fille est habillée ?

— Tu as sans doute raison, concéda-t-elle, en lui

lançant un regard en biais. Mais je n'ai jamais compris pourquoi tu as accepté d'être mon ami.

Il se rappela alors la première fois où il l'avait vue. C'était un cours d'informatique, et ses pieds ne touchaient pas le sol. Le reste de la classe s'agitait, pendant que l'institutrice parlait à un parent.

— Tu étais très calme, mon contraire en somme. A nous deux, nous atteignions une sorte d'équilibre. Et nous pouvons retrouver cette force.

— Ça suffit, Elliot, dit-elle en repoussant sa main.

Mais il retint la sienne.

— Il y a moins d'une minute, ne m'as-tu pas dit que j'avais tout à fait le droit d'être en colère contre toi ?

— Oui, et j'ai aussi le droit de te présenter mes excuses et de m'en aller !

Sa repartie le surprit. La Lucy Ann qu'il avait connue jusque-là était plutôt passive et ne cherchait jamais la confrontation. Et, en cas de conflit majeur, elle fuyait, comme elle l'avait fait onze mois auparavant.

— Il est vrai que tu es douée dans l'art de la fuite, répondit-il.

— Tu vois, tu as envie d'en découdre. Enerve-toi pour de bon, arrête de me sourire et de faire comme si tout était merveilleux dans le meilleur des mondes, et que nous étions le couple le plus harmonieux de la terre, alors que tu as envie de hurler !

Son élan de colère le rendit tout aussi perplexe qu'il le fascina.

— Tu es la femme la plus déroutante que j'aie jamais connue, murmura-t-il.

— Parfait, dit-elle en se levant. Sans doute parce que normalement, les femmes se jettent à ta tête. Bon, terminons la visite !

- 7 -

Après le bain, Lucy Ann enveloppa son fils dans une grande serviette toute douce, tandis que la nourrice plaçait une nouvelle couche et un pyjama sur la table à langer.

Elle apprenait peu à peu à mieux la connaître. Sous ses apparences calmes et douces, Mme Clayworth était bien plus qu'un stéréotype de Walt Disney : elle était mélomane, et adorait faire de la randonnée. Durant son temps libre, elle parcourait à pied les régions où l'entraînait son métier au service de personnes fortunées et globe-trotteuses, ou bien elle assistait à des concerts.

Lucy Ann l'appréciait un peu plus chaque jour.

— Vous avez vraiment été nourrice dans des familles royales ? Ce devait être très excitant, comme expérience.

— Oui, bien sûr, mais toute expérience est excitante.

Elle prit Eli dans ses mains d'experte et lui tapota doucement le dos.

— Un bébé n'en a rien à faire de sa lignée, ou de ses titres, poursuivit-elle. Ce qui lui importe, c'est d'être au sec, nourri et cajolé.

— On voit que vous aimez les enfants et que vous savez vous en occuper.

Elle avait fait preuve d'une patience remarquable avec Eli lorsque, après son biberon, il avait hurlé au moins un quart d'heure à cause de petites coliques.

— J'ai moi-même deux enfants, dit Mme Clayworth. J'ai commencé ma carrière de nourrice une fois qu'ils sont entrés à l'université. J'étais infirmière, avant, mais mon ex-mari m'avait laissé de nombreuses dettes, et même si je gagnais correctement ma vie, cela ne suffisait pas. Grâce à ma fille qui a lié amitié avec une aristocrate, à la fac, j'ai eu la chance de me lancer dans ce métier dans un cadre privilégié.

Comme elle se sentait soudain proche de cette femme, même si leurs expériences étaient très différentes ! Quand Eli était né, heureusement que sa tante avait été à ses côtés. Et bien sûr, en cas de réel coup dur, elle avait un filet de sécurité, en l'occurrence Elliot… Malgré tout, cela ne signifiait pas qu'elle resterait avec lui juste pour la sécurité financière qu'il lui apportait !

— Je veux le meilleur pour mon fils, déclara tout à coup Lucy Ann.

— Je vous comprends, dit Mme Clayworth, mais vous savez, l'argent n'achète pas tout.

Elle approuvait totalement cette philosophie de la vie. Elle reprit Eli des bras de sa nourrice et lui enfila son pyjama au motif d'oursons.

— Vous me rappelez ma tante, lui dit-elle.

— J'espère que c'est un compliment.

— Tout à fait. Ma tante Carla est la personne que je préfère, dans ma famille. Elle porte toujours des T-shirts avec des motifs accordés à la saison, elle a un accent du Sud et la manie de tout faire frire, même les cornichons. Evidemment, de l'extérieur, on peut penser que toutes les deux, vous n'avez rien en commun, mais vous possédez le même calme intérieur.

— Donc, je le prends comme un compliment, ma chère, conclut Mme Clayworth.

Se dirigeant vers le guéridon où se trouvait un pichet, elle remplit un verre d'eau.

— Je respecte le fait que vous preniez le temps de mieux me connaître et de voir comment je m'occupe de votre fils, avant de me le confier. Tous les parents ne sont pas aussi prudents avec leurs petits.

Mme Clayworth posa alors le verre sur une petite table, près du fauteuil à bascule où Lucy Ann était actuellement assise avec Eli. Il se trouvait qu'elle mourait de soif, même si elle ne l'avait pas mentionné. Certes, l'argent ne faisait pas le bonheur, pensa-t-elle, mais il pouvait procurer des petites mains qui vous facilitaient la vie.

— Je fais confiance à Elliot et à ses choix, dit-elle. Je le connais depuis si longtemps. Nous étions toujours là l'un pour l'autre, enfants.

Il fut un temps où elle avait cru que jamais rien ne pourrait les séparer, Elliot et elle…

— Sauf que maintenant, poursuivit-elle, nous devons repenser la dynamique qui existait entre nous, en raison de l'arrivée d'Eli. Mais j'imagine que vous voyez ce genre de problématique couramment.

Elle espérait ne pas être la seule femme à se débattre avec un conflit intérieur, face à son enfant, pensa-t-elle en se dégrafant pour nourrir son fils. Naturellement, elle adorait s'occuper de lui, mais elle ne pouvait s'empêcher d'éprouver quelque tristesse à l'idée que son corps, qu'Elliot avait étreint avec tant de passion, était désormais relégué à un rôle plus utilitaire, avec l'allaitement.

— Vous êtes tout juste mère, dit Mme Clayworth en lui tendant un bavoir. C'est à la fois un grand bonheur et un bouleversement total.

— Hélas, ma mère n'a jamais été un modèle ! regretta Lucy Ann tandis qu'Eli se mettait à téter goulûment.

— Et cette tante que vous aimez tant ? demanda la nourrice en arrangeant les draps du berceau.

— Elle m'a toujours aidée, dans la mesure du possible, car ma mère lui en voulait de s'occuper de moi.

Surtout quand celle-ci avait rompu avec son dernier petit ami en date et attendait le suivant : soudain, il ne lui était plus égal que sa fille passe tout son temps chez sa tante Carla.

— J'ai lu de nombreux livres de puériculture, poursuivit-elle. Cela m'a beaucoup aidée.

— C'est effectivement une excellente façon d'apprendre, ma chère.

Comme il était agréable de pouvoir compter sur Mme Clayworth ! s'aperçut-elle alors. Elliot lui procurait vraiment une vie de rêve, à tous les points de vue.

Et elle aurait été bien idiote de refuser, par fierté, l'aide que lui apportait cette femme ! Elle avait eu tort de s'isoler du monde pendant onze mois, elle devait à présent se réhabituer à la vie en société, laisser les autres entrer dans sa vie.

Elle ne pouvait pas non plus nier que le fait de « jouer » aux parents avec Elliot commençait à entamer sa réserve et sa résolution de garder ses distances. Pour Elliot, cette cohabitation d'un mois devait leur permettre d'apprendre à être parents. Mais elle savait désormais qu'ils avaient aussi besoin de temps pour apprendre à se retrouver dans la même pièce que l'autre, sans que chacun doive lutter contre ses pulsions : ils devaient affronter cette attirance, au lieu de la fuir.

— Toutefois, votre expérience est encore plus précieuse,

renchérit-elle avant d'ajouter devant l'expression de la nourrice : Pourquoi semblez-vous surprise ?

— Parce que en général les mères recherchent mon aide et non mes conseils. Vous êtes vraiment unique.

— Est-ce que vous voulez bien vous asseoir, pour que nous parlions un peu ?

— Naturellement, répondit Mme Clayworth en s'installant sur une chaise en face d'elle.

— J'aimerais vous poser quelques questions.

— A propos des bébés ?

— Non, j'ai besoin de votre avis au sujet des hommes.

Elliot avait toujours grand plaisir à se saisir du trophée du vainqueur, mais aujourd'hui la victoire pesait peu, comparée à ce qu'il désirait le plus au monde : passer plus de temps avec Lucy Ann.

Il brandit sa coupe bien haut de la main droite, son casque coincé sous son autre bras.

Son plan de *La Belle et la Bête* progressait bien, et l'expression songeuse sur le visage de Lucy Ann lui donnait l'espoir d'être sur le bon chemin. Si elle avait eu envie de repartir pour Columbia, il l'aurait senti et aurait lu plus de détermination chez elle. Il devait maintenant passer à l'étape suivante, ce qui ne voulait pas dire se jeter sur elle et l'embrasser ! Non, de la subtilité était nécessaire, il n'oubliait pas le conseil de Troy.

Soudain, un journaliste se fraya un chemin à travers la foule de fans qui se pressaient pour le féliciter et brandit un micro sous son nez.

— Monsieur Starc, parlez-nous de la nouvelle femme de votre vie.

Ce fut alors que des collègues enchaînèrent :

— Est-il vrai que c'est votre ancienne assistante ?

— Où était-elle passée, pendant toute une année ?

— Elle a démissionné ou vous l'avez renvoyée ?

— Une querelle d'amoureux ?

— Qui s'est chargé de son relookage ?

Son relookage ? Mais de quoi parlaient-ils, grands dieux ?

A ses yeux, elle était la même Lucy Ann, toujours aussi ravissante et adorable. Et même si elle était un peu sortie de sa coquille depuis l'année dernière, le cœur de sa personnalité demeurait inchangé. Elle restait la femme qu'il connaissait et admirait.

Bien sûr, ses nouvelles courbes ajoutaient à son charme, et les vêtements que son nouvel assistant avait commandés pour elle étaient plus sexy. Mais cela, il s'en fichait : il la désirait avant, et son désir d'aujourd'hui était intact.

Le journaliste, sec et revêche, rapprocha le micro d'Elliot.

— Vous êtes sûr que le bébé est de vous ?

La question le mit en rage.

— Je comprends que la presse estime que la vie personnelle des personnes un peu célèbres soit un divertissement, mais en ce qui concerne ma famille, je ne pourrai tolérer la moindre déclaration diffamatoire. Si vous voulez que je continue à répondre à vos questions, je vous demanderai de respecter mon fils et sa mère. Et maintenant, il est temps pour moi de célébrer ma victoire en famille. L'interview est terminée.

Il entendit son assistant soupirer, manifestement peu satisfait de la façon dont il venait de traiter l'affaire. Certes, il fallait assouvir la curiosité des journalistes, et non les envoyer sur les roses, il le savait. Et en général, il était plutôt conciliant ; toutefois, il y avait des bornes à ne pas franchir, surtout concernant les deux êtres qui lui étaient le plus chers au monde.

Se frayant un chemin dans la foule, il s'efforça de rejoindre Lucy Ann, qui l'attendait dans sa loge privée.

— Félicitations, Starc ! lança un autre journaliste. Comment comptez-vous célébrer votre victoire ?

— Est-ce à cause de la mère de votre enfant que vous avez rompu vos fiançailles ? fit un deuxième.

Sans répondre, il poursuivit son chemin vers la tribune, les yeux rivés à Lucy Ann qui était entourée de quelques invités prestigieux et de notables locaux.

— Tu as gagné, dit-elle quand il arriva à sa hauteur.

Et, de son beau sourire, elle enveloppa tout son être comme si elle l'avait pris dans ses bras. Sa robe portefeuille épousait gracieusement sa silhouette, en en soulignant les formes. Il aurait, sans hésitation, donné son trophée pour pouvoir ouvrir cette robe en tirant avec ses dents sur le lien qui la maintenait.

— Partons, souffla-t-il.

Pendant toute la course, il avait été obsédé par l'idée de la reconquérir, de pouvoir l'embrasser… Il avait hâte de se retrouver en tête à tête avec elle.

— Entendu, dit-elle. Allons à la fête donnée en l'honneur des vainqueurs.

Il lui glissa alors à l'oreille :

— Non, ce soir, j'ai d'autres projets. Et comme la presse est particulièrement déchaînée, je te propose que nous nous éclipsions par la porte arrière des tribunes.

Elle fronça les sourcils.

— Elliot, je ne pense pas que ce soit la bonne solution.

Ah non ! Elle n'allait pas le repousser alors qu'il n'avait

même pas encore commencé. Mais il se rappela les paroles de Troy et se garda de toute réponse impulsive.

— Qu'est-ce que tu proposes, à la place ?

Passant un bras sous le sien, elle répondit :

— Tu m'as appris, il y a fort longtemps, que la meilleure façon de se débarrasser d'une presse affamée, c'est de lui lancer quelques amuse-gueules, non ?

Alors elle se hissa sur la pointe des pieds et effleura sa bouche. Il se figea, sous le choc, puis, oubliant toute retenue, il la prit par la taille et l'embrassa avec fougue. Le cliquetis des appareils photo devait être aussi rapide que les battements de son cœur, pensa-t-il en savourant ce baiser inattendu.

Il ignorait pourquoi Lucy Ann avait changé d'avis, mais il ne pouvait que s'en réjouir.

Bientôt, elle détacha ses lèvres des siennes, et lui adressa un grand sourire.

— Voilà qui va tenir les vautours de la presse à distance pendant quelque temps, chuchota-t-elle. Et maintenant, prêt à célébrer ta victoire ?

L'air s'était rafraîchi quand Lucy Ann sortit sur le balcon de sa chambre. Elle s'avança vers la balustrade et prêta son visage à la caresse de la brise, tandis que les pans de sa robe voletaient autour d'elle. Puis elle s'approcha de la table dressée.

Elliot était en train de se doucher pour éliminer toutes les odeurs de carburant, mais auparavant, il avait commandé le dîner, de sorte que d'agréables odeurs de nourriture espagnole parvenaient jusqu'à elle.

Elle regarda la table et vit, sous les cloches dc verre, tous ses mets préférés, y compris du flan au caramel en dessert. Elliot se rappelait exactement ses goûts. Elle avait passé tellement de temps, à l'époque où elle était son assistante, à se rappeler chaque détail de sa vie, qu'elle n'avait jamais imaginé qu'il lui accordait la même attention.

Elle passa le doigt sur le rebord de son gobelet. Les rires des voisins d'en bas se mêlaient aux madrigaux que diffusaient toujours les enceintes. Pour la première fois, elle n'avait pas pris l'écoute bébé, c'était Mme Clayworth qui devait s'occuper d'Eli pour la nuit, car Elliot et elle étaient censés se rendre à une fête organisée en l'honneur du vainqueur.

Puis elle l'avait embrassé, et leurs plans en avaient été tout chamboulés.

Désormais, c'était inévitable, ils allaient de nouveau coucher ensemble. Car plus ils attendraient, et plus les retombées seraient fortes. Ils devaient assumer la folle attirance qui les liait l'un à l'autre maintenant, pendant que leur fils était assez jeune pour ne se rendre compte de rien si les choses ne marchaient finalement pas entre eux.

Elle sentit son estomac se nouer.

Au même instant, Elliot se matérialisa sur le balcon, les cheveux encore un peu humides. Il avait enfilé un pantalon noir et une chemise blanche dont il avait relevé les manches. Les ombres de la nuit et les lumières des bougeoirs lui prêtaient un air atemporel : il était à la fois l'Elliot du passé et l'homme qu'il était devenu.

Et les deux l'attiraient.

Elle déglutit avec peine, et, pour briser le silence entre eux, dit ce qui lui passait par la tête :

— Je n'arrive pas à croire que la presse nous ait laissés partir, après la course.

— Disons plutôt que nous les avons fuis en passant par la porte de derrière.

— C'est vrai, mais en général, ils nous retrouvent toujours.

— Toute une équipe spéciale de gardes du corps veillait sur nous, lui avoua-t-il. Je n'ai aucune envie qu'Eli ou toi soyez importunés d'une quelconque façon. J'ai une vie privée, maintenant, et j'en ai assez des paparazzis. Au moins, dans cet hôtel, nous sommes à l'abri.

— Comme quand nous nous réfugions dans les bois, enfants, dit-elle d'un air songeur.

Il avait toujours eu le pouvoir de l'apaiser. Et, dans les cabanes qu'ils se construisaient et où ils venaient lire et colorier, comme tous les enfants de leur âge, elle se sentait vraiment en sécurité.

Il se planta devant elle et repoussa une mèche de cheveux derrière son oreille.

— Pourquoi m'as-tu embrassé, après la course ? demanda-t-il.

— Pour donner à la presse quelque chose à se mettre sous la dent. Et parce que j'en avais envie.

— Je te sens plus confiante qu'auparavant, déclara-t-il, les yeux brillants.

— C'est sans doute grâce à la maternité.

Désormais, elle devait répondre aussi pour son fils !

Et puis, elle désirait profiter de l'instant avec Elliot, au cas où tout dégénérerait…

— J'aime que tu te sentes mieux dans ta peau, dit-il en s'approchant de la balustrade. Que le monde voie la femme admirable que tu es.

Toute sa vie, elle avait été Cendrillon, celle qu'on ne remarquait pas. Raison pour laquelle elle ne pouvait s'empêcher de penser que l'intérêt sexuel qu'il lui manifestait venait trop tard pour être sincère.

— Grâce à mon changement de look, comme l'a souligné ce fameux commentateur, observa-t-elle alors avec dérision.

Il poussa un juron.

— Où as-tu entendu ça ?

— Elliot, même dans ce château moyenâgeux, il y a la télé et de nombreuses chaînes privées.

Elle haussa les épaules.

— C'était sans doute une forme de compliment, ajouta-t-elle.

— N'oublie jamais que j'avais vu avant tout le monde cette lumière si particulière qui émane de toi.

— Alors pourquoi t'a-t-il fallu toutes ces années pour me faire des avances ?

— Si je me souviens bien, c'est toi qui as fait le premier pas.

Elle sentit immédiatement une partie de son assurance s'envoler : au fond, si elle ne l'avait pas embrassé sur une impulsion, onze mois auparavant, ils seraient peut-être encore de simples amis.

— Merci de me rappeler la façon dont je me suis ridiculisée, marmonna-t-elle.

— Tu ne m'as pas compris, dit-il en mêlant ses doigts aux siens, pour l'attirer à lui. Je t'ai toujours trouvée très séduisante, mais au nom de notre amitié de toujours, je te considérais comme inaccessible. Les maîtresses, ce n'était pas ce qui manquait. Toi, tu étais bien mieux, tu étais mon amie.

— « Ce n'était pas ce qui manquait », répéta-t-elle. Eh bien, c'est charmant !

— Arrête, Lucy Ann ! dit-il en lui étreignant la

main. Je ne veux pas me disputer avec toi. Fais-moi confiance. Je maîtrise la situation.

— Ah bon ? Et qu'est-ce que tu as imaginé, ce soir ? De quel conte t'es-tu inspiré ?

— Il se pourrait que nous restions dans la réalité.

— Je suis déçue, murmura-t-elle d'un ton sensuel en se rapprochant de lui. Ce soir, j'avais envie de féerie.

Il lui adressa un regard surpris, et enchaîna bien vite :

— Pas de problème ! Imagine que nous sommes au milieu du bal de Cendrillon.

Voilà qui était des plus opportuns, étant donné les pensées qu'elle avait nourries un peu plus tôt.

— Parfait, alors dansons ! dit-elle.

— Entendu !

Il prit sa main qu'il posa sur son épaule, avant de poursuivre :

— Cela me permettra de réparer mes torts, pour le bal du lycée… Et dire que tu avais une si belle robe ! Ta tante me l'avait montrée avant, pour que j'accorde ma chemise aux fleurs bleues qui l'ornaient.

— Je n'arrive pas à croire que tu te souviennes de ce bal !

— C'est la soirée où j'ai été arrêté par la police pour vol de voiture, et où, du coup, je t'ai laissée tomber… Ce sont des événements qui marquent à jamais.

— Je savais que les coupables étaient tes amis.

Il pencha la tête, étonné.

— Lucy Ann, j'ai bel et bien volé ce véhicule. Je voulais t'emmener au bal dans une belle voiture. J'avais pensé que le propriétaire ne se rendrait compte de rien, car je comptais le lui rendre le lendemain matin.

— Comme si j'avais jamais attaché de l'importance à de tels détails !

— Je sais, mais moi, ça ne m'était pas égal. Résultat : j'ai passé une nuit en prison, et le propriétaire a ensuite retiré sa plainte par je ne sais quel miracle !

Il se mit à rire, un rire sombre, puis ajouta :

— Cette nuit fut la plus paisible de ma vie, puisque j'échappais enfin à mon père.

Elle sentit son cœur se serrer, et posa la tête sur son épaule. Leur enfance avait été ravagée… Sauraient-ils mener une vie d'adulte équilibrée ?

Il reprit alors :

— Et pourtant, par rapport à toi que j'avais laissée tomber, j'avais honte de me sentir si bien, cette nuit-là.

— Elliot, c'était juste un bal, dit-elle d'une voix douce. Moi, j'étais très inquiète de la façon dont ton père allait réagir en apprenant la nouvelle.

— J'aurais aimé t'offrir la lune, mais en réalité, je t'ai abandonnée chaque jour un peu plus, après cette première arrestation.

Cette discussion les entraînait décidément loin de l'atmosphère sensuelle dont elle avait rêvé.

— Ce n'est pas le genre de conversation que le prince charmant tiendrait à Cendrillon ! protesta-t-elle alors.

— Ce que je voulais te dire, c'est que je suis prêt aujourd'hui à tout te donner. Dis-moi juste ce que tu veux, et ton vœu sera exaucé.

Alors qu'elle mourait d'envie de lui avouer que son vœu le plus cher était qu'il la déshabille et lui fasse l'amour contre le mur du balcon, elle se surprit à murmurer :

— Tout ce que je veux, c'est qu'Eli soit heureux et mène une vie normale.

— Et tu penses que ce que nous vivons en ce moment ne relève pas de la normalité ? demanda-t-il en se mettant à la faire tournoyer sur le balcon, au rythme des madrigaux.

— Un château ? Une bibliothèque dans un monastère ? Franchement, ce n'est pas vraiment la vie ordinaire.

— Il existe certainement aussi des aires de jeux par ici, pour Eli. Je me renseignerai dès demain à la réception.

— A t'entendre, tout paraît si simple, observa-t-elle.

— Ce pourrait l'être.

— Sauf que nous avons onze mois de retard. Et que je m'en veux terriblement.

— Pourquoi ? J'aurais dû partir tout de suite à ta recherche. Mais j'étais si mortifié et tellement atteint dans ma fierté que j'ai préféré en blesser une autre.

Elle n'avait jamais envisagé la situation sous ce jour, n'avait jamais pensé que Gianna ait pu être la victime, dans cette histoire…

— Que se passera-t-il, Elliot, si tu trouves une autre femme qui te plaît plus que moi ? demanda-t-elle tout à trac.

— Je peux te signer un contrat de monogamie, si tu le souhaites, répondit-il du tac au tac.

Elle lui adressa un triste sourire.

— Evidemment, si nous sommes dans un conte, c'est possible… Mais moi, je suis sérieuse, et j'ai besoin de réponses honnêtes.

Malgré elle, son ton s'était fait impérieux. En même temps, elle ne comprenait pas pourquoi elle le poussait dans ses derniers retranchements ! Mais comme ils n'avaient jamais joué cartes sur table, elle s'engouffrait dans la brèche, profitant de cette occasion rare.

Soudain, il s'immobilisa et prit son visage dans ses mains, rivant son regard au sien.

— Il faut que tu me croies, Lucy Ann : tu es la seule femme que je désire, et je peux t'assurer que si tu restes avec moi, je ne te tromperai jamais.

— Est-ce une demande en mariage ?

— Ce que je te demande, c'est que l'on reste ensemble, que l'on couche ensemble, et que l'on soit amis, amants et parents.

Donc, il ne s'agissait pas de mariage. Il n'était pas le prince charmant et elle n'était pas Cendrillon. Il lui proposait juste un arrangement de convenance : profiter à la fois du sexe et de leur amitié.

Très bien : elle allait le prendre au mot !

- 8 -

Malgré lui, Elliot laissa échapper un grognement : Lucy Ann venait de s'écarter de lui alors qu'ils dansaient bien tranquillement en discutant ! Allait-elle le rejeter en dépit de tout ce qu'ils venaient de se dire ? Il serra les poings et fourra les mains dans ses poches pour se donner une contenance et ne pas avoir l'air d'un parfait idiot.

Mais elle ne s'enfuit pas.

Elle planta ses yeux dans les siens, les pupilles presque dilatées. Etait-ce lié à l'obscurité… ou au désir ? se demanda-t-il alors. Bien sûr, la seconde éventualité avait sa préférence. Et, de fait, il la vit défaire la ceinture de sa robe portefeuille…

— Euh, Lucy Ann… Est-ce que tu vas…

— Oui, Elliot, je vais bien retirer ma robe.

Elle en écarta les pans, dévoilant un soutien-gorge rouge, pareil à une parure sur sa peau couleur crème.

Tous ses sens furent immédiatement en alerte. Les seins de Lucy Ann étaient tendus sous le satin, et il mourait d'envie de s'en saisir, de les caresser, puis de l'entendre pousser un petit soupir de plaisir…

Elle secoua les épaules pour faire glisser la robe…

Alors, dans un ultime sursaut de raison, il la saisit par le bras et l'attira à lui, empêchant la robe de tomber. Ils se trouvaient tout de même sur le balcon, des voisins pouvaient les voir !

— Lucy Ann, nous sommes dehors !

Elle poussa un petit gémissement tout en se pressant contre son érection.

— Tu ne m'apprends rien.

Sa fragrance l'enivra d'un coup, tout comme la douceur de sa peau… Son dernier lambeau de raison allait l'abandonner.

— Rentrons dans la suite ! dit-il d'une voix rauque.

— Ta chambre ou la mienne, comme tu préfères, enchaîna-t-elle. Mais dépêche-toi avant que nous nous retrouvions tous les deux nus sur le balcon !

Elle se serra un peu plus contre lui et ajouta :

— Et avant que tu changes d'avis !

Il sentit le sang courir à toute allure dans ses veines.

— Pas de risque ! Allons dans ma chambre, car il y a des préservatifs. Et avant que tu me poses la question, oui, j'avais l'intention depuis le début de ce voyage de t'entraîner dans mon lit.

Alors, la soulevant de terre pour la prendre dans ses bras, il la conduisit jusqu'à sa chambre.

— Heureusement que Mme Clayworth n'a pas un petit creux et qu'elle n'erre pas dans le salon ! ajouta-t-il à voix basse, en riant.

Ses cheveux lui caressaient le cou, tandis qu'elle lui versait une pluie de baisers sur l'oreille.

— Tu es censé être le coureur de F1 qui n'a peur de rien, et voilà que c'est toi le plus circonspect de nous deux. En fait, c'est très romantique.

— Je suis prudent pour toi.

Sauf que cette sagesse se manifestait un peu tardivement ! Il l'avait abandonnée adolescente, puis quand elle avait été enceinte. Mais plus jamais cela ne se reproduirait. Elle méritait bien mieux !

Oui, Lucy Ann méritait le meilleur, il n'y avait pas à épiloguer.

Lorsqu'elle noua ses mains autour de son cou, il captura sa bouche avec fièvre... Quelques instants plus tard, il la déposa sur le lit à baldaquin, et se félicita d'avoir réservé dans ce fabuleux château hôtel : c'était l'écrin qu'il fallait à la femme merveilleuse qu'elle était.

En quelques secondes, elle se débarrassa de sa robe. Puis, les yeux rivés aux siens, elle retira ses escarpins...

— Tu ne te trouves pas un peu trop habillé ? demanda-t-elle alors.

— Tu ne m'as rien demandé...

Elle lui adressa un petit sourire, puis attrapa le col de sa chemise qu'elle ouvrit sans prendre le temps de défaire les boutons. Son geste fit grimper encore sa libido.

— C'est que je voulais m'en charger, murmura-t-elle d'une voix lascive. Tout comme je te laisse me déshabiller complètement.

— Je crois que je peux satisfaire sans problème à cette exigence.

Et tandis qu'elle s'étirait avec langueur sur le lit, il se débarrassa en un rien de temps de sa chemise déchirée.

— Pourquoi n'as-tu pas continué ta carrière de mannequin ? lui demanda-t-elle d'un ton câlin. Tu aurais gagné des millions.

— Arrête, Lucy Ann, dit-il, la main sur son ceinturon. Je préfère oublier ce bref chapitre de ma vie.

— Je comprends, tu n'aimais pas les caleçons, tu préfères les boxers comme celui que tu portes ce soir, c'est ça ?

Parfait, elle était d'humeur légère, elle n'avait plus l'air de vouloir aborder de sujets graves, comme lorsqu'ils dansaient. Et tout à coup, il se rendit compte qu'ils n'avaient pas touché à leur dîner.

— Attends-moi, je reviens, dit-il.

Ceinturon défait, il retourna sur le balcon, d'où il revint avec un plateau de fruits et de fromages, surmonté de deux assiettes de flan posées en équilibre, le tout en prenant garde de ne rien renverser pour ne pas réveiller Eli ou la nourrice.

Il poussa un soupir de soulagement quand il vit que Lucy Ann n'avait pas bougé d'un pouce : presque un an après, il restait en effet traumatisé par la vitesse à laquelle elle s'était éclipsée, la dernière fois qu'ils s'étaient retrouvés ensemble dans un lit.

Elle pencha le visage, et ses cheveux tombèrent sur son épaule, semblables à du caramel fondant.

— Tu veux qu'on dîne maintenant ? demanda-t-elle.

Il lui adressa son sourire diabolique.

— Si tu es mon plat principal, oui.

— Pourquoi pas ? répondit-elle sur le même ton. Mais il ne faudrait pas que l'on tache nos vêtements.

Et sans plus attendre, elle retira ses sous-vêtements.

Pour le coup, il en laissa presque échapper son plateau !

Se ressaisissant, il le posa sur la table de nuit, le regard inexorablement attiré par son entrejambe. Il était décidément bien trop habillé pour ce qu'il avait en tête.

Quelques secondes plus tard, son boxer tombait à terre, dévoilant son érection.

Elle eut un sourire appréciateur.

— Elliot ?

— Oui ? marmonna-t-il en embrassant une de ses chevilles…

Où il découvrit un fin bracelet, ce qui était plutôt étonnant de la part d'une femme aussi pragmatique qu'elle.

Quelles parts secrètes d'elle ignorait-il encore ?

— Tu sais ce que j'aimerais ? dit-elle alors.

— Tes vœux sont des ordres, s'empressa-t-il de répondre.

Et il déposa un baiser sur sa jambe.

— Que nous mettions plus de lumière.

Il s'immobilisa, levant les yeux vers elle : elle était éclairée par la lampe de chevet.

— Plus de lumière ?

— Cela fait très longtemps que je ne t'ai pas vu nu, et la dernière fois, c'était dans la pénombre.

Décidément, Lucy Ann savait s'y prendre pour le rendre fou de désir.

— C'est tout à fait réalisable, marmonna-t-il.

Il s'étira pour atteindre l'interrupteur afin d'allumer les deux appliques murales en forme de chandelier. La blancheur du corps de Lucy Ann se détacha alors sur les couleurs riches des draps et des rideaux, et cette vision l'électrisa. Sans compter le feu qui brillait dans ses yeux mordorés…

Il ouvrit le tiroir et en sortit un préservatif qu'il jeta nonchalamment sur le matelas avant de se concentrer de nouveau sur son corps aux courbes magnifiques. Il se réjouit de la sentir frémir sous ses caresses et ses baisers.

Bientôt, elle se mit elle aussi à explorer son corps jusqu'à ce qu'il perde la notion du temps sous le tandem sensuel de leurs mains. Elle était aussi douce qu'humide, et il vivait un véritable rêve.

Soudain, il s'empara d'une fraise, sur le plateau, et

plaça le fruit charnu entre ses dents. Puis, la recouvrant de son corps, il pressa délicatement le fruit sur sa bouche pulpeuse. Alors elle entrouvrit les lèvres et mordit dans la fraise. Il emmêla aussitôt sa langue à la sienne, et la saveur du fruit décupla son plaisir tandis qu'elle enroulait les jambes autour de ses hanches, le guidant en elle. Puis elle pencha la tête en arrière, mâchant lentement le fruit. Ses seins se soulevaient et s'abaissaient en rythme. Dieu, ce qu'elle pouvait être désirable !

S'appuyant sur un coude, il prit une autre fraise dont il fit délicatement couler le jus sur la pointe d'un de ses seins. Elle poussa un petit cri… Aussitôt, il lécha le bout hérissé et fruité, puis le mordilla jusqu'à arracher des gémissements de plaisir à Lucy Ann.

Alors il se mit à aller et venir en elle avec plus de fougue, plus vite, et il eut la merveilleuse sensation de rentrer enfin au port. Comment avait-il pu rester si longtemps loin d'elle ? Imaginer qu'il pourrait vivre auprès d'une autre femme qu'elle ? Ils étaient faits l'un pour l'autre, liés l'un à l'autre, aussi loin que remontaient ses souvenirs.

Elle était à lui !

Cette pensée l'excita énormément. Aux petits cris qu'elle poussait, il comprit qu'elle nageait dans les eaux de la volupté. Elle agrippait les draps, cherchant manifestement à réprimer ses cris pour ne pas réveiller toute la suite. D'adorables rougeurs recouvrirent peu à peu sa gorge. Ce fut le coup de grâce… Il lâcha alors la bride à son plaisir et fut emporté par un ouragan.

Quand il retrouva ses esprits, une question l'assaillit : comment allait-il s'y prendre, cette fois, pour que la femme plus assurée qu'elle était devenue ne lui échappe pas de nouveau ?

Tremblant d'anticipation, Lucy Ann inclina la tête.

— Elliot, donne-moi une autre bouchée, ou je vais m'évanouir d'inanition.

Elle le saisit par le poignet et approcha de sa bouche la cuillère de flanc. Il la regarda faire en riant doucement. Elle referma les lèvres et savoura le caramel crémeux. Tous ses sens étaient en alerte maximale depuis qu'il lui avait fait l'amour plusieurs fois de suite. L'odeur de fraises restait accrochée aux draps, en dépit de la douche qu'ils avaient prise dans l'immense Spa carrelé, ce qui leur avait d'ailleurs donné une nouvelle occasion de s'étreindre.

Elle aurait dû dormir, à présent, car elle risquait sinon de ne pas être en mesure de s'occuper d'Eli demain. Mais elle avait envie que dure cette nuit magique avec Elliot, dans ce fantastique château.

Elle regarda autour d'elle, tout en se pelotonnant sous les draps soyeux. Des sculptures de Dionysos ornaient le bois de lit, et les tapisseries retraçaient une fête médiévale. Les personnages y étaient presque représentés grandeur nature : un lord élégant et sa dame se tenaient autour d'une table, entourés à l'arrière-plan de chevaliers au regard lubrique et de petites bonnes toutes souriantes. Tout contribuait à l'immerger dans un monde de rêve.

Un monde dont elle n'aurait jamais voulu sortir.

Elle plongea résolument sa cuillère dans le flan au caramel et offrit la bouchée à son chevalier servant.

— Je dois reconnaître que notre danse de ce soir s'est mieux terminée que la première fois, dit-elle.

— Ce n'est pas moi qui te contredirai.

A son tour, il plongea la cuillère dans le dessert savoureux et la porta à la bouche de Lucy Ann.

— Vous savez si bien faire vibrer le lit, madame, ajouta-t-il en riant.

Et lui donc, avec ses larges épaules et son torse musclé, un vrai prince sorti tout droit d'un conte de fées ! Ce lieu la transportait hors du temps et l'empêchait de penser à l'avenir. Et elle entendait en profiter pleinement.

Ils avaient déjà fait l'amour, ils se connaissaient de façon intime et, pourtant, un parfum de nouveauté flottait entre eux. Sans doute parce qu'elle-même n'avait plus le même corps, depuis la naissance d'Eli. Elle avait aussi changé, trouvant une assurance qu'elle n'avait jamais eue dans le passé.

Elle croisa le regard d'Elliot et n'y lut rien d'autre que l'expression d'un profond désir.

— Je dois t'avouer quelque chose, dit-elle en se penchant pour prendre la cuillerée qu'il lui tendait.

Elle vit son regard s'assombrir, comme s'il redoutait le pire.

— Je t'écoute, dit-il néanmoins, les yeux fixés sur sa bouche.

Elle reposa alors la cuillère près du plateau de fruits, son corps frémissant à la pensée de la fraise partagée, au moment où il l'avait pénétrée. L'intensité de la scène menaça de la submerger de nouveau.

— Comme tu le sais, j'aime la simplicité, dit-elle en prenant le temps de s'étirer de manière féline. Mais je suis complètement toquée des draps en lin.

— Bon sang, Lucy Ann ! dit-il en se coulant contre elle. Ce que tu as pu me faire peur ! Je me demandais bien ce que tu allais m'annoncer.

— Mais je t'assure que je suis extrêmement sérieuse ! insista-t-elle. Tout comme le confort du matelas est remarquable !

— Ah, je comprends mieux où tu veux en venir… ! En gros, tu me dis que tu es la princesse au petit pois, c'est ça ? Ne t'inquiète pas, je ferai en sorte que tu dormes sur le meilleur matelas et dans les meilleurs draps qui existent sur le marché.

— Oh ! merci, cher prince ! répondit-elle sur le ton de la plaisanterie, bien consciente que la réalité aurait tôt fait de les rattraper. A propos, je crois que je ne t'ai même pas félicité pour ta victoire, aujourd'hui. Et je suis désolée que tu ne sois pas allé à cause de moi à la fête organisée en l'honneur des participants.

— Eh bien, moi, je ne le regrette pas du tout.

Il glissa les doigts dans ses cheveux, jusqu'à la pointe, et poursuivit :

— Je suis exactement là où j'avais envie de célébrer ma victoire : avec toi, et sans vêtements.

— Tu mérites pourtant de la fêter en bonne et due forme. Tu t'es entraîné dur pour arriver au niveau que tu as atteint aujourd'hui, dit-elle en passant lascivement sa jambe sur la sienne.

Il avait commencé les courses à l'âge de quatorze ans, dans le cadre de la NASCAR, puis il les avait reprises après l'école de redressement militaire. Il incarnait à présent une publicité vivante pour cette école.

— Moi aussi, j'ai un aveu à te faire, dit-il en posant le menton sur son crâne. Mon rêve aurait été d'aller à l'université et de devenir professeur d'anglais. Mais je devais gagner ma vie, c'est pour cela que je suis revenu sur les circuits, après l'école militaire.

Professeur d'anglais ? Voilà qui expliquait pourquoi il avait toujours un livre à portée de main. Incroyable qu'il n'ait jamais mentionné ce rêve, devant elle. Une toute nouvelle image d'Elliot se dessinait à présent… Quel autre secret lui avait-il caché ?

— A cause de ton arrestation ? demanda-t-elle.

Il poussa un soupir.

— Parce que mon père m'avait coupé les vivres.

Elle ferma les yeux et l'attira plus étroitement contre elle.

— Je suis désolée, Elliot. Rien ne devrait me surprendre, venant de lui, et pourtant, cela me bouleverse d'entendre ça. Je suis si heureuse que tu aies échappé à son emprise.

— Tu dois tout de même m'en vouloir un peu de t'avoir laissée tomber, dit-il d'une voix rauque.

— Pas du tout ! Tu as fait ce qu'il fallait ! Tu m'as manqué, bien sûr, quand tu as intégré l'école militaire, mais je l'ai accepté.

— Peut-être, mais tu en as souffert. D'ailleurs, je le perçois encore aujourd'hui dans ta voix. Dis-moi la vérité, Lucy Ann.

Finie la légèreté entre eux ! Ils en revenaient toujours à leur lourd passé.

— Je t'assure que j'ai compris ton besoin de partir. J'aurais juste aimé que tu m'en parles, et que l'on envisage éventuellement de s'en aller ensemble. Ma vie était supportable avec toi tout près de moi. Sans toi…

Elle ferma les yeux et enfouit le visage dans son torse, absorbant sa force vibrante pour conjurer le froid qui menaçait de la submerger.

— Parfois, je me dis que j'aimerais remonter le temps et changer le passé… Tu as besoin d'une personne qui t'accorde la première place, qui ne te laisse pas tomber.

Qu'essayait-il de lui dire, au juste ?

Comme il demeurait silencieux, elle pensa qu'il s'était endormi, mais elle sentit bientôt sa main courir le long de ses reins.

Puis il lui donna un baiser sur le front et déclara :

— Je ne voulais pas te laisser toute seule au lycée. Il faut que tu le saches.

Sa voix était remplie d'émotion.

— Seulement, je n'aurais rien eu à t'offrir, si nous étions partis ensemble, poursuivit-il. Et je ne pouvais plus rester… La seule solution pour m'en sortir, c'était de me faire arrêter.

Elle l'écoutait attentivement pour comprendre ce qu'il essayait de lui dire.

— Tu as enfreint la loi en espérant que la police t'arrêterait, c'est ça ?

— Oui, ça résume assez bien ce qui s'est passé.

La voix d'Elliot était calme, alors qu'elle entendait son propre cœur cogner dans sa poitrine.

— Après ma première nuit en cellule, je me suis mis à voler des voitures. Je trouvais qu'en prison, j'étais plus en sécurité qu'à la maison. Ainsi que les gens qui m'entouraient.

— Tu veux dire ta mère et moi ?

Il acquiesça.

— Tu te souviens de notre voyage à la mer, quand mon vieux pick-up nous avait fait faux bond ?

— Tu veux dire quand tes pneus s'étaicnt détachés !

Il s'en était fallu de peu pour qu'ils ne tombent dans

le ravin, mais les incroyables réflexes d'Elliot leur avaient sauvé la vie.

— Exact. Quand le premier est tombé, je me suis dit que nous n'avions pas de chance. Puis un deuxième s'est décroché…

Il l'enlaça soudain plus étroitement, et ajouta :

— J'ai découvert par la suite que mon père avait pris une assurance-vie au cas où il m'arriverait quelque chose.

Elle poussa un petit cri, et plongea les yeux dans les siens. Le visage d'Elliot était complètement dénué d'émotion, mais elle voyait l'horreur sur son propre visage se refléter dans ses yeux à lui.

— Tu penses vraiment que ton père voulait te tuer ?

— J'en suis certain, affirma-t-il, en s'asseyant dans le lit.

— Tu as dû être terrifié.

Pourquoi ne lui avait-il rien dit ? Mais à peine la question s'était-elle formée dans son esprit qu'elle trouva la réponse : il ne voulait pas la mettre en danger. Il était inutile de lui dire qu'il aurait dû appeler la police. Mieux valait qu'elle se contente de l'écouter, puisqu'il avait enfin envie de se confier.

— Je n'avais pas d'argent pour partir de chez lui, et je me suis dit que la prison pour mineurs ne serait pas pire que la vie que je menais à la maison.

— Mais à la place, on t'a envoyé dans une école de redressement militaire !

Et ç'avait été une réelle aubaine pour lui, car il y avait découvert une seconde famille, pensa-t-elle. Parfois, le système fonctionnait de manière idéale : quelqu'un, quelque part, avait fini par percevoir tout le potentiel qu'il avait.

— Oui, la vie m'a enfin souri, dit-il.

Il se mit à lui caresser la nuque, et ajouta :

— J'aurais tant aimé que tu sois avec moi. En fait, je me rends compte à présent que j'aurais pu m'y prendre autrement.

— Tout s'est bien passé, et…

— Pour moi, mais pour toi ? dit-il d'un ton sombre. Comment était-ce avec les maris et les petits amis de ta mère ? Nous n'avons jamais reparlé de ce qui s'était passé pendant mon absence.

Et soudain, elle comprit : il s'était inquiété à son sujet pendant des années. Etait-ce parce qu'il se sentait coupable qu'il s'était ensuite montré si protecteur, qu'il lui avait donné un travail et l'avait gardée auprès de lui ?

— Elliot, commença-t-elle, les hommes que ma mère fréquentait n'étaient pas très malins, mais ils n'étaient pas violents. Certains étaient un peu vicieux, mais je te rassure, aucun ne m'a violée. Et puis, j'avais toujours la solution de m'enfuir chez ma tante, quand je sentais que cela commençait à dégénérer à la maison, que ma mère et son dernier ami en date allaient rompre.

— Peut-être, mais il est invraisemblable que tu aies été contrainte de fuir ta propre maison, dit-il d'une voix tendue. Ta mère aurait dû être là pour toi, et moi aussi.

— Elliot, reprit-elle, je ne veux pas que tu te sentes forcé de me protéger.

— Je ne sais pas ce que je peux faire d'autre pour toi, dit-il le regard hanté par les remords.

Elle se rendit compte que leur passé d'enfants délaissés et trahis par leurs parents les attachait aujourd'hui encore aussi fort l'un à l'autre que lorsqu'ils étaient adolescents ; aucun mot n'aurait su exprimer ce qui les liait si étroitement.

Alors, elle laissa un autre langage se substituer aux

mots et l'embrassa avec fougue et désespoir. Elle se délecta de son odeur de fraise et de caramel mêlés, et sentit un violent désir s'emparer d'elle en pensant qu'il était à elle, rien qu'à elle, pour toute la nuit.

- 9 -

Lucy Ann savait que le langage des corps, pour puissant qu'il était, ne résolvait pas les problèmes ; il pouvait en revanche les tenir à distance.

Elliot l'avait prise par la taille et l'attirait à présent sur lui. Elle sentit soudain son membre dur contre son pubis.

Son corps était en feu.

— Je voudrais… J'aimerais…, commença-t-elle.

— Oui, que veux-tu, Lucy Ann ? l'encouragea-t-il entre deux baisers.

Le savait-elle seulement ? Leurs vies ressemblaient à un écheveau, sans parler de leurs émotions.

— Là, pour l'instant, je veux te sentir en moi.

— Ce n'est pas ce que je voulais dire, rétorqua-t-il en la fixant de son beau regard vert si familier.

— Chuuut ! Ne gâche pas ce moment, dit-elle en posant ses deux doigts sur ses lèvres.

Elle se pencha en avant pour ouvrir le tiroir où se trouvaient les préservatifs. Il lui prit l'étui des mains et quelques secondes plus tard, il s'enfouissait en elle…

Quelle merveilleuse sensation ! Elle voulait fermer les paupières, mais il ne la lâchait pas du regard, tandis qu'ils chaloupaient à la même cadence, tous deux sur le point de perdre le contrôle. Elle se réjouissait de le voir s'abandonner de la sorte, tout en lui caressant les hanches, les seins. Elle aurait aimé que ce moment de grâce dure toujours, aussi, instinctivement, ralentit-elle l'allure.

Il l'attira à lui pour lui mordiller le lobe de l'oreille. Tout son corps s'enflamma, elle enfonça ses ongles dans sa chair et se mit à hurler de plaisir.

Peu après, il la fit rouler sous lui et l'embrassa à pleine bouche avant que des spasmes ne saisissent son corps et que ses grognements se mêlent à ses cris…

Ils restèrent ensuite un long moment blottis l'un contre l'autre, haletants.

Peut-être pourraient-ils finalement continuer à être les meilleurs amis du monde, tout en couchant ensemble ? se demanda-t-elle, les idées embrouillées par la fatigue. Le tout étant de savoir si l'amitié et le sexe pouvaient faire bon ménage… Et puis ils devaient aussi apprendre à se refaire mutuellement confiance.

Ils avaient encore un mois devant eux pour trouver la meilleure solution. Si seulement ils pouvaient faire l'amour jusqu'à conjurer l'avenir…

Soudain, elle entendit que la respiration d'Elliot devenait plus régulière. Il s'était endormi. Elle non plus n'était pas loin de sombrer dans le sommeil, aussi devait-elle regagner sa chambre. Il aurait été étrange de se retrouver dans le même lit au petit matin, songea-t-elle, ils n'en avaient pas l'habitude, même si elle l'avait souvent vu s'assoupir, un livre à la main.

Pourtant, l'idée de passer la nuit contre son corps chaud et généreux était tentante. Allons ! Elle devait absolument se secouer ! Elle se glissa en silence hors du lit, pour ne pas le réveiller.

— Lucy Ann ? fit Elliot d'une voix faible. Reviens te coucher.

Elle ramassa sa robe portefeuille et la passa rapidement autour de sa taille avant de rassembler ses sous-vêtements.

— Je dois aller auprès d'Eli. Fais de beaux rêves, Elliot.

Et, son soutien-gorge et sa petite culotte à la main, elle se précipita vers la porte, en espérant ne pas commettre une très grande erreur, car une fois encore, elle fuyait comme une lâche.

— Bienvenue à Monte-Carlo, Eli, murmura Elliot à son fils qu'il tenait dans les bras.

Eli était grognon, et Elliot faisait les cent pas pour le calmer. L'ayant entendu pleurer, il s'était précipité pour le prendre de son berceau avant qu'il réveille Lucy Ann.

Mais elle dormait profondément, le voyage jusqu'à Monte-Carlo ayant été éprouvant, car le petit Eli souffrait de coliques. Il n'avait pas eu le temps de discuter avec elle, même s'il était vrai qu'elle ne s'était pas rendue disponible. Il aurait presque pu penser qu'elle le fuyait.

Mais il n'y avait aucune raison. Ils avaient passé une nuit d'amour merveilleuse, ils ne s'étaient pas disputés… Que pouvait-il donc bien y avoir ? Car quelque chose la contrariait, forcément, son silence ne le trompait pas.

Pour couronner le tout, Eli était devenu de plus en plus irritable au cours de la journée. Quand leur jet avait atterri à Monte-Carlo, il était prêt à appeler un médecin, mais Lucy Ann et la nourrice lui avaient assuré qu'Eli souffrait simplement de petits dérangements intestinaux et qu'il était perturbé par le fait que sa routine soit un peu chamboulée.

Evidemment, tout cela accréditait la thèse de Lucy

Ann qui soutenait qu'un enfant ne pouvait voyager en permanence sous peine de perdre ses repères. Toutefois, il était encore loin de reconnaître sa défaite, et certainement pas après la nuit précédente… Lucy Ann et lui étaient si près de renouer véritablement et de repartir sur d'excellentes bases.

Il espérait que Monte-Carlo l'aiderait à marquer des points : il y possédait un luxueux appartement et avait des amis qui vivaient dans les environs, notamment un propriétaire de casino, qui était lui-même père…

Son logement disposait d'une grande terrasse donnant sur des jardins, et il devrait l'entourer d'une balustrade, lorsque Eli serait en mesure de marcher. A présent, il appréhendait tout sous un jour différent : les grands canapés en cuir et les meubles antiques lui semblaient autant de coins anguleux et des endroits où l'on pouvait glisser.

— Qu'est-ce que tu en penses, Eli ? demanda-t-il en regardant son petit visage froissé par la colère. Je crois qu'il est temps que tu prennes ton repas, seulement, je n'ai pas envie de réveiller ta pauvre maman. Et si je te préparais un petit biberon ?

Eli le considéra alors avec ses grands yeux, poings bien fermés.

Il avait toujours cru que tous les bébés se ressemblaient, mais maintenant, il se rendait compte qu'il aurait reconnu le sien entre mille.

Comme il était étrange de voir dans ce petit être à la fois des traits de Lucy Ann et de lui-même ! Et pourtant, Eli possédait un visage bien à lui. Curieux ! Il n'y avait qu'une semaine qu'il avait fait sa connaissance, et pourtant il lui semblait qu'Eli avait toujours fait partie de sa vie.

Soudain, le visage de son fils se contracta, et Elliot comprit qu'il allait se mettre à hurler de toutes ses forces. Alors il le posa sur son épaule et lui tapota le dos, tout en se dirigeant vers le réfrigérateur afin de prendre un biberon tout prêt, que Lucy Ann y avait stocké.

Il s'apprêtait à le mettre dans la bouche d'Eli quand il se rappela que le lait trop froid n'était pas digeste pour les enfants… Comment le réchauffer ? Au micro-ondes ? Sans hésiter, il sortit son portable pour appeler Conrad, qui était un couche-tard.

Ce dernier prit la communication au bout d'une sonnerie.

— Hughes à l'appareil. Je t'écoute, Elliot.

— J'ai besoin d'un conseil.

— De quel ordre ? Financier, professionnel ? Parle, je t'écoute.

— Euh… Il s'agit plutôt de puériculture…

Elliot considéra son bébé et le biberon, posé sur le plan de travail en marbre. Sa vie avait radicalement changé ! pensa-t-il alors.

— Peut-être qu'il serait préférable que tu me passes Jayne, poursuivit-il.

— Je me sens insulté, riposta Conrad en riant, tandis que la musique du casino jouait en arrière-fond. Pose-moi ta question, de toute façon, Jayne dort, à cette heure-ci.

— Notre nourrice est malade, et Lucy Ann s'est endormie. Entre son travail, le bébé, les voyages…

— Bon, et quelle était ta question ?

— Voilà, je m'apprête à donner à Eli un biberon qui sort juste du réfrigérateur. Est-ce que je dois le chauffer au micro-ondes ? D'accord, cc n'est pas la peine de te gondoler !

— Mais je ne ris pas ! Enfin, intérieurement peut-être, en tout cas, en toute discrétion. Revenons à ce biberon : passe-le sous de l'eau bien chaude, c'est la meilleure solution. Pas de micro-ondes ni de bain-marie. Si Eli ne le boit pas, jette-le. Oh ! Et n'oublie pas de le secouer avant de lui donner.

— Mais dis-moi, tu es un vrai pro, répondit Elliot d'un ton moqueur, tout en faisant couler de l'eau chaude sur le biberon.

— Rien ne vaut la pratique.

— Je crois que c'est la plus étrange conversation de ma vie.

— Ce sera bientôt la routine, pour toi aussi, vieux frère.

— J'espère.

Les bruits du casino s'atténuèrent, comme si Conrad avait changé de pièce.

— Alors, qu'en est-il entre Lucy Ann et toi ? demanda-t-il.

Elliot pesa prudemment sa réponse, avant de déclarer en toute simplicité :

— Nous sommes ensemble.

— Vraiment ensemble ?

Il jeta un regard vers la porte fermée derrière laquelle dormait Lucy Ann, puis considéra son fils, dans ses bras.

— J'y travaille.

— Tu es amoureux d'elle, déclara son ami d'un ton catégorique.

Et pourtant, il ne parvint pas à le lui confirmer.

— Nous sommes les meilleurs amis du monde depuis toujours. Il y a une attirance entre nous, c'est sûr.

— Il va falloir que tu te montres plus convaincant, Elliot, si tu veux la demander en mariage. Les femmes attendent plus qu'un « meilleur ami » avec qui elles s'entendent super-bien au lit.

La demander en mariage ? L'idée ne lui avait même pas traversé l'esprit ! Et pourtant, il se rendait compte à présent que c'était ainsi qu'il aurait dû aborder la situation. Oui, dès le début, s'il avait été un homme convenable, il lui aurait offert une bague, plutôt que de lui proposer ce curieux arrangement avec sexe à la clé, pendant un mois.

— Je sais, marmonna-t-il cependant, je ne suis pas idiot à ce point.

— Donc, tu comptes l'épouser. Parfait.

Oui, et c'était tout nouveau, mais il se garda bien de l'avouer, même si c'était la pièce qui manquait au puzzle qu'il était en train d'assembler depuis que Lucy Ann l'avait quitté, un an plus tôt.

— Je veux que mon fils ait une famille, tout comme je souhaite que sa mère soit heureuse.

Il ferma le robinet et toucha le biberon : la température lui parut tout à fait adéquate. Il le secoua, comme indiqué.

— Le problème, c'est que je ne sais pas si je serai à la hauteur, avoua-t-il alors. Dans ma famille, je n'ai pas beaucoup de modèles auxquels me raccrocher.

— Le mariage, ça se travaille, indéniablement, décréta Conrad avec un grand soupir. Et je ne suis peut-être pas la personne idéale à qui t'adresser pour un conseil en la matière…

Conrad et Jayne s'étaient en effet séparés pendant trois ans avant de se réconcilier.

— Au contraire, puisque tu es parvenu à sauver ton couple !

Il comprenait qu'il devait à présent rechercher une sorte de mentor. Pourquoi n'y avait-il pas songé avant ?

Il regagna le salon, autrefois toujours impeccablement rangé, et jonché à présent d'articles de puériculture.

— Quel est ton secret ? ajouta-t-il.

— A vrai dire, il n'est pas très glorieux. Je me suis mis à plat ventre pour la récupérer.

— Et… c'est tout ? demanda Elliot d'un ton incrédule, en s'asseyant pour donner enfin le biberon à son fils. C'est vraiment ce que tu me conseilles ? Me mettre à plat ventre ?

— Oui, mais il faut que tu sois sincère. Tu le lui dois bien, après la façon dont tu t'es comporté avec elle. Comme je te l'ai dit, les relations humaines requièrent de l'effort. C'est un travail encore plus ardu que nos missions pour Interpol. Mais la récompense est immense.

— Je l'espère.

— Bon, je dois te laisser. Jayne vient de m'envoyer un message. Le bébé s'est encore réveillé, et elle a besoin que je prenne le relais. Surtout, n'oublie pas de secouer le biberon et de faire faire son rot à Eli si tu ne veux pas qu'il salisse ton costume.

— Merci, Conrad. Je n'oublierai aucun de tes conseils.

Le soleil du matin filtrait à travers l'entrebâillement des rideaux. Lucy Ann ouvrit les yeux. Elle avait dormi dans cette chambre de nombreuses fois, et Elliot lui avait même demandé de choisir la décoration, dans la mesure où ils passaient une bonne partie de la morte-saison ici, dans son superbe appartement de Monte-Carlo.

Elle avait choisi un papier peint très féminin couleur framboise et un lit façon Renaissance. Et évidemment, le meilleur des matelas. Elle s'étira, ressentant un réel bien-être, sans doute dû à tout ce confort et à la formidable nuit d'amour qu'elle venait de vivre. Il y avait une éternité qu'elle ne s'était pas réveillée en si grande forme. En tout cas, pas depuis la naissance d'Eli…

Eli !

Elle regarda immédiatement dans la direction du berceau, et son cœur se mit à cogner plus fort. Son fils ne s'était pas réveillé de la nuit ? Elle bondit hors du lit et découvrit que le berceau était vide. Elle sentit sa gorge se nouer affreusement…

Nu-pieds, elle s'élança vers le salon et s'arrêta tout net. Assis dans son fauteuil favori, Elliot berçait doucement leur fils ; un biberon vide se trouvait sur la table basse, à côté d'eux.

— J'ai beaucoup de projets pour toi, mon petit gars, murmurait Elliot. Il y a tant de livres à lire, tu sais. *Les Voyages de Gulliver* et *Le Seigneur des anneaux* étaient mes préférés. Et puis, nous jouerons aux petites voitures quand tu seras plus grand. Enfin, tu préféreras peut-être les trains et les avions. Ce sera à toi de décider.

Soulagée, elle s'adossa à l'encadrement de la porte.

— Je constate que tu es en train de l'endoctriner avec des stéréotypes liés au genre, déclara-t-elle d'un ton hautain.

Levant les yeux, Elliot lui sourit, absolument séduisant avec sa barbe de deux jours et ses taches de lait sur l'épaule.

— Bonjour, beauté, lui répondit-il en laissant glisser un regard de convoitise sur sa chemise de nuit de soie fine. Eli peut devenir chef cuisinier ou grand styliste, l'important étant qu'il trouve le métier qui lui plaise.

— Ravie de te l'entendre dire, dit-elle en s'asseyant

sur une ottomane. Je n'arrive pas à croire que j'ai dormi si longtemps.

— Eli et moi nous en sommes très bien sortis. Et en cas de problème, j'avais du soutien.

— Je reconnais que tu as choisi une excellente nourrice. Mme Clayworth est vraiment d'une grande aide sans être pour autant intrusive.

— Cela ne te contrarie donc pas que je ne t'ai pas réveillée ?

Par automatisme, elle ramena ses cheveux sur le côté de son visage.

— Je ne vois pas quelle mère pourrait être fâchée d'avoir gagné deux heures de sommeil !

— J'en suis ravi, ma Belle au bois dormant.

Et, de nouveau, il fit courir son regard brûlant sur sa poitrine.

— Ah, toujours ton thème des contes de fées !

Il haussa les sourcils.

— Tu comprends vite ! Si tu restais avec moi pendant toute la saison, on pourrait peut-être aussi jouer à Aladin et la lampe merveilleuse.

Son allusion à l'avenir la mettait mal à l'aise. Elle commençait tout juste à s'habituer au changement survenu dans leur relation et au fait qu'ils fassent désormais l'amour chaque jour.

Pour masquer son embarras, elle enchaîna :

— Tu me vois dans le rôle d'une danseuse du ventre, c'est ça ?

— Tiens, maintenant que tu m'y fais penser…

Elle éclata de rire, puis regarda son fils.

— Tu vas faire un merveilleux père, dit-elle avec sincérité, tout en se rendant compte qu'elle aussi venait d'évoquer le futur.

— Il est vrai que j'ai un fameux exemple à ne pas suivre : mon propre père. Un contre-exemple peut être tout aussi utile qu'un modèle. Et j'ai l'intention d'apprendre tout ce que je ne sais pas, même si cela signifie prendre des cours ou lire tous les livres de puériculture imaginables.

Manifestement, il comptait prendre une part active à l'éducation d'Eli.

— Est-ce que cela signifie que je suis condamnée à être une mère effacée ?

— Absolument pas ! dit-il en mêlant ses doigts aux siens. D'ailleurs, merci pour la confiance que tu m'accordes en acceptant que je m'occupe d'Eli.

— En tout cas, je pense que tu as une sacrée bonne référence en la personne du colonel. Ton vieux maître a toujours été là pour toi, tout comme ma tante pour moi. Ils ont fait de leur mieux pour réparer nos enfances gâchées.

— Allons, ne sois pas aussi radicale en parlant de notre enfance.

— On peut être triste ou en colère concernant son passé, ce n'est pas grave, tu sais.

— Je préfère encore percuter un mur lors d'une course que de me lamenter sur le passé.

— Je ne suis pas certaine d'approuver cette philosophie ! Je ne pourrais pas supporter qu'il t'arrive quoi que ce soit, Elliot.

Elle avait prononcé ces ultimes paroles dans un murmure, consciente de l'aveu qu'elle venait de faire. Mais ces derniers temps, elle redoutait qu'Eli et elle l'empêchent de se concentrer sur les circuits.

Arborant un air grave, il lui prit la main.

— J'abandonnerai la course, si tu me le demandes.

— Je n'exigerai jamais de toi une chose pareille. Pas pour moi, en tout cas.

— Mais pour Eli ?

Elle réfléchit un instant à la question, mais fut incapable de trouver une réponse qui n'impliquait pas une longue discussion sur l'avenir.

— Cette conversation devient trop sérieuse ! trancha-t-elle. Et je meurs de faim, car je n'ai pas encore pris mon petit déjeuner.

Elle gagna aussitôt la cuisine, bien consciente qu'elle le fuyait à la moindre occasion, même si elle vivait actuellement sous le même toit que lui.

- 10 -

Au volant de sa nouvelle Mercedes S65 AMG, Elliot roulait sur une route étroite qui longeait la côte escarpée. Il avait dû renoncer à sa Maserati, car elle n'aurait pas pu contenir un siège d'enfant. Il ressentait un agréable sentiment de sérénité à se rendre, en compagnie de Lucy Ann et de leur fils, chez Conrad et Jayne Hughes, lesquels les avaient invités à déjeuner. Ensuite, il irait s'entraîner sur le circuit.

La dernière fois qu'il avait emprunté cet itinéraire, c'était pour conduire Jayne et Conrad à l'hôpital, ce dernier étant incapable de prendre le volant : les contractions de Jayne avaient en effet commencé, et elle avait accouché de sa petite fille dix-sept minutes après leur arrivée à l'hôpital !

Comme il était étrange de penser qu'il en savait plus sur la naissance du premier enfant de ses amis que sur celle de son propre fils !

Malgré lui, il sentit ses mains se crisper sur le volant.

— Parle-moi de la naissance d'Eli, demanda-t-il.

— Tu me poses cette question parce que tu es en colère, ou parce que tu veux vraiment savoir ?

— Je regretterai toute ma vie de ne pas y avoir assisté et d'avoir manqué les deux premiers mois de sa vie. Mais je ne vais pas non plus t'en vouloir jusqu'à la fin de mes jours. Il faut que nous nous efforcions de surmonter le passé. Donc, j'ai envie de savoir, car tout ce qui concerne Eli m'intéresse.

Elle lui caressa le genou.

— Merci pour ton honnêteté.

— C'est la seule façon de nous en sortir, tu ne crois pas ?

Il lui lança un regard en biais, encore une fois saisi par sa beauté sublimée par l'éclat du soleil qui se déversait par la fenêtre.

Pourquoi lui avait-il fallu tout ce temps pour s'en rendre compte ?

— Sans doute, dit-elle avant de prendre une grande aspiration et de poursuivre : Peu avant la date prévue pour mon accouchement, j'avais un rendez-vous chez le médecin, qui a alors remarqué que le cœur d'Eli battait irrégulièrement. Il a tout de suite effectué une échographie et a constaté que le placenta s'était détaché de la paroi utérine… Euh… Peut-être trouves-tu ces détails peu ragoûtants ?

— Pas du tout, continue ! marmonna-t-il, regrettant ces complications et son absence auprès d'elle pour la rassurer.

— Le médecin a immédiatement pris rendez-vous pour un accouchement d'urgence par césarienne. Je n'ai même pas eu le temps de repasser à la maison pour prendre ma brosse à dents, précisa-t-elle d'un ton léger, comme pour détendre l'atmosphère.

Mais cela ne le fit pas rire.

— Tu devais être complètement angoissée. J'aurais tant aimé être à tes côtés. Nous nous sommes toujours soutenus dans les situations difficiles, autrefois.

— J'ai essayé de t'appeler juste avant d'entrer à la clinique, dit-elle avec douceur. Mais je suis directement tombée sur ta messagerie. J'ai retenté plus tard… En vain. Alors je me suis dit que tu devais être en mission pour Interpol.

— C'était le cas.

Il avait déjà calculé les dates et se rappelait sur quel cas il travaillait, alors.

— Je sais que si j'avais été plus tenace, j'aurais fini par te retrouver, avoua-t-elle.

Elle secoua la tête et poursuivit sur le ton du regret :

— Je n'ai même pas laissé de message. Je suis désolée, Elliot… Il se peut que tu arrives à surmonter cela, mais moi, je ne sais pas si je parviendrai à me pardonner.

Il demeura silencieux, ne sachant trop que dire.

— Que serait-il arrivé, si Malcolm et Conrad ne t'avaient pas enlevé à la fête que donnait Rowan pour enterrer sa vie de garçon ?

— Je préfère penser que j'aurais retrouvé la raison et que j'aurais fait en sorte de te retrouver, s'empressa-t-il de répondre. Je ne comprends toujours pas comment j'ai pu laisser onze mois s'écouler sans me manifester.

— Ou comment tu as pu trouver une autre fiancée aussi rapidement ! s'exclama-t-elle. Tu as demandé une femme en mariage trois mois après que nous avions couché ensemble. Je t'avoue que cela, j'ai du mal à l'encaisser.

— Cela peut paraître curieux, répondit-il en pesant ses mots, mais Gianna était celle qui avait été roulée, dans cette affaire. Je n'avais pas été correct envers elle.

Elle lui adressa un sourire tendu.

— Excuse-moi si je n'éprouve pas une grande empathie pour elle. Par ailleurs, d'après ce que j'ai lu dans les journaux, c'est elle qui a rompu avec toi, pas le contraire. Si elle n'était pas partie, l'aurais-tu épousée ?

Assommé par sa question, il amorça un virage avec prudence : Lucy Ann avait donc appris sa rupture dans les journaux ? Elle était partie, mais elle avait continué à garder un œil sur lui. Si seulement il l'avait imitée, il aurait su, pour Eli.

Il ne la méritait pas ! Elle qui avait toujours été si bonne avec lui, si conciliante… Etait-ce parce qu'il se sentait trop coupable qu'il n'avait pas cherché à reprendre contact avec elle ?

Qu'elle puisse imaginer qu'il désire encore Gianna, après ce qu'ils venaient de partager, tous les deux, était tout simplement incompréhensible…

— Non, je ne voulais pas l'épouser. Nous avions annulé nos fiançailles. Je savais que c'était inévitable, et il se trouve que c'est elle qui a parlé la première.

Elle hocha la tête.

— Merci, j'apprécie ton honnêteté. Et même si le fait que tu aies renoué juste après que je suis partie me reste encore sur le cœur, je vais tenter de le surmonter.

Il se rappela alors les conseils de Conrad et répondit :

— Je te comprends, Lucy Ann. Au moins, je sais à quoi m'en tenir, maintenant.

Il reporta son regard sur la route et serra les dents : finalement, ramper devant autrui n'était pas aussi facile qu'il l'aurait cru, après la façon dont il avait dû s'aplatir comme une carpette devant son père durant toute son enfance.

— C'était ce qui était le plus difficile, quand j'étais enfant : l'incertitude. Je ne dis pas que je me serais mieux porté si mon père m'avait frappé tous les jours, mais en l'occurrence, j'étais toujours en train de guetter ses humeurs… C'était vraiment une vie misérable.

— Je suis désolée, dit-elle en posant la main sur son genou.

— Je sais, c'est grâce à toi que je ne suis pas devenu fou.

Elle poussa un soupir.

— Finalement, il y a sûrement une forme de justice sur cette terre, puisqu'il a trouvé la mort dans une bagarre, alors que tu avais intégré l'école de redressement militaire.

Ses paroles le surprirent.

— Je ne savais pas que tu étais assoiffée de vengeance.

— Quand il s'agit de protéger ceux que j'aime, je peux me transformer en une vraie tigresse, déclara-t-elle.

Elle était vraiment fascinante, et il admirait réellement la femme qu'elle était devenue et qu'elle avait d'ailleurs toujours été, mais qui avait été happée par le poids de ses propres problèmes.

Ce qui ne faisait que renforcer son sentiment de culpabilité !

Il devait vraiment réparer ses fautes et la convaincre de devenir sa femme.

Lucy Ann, assise sur la terrasse en compagnie de Jayne Hughes, se demandait comment une femme qui avait été séparée trois ans de son mari pouvait aujourd'hui être une mère et une épouse comblée. Quel était son secret ? Et comment le couple avait-il bien pu survivre à cette traversée du désert ?

Car il ne faisait aucun doute que la belle blonde qui tenait sa petite fille dans un porte-bébé irradiait le bonheur. La famille Hughes partageait son temps entre sa villa de Monaco et une demeure en Afrique, où Jayne travaillait en tant qu'infirmière dans un dispensaire que son mari avait cofinancé avec un autre membre de la confrérie, en l'occurrence Rowan. Mais tout semblait couler de source pour Jayne, qu'elle serve du thé dans de la porcelaine fine à Monte-Carlo ou qu'elle sirote un jus de fruits sous un karité.

Lucy Ann tapota doucement le dos de son fils qui s'était endormi sur ses genoux, position peu confortable pour elle, mais comme Eli semblait serein, elle préférait ne pas bouger.

— A propos, déclara Jayne, j'ai oublié de remettre cette brochure à Elliot, avant qu'il parte pour la course.

— De quoi s'agit-il ? demanda-t-elle, intriguée. C'est sur l'alimentation au biberon ?

— Apparemment, il a appelé Conrad l'autre soir, pour lui demander des conseils pratiques.

— Merci, dit-elle en prenant la brochure. Il ne m'en a pas parlé.

— Ah, les hommes ont leur fierté ! commenta Jayne.

Elle avala une gorgée d'eau fraîche.

En voyant le cristal étinceler au soleil, Lucy Ann se rappela qu'elle avait choisi elle-même ce cadeau pour le mariage du couple.

A une époque, ce genre de tâches la rendait nerveuse, car elle redoutait toujours de commettre un impair et de choisir un cadeau qui n'aurait pas été à la hauteur du luxe dans lequel vivaient les amis d'Elliot. Et il avait précisément fallu qu'elle fuie ce monde de glamour et de faste pour saisir ce qu'il était vraiment : une suite de pièges superficiels, qui, sur le long terme, ne signifiait pas grand-chose. Elle était bien plus impressionnée par les talents maternels de Jayne que par sa façon de dresser une table.

— Les parents ont beaucoup à apprendre, déclara-t-elle. Surtout quand ils n'ont pas été élevés avec d'autres enfants.

Sans l'aide de tante Carla, elle aurait été complètement dépassée.

D'ailleurs, n'était-il pas amusant de penser que, bien qu'elle ait parcouru le monde pendant une décennie avec Elliot, les choses les plus importantes, c'était une fois de retour chez elle, en Caroline du Sud, qu'elle les avait apprises ?

— Je trouve formidable qu'Elliot ait envie de mettre la main à la pâte. Beaucoup d'hommes s'en seraient remis à la nourrice.

Jayne jeta alors un coup d'œil par-dessus son épaule. Conrad venait de surgir sans faire de bruit, mais elle avait perçu sa présence.

— Pour ma part, je ne vois pas en quoi ne pas avoir envie de changer les couches fait de moi une mauvaise personne, objecta-t-il.

— C'est vrai, approuva Lucy Ann.

— Ne l'encourage pas, s'il te plaît ! renchérit Jayne d'un ton pince-sans-rire.

Conrad se mit à rire et prit sa fille.

— Lucy Ann, préviens-moi quand tu voudras rentrer, j'ai promis à Elliot que je vous raccompagnerais, Eli et toi. Il m'a dit qu'il s'entraînerait assez tard. Amusez-vous bien, mesdames ! La princesse et moi allons lire tranquillement le *Wall Street Journal*.

Sur ces mots, il disparut dans la villa avec sa fille, tout en commençant, à l'intention de celle-ci et sur un ton chantant, la lecture à voix haute d'un article sur les actions et les stock-options, comme s'il s'agissait d'une berceuse.

Lucy Ann s'adossa à son siège et fit tourner l'eau dans son verre, admirant les prismes que le soleil dessinait sur le cristal taillé.

— J'envie le groupe d'amis que vous formez. Elliot et moi n'avions pas beaucoup de camarades quand nous étions enfants. Comme il était assez turbulent, les autres parents ne l'invitaient pas, et moi, j'étais trop timide pour me faire des amis.

— Ce n'est plus le cas aujourd'hui, tu as surmonté ta timidité, souligna Jayne.

— Du moins, je ne la montre pas.

— Nous nous connaissons depuis très longtemps, et j'ose espérer que tu nous considères comme tes amis, toi aussi.

Jayne disait vrai, seulement, pendant des années, elle avait été l'employée d'Elliot, pas sa petite amie, ni sa femme.

— Nous aurons l'occasion de nous revoir plus souvent à cause des enfants, éluda-t-elle.

— Et avec Elliot ? Qu'en est-il de votre relation ?

La conversation commençait à prendre un tour un peu trop personnel à son goût.

— Nous y travaillons.

— Mais apparemment, vous faites des progrès.

— Tu as lu les tabloïds, c'est ça ?

— Non, je ne me donne pas cette peine, fit Jayne d'un ton dédaigneux. Mais j'ai vu les regards que vous échangiez, tous les deux.

Lucy Ann avait très envie de se confier, et Jayne lui sembla une personne capable d'une écoute attentive.

— Il essaie de me reconquérir, et c'est un vrai défi

pour lui, dit-elle avec un triste sourire. Ensuite, les choses reprendront leur cours normal.

— Je n'en suis pas si sûre. J'ai vraiment l'impression qu'il a changé, répondit Jayne d'un air songeur. Un beau jour, on finit par comprendre qu'il est temps de mûrir et de s'installer.

— Je ne sais pas si des agents d'Interpol peuvent vraiment mener une vie de famille, observa-t-elle après une petite hésitation.

— C'est une très bonne réflexion, renchérit Jayne en prenant la pince à dessert pour déposer un petit four dans une assiette. Quand les enfants commencent à arriver, en général, ils ne vont plus sur le terrain. Ils changent pour des postes à responsabilité, un peu comme Salvatore.

— Le mien est un peu moins raisonnable que le tien, déclara-t-elle de façon très spontanée.

Depuis quand parlait-elle de façon aussi possessive d'Elliot ? se demanda-t-elle aussitôt.

— Sérieusement, ajouta-t-elle, il conduit des bolides et a parfois des accidents ! C'est sa profession.

— Il ne t'a jamais caché ses activités. En quoi est-ce différent aujourd'hui ?

— Je n'arrive pas à concilier notre amitié avec tout ce qui s'est passé… par ailleurs.

« Amis et plus si affinités » désignait une réalité bien plus complexe que l'expression le laissait croire.

— Tu veux dire avec le fait que vous couchiez ensemble ?

— J'avais oublié à quel point tu pouvais être directe !

— C'est à force de côtoyer les hommes de la confrérie. Ils ne perçoivent pas toujours les subtilités.

Lucy Ann enfonça une petite pique dans une fraise

recouverte de chocolat et s'efforça de ne pas rougir au souvenir torride que le fruit lui évoquait.

— Bref, poursuivit Jayne, pourquoi penser que tu ne peux pas concilier amitié et sexe ? C'est déjà fait, non ? Il suffit que vous cessiez de vous bagarrer et que vous l'acceptiez.

Et si Jayne avait raison ? Il était peut-être temps qu'elle donne une chance à Elliot, et qu'elle voie s'il était possible qu'ils mènent ensemble la vie de contes de fées qu'il avait plusieurs fois évoquée.

Elle n'était plus une petite fille timorée, et elle devait enfin prendre sa vie en main.

Quand il entra dans l'appartement plongé dans le noir, Elliot retira sa veste en cuir en silence. Sa journée d'entraînement et de vérifications l'avait épuisé. En un sens, il était soulagé que Lucy Ann n'ait pas été à ses côtés, comme ç'aurait été le cas si elle avait toujours été son assistante. Il ne voulait pas qu'elle s'inquiète pour lui, ou bien qu'ils se querellent au sujet de sa sécurité.

Dans le noir, il heurta soudain un objet, par terre. Il retint un juron et baissa les yeux. Tiens, un livre… Il se pencha pour le ramasser. C'était *Hansel et Gretel*. Ce fut alors qu'il remarqua un « sentier » de livres qui menait jusqu'à sa chambre. Il les prit les uns après les autres, chacun étant un conte différent, puis il poussa la porte…

La pièce était vide.

Confus, il la balaya du regard, et constata que d'autres livres conduisaient à la salle de bains. Ce fut alors qu'il distingua l'eau de la douche qui coulait. Il posa les livres qu'il tenait à la main sur la table, rassembla bien vite les autres, entre autres *Raiponce* et *Nain Tracassin*. Entrant discrètement dans la salle de bains, il sourit devant la silhouette qu'il percevait derrière la porte de verre embuée. Fredonnant sous la douche, Lucy Ann ne semblait pas l'avoir entendu arriver.

Prenant soin de ne faire aucun bruit, il se déshabilla et ouvrit la porte de la cabine de douche. Un nuage de vapeur l'accueillit, et Lucy Ann cessa de chantonner, sans pour autant se retourner. En revanche, elle lui tendit la main… Il mêla ses doigts aux siens et la rejoignit sous les jets. La chaleur fit fondre la contraction de ses muscles, tandis qu'une tension d'une autre nature naissait en lui. Il aperçut tout à coup un paquet de préservatifs dans le porte-savon et comprit qu'elle n'avait rien laissé au hasard…

Sans plus attendre, il se pressa contre elle et l'étreignit ; son membre dur palpitait déjà contre le dos de Lucy Ann.

Il but à petites gorgées l'eau qui coulait derrière son oreille.

— J'essaie de trouver sur quel conte tu es en train de fantasmer, mais il ne me vient rien d'autre à l'esprit que *Le Roi Grenouille*, murmura-t-il.

Penchant la tête en arrière, elle glissa les bras dans ses cheveux déjà mouillés.

— Ce soir, nous écrivons le nôtre, répondit-elle.

Il eut un grognement approbateur, puis fit glisser ses mains sur son corps, troublé par ses seins tout hérissés.

Il avait l'impression que son sang courait plus vite dans ses veines que l'eau sur leur peau nue. L'étreignant un peu plus, il fit glisser une main entre ses cuisses, puis chercha sa plus petite partie intime, et la sentit bientôt se contracter sous sa caresse.

Elle écarta alors légèrement les jambes, son postérieur collé contre son ventre, et il dut se faire violence pour garder le contrôle de lui-même. Son excitation portait la sienne à son comble, mais il tenait tout d'abord à la faire jouir.

Bientôt, ses petits gémissements emplirent la cabine, tandis que l'odeur de jasmin saturait la vapeur, et soudain, elle poussa un cri de volupté tout en enfonçant ses ongles dans sa chair, cambrée dans l'orgasme.

Il savoura chaque spasme qui secouait son corps, jusqu'à ce qu'il n'y tienne plus. Alors, il passa un préservatif, puis la plaqua contre le mur : elle posa ses paumes sur les carreaux, et il s'introduisit enfin en elle. Quand son sexe brûlant et humide se referma sur lui, un tumulte de sensations s'empara de lui, menaçant de faire vaciller le sol, sous ses pieds, tandis qu'il allait et venait en elle… De nouveau, il l'entendit crier, et l'écho de son orgasme se répercuta en lui. Une jouissance vertigineuse le submergea et il dut prendre appui au mur pour ne pas perdre l'équilibre.

Une fois revenu des brumes de l'extase, il la serra très fort contre lui, sous l'eau qui continuait de glisser sur eux.

Peu à peu, la réalité reprit ses droits, et il repensa à tous les conseils de ses amis, au fait qu'il avait attendu bien trop longtemps avant de s'assurer qu'elle resterait avec lui pour toujours.

— De quel genre de maison rêves-tu ? demanda-t-il en lui mordillant gentiment l'oreille.

— Pardon ?

— Je veux faire construire une maison pour nous, Lucy Ann. Pour toi, Eli et moi.

— Euh… Et dans quelle ville voudrais-tu vivre ? demanda-t-elle, le souffle court.

Il possédait des appartements un peu partout dans le monde, mais aucun ne pouvait s'apparenter à un foyer. Et aucun n'était prévu pour accueillir un petit garçon !

— A nous de le décider ensemble, mais il nous faut absolument une maison pour notre fils.

— Tu sembles tenir pour évident le fait que je reste avec toi.

Aïe, il avait tout faux, il s'y était mal pris ! Etait-ce parce que son sang affluait dans une autre partie de son anatomie, plutôt que vers son cerveau ?

— Où aimerais-tu habiter ? reprit-il. Je peux faire construire deux maisons l'une à côté de l'autre, si tu souhaites conserver ton indépendance, et…

Elle se retourna et posa un doigt sur sa bouche.

— Et si, au lieu de parler, nous refaisions l'amour ?

Il lui prit alors le poignet et y déposa un baiser.

— Marions-nous, Lucy Ann, dit-il.

Elle glissa la main entre eux et prit son sexe.

— Tu n'as pas encore remarqué que tu n'avais pas besoin de m'épouser pour que je couche avec toi ? fit-elle d'une voix lascive.

Il plongea ses yeux dans les siens.

— Je ne plaisante pas, Lucy Ann, et j'aimerais que tu prennes ma proposition au sérieux.

— Vraiment ? Maintenant ?

Alors, elle s'écarta de lui.

— C'est pour Eli, n'est-ce pas ?

— Eli joue un rôle dans l'équation, forcément, répondit-il en étudiant avec prudence son expression figée. Mais c'est aussi parce que toi et moi formons un couple qui s'entend à bien des niveaux. Nous sommes amis depuis toujours, nous sommes attirés l'un par l'autre physiquement… Enfin, cela va de soi ! Il suffit d'un peu de bonne volonté.

— Un peu de bonne volonté, c'est vite dit ! Comment peux-tu me prouver qu'il n'y aura pas une deuxième Gianna ?

Gianna ? Il n'avait pas repensé à elle depuis que Lucy Ann lui en avait reparlé. Mais à quoi bon protester ? Adopter un profil bas, comme Conrad lui avait conseillé, était en l'occurrence la solution la plus adaptée.

— Je suis désolé, Lucy Ann. Vraiment désolé.

— Désolé pour quoi ? Pour tes fiançailles avec elle, ou parce que tu ne m'as pas rappelée ?

Puis, soudain, elle parut se reprendre et ajouta précipitamment :

— Oublie ce que je viens de dire !

Elle lui offrit ses lèvres.

S'ils s'embrassaient, la discussion serait terminée, pensa-t-il, aussi la prit-il dans ses bras, et s'assit-il sur le banc en marbre de la douche, l'entraînant sur ses genoux.

Elle protesta, mais il ne céda pas.

— Il faut que nous parlions une fois pour toutes, Lucy Ann !

— Nous avons déjà parlé, Elliot. On ne se marie pas parce qu'on est amis, cela ne suffit pas.

Elle le regarda d'un air pensif et, au moment où il allait protester, elle reprit :

— Tu sais ce que je pense ? A mon avis, tu ne crois pas aux contes de fées. Les rendez-vous, la séduction, tout cela, c'est un jeu pour toi. Un défi à relever.

— J'ai l'impression d'être tombé dans un piège, marmonna-t-il alors.

Il avait l'impression d'avoir bien observé toutes les étapes, mais de se retrouver soudain de façon inattendue devant un gouffre impossible à enjamber.

— Tu as juste suivi les miettes que j'avais semées, dit-elle en faisant référence aux livres.

Elle avait voulu plaisanter, mais il vit une immense tristesse se refléter dans ses yeux.

— Tu es bien sûre que tu ne veux pas m'épouser, Lucy Ann ?

Elle hésita une fraction de seconde, puis répondit :

— Je suis certaine que je ne veux pas que tu me demandes en mariage.

Son refus catégorique le stupéfia. Au fond, il n'avait pas envisagé qu'elle puisse lui dire non… Et à présent, il ne savait pas comment gérer la situation ! Il lui fallait un peu de temps pour se ressaisir, pour réfléchir.

— Si je te promets de ne plus insister pour que l'on se marie, est-ce que tu acceptes qu'on continue à coucher ensemble ?

— Oui, jusqu'à la fin du mois.

— Tu acceptes de coucher avec moi de façon limitée dans le temps, c'est ça ?

— Tout à fait ! dit-elle en se relevant, désireuse de mettre de la distance entre eux. C'est à prendre ou à laisser.

— Lucy Ann, je ne peux évidemment pas refuser, mais…

Mais cela ne lui suffisait pas, bien entendu ! Encore qu'il était conscient que le moment était mal choisi pour polémiquer.

— Pourtant, il faudra bien que nous finissions par parler, conclut-il entre ses dents.

- 11 -

Lucy Ann s'allongea sur Elliot, pas encore tout à fait prête à s'endormir… Ce dernier ne paraissait pas trop contrarié de reporter la discussion pour ce soir, mais elle avait bien conscience que c'était sa dernière chance de passer un moment sans complication avec lui.

Au plafond, le cliquetis du ventilateur semblait égrener les précieuses minutes qui leur restaient, tandis que les lumières de Monaco clignotaient derrière la large baie, la Côte d'Azur offrant une vue à couper le souffle. Quelle femme n'aurait pas rêvé de partager cette vie de rêve avec lui ? Pourquoi n'arrivait-elle tout simplement pas à accepter sa proposition et à s'en réjouir ? Ç'aurait été la solution idéale pour Eli. Ils étaient les meilleurs amis du monde, d'incroyables amants, il suffisait de suivre le mouvement…

Mais, hélas, c'était plus fort qu'elle, elle n'arrivait pas à prononcer le mot « oui » ! Il restait coincé dans sa gorge. Elle lui faisait confiance, là n'était pas le problème, mais le traumatisme des onze mois de séparation ne la lâchait pas, et elle redoutait par-dessus tout de revivre une si douloureuse expérience, car rester avec lui, c'était prendre le risque de le perdre de nouveau.

Elle fit glisser ses doigts dans ses cheveux courts.

— Tu aurais pu mourir le jour où ils ont pris feu, murmura-t-elle.

— Oui, mais tu vois, je suis résistant, tu ne vas pas pouvoir te débarrasser de moi aussi facilement, dit-il avec un petit rire.

A cette perspective, elle sentit son sang se glacer dans ses veines.

— Ce n'est pas drôle, Elliot.

— J'essayais juste de détendre l'atmosphère, plaida-t-il en lui donnant un baiser sur le nez.

Elle était en Caroline du Sud quand il avait eu son accident ; son ventre grossissait doucement et son cœur s'alourdissait un peu plus chaque jour à l'idée de ne lui avoir encore rien dit.

— Cela n'enlève rien à la gravité de ce qui s'est produit.

Il lui adressa un petit sourire suffisant.

— Donc, tu t'inquiètes pour moi.

— Bien sûr ! Tu restes mon ami, en dépit de tout. Mais ce que je sais aussi, c'est que si tu t'intéresses à moi, c'est parce que je te résiste.

— Ce n'est pas très gentil, ce que tu viens de dire.

— Mais c'est la vérité, non ?

— Arrête, Lucy Ann, ne complique pas tout ! Je t'ai déjà proposé d'arrêter les courses, et je suis sincère. Je suis père maintenant, ce qui signifie que j'ai de nouvelles responsabilités.

C'était donc ce qu'Eli et elle représentaient pour lui ? « De nouvelles responsabilités » ? A bien y réfléchir, il s'était toujours senti responsable d'elle, depuis qu'il était sorti de l'école militaire. Elle en voulait pour preuve ce poste d'assistante qu'il lui avait spontanément proposé et pour lequel, au départ, elle n'était pas du tout qualifiée. Il avait agi par amitié et par sens de l'obligation.

Hélas, pensa-t-elle la gorge nouée par l'émotion, on ne pouvait construire une vie sur la notion de devoir !

Elle s'écarta de lui, et l'air frais brassé par le ventilateur balaya son corps nu.

— Fais ce que tu veux, dit-elle.

— Qu'ai-je encore dit de mal ? Tu veux que j'arrête les courses, je te dis que j'y suis prêt, je te demande en mariage, tu m'envoies promener, et maintenant tu es en colère ?

— Je n'ai jamais exigé de toi que tu renonces à ta carrière, je sais qu'elle est primordiale pour toi. La compétition fait partie de toi, ce qui est d'ailleurs une bonne chose. Et te rapporte de grands succès.

— Tu as déjà évoqué mon sens de la compétition, Lucy Ann, et ce n'est pas pour cette raison que…

Elle roula sur le dos et posa un doigt impérieux sur sa bouche.

— Tu as su canaliser ton énergie, tu participes aux courses pour gagner, et c'est très bien ainsi. Assez parlé ! Tu dois te reposer pour être en forme pour la course de demain.

Elle voulut alors s'éclipser de sa chambre et regagner la sienne, désireuse d'échapper à la tentation d'accepter sa proposition sans se préoccuper des conséquences.

Mais Elliot l'en empêcha, la retenant par la taille de son bras musclé.

— Lucy Ann, tu as raison, tu sais, dit-il d'une voix ensommeillée.

— A propos de quoi ? répondit-elle en se sentant elle aussi brusquement gagnée par le sommeil.

— J'aime gagner, ou plus exactement, j'ai besoin de gagner.

Immobile et résignée, elle se contenta de fixer son

torse : elle ne pouvait décidément pas échapper à cette conversation, où qu'elle les mène.

— Dans ce monde, il y a deux catégories de personnes : celles qui ont connu la douleur physique, et celles qui ont été épargnées. Avoir été battu change profondément l'âme humaine…

Submergée par l'émotion, elle l'entendit déglutir avec peine.

— Mais cela permet aussi de prendre des décisions radicales, d'être capable de changer.

Il avait prononcé ces mots avec une détermination presque effrayante. Elle posa la main sur son cœur tout en lui donnant un baiser sur l'épaule.

— Oh ! Elliot, commença-t-elle d'une voix tremblante. Je…

— Laisse-moi finir, dit-il en mêlant ses doigts aux siens. Encaisser les coups ne signifie pas se soumettre, bien au contraire, et c'est sans doute ce qui m'a donné la force de toujours vouloir gagner.

Il lui saisit alors le menton pour l'obliger à soutenir son regard et ajouta :

— Plus personne ne me battra, au sens propre comme au figuré !

Elle retint sa respiration, luttant contre les larmes. Elle qui avait toujours su comment se comporter avec lui se sentait pour la première fois impuissante à l'aider.

Le cri de leur fils qui résonna soudain dans l'écoute bébé les fit tous deux sursauter et mit fin à cette conversation délicate.

Elliot toucha à peine au brunch plantureux qui avait été organisé avant la course dans une brasserie bondée.

Quelque deux cent mille personnes s'étaient déversées dans la petite principauté pour l'événement le plus couru de l'année, et il y avait des fans et des journalistes partout. Au moins, ses amis et ses entraîneurs avaient l'air contents, se dit-il en regardant autour de lui. Et il tenta de se convaincre que son peu d'enthousiasme était dû à son manque de sommeil.

Pour de multiples raisons, la course de Monaco avait toujours été sa préférée, pour le soleil qui brillait dans les rues et l'énergie qui se dégageait de la foule. Ce circuit était considéré comme l'un des plus stimulants de la Formule 1, celui qui présentait le plus de défis avec ses routes étroites, ses virages abrupts, et ses changements de niveau de terrain.

Tout à coup, il repensa à l'accusation de Lucy Ann : comme il était injuste qu'elle lui ait reproché de ne voir en elle qu'un challenge de plus, alors qu'il désirait simplement construire un avenir avec elle. Il n'y avait aucune autre motivation cachée dans ses intentions.

Qu'allait-elle penser aujourd'hui, en le regardant des tribunes, assise parmi ses amis d'école et leurs épouses ?

Il lui jeta un coup d'œil de l'autre côté de la table. Elle paraissait tendue, et de légers cernes creusaient ses yeux. Il aurait aimé lui prendre Eli des bras, pour qu'elle puisse souffler un peu, mais il n'était pas certain qu'elle aurait accepté. Il ne voulait pas déclencher de scène en public ni la bouleverser davantage.

Marmonnant une excuse, il repoussa sa chaise et quitta la table : il avait besoin d'air, d'espace.

Il se réfugia dans un petit patio, à l'arrière de la brasserie, agrémenté d'oliviers et de rosiers. La végétation y était si dense que, dans un premier temps, il ne vit pas le colonel Salvatore, assis sur un banc avec son fils préadolescent ; celui-ci était en train de jouer avec sa Game Boy tandis que son père téléphonait.

Comment était-il possible qu'il ne les ait pas vus quitter la table ? Aujourd'hui, il n'avait vraiment pas toute sa tête.

Le colonel se leva, marmonna quelques paroles à l'intention de son fils, puis le téléphone toujours collé à l'oreille, s'avança vers Elliot. Il avait toujours su faire plusieurs choses à la fois, et, cette fois encore, cela se confirmait. Peu de choses lui échappaient.

Terminant sa conversation, il déclara d'un ton diplomatique :

— Nous ne pouvions pas rester tranquilles, nous avions besoin d'un peu d'espace pour jouer à *Angry Monkeys.*

— Je comprends. Moi aussi, j'avais besoin de prendre l'air. Cela tombe bien, finalement : vous allez pouvoir me donner quelques conseils concernant l'éducation des enfants.

Salvatore rajusta son éternelle cravate rouge.

— Pourquoi est-ce que tu ne demandes pas plutôt à tes camarades ?

— Ce sont de nouveaux parents, comme moi, alors que vous, vous avez plus d'expérience, car votre fils est plus âgé.

— Hélas, en raison de mon emploi du temps, je ne le vois pas souvent, dit-il en faisant la grimace.

— Donc, votre premier conseil serait que je passe plus de temps avec le mien.

— Oui, ce serait à coup sûr une bonne résolution.

Il jeta un coup d'œil vers son fils dont les doigts volaient sur les touches de son écran.

— Les cadeaux ne comblent pas l'absence, poursuivit-il. Même s'il ne faut pas sous-estimer le pouvoir d'un jeu vidéo choisi avec discernement.

— Dieu merci, grâce à Troy, nous avons des informations de première main.

Il poussa un soupir et ajouta :

— A part vous, je n'ai pas de modèle de père.

Devant ce compliment inattendu, Salvatore fronça les sourcils.

— Euh… Merci.

— Alors, votre conseil ?

— Ne gâche pas tout.

— Ce qui veut dire ?

— Ce qui veut dire que, depuis l'enfance, tu es habitué à faire le pire en espérant le mieux, comme voler une voiture pour aller en prison afin d'échapper à ton père. Par ailleurs, tu n'as pas l'impression que tu as droit au bonheur, et tu t'entêtes toujours à faire croire que tu es mauvais. Dernier exploit en date : en te fiançant avec Gianna, tu as poussé Lucy Ann à te cacher sa grossesse.

— Quand avez-vous trouvé le temps de passer votre maîtrise de psychologie entre votre travail de directeur et Interpol, colonel ?

— Et voilà, tu recommences ! Tu veux toujours faire le malin.

Et zut ! Pourquoi essayait-il de défier Salvatore ?

Il prit une profonde inspiration et déclara :

— Maintenant, j'essaie de faire ce qu'il faut avec Lucy Ann. Je veux être à la hauteur de mes obligations.

— Ce qu'il faut ? C'est-à-dire ?

— Fournir tout ce qu'il est nécessaire à notre fils… L'épouser… Bon, je vois bien que je vous amuse, colonel. Vous pouvez me dire ce qu'il y a de drôle à me voir sombrer ?

— Si je te dis ce qu'il faut faire, tu n'apprendras rien. Essaie de gérer ta vie privée aussi bien qu'une course de Formule 1.

Et sur ces mots, il lui adressa son fameux petit signe de la tête, qui indiquait que la conversation était terminée, et retourna près de son fils, sur le banc.

Elliot pivota sur ses talons et se dirigea vers la grille, résolu à reprendre sa vie en main, lorsque soudain, à l'extérieur du patio, il aperçut une jolie brune bouclée… qui ressemblait étrangement à son ancienne fiancée.

Il plissa les yeux.

Sous le choc, il recula d'un pas. C'était bien Gianna qui traversait la rue au bras d'un champion brésilien de Formule 1.

Lucy Ann aimait en général les jours de course, l'électricité qui flottait dans l'air, mais en l'occurrence, elle nourrissait un curieux pressentiment. Elle savait gré à Mme Clayworth d'être venue chercher Eli pour qu'il puisse faire sa sieste tranquillement à l'appartement.

Assise dans la loge privée avec les amis d'Elliot et d'autres membres de la famille des coureurs, elle s'efforçait de surmonter ses peurs, de se dire qu'Elliot et elle finiraient par trouver une solution pour être de bons parents. Quitte à former un couple… Elle aurait tant aimé pouvoir guérir les blessures qui le hantaient encore dans sa vie de tous les jours.

Le bourdonnement des conversations se renforça autour d'elle, une frénésie de murmures en de nombreuses langues. Tout à coup, elle détourna la tête des écrans qui retransmettaient les commentaires des journalistes et regarda près de l'entrée, où le personnel préparait les coupes de champagne en vue de l'arrivée.

Elle étouffa un petit cri.

Gianna ? Mais que faisait-elle ici ?

La belle brune descendait les marches, ses boucles rebondissant sur ses épaules.

Au choc se substitua la colère.

Dans sa robe blanche qui épousait sa silhouette ultra-mince, elle irradiait littéralement : il était clair que ce corps-là n'avait jamais porté d'enfant ! En outre, il y avait longtemps que Lucy Ann ne pouvait plus se permettre de porter du blanc à cause des régurgitations du bébé. Non qu'elle ait échangé son fils contre une taille 34 et une garde-robe remplie de tenues blanches !

Les yeux rivés à elle, Gianna avançait d'un pas déterminé. Si elle pensait l'intimider, elle se trompait lourdement ! Seulement, elle ne souhaitait pas de scène devant les caméras. Le mieux consistait donc sans doute à prendre les devants.

Bondissant sur ses pieds, elle alla à sa rencontre et, afin que tout le monde alentour puisse l'entendre, elle déclara d'une voix assurée :

— Bonjour, Gianna, je suis ravie que tu aies pu venir.

Surprise par son audace, la jeune femme faillit trébucher, du haut de ses escarpins.

— Euh… Je…

A cet instant, Lucy Ann la prit fermement dans ses bras et lui murmura à l'oreille :

— Nous allons avoir une petite conversation, toi et moi, et surtout, nous allons éviter un esclandre avant la course.

Les commérages se répandaient comme de la poudre,

et elle n'avait pas l'intention de diffuser des ondes négatives dans le public venu applaudir Elliot. Par ailleurs, elle ne tenait absolument pas à ce qu'on la voie perdre son sang-froid. D'autorité, elle entraîna Gianna vers les toilettes, puis referma la porte à clé derrière elles.

Alors, après s'être assurée qu'elles étaient bien seules, elle demanda :

— Qu'es-tu venue faire ici aujourd'hui ?

Gianna secoua la tête, et ses boucles s'agitèrent.

— J'accompagne un coureur automobile brésilien à la retraite. Je venais juste te dire bonjour.

— Mais oui, c'est ça !

Lucy Ann fixa Gianna et se rendit compte qu'elle n'était pas tant jalouse que furieuse : comment celle-ci avait-elle osé compromettre son bonheur ?

Le sourire mielleux de Gianna s'évanouit d'un coup.

— Je suis revenue, car maintenant, nous pouvons nous battre à armes égales ! déclara-t-elle.

Au moins, elle ne niait pas ses intentions belliqueuses, pensa Lucy Ann.

— Je ne suis pas certaine de suivre ta logique.

— Quand j'ai découvert le pot aux roses, pour le bébé…

Lucy Ann poussa un petit cri.

— Tu savais ?

— Je me suis renseignée sur toi… Après cette révélation, j'ai été complètement dévastée, et j'ai préféré rompre les fiançailles.

— Attends, je ne comprends plus. Elliot m'a dit que tu avais rompu à cause de ses activités pour Interpol. Que tu ne pouvais pas supporter le danger auquel il s'exposait.

Elle leva les yeux comme une tragédienne italienne.

— Les hommes sont très crédules ! J'ai rompu avec Elliot car je refusais d'être la personne qui lui annoncerait ta grossesse. Celle qui briserait le grand amour de sa vie. Qui serait l'empêcheuse de tourner en rond de ce beau triangle. Et puis, je ne pouvais pas l'épouser sachant qu'il était fort probable qu'il te désire toujours ou qu'il veuille reconnaître son fils.

— Alors tu es partie, commenta Lucy Ann.

Sentant ses jambes se dérober, elle s'adossa contre la porte.

— Je l'aimais assez pour le quitter et le laisser apprendre la vérité par lui-même.

Non, si Gianna avait vraiment aimé Elliot, elle lui aurait annoncé qu'il allait être père. Mais qui était-elle pour lui jeter la pierre ?

— Est-ce que tu aimes encore Elliot ? demanda-t-elle, le souffle court.

— Oui, je l'aime encore, répondit Gianna.

Alors Lucy Ann croisa son regard et y vit une réelle souffrance.

— Je t'imaginais autrement, lui dit-elle.

Gianna eut un petit sourire tremblant.

— Et toi, tu es comme je le redoutais…

Où cela allait-il les mener ? se demanda-t-elle. Elle eut alors la sensation que la question résonnait en elle et prenait de l'ampleur jusqu'à ce qu'elle se rende compte que le bruit était bien réel : de fait, des milliers de pieds martelaient les gradins au-dessus de sa tête. De toute évidence, les gens couraient et il lui semblait également qu'ils criaient.

Elle regarda rapidement Gianna, dont les yeux reflétaient la plus grande confusion. Pivotant sur ses talons, elle ouvrit la porte et se retrouva face à une immense pagaille. Les spectateurs couraient dans tous les sens, les journalistes brandissaient leur appareil photo. Elle saisit un agent de la sécurité par le bras.

— Que se passe-t-il ?

— Il y a eu un accident, sur le circuit, au moment du départ. S'il vous plaît, retournez à votre place et laissez-nous faire notre travail, répondit-il avant de se fondre dans la foule.

— Un accident ? répéta-t-elle, toute tremblante.

Allons, Elliot n'était pas le seul pilote, il y en avait d'autres. Et puis, si c'était au départ, les coureurs ne devaient pas aller très vite. Sauf si l'un d'entre eux avait décidé de faire du zèle.

Des scénarios plus horribles les uns que les autres se bousculèrent dans son esprit, tous impliquant Elliot. Elle fonça vers la foule, s'efforçant de se frayer un chemin vers le lieu de l'accident. Mais il y avait tant de monde qu'elle pouvait à peine avancer.

Soudain, sur un écran géant, elle vit des images de la piste en flammes.

Et les mots qui défilèrent en bas de l'écran lui confirmèrent cruellement ce qu'elle savait déjà au plus profond de son cœur.

Elliot avait eu un accident.

- 12 -

Le cœur battant à tout rompre, Lucy Ann sortit le laissez-passer qui lui conférait un accès aux abords du circuit. Il lui était tout simplement impossible de rester sur les gradins, à attendre qu'on l'appelle. Elle voulait être auprès d'Elliot au cas où il aurait besoin d'aide, tout en refusant l'idée qu'il puisse être… Non, elle ne pouvait même pas prononcer le mot ! Elle excluait complètement cette éventualité.

Ses sandales claquaient sur les marches tandis qu'elle courait, courait éperdument…

Finalement, elle arriva à l'endroit où les agents de la sécurité formaient un mur impénétrable autour de la scène de l'accident. Les oreilles bourdonnantes, elle inspecta les voies où s'alignaient les voitures de course, cherchant les flammes. Mais elle n'y distingua aucun signe majeur d'explosion.

Soudain, le hurlement d'une sirène la fit violemment sursauter. Une ambulance passa alors devant elle, et elle la vit se diriger vers des personnes munies d'extincteurs. Elle aperçut soudain une voiture de course couchée sur le flanc, et une autre en biais, qui avait manifestement dérapé. Elle ne pouvait plus se voiler la face : le premier bolide était celui d'Elliot !

Les pompiers entouraient le véhicule, s'efforçant d'ouvrir la portière. En larmes, Lucy Ann se mit à hurler, et alors qu'elle s'apprêtait à s'élancer vers la voiture, elle sentit un bras la retenir fermement. Ce fut alors qu'elle vit la portière s'ouvrir. Elle cessa de respirer et le monde se figea…

Les pompiers se penchèrent à l'intérieur, empoignant Elliot.

Il était vivant !

Chancelante, elle s'appuya contre la personne qui se tenait tout juste derrière elle, et jeta un bref coup d'œil par-dessus son épaule : c'est le colonel Salvatore qui la soutenait, les yeux rivés à la voiture. Elliot avançait d'un pas lent, mais il tenait debout, repoussant les pompiers qui voulaient l'aider. Puis il retira son casque et fit signe à la foule que tout allait bien.

Alors une clameur s'éleva des gradins, et un tonnerre d'applaudissements retentit. Elle frissonna, à la fois soulagée et émue. Il tourna soudain la tête vers elle, et elle croisa son regard. Il était vivant, se répéta-t-elle. Et cette pensée se répercuta en écho dans sa tête, comme un mantra rassurant, car Dieu sait si elle l'aimait ! Oh oui, elle l'aimait sincèrement ! Cette certitude s'implanta en elle et y prit racine ; elle comprit aussi qu'elle l'aimait depuis toujours. Qu'ils s'aimaient depuis toujours.

Oui, à cet instant, elle ne doutait pas que lui aussi l'aimait. Et quels que soient les problèmes, les désaccords et les trahisons par lesquels ils étaient passés, il existait un lien indéfectible entre eux. Elle aurait voulu se réjouir de cette constatation, mais elle était toujours hantée par la peur profonde qu'elle venait de ressentir.

Elle ne parvenait pas à détacher les yeux d'Elliot, qui, sans prendre garde à ceux qui tentaient de l'attraper, bousculait tout le monde sur son passage pour arriver jusqu'à elle. Le soleil méditerranéen enveloppait d'un halo lumineux l'homme qu'elle aimait et lui prêtait un air presque irréel.

Soudain, reprenant enfin ses esprits, elle s'élança vers lui.

— Le ciel soit loué, tu n'as rien ! murmura-t-elle en l'enlaçant.

Alors il l'embrassa, rassurant, puis l'entraîna vers la sortie, la foule semblant se fendre pour les laisser passer, à moins que quelqu'un leur ouvre le chemin, elle était bien trop chamboulée pour percevoir nettement ce qui se passait autour d'elle. Une seule idée l'obsédait : l'homme qui se tenait tout près d'elle, la chaleur qui émanait de lui, son odeur, sa respiration…

Des larmes de soulagement roulaient sur son visage, mais elle n'y prenait pas garde, ne pensant même pas à lui demander où ils allaient. Elle lui faisait confiance, c'était le père de son enfant, et elle l'aurait suivi jusqu'au bout du monde. Soudain, il ouvrit une porte, et ils se retrouvèrent dans un bureau qui comportait une table de bois, un canapé en cuir noir et des photos de coureurs encadrées.

Il referma la porte derrière eux.

— Lucy Ann, respire profondément plusieurs fois ou tu vas t'évanouir. Je n'ai rien, tout va bien, lui assura-t-il alors.

Comme il était apaisant d'entendre le son de sa voix. Si réconfortant.

— Ce n'était qu'un accident mineur, poursuivit-il. L'essieu de mon concurrent s'est détaché et a percuté mon véhicule. Personne n'a rien eu.

Elle essuya enfin du revers de la manche les larmes qui lui coulaient toujours des yeux. Elle devait être maculée de mascara, pensa-t-elle.

— J'ai vu des flammes sur l'écran…

— Des flammes ? Ils ont dû repasser les images de mon dernier accident.

— Mais il y avait bien de la fumée, non ?

Il lui prit le visage entre ses mains gantées.

— Tous mes cheveux sont intacts ! lui assura-t-il avec un beau sourire.

— Je n'ai pas envie de plaisanter, Elliot.

— J'essaie juste de détendre l'atmosphère. Que veux-tu que je te dise pour te rassurer ?

— Rien, il n'y a rien à dire, dit-elle soudain d'un ton résolu.

Et nouant ses bras autour de son cou, elle l'embrassa avec fougue, poussée par le besoin irrationnel de s'assurer qu'il était en vie.

— Lucy Ann, murmura-t-il, qu'est-ce que tu es en train de faire ?

— Tu ne comptes quand même pas reprendre la course ? demanda-t-elle en lui agrippant les épaules.

— Non, ma voiture n'est pas en état de marche. Mais es-tu certai…

De nouveau, elle le bâillonna par un long baiser. Elle en avait assez des doutes, des questions, des réserves. De ce passé qui les avait poursuivis toute leur vie.

Ils n'étaient plus des enfants, mais des adultes qui devaient se défaire des fardeaux qu'ils traînaient depuis des années, et rien ne valait le sexe pour offrir l'oubli… Oui, elle avait envie qu'il la prenne contre la porte, de manière rapide et intense. Finis le jeu et les contes de fées, c'était désormais la réalité qui prévalait !

Il ne protesta pas quand elle défit son ceinturon, se contentant de retirer ses gants de course avec les dents. Puis la plaquant contre la porte, il souleva sa robe, et une brise légère lui parcourut les cuisses. Une seconde plus tard, il faisait glisser sa culotte sur ses hanches.

Elle ouvrit la braguette de son pantalon, sentit son érection chaude contre elle, puis en elle.

Alors, elle ferma les yeux et pencha la tête en arrière, s'abandonnant complètement au monde de sensations qu'il lui procurait. Elle noua ses jambes autour des siennes, pour le sentir plus profondément en elle, tandis qu'ils s'étreignaient avec frénésie.

Les premières vagues du plaisir la saisirent rapidement, exutoire à toutes les émotions fortes qu'elle venait de vivre. Elle enfonça la tête dans son épaule, s'accrochant à la jouissance qui la soulevait, désireuse de la faire perdurer. Les paroles que lui murmurait Elliot d'une voix rauque l'emportèrent vers l'extase la plus absolue, tandis qu'elle sentait les spasmes qui le parcouraient simultanément.

Peu à peu, elle revint à elle, et perçut les échos de la foule : ils ne pouvaient rester infiniment dans cette cachette !

Elle comprit que, pour familier que lui soit Elliot, elle n'appartenait plus à ce monde-là. Et elle ne pouvait pas rester.

En dépit du lien très fort qui les unissait, ce n'était pas la vie dont elle avait rêvé quand ils se construisaient des cabanes châteaux. Pas la chaumière rassurante à laquelle Eli avait droit.

Elle aimait Elliot, elle l'avait toujours aimé, et avait passé la plus grande partie de sa vie d'adulte à le suivre. Mais il était temps qu'elle se prenne en charge, pour son salut et surtout celui de son fils.

L'heure était venue de rentrer chez elle.

Comme Elliot la fixait de ses yeux où brillait une lueur de convoitise, elle lui prit le visage et secoua la tête.

— Elliot, je ne peux plus vivre ainsi. Je veux mener une vie normale. Cela peut te paraître banal, mais les contes de fées et les imprévus, ce n'est pas pour moi. Je sais désormais la vie que je veux mener, et elle se trouve en Caroline du Sud.

Il lui adressa un regard confus et un peu irrité.

— Lucy Ann…

Elle lui posa la main sur la bouche.

— Je ne veux pas me disputer avec toi. Pas comme la dernière fois. Ce n'est pas digne de nous, ni d'Eli, déclara-t-elle d'un ton sans appel.

Il repoussa sa main, et elle vit son pouls battre comme un fou dans son cou.

— Je ne peux donc rien faire pour que tu changes d'avis ?

Elle aurait tant aimé lui répondre que si ! Mais ç'aurait été bien trop déraisonnable, avec l'odeur de fumée qui était restée collée à lui, et l'adrénaline qui saturait encore l'air.

— Non, Elliot, je suis désolée. Ma décision est prise.

Lentement, il la relâcha, l'air à la fois sombre et résigné. Il la comprenait, elle le savait.

Il ne leur restait plus qu'à se séparer, le cœur saignant.

Comment allait-il pouvoir lui dire adieu ? se demanda Elliot, le lendemain.

Il lui semblait avoir replongé en enfer. Ils avaient retraversé l'Atlantique dans son jet, et il était à présent assis sur les marches de la terrasse, chez sa tante, tandis que Lucy Ann nourrissait Eli avant sa sieste.

Si seulement ils s'étaient violemment disputés, une réconciliation tout aussi passionnée aurait été envisageable. Mais elle avait opté pour le calme, rejeté l'univers de contes de fées qu'il avait voulu bâtir autour d'elle. Après leurs ébats enfiévrés contre la porte du bureau où ils avaient trouvé refuge, sur le circuit, ils étaient rentrés à l'hôtel, elle avait fait ses bagages, et il avait appelé un pilote pour le retour en Caroline du Sud.

Lucy Ann lui avait proposé de rentrer avec Eli par un vol normal, afin qu'il puisse continuer les courses, qu'il ne soit plus distrait par sa présence et celle de son fils. Evidemment, l'accident lui avait apporté la preuve qu'elle avait raison.

Mais il avait tenu à les raccompagner lui-même.

La porte d'entrée s'ouvrit, et Carla se matérialisa sur la terrasse. Ouf ! pensa-t-il. Cela retarderait de quelques minutes les adieux. Il savait que Lucy Ann accepterait qu'Eli fasse partie de sa vie, mais ce n'était pas ainsi qu'il s'était figuré l'avenir.

Carla s'assit près de lui sur la balancelle. Elle était vêtue d'un T-shirt à petits poussins.

— Ravie de savoir que tu as survécu et que tu es encore entier.

— C'était un accident mineur, lui redit-il.

Le vent soufflait dans les branches des arbres et faisait grincer la balancelle ; il portait aussi l'odeur du jasmin qu'Elliot associait autant à la Caroline du Sud qu'à Lucy Ann.

— Je parlais du tour que tes amis t'ont joué, en t'enlevant, précisa Carla. Ils ont complètement chamboulé ta vie.

Carla avait l'art d'enfoncer des portes ouvertes ! Le

poids qui pesait sur sa poitrine semblait se renforcer à chaque seconde.

— Je soutiendrai Lucy Ann et Eli financièrement, marmonna-t-il.

— Je n'en ai jamais douté, dit-elle en lui tapotant le genou. Je suis heureuse que tu t'en sois sorti, Elliot. Après ce que tu as vécu, tu as eu raison de partir. Et je crois que c'était également mieux pour Lucy Ann d'aller voir ailleurs pendant un certain temps.

Une certaine intonation dans la voix de Carla lui laissa alors à penser qu'elle n'avait sans doute pas eu la vie dont elle aurait rêvé.

— Vous, en revanche, vous n'êtes jamais partie.

— Je ne pouvais pas, du moins pas tant que Lucy Ann avait besoin de moi. Comme je n'ai pas pu avoir d'enfants, c'est grâce à elle que j'ai connu l'expérience de la maternité. Et une fois qu'elle s'en est allée, j'avais déjà fait ma vie ici.

— J'ai toujours cru que vous n'aviez jamais voulu d'enfants.

Finalement, il connaissait bien peu cette femme qui avait toujours été chaleureuse avec lui, lui avait ouvert sa maison autrefois, et dernièrement avait accueilli son propre fils.

— J'aurais pu en adopter, confia Carla, mais mon mari avait un casier judiciaire. Des erreurs de jeunesse qui s'apparentaient plus à des bêtises qu'à un délit, mais l'époque était sévère.

— J'ai l'impression qu'il aurait pu faire partie de la confrérie Alpha.

— Peut-être… Si j'avais eu des enfants, Lucy Ann ne se serait pas sentie aussi seule. Elle était si désemparée quand tu es parti. Ce n'est que bien plus tard qu'elle a trouvé confiance en elle.

— Lucy Ann est la personne la plus forte que je connaisse. Sans elle, je n'aurais pas été capable d'affronter la vie.

Il considéra le sous-bois d'un air songeur, se rappelant le refuge qu'elle lui avait offert autrefois.

— Toi aussi, tu l'as protégée, même si tu as toujours voulu voir en elle la force qui l'habitait, déclara Carla en fixant sur lui ses yeux d'un marron pareil à celui de son entêtée de nièce. C'est très bien, seulement, tu as refusé d'admettre sa vulnérabilité. Lucy Ann n'est pas parfaite, il faut que tu acceptes qu'elle ne soit pas une personne de conte de fées, mais simplement un être humain.

Mais bon sang, qu'est-ce que Carla voulait donc lui dire exactement ?

Il n'eut pas le temps de la questionner, car déjà elle était repartie. Seuls le bruissement des feuilles et le grincement de la balancelle lui tenaient à présent compagnie.

Les paroles de Carla flottaient dans sa tête comme des particules de poussière cherchant un endroit où se poser… Evidemment, il savait que Lucy Ann n'était pas parfaite, et il n'attendait pas d'elle la perfection. Il l'aimait tout simplement de la façon dont…

Il l'aimait.

Et tout à coup, cette prise de conscience éclaira son monde, tout parut se remettre en place. Pourquoi ne le lui avait-il tout simplement pas dit ?

A cet instant, le vent se mit à souffler plus fort dans les branchages, prédisant l'orage. Il ne se rappelait plus avoir déjà dit à une personne qu'il l'aimait. Peut-être à sa mère, quand il était enfant, mais pendant de longues années, ce mot s'était comme asséché en lui.

Il avait toujours voulu être un homme meilleur que son père, mais il se rendait compte à présent que cela n'avait rien à voir avec le fait de quitter la Caroline du Sud. La fuite ne l'avait pas changé, et le lieu où l'on vivait ne constituait pas la solution.

Le problème, c'était lui, et il était temps qu'il change en profondeur pour être un père digne de son fils, et un homme digne de Lucy Ann.

Il venait de comprendre comment ils pouvaient enfin construire leur vie ensemble.

Il allait être bientôt l'heure de dire adieu à Elliot, pensa Lucy Ann, pleine de remords et d'arrière-pensées, tout en berçant doucement Eli sur son épaule. En réalité, son fils s'était endormi depuis un bon moment, mais en le tenant dans ses bras, c'était avant tout elle-même qu'elle réconfortait. Elle avait pris la décision de se trouver une maison très rapidement, afin de ne plus dépendre de sa tante.

Depuis l'accident d'Elliot, une immense tristesse l'avait submergée. Elle l'aimait de toutes ses forces, mais elle ne pouvait supporter une vie aussi mouvementée, tout comme elle ne pouvait l'imposer à son fils. Tout enfant avait droit à une existence stable, et, pour être honnête, c'était également ce à quoi elle aspirait.

Pendant longtemps, elle avait rêvé d'échapper à ses racines, mais à présent, elle se rendait compte que rien ne valait le vieux lit en laiton de sa chambre, ou la couette que sa tante lui avait brodée pour son huitième anniversaire. C'étaient autant de bons souvenirs, de repères, de preuves d'amour. Malgré tout, elle aurait tant aimé qu'Elliot trouve une solution de dernière minute, car son cœur saignait réellement à l'idée qu'il allait repartir.

Elle entendit soudain des pas résonner dans le vestibule : pas de doute, c'était lui. Elle eut à peine le temps de ravaler ses larmes que déjà la porte s'ouvrait.

Elliot se matérialisa dans l'encadrement de la porte, aussi superbe et imposant qu'à son habitude, dans son jean délavé et son T-shirt gris. Pourquoi fallait-il qu'il soit si redoutablement beau, comme si la situation n'était pas assez compliquée ?

— Est-ce que tu veux prendre Eli une dernière fois dans tes bras, avant de partir ?

— En fait, je voulais te proposer une promenade pour que nous parlions un peu de notre avenir, dit-il d'un air impénétrable.

Ne s'étaient-ils pas déjà tout dit ? Elle n'était pas certaine que son cœur pourrait en supporter davantage : sa présence la faisait désormais terriblement souffrir, sachant que la séparation était imminente.

— Bien sûr, répondit-elle pourtant.

Il voulait sans doute régler les questions relatives au droit de visite. Qu'il se rassure ! Elle ne chercherait pas à l'empêcher de voir son fils. Toutefois, elle aussi avait un aveu à lui faire : elle ne lui avait en effet pas encore parlé de son échange avec Gianna.

— Nous devons effectivement évoquer l'avenir, poursuivit-elle, mais avant, j'ai besoin de savoir où tu en es exactement avec Gianna. Elle est venue me voir, dans les gradins, juste avant l'accident… Elle m'a avoué qu'elle était encore amoureuse de toi.

Il fronça vivement les sourcils.

— Je suis désolé qu'elle t'ait abordée, mais que cela soit bien clair : je n'aime pas Gianna, et je ne l'ai jamais vraiment aimée. Je sais que j'ai été très injuste envers elle en renouant avec elle parce que je souffrais de notre rupture.

Son expression toujours bien contrôlée céda soudain la place à une émotion sincère.

— J'ai commis une grave erreur que je ne répéterai jamais. Gianna appartient au passé, mon avenir est avec toi et Eli, et c'est d'ailleurs ce dont je voulais te parler. On va faire un tour ?

— D'accord, dit-elle, soulagée que la question de Gianna soit définitivement réglée.

Elle déposa délicatement Eli dans son berceau et emboîta le pas à Elliot. Ils passèrent par le salon et ses indétrônables figurines en porcelaine avant de gagner la terrasse et d'emprunter le sentier qui menait aux sous-bois. Celui qui leur permettait de rejoindre leurs cachettes, autrefois. Les chênes formaient une voûte au-dessus de leurs têtes, et sur leurs troncs s'enroulait le jasmin grimpant. Des ombres bleutées et orangées jouaient à cache-cache, tandis que le soleil tentait de percer à travers les frondaisons. Les sapins s'élançaient vers le ciel, cherchant la lumière. Elle avait oublié à quel point ce lieu était paisible !

Elliot demeurait silencieux et semblait avoir une idée bien précise en tête. Soudain, ils prirent un virage et… elle poussa un petit cri de surprise. Ça alors ! Devant elle se dressait une cabane de leur enfance, constituée des couvertures de sa tante. C'était incontestablement l'œuvre d'Elliot. Immédiatement, elle sentit les larmes lui monter aux yeux.

Ce dernier lui tendit la main, et elle la prit. La

chaleur qui émanait de lui se communiqua aussitôt à elle, s'engouffrant dans ses veines. Elle ne savait pas très bien ce qu'il allait lui dire, mais elle ne pouvait pas s'enfuir en courant.

Il l'entraîna à l'intérieur de leur fort. Elle prit place en tailleur sur la couverture étalée par terre, et il s'installa à côté d'elle. Tout était comme autrefois.

— Elliot, je veux te redire combien je suis désolée de ne pas t'avoir parlé plus tôt d'Eli, dit-elle avec douceur et sérieux. Si c'était à refaire, je m'y prendrais différemment, je te l'assure. Je sais que tu n'es pas obligé de me croire, mais…

Il recouvrit sa main de la sienne, mêlant leurs doigts.

— Je te crois, Lucy Ann.

La sincérité de sa voix lui retira un grand poids.

— Merci, Elliot. Ton pardon signifie tant pour moi.

Soudain, elle le vit prendre une grande inspiration.

— Lucy Ann, j'en ai assez des circuits et des courses. Il n'y a aucune raison pour que je continue à mettre ma vie en danger. Même chose pour Interpol, d'ailleurs.

Elle eut envie de lui sauter au cou, de saisir ce qu'il lui offrait, mais elle savait aussi que sa décision aurait forcément un effet de boomerang.

— Merci pour cette proposition, Elliot, c'est très généreux à toi, mais comme je te l'ai déjà dit, je ne veux pas que tu fasses un tel sacrifice pour moi. Cela te rendrait trop malheureux, et à la fin, cela ne marcherait pas entre nous.

— Il ne s'agit pas de toi, ni d'Eli, même si je ferai tout ce qui est de mon ressort pour vous.

Il lui étreignit la main jusqu'à ce qu'elle lève les yeux vers lui.

— Cette décision, je la prends pour moi. Interpol

peut tout à fait faire appel à d'autres free-lances, et honnêtement, j'en ai assez des courses. Je n'ai besoin ni de l'argent ni de la notoriété qu'elles me rapportent. A quoi bon tous ces risques, tout ce chaos ? J'ai tout ce dont j'ai besoin avec toi et Eli.

— Sache bien, Elliot, que je ne te demande pas une telle abnégation ! insista-t-elle.

Même si ce qu'il lui proposait était un rêve inespéré ! Elle avait du mal à respirer, elle n'arrivait pas à y croire.

Il prit sa main et déposa un baiser à l'intérieur de son poignet.

— Etre avec toi ne représente aucunement un sacrifice, c'est tout le contraire, c'est un gain inestimable !

Ces paroles furent comme un baume indicible sur son cœur. Enfin, l'un comme l'autre était prêt à accepter le bonheur qu'ils avaient toujours fui, de peur sans doute de le perdre, étant donné l'enfance malheureuse que tous deux avaient vécue.

— Elliot, tu n'as pas besoin de prendre des décisions aussi radicales, dit-elle en nouant les bras autour de son cou. Je peux tout à fait t'attendre ici pendant la saison des courses et…

— Ecoute, ce n'est pas toi qui me demandes d'arrêter, c'est moi qui prends cette décision. Je veux que notre fils et nos autres éventuels enfants aient une existence stable. Il est temps pour nous de construire un foyer. De revenir à la maison, sur ces lieux où nous avons bâti tant de forts et de châteaux, et de faire en sorte que nos rêves deviennent réalité.

Il fit une pause avant d'ajouter :

— Je t'aime, Lucy Ann, et je veux que tu deviennes ma femme.

Maintenant que le passé était surmonté, que tous

les malentendus avaient été éclaircis, comment aurait-elle pu refuser un avenir aussi radieux avec celui qui représentait tout pour elle ?

— Je t'aime depuis toujours, Elliot. Ma réponse est oui. Oui, construisons notre vie ensemble.

Il poussa un long soupir de soulagement, et elle comprit combien il avait craint de perdre sa dernière chance. Elle pressa ses lèvres contre les siennes, pour sceller leur avenir en tant qu'amants, âmes sœurs, et meilleurs amis…

Détachant sa bouche de la sienne, il reprit :

— Je veux que nous bâtissions notre maison à cet endroit précis.

— Ici ? Tu ne veux pas plutôt que l'on prenne ces couvertures et que l'on explore la côte de la Caroline du Sud pour dénicher l'endroit idéal ? Un lieu qui nous serait un peu familier, mais nouveau à la fois, pour un nouveau départ.

— Tu as raison, je n'ai rien à redire, dit-il avec un grand sourire apaisé. Une fois que nous aurons trouvé l'endroit de nos rêves, nous construirons notre maison pour de vrai, là où notre fils et nos autres enfants pourront grandir et jouer en toute sécurité.

Il la fixa intensément, et elle lut dans ses yeux la profondeur de ses rêves et le plus merveilleux des avenirs.

— Qu'est-ce que tu en penses ? ajouta-t-il.

— Je pense que tu viens d'écrire le plus beau des happy ends, mon amour.

Epilogue

Elliot Starc avait affronté de nombreux dangers dans sa vie. D'abord avec son père qui le maltraitait, puis comme coureur automobile de Formule 1, où il utilisait ses nombreux voyages dans le monde pour fournir des informations à Interpol.

Mais il n'imaginait pas que l'on pourrait l'enlever alors que la fête d'anniversaire qu'il avait organisée pour les deux ans de son fils battait son plein !

Cela dit, ce n'était pas non plus une première…

Il se sentit presque perdre l'équilibre tandis qu'on le faisait pivoter sur lui-même, après lui avoir mis un bandeau sur les yeux. Heureusement, deux paires de bras solides le guidaient vers la grève où il entendait les vagues venir mourir doucement.

— A quoi jouez-vous au juste, les gars ? A colin-maillard ?

— Pas du tout, répondit la voix de Lucy Ann. Nous jouons au jeu de la devinette.

Un objet duveteux et rembourré lui atterrit alors dans les mains. Etait-ce un jouet ? Il sourcilla, n'ayant pas la moindre idée de ce que cela pouvait être, ce qui suscita encore plus de rires chez les membres de la confrérie Alpha qui étaient tous venus avec leurs familles à l'anniversaire d'Eli. Par chance, Lucy Ann et lui avaient suffisamment de place dans leur villa pour les accueillir.

Ils avaient acheté une propriété en bord de mer sur une île, au large de la Caroline du Sud ; l'endroit était suffisamment privé pour que les célébrités qui venaient s'y installer puissent jouir en toute intimité d'une vie normale. Ils y avaient bâti une villa spacieuse, pas aussi immense qu'il l'aurait souhaité, car Lucy Ann avait su mettre des limites à sa folie des grandeurs, lui rappelant désormais quelles étaient leurs priorités, à savoir leur mariage et leur famille.

Autant consacrer leur argent à des projets plus utiles, lui avait-elle conseillé, et ils avaient créé une fondation pour les élèves boursiers, dont Lucy Ann avait pris les rênes avec brio. Comme il n'avait pas à s'inquiéter pour l'argent, en raison de ses nombreux placements, il avait repris ses études, en vue d'obtenir une maîtrise d'anglais, et il suivait aussi un atelier d'écriture. Lucy Ann lui prédisait qu'il deviendrait maître de conférences et écrivain.

Sa merveilleuse épouse était une femme très intelligente et également une grande rêveuse.

Mais il fallait reconnaître que sa rencontre avec le colonel Salvatore avait aussi été déterminante : il lui avait appris à donner un sens à sa vie et à aller jusqu'au bout de ses envies. Et cela s'appliquait également à ses amis de la confrérie. Malcolm Douglas et sa femme parrainaient actuellement une tournée de charité en compagnie de leurs enfants, et si tout se passait bien, ils le feraient tous les ans. Le docteur Boothe avait ouvert une autre clinique en Afrique, en compagnie de la richissime famille Hughes, établie à Monte-Carlo. Quant au magicien de l'informatique, Troy Donovan, et sa femme, Hillary, ils avaient désormais un génie de fils qui les occupait à plein temps.

— Elliot, dit doucement Lucy Ann, tu ne joues pas le jeu.

— Tu as raison, je me rends, dit-il en retirant son bandeau.

Et la vue de sa femme dans son superbe paréo jaune au crochet le remplit de joie.

Elle lui reprit le jouet et renchérit :

— Ne crois pas que tu vas t'en sortir aussi facilement !

De sa chaise longue, le colonel Salvatore se mit à rire. Pour une fois, il ne portait pas son éternel costume gris, mais un caleçon de bain et un T-shirt.

— C'est bien connu, Elliot, tu n'as jamais aimé respecter les règles, lança-t-il.

Tante Carla leva alors son soda en guise de toast. Elle aussi se détendait, allongée dans un transat.

— Je peux en attester, déclara-t-elle.

Elliot voulut prendre le jouet des mains de Lucy Ann.

— Allez, dis-moi ce que c'est.

Elle éclata de rire.

— Attrape-moi si tu peux ! répliqua-t-elle.

Puis elle partit en courant le long de la grève. Elle courait avec légèreté, tel un beau papillon, mais il la rattrapa facilement et l'entraîna derrière une dune, où il put l'embrasser à pleine bouche, comme il en avait envie depuis le début de la journée.

Avec en arrière-fond les vagues qui venaient mourir à un mètre d'eux et l'herbe qui bruissait, Elliot se délecta de sa bouche appétissante, espérant l'embrasser ainsi encore des milliers de fois jusqu'à leur dernier souffle. Dieu, ce qu'il aimait cette femme !

Lentement, il l'aida à se relever, et elle blottit son

corps tout chaud contre le sien. S'il n'y avait pas eu une fête à quelques mètres de là, le baiser aurait forcément dégénéré. Plus tard, quand tous dormiraient, il l'emmènerait dans la cabane de bois, près de la mer, et il lui ferait l'amour tout en écoutant l'océan leur chanter sa plus belle sérénade. Ces derniers temps, avec ses cours d'écriture, il était devenu très poétique.

Mais pour l'instant, il avait un mystère à résoudre.

Il reprit le jouet des mains de Lucy Ann, qui ne se battit pas pour le garder.

C'était un ours en peluche qui portait dans son ventre un ourson, comme un kangourou. Il ouvrit de grands yeux…

— Tu es…

— Enceinte, compléta-t-elle. Depuis quatre semaines. Je viens juste d'avoir les résultats de la prise de sang.

Cela faisait six mois qu'ils essayaient de donner un petit frère ou une petite sœur à Eli, et ce rêve était en train de devenir réalité. Il la serra très fort contre lui, puis la fit tournoyer dans les airs.

Quand il la redéposa à terre, elle murmura :

— Enfants, nous rêvions de contes de fées. Et c'est finalement adultes que nous le vivons, ce merveilleux conte.

Il posa la main sur son ventre.

— La vie réelle avec toi et nos enfants vaut mieux que n'importe quel conte, lui répondit-il d'une voix emplie d'émotions.

VICTORIA PADE

Un mariage chez les Camden

Passions

HARLEQUIN

Titre original : A CAMDEN FAMILY WEDDING

Traduction française de YVES CRAPEZ

83-85, boulevard Vincent-Auriol, 75646 PARIS CEDEX 13.
Service Lectrices — Tél. : 01 45 82 47 47
www.harlequin.fr

- 1 -

— C'est parfait ! conclut Vonni Hunter avant de raccrocher son téléphone.

Un grand sourire aux lèvres, elle se tourna vers Melanie Danforth-Hayes, la future mariée, qui, un peu plus tôt, était entrée dans son bureau totalement paniquée.

— Tout est en ordre, Melanie. Ma couturière attitrée a accepté de faire ce qu'il faut pour que votre robe soit prête à temps. Vous n'avez plus de souci à vous faire.

Organisatrice de mariages depuis huit ans pour le compte de Burke's Wedding, une petite entreprise familiale établie dans le quartier huppé de Cherry Creek North, à Denver, il lui incombait de satisfaire en toutes circonstances les exigences d'une clientèle parfois capricieuse.

— Dieu soit loué ! Je ne sais comment vous remercier, s'extasia Melanie.

Fille d'une des personnalités les plus en vue de Denver, Melanie Danforth-Hayes devait se marier dans cinq jours, et cette jeune femme plantureuse avait eu de la peine, lors d'un essayage récent, à rentrer dans sa robe de cérémonie.

Voyant à quel point sa cliente était chagrinée, elle avait aussitôt chargé sa couturière d'élargir la robe en question et, à l'instant, au téléphone, elle avait eu l'assurance que le travail serait fait dans les temps.

— La réputation d'efficacité de Burke's Wedding n'est pas surfaite, et satisfaire notre clientèle est notre seul objectif, répondit-elle avec son plus beau sourire. Les retouches sur votre robe ont toutes été effectuées.

— Et ma liste de mariage ? demanda Melanie.

— Je l'ai déjà communiquée à tous les commerçants concernés. Ah, je vous ai aussi obtenu un rendez-vous chez le plus grand coiffeur de Denver, ajouta-t-elle.

— Et le traiteur ? s'inquiéta Melanie avec cette moue qui la rendait si charmante aux yeux de certains, si capricieuse aux yeux des autres.

— Le traiteur et le fleuriste sont prévenus, la pièce montée commandée, et dès ce soir, je m'attaque au plan de table, conclut-elle d'un ton enjoué.

— Parfait ! déclara Melanie avec une satisfaction visible.

— Chez Burke's Wedding, les clientes sont traitées comme des reines, répondit-elle non sans regarder furtivement sa montre.

En dépit de la fatigue accumulée depuis le matin, elle devait encore se rendre à un rendez-vous de la plus haute importance, qui, s'il débouchait sur un nouveau mariage qu'il lui incomberait d'organiser, assurerait une excellente publicité à l'enseigne Burke's Wedding.

Melanie Danforth-Hayes se leva en soupirant.

— J'ai grossi en quelques semaines, et quand je vois à quel point vous êtes mince et svelte, Vonni, je pourrais être jalouse de votre forme et de votre beauté.

Tout en raccompagnant sa cliente vers la sortie, elle s'ingénia à trouver une repartie rassurante.

— Si Douglas vous a demandée en mariage, c'est

parce qu'il vous aime telle que vous êtes, chère Melanie, dit-elle de sa voix de velours.

Le visage de Melanie redevint serein.

— Je ne doute pas des sentiments de Doug envers moi, mais si je pouvais être aussi blonde et aussi belle que vous, alors je serais la plus heureuse des femmes.

Elle ne put s'empêcher de tressaillir.

— Blonde et belle, je le suis peut-être, mais contrairement à vous, aucun homme ne m'a, à ce jour, jamais demandée en mariage.

— Je suis sûre que vous exagérez ! rétorqua Melanie en haussant les sourcils.

— J'organise les plus beaux mariages de Denver, mais je suis encore célibataire après huit ans d'une fructueuse carrière, alors que vous, Melanie, dans cinq jours à peine, vous serez l'épouse comblée de Douglas Barnes, renchérit-elle.

Sans doute avait-elle trouvé les mots aptes à mettre du baume sur l'ego de sa cliente, car celle-ci se rengorgea.

— Qu'importent mes quelques kilos superflus, puisque Doug m'aime telle que je suis, convint Melanie.

Tout en franchissant le seuil de la boutique, sa richissime cliente lui adressa un regard reconnaissant.

— Les mariages auxquels j'ai assisté et que vous aviez organisés ont toujours été fantastiques, Vonni, et je ne manquerai pas de vous recommander à mes amies.

— Le vôtre sera le plus réussi de tous, assura-t-elle avant de refermer la porte derrière sa dernière cliente de la journée.

Soulagée de pouvoir enfin jouir d'un moment de solitude mérité, elle regagna le bureau directorial qui était en fait celui de Chrystal Burke, la fille du fondateur de l'entreprise et son amie d'enfance, qu'elle remplaçait officieusement depuis des années à la tête de Burke's Wedding, tant cette dernière s'intéressait peu à ce genre de travail.

— Pourvu que tout se passe bien ! dit-elle à voix haute pour se donner du courage, car l'heure de son rendez-vous avec Dane Camden approchait.

Les Camden, une des plus anciennes et des plus riches familles de la région, faisaient la pluie et le beau temps à Denver. Investisseurs, propriétaires de la société Camden Ltd., ce clan atypique possédait une kyrielle de supermarchés à l'échelon national et, craint ou adulé, ne laissait personne indifférent.

Quelques jours plus tôt, elle avait eu la surprise de recevoir un appel téléphonique de Dane Camden, qui, avec ses frères, était l'un des héritiers de l'empire fondé quelques décennies plus tôt par H. J. Camden, leur ancêtre aux méthodes peu orthodoxes.

En entendant dans son récepteur cette voix virile mais suave, elle n'avait pu s'empêcher de frissonner.

« Vonni Hunter ? Ici Dane Camden. Je voudrais vous voir au plus vite pour préparer un mariage important… »

Il arrivait que ses riches clientes la convoquent pour discuter avec elle des modalités de leur mariage, mais c'était bien la première fois qu'elle traiterait directement avec le futur marié.

Dane Camden lui avait précisé qu'il avait également une autre proposition à lui faire, et que tous deux seraient plus tranquilles pour en discuter au siège social de Camden Ltd.

Quand elle avait raccroché son téléphone, l'image de play-boy de Dane Camden s'était imposée à elle.

Outre le polo, ce dernier pratiquait aussi le golf, et son sourire perpétuel s'affichait souvent à la une des magazines qu'elle lisait. Si elle avait toujours éprouvé un faible pour le beau Dane, elle n'oubliait pas que H. J. Camden, l'ancêtre de son futur client, avait autrefois lésé sa propre famille.

Abe Hunter, son grand-père, avait mis au point une formule de maquillage qui lui avait été ravie par H. J. Camden dans des circonstances troubles, et, depuis lors, les Hunter ne portaient pas cette famille dans leur cœur.

Avant d'aller à son rendez-vous, elle s'inspecta dans le miroir des lavabos, songeuse.

La perspective de rencontrer Dane Camden la troublait bien plus qu'elle ne l'aurait cru, au point qu'elle désirait être le plus séduisante possible pour lui. Pourtant, elle n'avait rien à attendre d'un homme qui prônait le célibat comme mode de vie, alors qu'elle, de son côté, rêvait de se marier au plus vite.

— Pourquoi ai-je tant de mal à trouver un homme qui veuille m'épouser ? se demanda-t-elle une fois de plus en regardant son reflet dans la glace.

Ses cheveux étaient blonds, vaporeux, son nez droit et spirituel, son front haut et poli comme un galet, et sans être la plus jolie des femmes, elle n'était pas mal du tout.

— On jurerait que je leur fais peur ! dit-elle avec un petit rire désabusé en ordonnant d'un coup de brosse sa chevelure blonde.

Comme les autres filles de son âge, elle avait flirté avec des garçons au lycée, et, plus tard, elle avait voulu croire en la sincérité des hommes qui avaient croisé sa route.

Hélas, aucun d'eux n'avait été désireux de s'unir

durablement à elle, alors que son plus cher désir était de fonder un foyer.

Loin de se décourager, elle avait persisté jusqu'à tout récemment dans ce qu'elle nommait, non sans dérision, « sa chasse au mari ».

Alors qu'elle approchait de la trentaine, elle était hélas encore et toujours célibataire, de sorte qu'elle en venait presque à jalouser une Melanie Danforth-Hayes, qui, en dépit de ses rondeurs, avait su rencontrer un homme capable de l'aimer et de combler ses vœux.

— Secoue-toi, ma fille, et prépare-toi plutôt à ce rendez-vous avec Dane Camden ! s'exhorta-t-elle avant de se diriger à pas rapides vers le parking de Burke's Wedding où était garée sa voiture.

Certaines de ses riches clientes étaient sorties avec Dane Camden, et toutes lui avaient vanté sa séduction, sa virilité et son charme.

Selon la rumeur, Dane se faisait fort de donner un plaisir inouï à toutes celles qui trouvaient grâce à ses yeux, fussent-elles sur le point de convoler avec un autre…

Tout en se glissant derrière le volant de sa voiture, elle sentit un frisson d'excitation la parcourir.

« Dane Camden m'a réconciliée avec la vie », lui avait confié, quelques mois plus tôt, une ravissante trentenaire, qui, après un divorce houleux, avait décidé de se remarier avec un joueur de golf.

Sa cliente était sortie avec Dane Camden durant quelques semaines avant de rencontrer son futur mari, et à l'en croire, l'expérience valait son pesant d'or.

« Quel mal y aurait-il à se rendre heureuse ? » avait conclu sa cliente, un sourire extatique aux lèvres.

Tout en se félicitant de cette opportunité qui lui était

donnée de rencontrer Dane Camden, elle se promit de ne pas perdre de vue que cet homme, pour séduisant qu'il fût, était l'archétype du célibataire endurci.

Dix minutes plus tard, elle se garait devant le siège social de Camden Superstores.

— Juste à temps ! s'exclama-t-elle après avoir jeté un coup d'œil à sa montre.

Après avoir décliné son identité au chargé de la sécurité, elle fut escortée par un portier galonné jusqu'à l'ascenseur, où un groom vêtu d'un uniforme rouge et or appuya sur le bouton du dernier étage.

A mesure que les chiffres défilaient sur l'écran de la cabine, elle sentit sa curiosité croître à la pensée que, bientôt, elle allait enfin rencontrer le beau Dane Camden et connaître le nom de l'heureuse élue qui deviendrait prochainement Mme Camden.

Peut-être même s'agissait-il d'une femme qu'elle connaissait ou qu'elle avait rencontrée lors d'un événement mondain ?

Si, par chance, Dane Camden lui attribuait le contrat, elle espérait qu'en récompense de ses efforts, Howard Burke, son patron et le père de Chrystal, sa meilleure amie, accepterait enfin de la prendre comme associée comme il lui en avait fait la promesse quelques années plus tôt.

Et puis, quelle pouvait bien être cette *proposition commerciale* dont l'héritier de l'empire Camden voulait l'entretenir ?

— Dernier étage, madame, lui annonça le groom d'un ton châtié.

Quand les portes de l'ascenseur s'ouvrirent, Dane Camden en personne s'avança pour l'accueillir.

Il était bien plus séduisant encore que sur les photos de lui publiées par les magazines !

— Vonni Hunter ?

Cette voix virile au timbre agréable suscita en elle un long frisson.

— C'est moi-même, dit-elle d'une voix troublée.

— Je suis Dane Camden, se présenta-t-il avec un grand sourire, et comme ma secrétaire est déjà partie, j'accueille moi-même mes visiteurs.

Loin d'être l'homme d'affaires imbu de sa personne qu'elle s'attendait à découvrir, Dane Camden débordait de charme et de naturel.

Agréablement surprise par ses manières directes, elle lui emboîta le pas, non sans admirer sa carrure et, plus encore, le balancement sexy de ses fesses musclées sous le pantalon d'alpaga.

Dane Camden la fit entrer dans une pièce lumineuse au centre de laquelle trônait un bureau en acajou.

— Nous serons tranquilles ici, loin des oreilles indiscrètes, pour évoquer la proposition commerciale que je voudrais vous faire, décréta-t-il.

— Et ce mariage ? ne put-elle s'empêcher de demander.

— J'y viendrai tout à l'heure, répondit Dane avec un petit rire charmeur. Si vous voulez bien prendre place ?

Alors qu'elle s'asseyait sur le canapé en cuir, une jeune femme fit irruption dans le bureau, une chemise en carton à la main.

— Désolée de t'interrompre, Dane, mais je voudrais que tu examines ce dossier toutes affaires cessantes.

— Vonni, je vous présente ma cousine January, dite Jani, expliqua Dane.

— Vonni Hunter, dit-elle en se levant pour serrer la main de la jeune femme.

Jani la regarda en souriant.

— Quels beaux yeux verts que les vôtres ! Les plus beaux que j'aie jamais vus de toute ma vie.

— Jani est très directe, intervint Dane Camden avec un petit sourire complice.

— Le compliment me flatte, répondit-elle, nullement déstabilisée.

— Tout s'est fait très vite pour mon mariage, mais si j'avais disposé de plus de temps, j'aurais sûrement fait appel à vos services, poursuivit Jani. Mais peut-être vous occupez-vous aussi d'organiser les baptêmes ?

Alors qu'elle se demandait si la robe d'été de Jani ne dissimulait pas un début de grossesse, Dane Camden prit les devants.

— Jani est enceinte, et son enfant naîtra dans quelques mois, expliqua-t-il avec cette voix suave et mélodieuse qui la séduisait tant. Vous voudrez bien me pardonner si je vous abandonne, le temps de consulter ce dossier avec ma cousine ?

— Bien sûr, répondit-elle, plus troublée que jamais par les yeux bleus de son hôte.

Pendant que Dane et sa cousine se penchaient sur ce fameux dossier, elle songea que Dane Camden était bien plus séduisant encore au naturel que sur les photos.

— Nous avons fini ! déclara Jani peu après. J'espère ne pas vous avoir fait trop attendre ?

— Pas du tout, répondit-elle en souriant.

— J'ai été très heureuse de faire votre connaissance, ajouta Jani en lui tendant la main.

— Moi aussi, répondit-elle avec sincérité.

La cousine de Dane la regarda avec attention.

— Vous avez vraiment des yeux magnifiques. Bon, je file, car Gideon m'attend à la maison.

— Salue Gideon de ma part, et dis-lui que je compte bien être le parrain de votre enfant, conclut Dane à l'adresse de sa cousine.

— Je n'y manquerai pas, répondit Jani avant de disparaître dans le couloir.

Ainsi, le mari de Jani s'appelait Gideon ?

Elle éprouva un pincement de jalousie à l'idée que, contrairement à elle, Jani avait su fonder un foyer, puis elle reporta toute son attention sur Dane Camden.

— Votre cousine est charmante.

— Pas autant que vous, déclara Dane en prenant place face à elle. Et permettez-moi à mon tour de vous complimenter sur la nuance si particulière de vos yeux…

Elle ne put s'empêcher de rougir.

— Peut-être pourriez-vous me dire qui sera la future Mme Camden ?

A sa stupéfaction, Dane Camden éclata d'un rire sonore.

— Il ne s'agit pas de mon mariage, mais de celui de ma grand-mère, Georgianna Camden.

La grand-mère de Dane ? La fameuse Georgianna Camden, une femme d'affaires très réputée ?

— J'avoue être un peu surprise, dit-elle en bafouillant.

— Surprise, parce que je ne suis pas candidat au mariage ou parce que ma grand-mère se marie à un âge avancé ? demanda Dane Camden.

— Ma foi, un peu les deux, dit-elle. Et quand donc aurait lieu la cérémonie ?

— Dans quinze jours, déclara Dane.

— Le délai me paraît bien court, objecta-t-elle.

Dane la fixa pendant quelques instants.

— Entre vous et moi, Jani a raison de dire que vous

avez les plus jolis yeux du monde, des yeux vert jade qui éblouissent…

Gênée et charmée à la fois, elle s'empressa de reprendre le fil de leur conversation.

— Burke's Wedding a pour devise de satisfaire ses clients, dit-elle, mais deux semaines pour préparer un mariage, c'est peu.

— Il ne s'agit pas de préparer la cérémonie du siècle et Gigi — c'est ainsi que nous, les Camden, appelons tous grand-mère — a des goûts simples. Le nombre des invités sera limité, et la réception organisée chez elle.

— Combien d'invités ? demanda-t-elle.

— Pas plus d'une centaine, famille comprise, lui précisa Dane en souriant.

Au cours de sa carrière, il lui était arrivé de programmer des réceptions de deux cents à trois cents personnes, et elle fut, au moins sur ce point-là, un peu rassurée.

Sans être aisée, la préparation de ce mariage n'apparaissait plus comme une tâche impossible.

— Gigi et son fiancé sont sexagénaires, et ma grand-mère n'a pas des goûts ostentatoires, insista Dane Camden.

Elle voulut faire la lumière sur un point qui la troublait.

— Pourquoi ne me donne-t-elle pas directement ses instructions ?

Dane lui sourit.

— Gigi se trouve actuellement au Montana, au chevet d'une amie malade. Elle m'a chargé de la remplacer auprès de vous et de faire tout ce qui était en mon pouvoir pour vous aider.

Difficile de dire si cette perspective l'cxcitait ou, au contraire, lui faisait peur, mais en tout cas, la flamme qu'elle vit soudain briller dans les yeux azur de Dane fit monter sa tension en flèche.

— Si j'acceptais le contrat, nous serions amenés à travailler ensemble durant ces quinze jours ? demanda-t-elle pour en avoir le cœur net.

— En effet, confirma Dane Camden avec ce généreux sourire qui conférait un si grand charme à son visage viril.

Ce regard qu'il posait sur elle… Cette lueur au fond de ses prunelles…

Après une dernière hésitation, elle se décida enfin.

— J'accepte le contrat et ferai l'impossible pour satisfaire votre grand-mère, promit-elle, et maintenant que nous sommes d'accord sur ce point, quelle était cette autre proposition dont vous vouliez m'entretenir ?

Dane lui sourit.

— Ma famille et moi-même avons décidé d'ouvrir un espace « mariage » dans chacun de nos supermarchés, déclara-t-il avant de marquer une pause.

— Vous voulez dire : vendre des robes, des smokings, des accessoires divers en relation avec le mariage ? s'enquit-elle.

Si tel était le cas, alors elle n'aurait pas à craindre la concurrence des Camden sur son secteur d'activité, puisque Burke's Wedding, comme les autres enseignes similaires, offrait un accompagnement total à leur clientèle.

— Pas seulement, répondit Dane. Nous voulons offrir aux futures mariées une gamme complète des services, depuis la location d'une salle jusqu'à l'élaboration des menus, en passant par le recrutement du personnel de restauration.

Dans ce cas, des petites entreprises comme Burke's

Wedding ne pèseraient pas lourd face au mastodonte Camden…

— Je vois, fit-elle sans enthousiasme.

— Votre réputation n'est plus à faire, Vonni Hunter, et c'est pourquoi nous voudrions vous recruter afin de vous confier l'élaboration et la direction de cette nouvelle activité commerciale au sein de notre groupe, insista Dane Camden.

Elle afficha une expression sceptique.

— D'abord, vous me demandez d'organiser le mariage de votre grand-mère en moins de deux semaines, et ensuite de travailler pour vous ?

— Oui, et vous seriez responsable de tous nos espaces « mariage » dans les magasins Camden, approuva Dane.

La proposition était alléchante, mais quitter Burke's Wedding lui paraissait d'autant plus hors de propos qu'elle espérait devenir prochainement l'associée du père de Chrystal qui était propriétaire de l'entreprise.

Comme s'il sentait sa réticence, Dane hocha la tête en la regardant attentivement.

— Chez nous, vous auriez un statut de cadre supérieur, le salaire correspondant, et l'assurance de bénéficier, en cas de cessation d'activité, d'indemnités conséquentes.

— Même avec un bon salaire, je serais une employée parmi d'autres chez Camden Superstores, alors que mon patron actuel m'a promis de me prendre comme partenaire, objecta-t-elle.

Dane Camden lui sourit.

— Vous seriez bien plus qu'une employée, puisque votre nom serait associé à tous nos espaces « mariage » dont vous auriez l'entière responsabilité.

— Savez-vous ce que mon grand-père pensait des Camden ? demanda-t-elle.

— Ah… Cette formule de maquillage, déclara Dane d'un ton pensif.

— Exactement, fit-elle en se remémorant les faits non sans un pincement de dépit.

H. J. Camden, l'ancêtre de Dane, avait détourné à son profit une formule de maquillage mise au point par son grand-père chimiste. Depuis lors, cette formule avait permis au groupe Camden de s'enrichir de façon démesurée sans aucune retombée financière pour les Hunter.

— Les faits remontent à 1953, et, à ma connaissance, la personne directement responsable du tort fait à votre grand-père était l'un de ses proches et non un Camden, objecta Dane.

Force lui fut de convenir qu'il ne disait que la stricte vérité.

— Cette fameuse formule n'avait-elle pas été dérobée à votre grand-père par son propre cousin ? insista Dane.

— En effet, reconnut-elle, mais il s'était empressé de la revendre aux Camden, et c'est votre famille et vous qui tirez, depuis, tout le bénéfice de l'action néfaste de cet individu.

— En 1953, je n'étais pas né, et ma fratrie non plus, déclara Dane Camden avec un geste d'excuse.

Sa remarque ne manquait pas de bon sens, et elle sentit sa colère retomber d'un seul coup.

— Vous avez raison, dit-elle.

Dane lui sourit.

— Et pour en revenir à mon offre ?

— J'admets qu'elle est plutôt alléchante, convint-elle.

— Si vous vous décidiez à venir chez nous, vous auriez les coudées franches et des perspectives d'avenir supérieures à celles que vous pourriez espérer d'un partenariat avec votre employeur actuel, renchérit Dane.

— Seriez-vous en train d'insinuer que mon patron actuel ne me rend pas justice ? dit-elle en fronçant les sourcils.

— Oui, car j'estime que Burke's Wedding tire profit de votre savoir-faire et de votre renommée sans que vous soyez payée de retour, expliqua Dane d'un ton persuasif.

Elle prit le temps de réfléchir.

— En travaillant pour vous, je me retrouverais dans la même situation que celle où je suis actuellement, puisque mon savoir-faire profiterait à Camden Superstores. Rien ne vous empêcherait de me licencier après m'avoir mise à contribution.

— Ce sont les services « Vonni Hunter », le savoir-faire « Vonni Hunter », l'expérience et le prestige « Vonni Hunter », que notre future clientèle viendrait chercher dans nos magasins. Vous nous seriez aussi indispensable que la poule aux œufs d'or, et il serait donc stupide de notre part de chercher à vous licencier.

Elle hocha la tête.

— Votre offre dépend aussi sans doute de mon aptitude à préparer le mariage de votre grand-mère dans le court délai qui m'est imparti ?

Il éclata de rire.

— Mon offre n'est pas liée à la préparation du mariage de Gigi, mais, connaissant votre sérieux et votre compétence, je ne doute pas que vous saurez mener à bien cette mission.

Si elle réussissait à ficeler ce mariage en moins de quinze jours, son nom serait à jamais attaché à celui de Georgianna Camden et de son illustre famille, ce qui n'était pas négligeable.

En dépit de son calendrier déjà surchargé, elle ne pouvait laisser passer une telle offre, sans compter que Dane exerçait sur elle une fascination certaine et qu'être amenée à le voir pendant les quinze prochains jours ne manquait pas de la troubler.

— J'ai d'autres mariages en préparation et je ne pourrai donc vous consacrer chaque jour que quelques heures en fin d'après-midi, fit-elle observer.

— Je suis à votre disposition y compris le soir, répondit-il avec, dans le regard, un éclat de convoitise qui ne lui échappa pas.

La pensée de côtoyer cet homme séduisant en diable, soir après soir, fit battre son cœur.

— Si nous voulons être prêts dans quinze jours, chaque heure compte, dit-elle, et je crains fort que nous ayons aussi à consacrer les week-ends aux préparatifs du mariage.

Allait-il protester ? Lui annoncer que, dans ces conditions, il renonçait à lui prêter son concours ?

— Comme je vous l'ai dit, Vonni, je suis à votre entière disposition, répéta-t-il en souriant. Pourquoi ne pas commencer tout de suite ?

Sous son regard scrutateur, un délicieux frisson la traversa.

— Je… J'ai du travail à terminer au bureau, fit-elle en se levant, mais que diriez-vous de demain ?

— Parfait, déclara Dane Camden en se levant à son tour.

Outre sa beauté, il possédait un charme indéniable, qui avait le don d'incendier ses sens.

— Puisque nous sommes d'accord pour travailler

ensemble, tout devrait être prêt à temps, dit-elle. Deux semaines ?

— Oui, deux semaines, confirma Dane.

Tirant une carte professionnelle de son sac, elle la lui remit en même temps qu'un exemplaire du contrat type et un livret répertoriant les différentes prestations assurées par Burke's Wedding.

— J'examinerai ces documents d'ici demain, lui promit-il en les lui prenant des mains.

— Très bien, dit-elle.

Et quand les doigts de son hôte effleurèrent sa paume, elle ne put retenir un frisson.

— Réfléchissez à ma proposition, insista Dane Camden tout en la raccompagnant vers l'ascenseur. Un espace « Vonni Hunter » dans chacun de nos magasins, avec votre nom et votre photo en bonne place, serait pour vous une consécration.

— Je n'y manquerai pas, répondit-elle.

Certes, cette proposition était séduisante, mais elle préférait s'associer avec le père de Chrystal et rester maîtresse de sa destinée, plutôt que de courir le risque de se fondre dans une entreprise aussi gigantesque que celle des Camden.

Il dut sentir ses réticences, car, avant que le groom appuie sur le bouton du rez-de-chaussée, il ajouta :

— Nous en reparlerons à loisir demain. J'attends votre appel, et surtout, n'oubliez pas que je m'engage à tout faire pour vous aider afin que le mariage de ma grand-mère soit une réussite.

— Entendu, répondit-elle avec un sourire.

Les portes de l'ascenseur étaient sur le point de se refermer quand il s'exclama :

— Vous avez des yeux… Mais des yeux !

Elle ne sut quelle contenance prendre, surtout devant le groom, qui, fort heureusement, avait assez de style pour rester impassible.

Le temps du trajet, elle repensa à son entretien avec Dane Camden, à sa surprenante proposition, mais, plus que tout peut-être, à l'éclat de ses yeux bleus.

Et elle ne put s'empêcher de se réjouir d'avoir l'occasion de le revoir bientôt.

- 2 -

Depuis le début de la matinée, Dane Camden avait vainement cherché à joindre sa grand-mère au téléphone dans le Montana.

— Mais qu'est-ce qu'elle fabrique ? s'impatienta-t-il en composant une fois de plus le numéro de Georgianna Camden.

Lui parler était d'autant plus vital pour lui qu'il devait recontacter au plus vite cette charmante Vonni Hunter aux yeux si lumineux, avec laquelle il envisageait déjà de flirter.

Enfin, Gigi décrocha.

— Dane, quelle surprise !

— Tu es plutôt difficile à joindre, fit-il avec humeur.

— Je n'étais pas chez moi ce matin, car j'ai dû accompagner la pauvre Agnes chez le kinésithérapeute, répondit sa grand-mère.

Il s'efforça de réprimer son impatience.

— Pourquoi ne pas avoir pris ton portable avec toi ?

— Je l'avais oublié à la maison, expliqua Gigi.

— L'essentiel est qu'il ne te soit rien arrivé de fâcheux et que je puisse enfin te parler, dit-il en tempérant son agacement.

— Et mon mariage ? demanda Gigi.

— Vonni Hunter a accepté de s'en charger, mais franchement, grand-mère, je ne comprends toujours pas pourquoi tu m'as choisi pour servir d'intermédiaire entre elle et toi.

Gigi se mit à rire.

— De quoi te plains-tu ? D'après ce que je sais, Vonni Hunter ne manque ni de charme ni d'esprit.

— Peut-être bien, mais les fanfreluches ne sont pas ma tasse de thé, rétorqua-t-il avec humeur.

Pourtant, comment nier qu'il avait trouvé Vonni plus que séduisante, et que l'idée de la revoir bientôt ne manquait pas de le troubler ?

— Et comment a-t-elle réagi à l'autre proposition ? s'enquit Gigi.

— Elle devrait me donner sa réponse dans quelques jours, dit-il, sans oser avouer à sa grand-mère que Vonni ne lui avait guère paru enthousiaste à l'idée de travailler pour les Camden.

Gigi poussa un long soupir.

— J'espère que tu n'as pas commis d'impair, Dane, car je considère comme essentiel à notre expansion que nous recrutions cette Vonni Hunter. Nous ferions d'ailleurs d'une pierre deux coups, puisque nous pourrions ainsi réparer le tort que H.J. avait causé autrefois à son grand-père.

— J'ai fait de mon mieux, grand-mère, dit-il en sentant de nouveau l'agacement le gagner.

— Mais j'y pense ! Peut-être voudrais-tu savoir comment Jonah et moi nous nous portons depuis notre départ de Denver ? ironisa Gigi.

— J'en brûle d'envie, rétorqua-t-il sur le même ton qu'elle.

Sa grand-mère avait connu Jonah Morrison au lycée de Northbridge, petite ville du Montana où tous deux avaient grandi. Après s'être perdus de vue pendant des années, ils s'étaient retrouvés récemment et avaient décidé de se marier.

— Dans ce cas, j'ai le plaisir de t'apprendre que nous nous portons tous deux à merveille, répondit Gigi.

— Tant mieux ! dit-il d'un ton enjoué. Et Agnes, comment va-t-elle ?

D'une intelligence remarquable et, ce qui ne gâtait rien, d'un humour désopilant, Agnes était l'une des plus anciennes amies de sa grand-mère.

Quand il était adolescent et qu'Agnes venait passer quelques jours au manoir, elle ne manquait jamais d'apporter des cadeaux et, durant son séjour, elle animait les journées pluvieuses en organisant des jeux et des parties de cartes auxquels toute la fratrie participait avec enthousiasme.

— Son opération du genou a été un succès, et elle recommence à marcher avec l'aide du déambulateur, lui expliqua Gigi.

Aujourd'hui, Agnes avait soixante-dix-neuf ans, mais elle n'avait rien perdu de son humour, et il adorait la taquiner.

— Présente-lui mes vœux de prompt rétablissement, et dis-lui que je m'engage à la faire valser à la première occasion, déclara-t-il.

— Je le lui dirai, assura Gigi, et toi, de ton côté, fais l'impossible pour que Jonah et moi puissions nous marier dans quinze jours, date anniversaire de nos retrouvailles.

— D'après Vonni Hunter, tout devrait être prêt à temps, mais je ne comprends toujours pas pourquoi tu m'as choisi pour la seconder, car personnellement, j'ai la phobie des mariages.

— Grâce à elle, tu vas parfaire ta connaissance des

us et coutumes du mariage, ce qui te sera fort utile plus tard, déclara Gigi.

— Je suis de taille à réussir notre expansion commerciale sans l'aide de personne, grommela-t-il.

— H. J. Camden a fait du tort aux Hunter, donc à Vonni, et j'ai à cœur de réparer ce tort d'une façon ou d'une autre, lui répéta Gigi d'un ton patient.

— Convaincre Vonni de travailler pour nous est dans mes cordes, fit-il, mais pourquoi m'avoir choisi pour préparer ton mariage avec elle, alors que nous avons dans la famille suffisamment de personnes du beau sexe qui auraient volontiers rempli ce rôle, et mieux que moi assurément ?

— J'ai mes raisons, martela Gigi, et je compte sur ta coopération pleine et entière.

Il était bien trop reconnaissant à sa grand-mère d'avoir pris soin de lui et des autres membres de la famille après le décès de leurs parents respectifs dans un accident d'avion, plusieurs années auparavant, pour songer à la défier.

— O.K., dit-il, mais alors ne t'étonne pas si, le jour de ton mariage, les demoiselles d'honneur ressemblent à des strip-teaseuses de Las Vegas…

Gigi éclata de rire.

— Le jour de mon mariage, les demoiselles d'honneur seront vêtues de mousseline rose et porteront d'adorables petits chapeaux frangés, et les bonbonnières à dragées seront garnies comme il se doit.

— Je croyais les dragées réservées aux baptêmes ! s'esclaffa-t-il.

— Je compte sur Vonni Hunter pour t'enseigner le b.a.-ba d'un mariage réussi, rétorqua sa grand-mère. Au fait, comment la trouves-tu ?

— Qui, Vonni ?

— Oui, Vonni, et ne fais pas l'innocent, répondit Gigi.

— Oh ! je lui ai à peine prêté attention.

— Vraiment ? As-tu au moins remarqué qu'elle était du sexe féminin ? ironisa sa grand-mère.

— Evidemment ! Voyons... Elle est blonde et elle a des yeux verts ou plutôt couleur jade...

— Hum, c'est un bon début, fit Gigi. Et ensuite ?

— Ensuite ? Elle a le teint clair et lumineux et un nez spirituel.

— De mieux en mieux ! ironisa Gigi.

— Mais qu'attends-tu de moi, grand-mère ? s'impatienta-t-il. Que je te dresse par téléphone le portrait de Vonni Hunter ?

— J'attends de toi que tu sortes de ta coquille ! assena sa grand-mère. Crois-tu qu'être encore célibataire à ton âge soit une solution d'avenir pour un Camden ?

Il lui fallut quelques secondes pour recouvrer ses esprits tant sa stupéfaction était grande.

— Ma vie privée ne concerne que moi, grand-mère.

— Une fille aussi dynamique et jolie que Vonni devrait t'insuffler l'envie de changer de mode de vie, insista-t-elle.

— Grand-mère ! s'exclama-t-il, outré.

— Vivre en célibataire quand on est jeune, soit, poursuivit Gigi, mais tu arrives à un âge où un homme doit fonder un foyer, et à mon avis, Vonni ferait une épouse tout à fait acceptable pour toi.

— Je n'aime pas les blondes ! protesta-t-il.

— Alors pourquoi m'avoir fait d'elle une description aussi idyllique ? Pourquoi m'avoir vanté sa beauté, sa blondeur et jusqu'à la nuance de ses yeux verts ? demanda Gigi.

Force lui fut d'admettre que, longtemps après le départ de la jeune femme, il avait continué à se remémorer non sans arrière-pensées sa silhouette, l'ovale parfait de son visage, sa bouche mutine… et le reste.

— J'admets qu'elle est ravissante et qu'elle ne passe pas inaperçue, convint-il avec la sensation de s'enferrer dans un piège fatal.

— Heureuse de te l'entendre dire ! triompha Gigi. J'espère au moins que tu profiteras de vos rencontres pour lui faire la cour.

— Grand-mère !

— Parlons à présent de sa future embauche, poursuivit Gigi d'une voix flûtée. Lui as-tu fait miroiter tous les avantages d'une collaboration au sein de notre groupe ?

— Bien sûr, répondit-il, trop heureux de changer de sujet, et je lui ai même proposé de faire figurer son nom et sa photo sur nos différents supports publicitaires. Grâce à sa renommée, nous attirerions une nouvelle clientèle dans nos magasins.

— Tu vois que mon idée de te mettre en contact avec Vonni Hunter n'était pas dénuée de sens, lui fit observer Gigi avec un petit rire. Et puis, il ne faut pas oublier non plus que nous lui devons réparation pour ce que H. J. a fait à son grand-père.

Tout récemment, Seth, le cousin de Dane, avait découvert par hasard dans une vieille malle entreposée au fond d'un grenier familial, le journal intime que H. J. Camden avait tenu toute sa vie.

Ces écrits très révélateurs avaient ouvert les yeux de tout le clan Camden sur les exactions commises par l'aïeul au cours de sa longue et tumultueuse existence, et en particulier, de ses manœuvres commerciales parfois illicites.

Abe Hunter, le grand-père de Vonni, avait été dépossédé de la formule secrète d'un produit de maquillage promis à un bel avenir par son cousin Phil, qui, ensuite, l'avait vendue à H. J. Camden.

Indignée par le procédé, Gigi avait alors décidé d'indemniser discrètement les tiers lésés par l'aïeul peu scrupuleux, au nombre desquels figurait le grand-père de Vonni.

Son cousin Cade, son frère Lang et lui-même avaient été successivement désignés par leur grand-mère pour mener à bien ces missions d'indemnisation.

— Réparer le tort causé autrefois aux Hunter est louable, dit-il, mais encore une fois, tu aurais pu désigner quelqu'un d'autre que moi pour organiser ton mariage, dit-il.

— C'est toi que j'ai choisi, et ainsi, tu pourras joindre l'utile à l'agréable, reprit Gigi avec un petit rire.

— Qu'est-ce que tu insinues ? s'inquiéta-t-il.

— Mais rien ! En même temps que tu prépareras mon mariage avec Vonni, tu auras tout loisir de déployer ton charme pour la convaincre de travailler pour nous.

L'audace de Gigi lui coupa le souffle.

— Te rends-tu compte, grand-mère, de ce que tu me demandes ?

— Mais quoi donc ? répliqua-t-elle d'un ton innocent.

— Tu me suggères de séduire Vonni pour l'inciter à travailler pour nous !

— N'êtes-vous pas assez grands tous les deux pour savoir si vous êtes attirés l'un par l'autre ? Et puis, donner à Vonni des responsabilités importantes dans notre entreprise serait un atout pour notre développement autant qu'une façon de solder notre dette envers elle et les siens.

Tout en louant la perspicacité de sa grand-mère, il se garda bien d'abonder dans son sens.

— L'intérêt que Vonni Hunter peut susciter en moi est purement commercial, se défendit-il.

— Bien sûr, rétorqua Gigi, peu convaincue.

Vonni lui avait fait forte impression, mais dans son esprit, il ne pouvait être question entre elle et lui d'autre chose que d'un flirt poussé.

— Les récentes missions que tu as confiées à d'autres membres de la famille ont parfois débouché sur des unions, mais si tu avais l'espoir de me voir renoncer au célibat pour les beaux yeux de Vonni Hunter, tu risques d'être fort déçue, déclara-t-il avec force.

— Ai-je dit que j'avais l'âme d'une entremetteuse ? demanda Gigi d'un ton malicieux.

— Non, mais je te connais assez pour être sur mes gardes, et ce n'est pas parce que Lang, mon frère cadet, ou encore mes cousins Jani et Cade, ont trouvé le bonheur durant leurs missions qu'il doit en aller ainsi pour moi.

— Ne trouverais-tu pas Vonni à ton goût ? insista Gigi.

Gigi désapprouvait le fait qu'il soit célibataire à son âge, mais elle oubliait un peu vite qu'elle était en partie responsable de sa phobie du mariage.

— Que je la trouve ou non à mon goût, comme tu dis, n'a rien à voir avec le fait que je refuse de me marier.

— Mais pourquoi t'obstiner ainsi à refuser le mariage ?

— En partie par ta faute, grand-mère, crut-il utile de préciser.

— Par ma faute ? Explique-toi ! ordonna-t-elle d'un ton sans réplique.

— Quand j'étais adolescent, tu m'as maintes fois

obligé à m'occuper de mes cadets, à les materner, à les faire dîner, commença-t-il.

Ce rôle prématuré de parent lui avait en partie coûté sa jeunesse, ce qui expliquait pourquoi, devenu adulte, il chérissait tant sa liberté. Et le fait que Vonni Hunter ait des yeux splendides n'y changeait rien.

— Oui, et alors ? s'étonna Gigi. En quoi le fait d'avoir participé à l'éducation de tes jeunes frères et cousins t'empêcherait de te marier aujourd'hui ?

Il soupira.

— Parce que en me mariant, je serais amené à avoir des enfants avec ma femme et que cette perspective ne m'enthousiasme pas particulièrement.

— Tu n'aimes pas les enfants ? demanda Gigi d'un ton de reproche.

— Oh si, quand il s'agit de ceux des autres, répondit-il. Aujourd'hui, je veux m'occuper de moi, vivre, être heureux, sortir quand bon me semble…

— Sans avoir de comptes à rendre ? suggéra Gigi.

— Exactement, et un homme marié, qui plus est père de famille, n'est plus du tout libre de ses faits et gestes, conclut-il.

Il y eut un long silence.

— Puisque tu vas être amené à travailler avec Vonni Hunter, reprit Gigi, j'attends de toi que tu me donnes un maximum d'informations sur elle afin que je puisse élaborer, avec l'aide du directeur de la publicité, une stratégie efficace pour l'ouverture future de nos espaces « mariage ».

— Très bien, dit-il.

— Si tu veux rester célibataire à vie, libre à toi, insista Gigi avec une pointe d'agacement, mais à ta place, j'y réfléchirais à deux fois.

— Je veux prendre le temps de m'amuser et non me livrer pieds et poings liés à une femme, aussi belle fût-elle, répliqua-t-il avec acidité.

— Sans amour durable, la vie n'a aucun sens, rétorqua sa grand-mère.

Il ne put s'empêcher de sourire.

— Mais ma vie a un sens, grand-mère, puisque je t'aime, comme j'aime aussi Jani, Lindie et Livi.

— Je parlais d'amour conjugal, Dane, et j'espère de tout mon cœur qu'une femme saura un jour te combler et te donner envie d'être père.

L'insistance de sa grand-mère mit le comble à son exaspération.

— Décidément, ta relation avec Jonah te rend lyrique, et pour ce qui est d'être père, j'ai suffisamment tenu le rôle de baby-sitter quand j'étais plus jeune pour avoir enfin droit à la tranquillité.

Il entendit sa grand-mère pousser l'un de ses longs soupirs qui marquaient à la fois sa désapprobation et son mécontentement.

— Je ne peux pas t'obliger à te marier si tu ne le veux pas, convint-elle, mais crois-moi, Dane, tu fais fausse route.

— Pour en revenir à Vonni Hunter, s'empressa-t-il de changer de sujet, nous devons nous revoir demain soir pour planifier ton mariage, alors garde ton portable à portée de main, au cas où nous aurions des questions à te soumettre.

— Très bien, répondit Gigi d'un ton pincé.

— Tu m'aimes encore, grand-mère, même si je veux rester célibataire ? s'enquit-il.

— Comme si tu ne le savais pas, répondit-elle avant de raccrocher.

Gigi avait-elle entendu parler de Vonni Hunter par certaines de ses amies ? En tout cas, elle semblait avoir jeté son dévolu sur elle, et quand sa grand-mère se mettait en tête de marier les autres, ses projets avaient toutes les chances d'aboutir, comme ç'avait été le cas déjà pour Cade, pour Jani, pour Seth…

Sacrée grand-mère ! songea-t-il en souriant.

Vonni Hunter était belle, désirable, et elle avait en outre les plus beaux yeux du monde, mais la femme qui lui passerait la bague au doigt n'était pas encore née.

Pour établir le planning du mariage de Gigi, Vonni avait donné rendez-vous à Dane Camden à 20 heures précises devant le Cherry Cricket, un restaurant-bar de Denver situé à deux pas des bureaux du magnat.

Arrivée un peu en avance, elle arpentait nerveusement le trottoir, troublée par la perspective de revoir cet homme si séduisant.

Depuis qu'elle avait fait la connaissance de son nouveau client, elle ne pouvait s'empêcher de laisser vagabonder son imagination fertile.

Elle se serait tout à fait imaginée vivre avec Dane une longue histoire d'amour, pour autant qu'il ait eu envie d'elle comme épouse, ce qui, bien sûr, n'arriverait probablement jamais.

Ma fille, tu ferais bien de garder ton sang-froid et de ne pas bâtir de châteaux en Espagne, s'admonesta-t-elle en regardant du côté de l'immeuble qui abritait le siège social Camden Superstores.

Quand elle vit Dane franchir le portail en fer forgé et s'avancer sur le trottoir, elle sentit les battements de son cœur s'emballer.

— Je suis ici ! cria-t-elle en agitant la main.

— J'arrive ! répondit Dane en répondant à son salut.

Il traversa la rue d'un pas empressé.

Elle prit le temps d'admirer sa démarche souple et sa silhouette svelte et musclée. Cet homme avait un charme fou.

— J'espère ne pas vous avoir fait trop attendre ? lui demanda-t-il, souriant, en lui serrant la main.

Après une journée riche en rendez-vous extérieurs, ses pieds l'élançaient douloureusement, mais elle s'obligea à sourire à son tour.

— Pas du tout ! C'est moi qui étais en avance.

Alors qu'ils se regardaient en silence pendant quelques instants, elle songea qu'il lui faisait encore plus d'effet que lors de leur première rencontre.

— Et si nous allions dîner ? suggéra-t-il de sa voix sensuelle.

Elle acquiesça, incapable d'articuler le moindre mot, et devant la porte du restaurant, il s'effaça pour la laisser entrer.

— Merci, dit-elle, sensible à sa galanterie.

Une galanterie qui avait fait défaut à nombre de ses prétendants.

— Mais de rien, c'est tout naturel, répondit-il d'une voix douce.

Alors qu'une serveuse en tablier rouge les escortait jusqu'à une table discrète, dans le patio décoré de plantes vertes, elle s'efforça de garder à l'esprit que Dane était et resterait un client.

— Un apéritif ? suggéra-t-il quand ils furent assis.

Alors qu'elle rêvait d'un whisky on the rocks qui aurait détendu à merveille ses nerfs, elle opta pourtant pour un soda afin de garder la tête froide.

— Et une bière pour moi, annonça Dane à la serveuse.

Elle aimait ses manières, ses gestes, la façon dont il tournait la tête.

Plus elle le regardait, plus elle le trouvait séduisant, au point d'avoir l'impression de vivre avec cet homme hors du commun un excitant début de relation amoureuse.

— J'ai une faim de loup ! s'exclama-t-il en lui tendant un menu. Choisissons d'abord, et ensuite, nous discuterons tranquillement du mariage de ma grand-mère.

— Entendu, dit-elle.

Tout en détaillant le menu, elle ne put s'empêcher de jeter des regards furtifs en direction de son séduisant client, qui, alors qu'elle le connaissait à peine, lui faisait pourtant déjà beaucoup d'effet.

— Je prendrai un hamburger-frites avec une salade, dit-elle.

— Hamburger-frites et salade pour moi aussi, fit Dane à la serveuse qui se retira.

— Savez-vous que j'étais très impatient de vous revoir ? déclara Dane avec ce sourire qui la troublait tant.

— Moi aussi, admit-elle. Vous êtes une des figures marquantes de Denver, et toutes les femmes doivent rêver de vous approcher.

— Vous exagérez ! s'exclama-t-il en riant.

— En tant qu'organisatrice de mariages, je suis bien placée pour juger de la qualité d'un homme, rétorqua-t-elle.

— Alors tant mieux, dit-il en souriant. Et puisque nous allons être amenés à nous voir souvent durant ces quinze prochains jours, que diriez-vous si nous commencions par faire plus ample connaissance ?

Elle fut sensible à sa proposition, car parmi les

hommes avec lesquels elle était sortie, peu avaient montré de véritable curiosité à son égard.

— Oui, bonne idée, répondit-elle avec un détachement feint.

— Dans ce cas, qui commence ? demanda Dane. Vous ou moi ?

Ne s'attendant pas à ce qu'il entre aussi vite dans le vif du sujet, elle eut un bref instant de panique.

— Je ne sais pas… Vous ?

— Entendu ! fit Dane en souriant.

Et il la questionna si habilement sur sa vie qu'elle, d'ordinaire réservée, n'éprouva pas la moindre gêne à se confier à ce parfait inconnu en qui elle éprouvait une confiance instinctive.

Quand vint son tour de questionner Dane, elle fut aussi étonnée qu'émue de l'entendre évoquer des moments difficiles de son existence.

— N'oubliez pas que nous sommes ici pour parler de Gigi et de son mariage, crut-elle bon de préciser après avoir discrètement regardé l'heure.

— Vous avez raison ! dit-il en hochant la tête.

Et il sortit de sa poche un document qu'elle reconnut sans peine.

— Rempli, daté et dûment signé, dit-il en lui tendant le contrat type à l'en-tête de Burke's Wedding qu'elle lui avait remis lors de leur première entrevue. Et j'ai joint un chèque pour les premiers frais.

— Parfait, dit-elle en rangeant le document dans sa serviette après y avoir jeté un coup d'œil rapide.

— Et maintenant, si nous en venions au mariage de Gigi ? suggéra Dane.

Alors qu'elle aurait dû se réjouir d'entrer enfin dans

le vif du sujet, elle se sentit un peu déçue qu'ils quittent ainsi la sphère privée.

— Le plus difficile sera d'accorder nos emplois du temps, l'avertit-elle, et je ne vous cacherai pas que le mien est déjà très chargé, juin étant la période de l'année la plus demandée par les futures mariées.

Il hocha la tête.

— Croyez bien que j'apprécie d'autant plus votre collaboration, et comme je vous l'avais dit, je suis à votre disposition jour et nuit.

— Même les week-ends ? s'étonna-t-elle, tant elle était persuadée qu'un séducteur comme Dane devait fréquenter les clubs à la mode où se pressaient les beautés locales.

— Même les week-ends, répondit-il en la regardant dans les yeux avec une intensité telle qu'elle ne put s'empêcher de rougir.

Pour cacher sa gêne, elle s'empressa d'ouvrir son agenda, et Dane et elle convinrent de plusieurs rendez-vous au moment où la serveuse revenait avec leur commande.

Après avoir regardé son assiette d'un air approbateur, il l'interrogea du regard.

— Avez-vous pris le temps de réfléchir à ma proposition de l'autre jour ?

Ah, cette offre !

Elle y avait longuement réfléchi durant la nuit, au point d'avoir eu du mal à trouver le sommeil…

Rejoindre un géant de la distribution comme Camden Ltd. présentait des avantages certains, mais elle appréhendait de travailler avec Dane : elle le trouvait bien trop séduisant à son goût.

— Pour le moment, ma situation chez Burke's Wedding me satisfait, répondit-elle.

Dane hocha la tête.

— Loin de moi l'idée de vous inciter à démissionner de votre poste actuel, Vonni, même si je ne perds pas de vue que le contentieux entre les Hunter et les Camden explique peut-être votre méfiance à notre égard.

— Il est vrai que j'éprouve un certain ressentiment vis-à-vis des Camden, admit-elle, pour ce qu'ils ont fait à mon grand-père Abe Hunter.

Il écarta les bras en signe d'impuissance.

— Je ne nie pas que le produit de maquillage révolutionnaire de votre grand-père ait contribué à enrichir ma famille, fit-il avec un sourire d'excuse, mais n'oubliez pas que je n'étais pas né à l'époque, ni vous non plus.

Elle releva le nez de son assiette.

— Connaissez-vous les détails de cette triste histoire ?

— Plus ou moins, répondit-il, mais j'aimerais entendre votre version des faits.

— Je craindrais de vous ennuyer, dit-elle en posant sa fourchette et en le regardant dans les yeux.

— Je vous assure que non, répondit ce dernier.

Après avoir encore hésité quelques secondes, elle prit la parole.

— Quand la Seconde Guerre mondiale a éclaté, mon grand-père venait d'achever ses études de chimie. Il a alors été recruté par l'armée américaine avec mission de mettre au point une crème de camouflage pour nos soldats.

— Y est-il parvenu ? demanda Dane avec curiosité.

— Oui, dit-elle. Sa crème de camouflage résistait à l'eau, aux intempéries et même à la chaleur.

— Votre grand-père était un homme brillant, observa Dane avec un sifflement admiratif.

— En effet, convint-elle. Une fois démobilisé et ne retrouvant pas du travail, il s'est alors inspiré de l'exemple de Max Factor et de son fameux rouge à lèvres pour inventer une gamme de produits de beauté féminins à partir de sa crème de camouflage.

— Je connais la suite, intervint Dane en hochant la tête. Votre grand-père a créé une gamme de maquillage à la diffusion confidentielle, mais qui avait néanmoins ses adeptes, au nombre desquelles ma grand-mère, ma mère et ma tante.

— Vraiment ? fit-elle, étonnée.

— Eh oui ! Voyant cela, mon arrière-grand-père, H. J. Camden, a jugé opportun de commercialiser lui-même ces crèmes de beauté dans ses magasins.

— Puisque vous semblez être bien informé, alors vous savez aussi que mon grand-père n'était pas seul à diriger Hunter Comestics, la petite usine qu'il avait créée, et qu'il déléguait à son cousin Phil tout ce qui concernait le démarchage et les ventes de ses produits de beauté.

Il hocha la tête.

— Oui, je suis au courant, et je sais aussi que l'usine de votre grand-père a connu des débuts difficiles.

— C'est bien pourquoi mon grand-père et son cousin Phil ont accueilli favorablement l'offre de collaboration commerciale que leur ont fait votre arrière-grand-père et son fils Hank, qui allait devenir le mari de Gigi.

— Mon grand-père et lui devaient mourir par la suite dans cet accident d'avion, expliqua Dane, une note de tristesse dans la voix.

— J'en suis désolée, fit-elle.

— Merci, mais continuez votre récit, l'encouragea Dane.

Elle rassembla ses pensées.

— D'après ce que je sais, H. J. et Hank voulaient acheter l'entreprise de cosmétiques de mon grand-père et non se contenter de la diffusion de ses produits.

— Cette politique commerciale a toujours été celle des Camden. H. J. et son fils espéraient qu'Abe Hunter et son cousin Phil accepteraient de travailler pour eux, chacun dans son domaine de compétence, expliqua-t-il.

— En effet, convint-elle, mais mon grand-père tenait à sa formule de maquillage comme à la prunelle de ses yeux et refusait de la céder à quiconque.

Il la fixa.

— Votre grand-père était un sacré bonhomme, si je puis me permettre. Un grand inventeur, un homme au caractère trempé. C'était lui le maillon fort…

— … Et Phil le maillon faible, termina-t-elle en grimaçant. Après avoir volé la formule dans le coffre de mon grand-père, il l'a vendue un très bon prix aux Camden, avant de disparaître.

— Je suis au courant, reconnut Dane, mais si l'opération n'était pas très nette, elle n'avait rien d'illégal, car Phil était mandaté par Abe Hunter, votre grand-père, pour conclure toute transaction commerciale quelle qu'elle soit.

Et le pire était que Dane Camden disait vrai.

— Il n'est resté à mon pauvre grand-père que ses yeux pour pleurer, car, légalement, il ne pouvait pas s'opposer à cette vente, conclut-elle, le cœur serré.

— Vous m'en voyez désolé, fit Dane avec une sincérité qui la toucha.

— Le moins qu'on puisse dire, est que les scrupules

n'étouffaient guère votre famille, à l'époque, déclara-t-elle.

Il soupira.

— Qu'auraient donc dû faire H. J. Camden et son fils ? Refuser l'occasion qui leur était offerte de se lancer à la conquête d'un nouveau marché grâce à la formule de votre grand-père que ce Phil avait accepté de leur vendre ?

— Ils auraient pu au moins se demander si Phil avait l'aval de mon grand-père pour mener à bien cette transaction, répliqua-t-elle sèchement. Ce douteux personnage avait pris la précaution d'attendre le soir pour dérober la formule dans le coffre de mon grand-père, ceci afin de disposer de toute la nuit pour la vendre à H. J. Camden et prendre ensuite la fuite.

— Qui croire ? insista Dane. En ce qui me concerne, j'ai vu l'acte de cession de la formule dûment signé par Phil qui, à l'époque, avait toute autorité pour effectuer toute transaction au nom de Hunter Cosmetics.

— Mon grand-père a été trahi par son cousin, reconnut-elle, mais les Camden ont mal agi en acceptant de racheter une formule de cette valeur au beau milieu de la nuit.

— Je reconnais qu'à l'époque, en 1953, H. J. Camden et mon grand-père Hank ont agi avec légèreté, mais n'oubliez pas que le chèque était rédigé à l'ordre de Hunter Cosmetics et non au nom de Phil.

Ce fut à son tour de hausser les épaules.

— Phil ayant la signature, dès l'ouverture de la banque le lendemain matin, il a endossé le chèque, s'est fait payer en espèces et a filé avant que mon grand-père découvre sa trahison.

— C'est bien malheureux, convint Dane, mais

l'offre d'embauche faite par H. J. à votre grand-père restait valide.

— Vous pensez bien que jamais mon grand-père n'aurait accepté de travailler pour les Camden après avoir été victime de ce qu'il considérait comme une escroquerie de leur part, s'indigna-t-elle.

— C'est vrai, excusez-moi, déclara Dane d'un ton humble qui lui alla droit au cœur.

Elle lui sourit.

— Si ça peut vous consoler, c'était surtout à Phil que mon grand-père réservait ses flèches les plus acérées.

— Je m'en doute. Sauriez-vous par hasard ce que ce douteux personnage est devenu depuis 1953 ?

— Il n'a jamais refait surface, mais mon grand-père ne s'est jamais remis de cette trahison, et il est mort quelques années plus tard d'une maladie de cœur.

Quand il prit sa main dans la sienne, elle ne protesta pas, et la compassion qu'elle lut dans ses yeux lui fut d'un grand réconfort.

— Je suis navré, Vonni.

— Oh ! vous n'êtes pour rien dans ses ennuis, du moins de façon directe, dit-elle.

— Le seul mérite de cette triste affaire est de nous avoir rapprochés, reprit Dane. Sans Abe Hunter et sa formule, nous ne serions pas en train de bavarder comme nous le faisons depuis tout à l'heure.

— Comment ça ? s'étonna-t-elle.

Il mentionna alors le journal dans lequel H. J. Camden consignait ses transactions.

— Depuis que Gigi a pris connaissance de ce journal, tout ce qui concerne votre grand-père et Hunter Cosmetics m'est devenu familier, conclut-il en serrant un peu plus fort sa main.

— Après la fuite de Phil et la perte de sa formule, votre grand-père n'était pas homme à baisser les bras pour autant, s'étonna Dane.

Elle acquiesça.

— Grand-père a conçu plusieurs shampoings et lotions capillaires pour le compte d'un laboratoire de cosmétiques, ce qui lui a permis de faire vivre sa famille, mais sans jamais devenir riche. Il aimait plaisanter sur ce qu'aurait pu être sa vie — et la nôtre —, s'il avait joui des fruits de son invention accaparée par les Camden…

Sans brusquerie mais avec fermeté, elle dégagea sa main, et elle crut lire un peu de peine dans le regard de Dan.

— Vous m'en voulez beaucoup ? s'enquit ce dernier.

— J'en veux à H. J. Camden, pas à vous, répondit-elle.

Il lui sourit.

— Accepter de travailler avec nous serait une façon de réparer l'injustice faite autrefois à votre grand-père. Vous seriez très largement payée et intéressée aux bénéfices.

Toute tristesse envolée, elle se mit à rire.

— Décidément, vous ne perdez pas le nord, Dane Camden ! Ce que vous n'avez pas obtenu de mon grand-père, vous espérez l'obtenir de moi, n'est-ce pas ?

Il lui adressa un sourire si sexy qu'elle en fut troublée, au point de se demander si elle n'était pas en train de tomber amoureuse de lui.

— Si j'acceptais de travailler pour les Camden, ne pensez-vous pas que je trahirais la mémoire de mon grand-père ? s'inquiéta-t-elle.

— Au contraire, vous lui rendriez justice en profitant de la manne financière que nous a rapportée sa formule de maquillage.

— Et à qui aurais-je à rendre des comptes de ma gestion, de mes initiatives ?

— A moi, puisque je suis l'un des dirigeants du groupe, mais je suis sûr qu'il n'y aurait aucun conflit de hiérarchie entre nous, souligna-t-il avec un regard lourd de sous-entendus.

Soudain, une pensée saugrenue lui traversa l'esprit, et elle imagina le plaisir qu'elle aurait à être nue entre ses bras.

— Un dessert, Vonni ? demanda-t-il.

Elle s'efforça de revenir sur terre.

— Eh bien…

Il éclata de rire.

— Vous aviez la tête ailleurs, n'est-ce pas ?

— Oui… A mon grand-père, mentit-elle.

Comment lui avouer que c'était lui qui occupait ses pensées les plus secrètes ?

— Une glace au chocolat ? Une part de tarte aux pommes ? proposa-t-il en souriant.

S'efforçant de chasser le trouble qu'elle ressentait, elle chercha à faire diversion et consulta sa montre.

— Non merci. Si nous voulons mener à bien les préparatifs du mariage de votre grand-mère, mieux vaudrait que nous soyons en pleine forme demain.

— Très bien, approuva-t-il avant de réclamer l'addition.

Et quand, plus tard, il la raccompagna jusqu'à sa voiture, elle regretta de devoir le quitter si vite tant elle se sentait bien en sa compagnie.

- 3 -

— Quelle chance tu as de t'occuper du mariage de Georgianna Camden ! s'exclama Chrystal Burke.

— Oui, si l'on peut dire, répondit Vonni.

Elle se revit, enfant, jouant avec Chrystal sur la pelouse de la belle propriété des Burke.

Toutes deux avaient grandi comme des sœurs, partageant les mêmes jeux, les mêmes repas, faisant la sieste dans des lits jumeaux, ce qui avait créé entre elles des liens très forts.

Mais depuis quelques années, Chrystal avait une fâcheuse tendance à se décharger sur elle de ses responsabilités de directrice, sans jamais ou presque lever le petit doigt pour l'aider à préparer ces mariages qui avaient fait la renommée de leur entreprise.

— Tu parais contrariée, s'inquiéta Chrystal.

— Oh ! rien de grave, répondit-elle.

— Mais si ! insista Chrystal en faisant la moue. Serait-ce donc parce que papa ne t'a pas encore donné sa réponse concernant votre partenariat ?

— Ce silence de sa part m'inquiète un peu, convint-elle.

Chrystal haussa ses ravissantes épaules.

— Tu connais papa, n'est-ce pas ? Il a tant de choses à faire, tant de dossiers à consulter…

Et toi, ma belle, tant de magasins à courir, tant de

parties de golf à disputer pendant que je m'échine à faire tourner l'entreprise..., songea-t-elle avec une pointe d'amertume.

Pour ses dix-huit ans, Chrystal avait eu le privilège de recevoir de son père la gestion de l'entreprise familiale Burke's Wedding.

Au début, Chrystal avait tenté de prendre son rôle de dirigeante au sérieux, mais ce travail ne lui plaisant pas, elle n'avait pas tardé à lui déléguer ses responsabilités tout en s'octroyant le privilège de s'inviter aux réceptions de mariage les plus huppées dont elle, Vonni, avait assuré le succès.

Cette fois encore, Chrystal ne se priverait sans doute pas de tirer la couverture à elle, ce qui ne manquait pas de l'agacer.

— Je sais que ton père est très occupé, mais quand tu en auras l'occasion, reparle-lui de notre projet d'association, dit-elle à son amie.

— Promis, répondit Chrystal, et pour en revenir à ce mariage, je trouve que tu as beaucoup de chance de travailler avec Dane Camden.

En voyant briller une lueur de convoitise dans les yeux de Chrystal, elle décida de la taquiner un peu.

— Dane Camden ? Mais que lui trouves-tu donc de si particulier ?

— C'est l'un des plus beaux célibataires de la région, et il n'y a pas une femme qui n'ait eu envie de sortir au moins une fois avec lui ! répondit Chrystal avec enthousiasme. En ce qui me concerne, j'avoue même que je serais assez tentée de me laisser faire un brin de cour.

Elle lui décocha un regard réprobateur.

— Tu envisages *déjà* de tromper Richard, alors que vous venez à peine de vous marier ?

Chrystal haussa les épaules.

— Je plaisantais, mais, à bien y réfléchir, je me demande si je ne vais pas m'occuper personnellement du mariage de Georgianna Camden.

— Oui, pourquoi pas, fit-elle d'un ton dubitatif.

Chrystal dut sentir son manque d'enthousiasme, car elle se hâta d'ajouter :

— Je ne veux pas bousculer ton planning ou m'imposer, alors que tu es déjà en discussion avec Dane Camden, bien au contraire, mais si tu crois que je peux être utile à quelque chose, alors n'hésite pas à faire appel à moi.

Ça n'était pas la première fois que la jeune femme venait piétiner ses plates-bandes, mais jamais elle ne s'était autant sentie sur la défensive, à croire que Dane Camden représentait pour elle bien plus qu'un simple client.

— Eh bien, pourquoi ne dis-tu plus rien ? s'étonna Chrystal.

Afin de continuer à gérer le dossier « Gigi » avec Dane Camden sans pour autant froisser son amie d'enfance, elle prit le parti de ruser.

— Je réfléchissais. Dans le fond, le mieux serait en effet que tu t'occupes du mariage « Camden » de A à Z. Après tout, c'est toi qui diriges Burke's Wedding, pas moi…

Chrystal ouvrit des grands yeux étonnés.

— Tu parles sérieusement ?

— Bien sûr, répondit-elle avec mauvaise foi. Le mois de juin est le plus chargé de l'année, et j'ai deux autres mariages en cours, alors tu me tirerais une épine du pied.

Elle fit une pause, pas mécontente de son effet : Chrystal avait pâli, et il ne fallait pas être grand clerc pour comprendre qu'en cet instant, elle mettait en balance l'envie de rencontrer enfin Dane Camden et celle de jouer au golf avec ses riches amies ou de faire du lèche-vitrines en leur compagnie.

— Oui, je comprends…, fit Chrystal sans grand enthousiasme.

— Dane et toi, vous vous entendrez sûrement très bien, ajouta-t-elle avec une pointe de perfidie.

Ou de masochisme, car elle s'était déjà beaucoup attachée à Dane, et l'idée de le laisser échapper au profit de son amie d'enfance la frustrait au plus haut point.

— Je ne sais pas si je serais capable de mener à bien l'organisation d'un tel mariage, déclara Chrystal en fronçant les sourcils.

— Si j'ai accepté ce contrat malgré un emploi du temps déjà chargé, c'est parce que les Camden pourraient nous amener une riche clientèle, rappela-t-elle d'un ton sentencieux.

Chrystal lui lança un regard chagriné.

— Le travail passe avant toute chose, mais Richard et moi avions prévu d'aller rendre visite à sa mère, en Californie, le week-end prochain.

Le moment était venu de porter l'estocade finale.

— Ah, en effet, ça tombe mal, et puis j'ai bien l'impression que ce cher Richard pourrait ne pas apprécier que tu fréquentes un séducteur de la trempe de Dane Camden, conclut-elle d'un ton attristé.

Chrystal leva les yeux au plafond.

— Tu ne crois pas si bien dire ! Richard est *très*

jaloux, et il vaudrait mieux, en effet, que je m'abstienne de tout contact avec Dane Camden.

— Alors, que faisons-nous ? résuma-t-elle.

— Tu t'occupes de tout, déclara Chrystal. Au fait, comment t'entends-tu avec lui ?

— Oh ! très bien, répondit-elle d'un ton évasif.

Chrystal la regarda en plissant les yeux.

— Quand je pense que tu as la chance de le côtoyer ! Moi, j'aurais donné cher pour avoir ce privilège.

— J'admets que Dane Camden est d'un commerce agréable, concéda-t-elle. Il a d'excellentes manières et une politesse qui n'a pas souvent cours de nos jours.

— Oh ! raconte ! demanda Chrystal, les yeux brillants.

— Eh bien, c'est le genre d'homme qui tient la porte à une femme avant d'entrer dans un restaurant.

— Ah, parce que vous avez déjeuné ensemble ? s'enquit Chrystal avec une pointe de jalousie.

— Il s'agissait d'un dîner d'affaires improvisé au Cherry Cricket, répondit-elle, désireuse de minimiser les faits.

— Vous ne vous êtes donc pas vus dans la journée ? nota Chrystal, soulagée.

— Tu oublies mes deux mariages en préparation. Il ne restait que la soirée pour rencontrer Dane Camden, et comme ce restaurant se trouve près de ses bureaux et non loin de Burke's Wedding…

Chrystal lui adressa un regard soupçonneux.

— A-t-il cherché à te faire la cour ?

— Bien sûr que non ! s'énerva-t-elle. Il s'agissait d'un rendez-vous d'affaire, mais j'avoue que c'est le genre d'hommes que l'on remarque.

— Bah, il ne peut pas t'intéresser, puisque tu as

décidé de faire une pause dans ta quête du mari idéal, insinua Chrystal.

— Dane Camden m'intéresse d'autant moins qu'il ne désire ni se marier ni fonder un foyer, précisa-t-elle comme pour se dédouaner un peu plus au regard de son amie.

Chrystal lui lança un regard incisif.

— Tiens ! Serais-tu tout de même attirée par lui ?

— Bien sûr que non, puisqu'il cherche l'aventure et moi, le mariage.

Chrystal soupira.

— Avec tes principes, ma chère, tu risques de rester longtemps sur la touche. C'est peut-être à l'issue d'une aventure, justement, que tu finiras par rencontrer l'homme capable de te rendre heureuse et de faire, de surcroît, un bon mari.

— Tu me rappelles ma mère qui me pousse elle aussi à trouver l'âme sœur à tout prix, s'impatienta-t-elle. Est-ce ma faute si les hommes que j'ai rencontrés jusqu'à présent ne m'ont pas apporté ce que je recherche ?

Retirée en Arizona, dans un lotissement pour retraités, sa mère y avait rencontré depuis peu l'homme de sa vie et ne jurait plus que par le grand amour.

— Disons alors que tu n'as pas eu de chance, admit Chrystal. Si seulement tu acceptais de venir passer un week-end avec Richard et moi, tu finirais sans doute par trouver l'homme qui te convient parmi nos nombreux amis.

Elle haussa les épaules.

— Tu sais très bien que j'ai écumé les sites de rencontres sur internet, que je suis allée à des réunions de célibataires et même, que je suis sortie avec des hommes bien, mais qui ne m'attiraient pas vraiment, en me disant que, peut-être, avec le temps, nous finirions par nous entendre, eux et moi.

— Je le sais, admit Chrystal en souriant.

— J'ai même fait le siège d'un veuf en espérant que, quand il aurait surmonté son chagrin, il s'intéresserait peut-être à moi, ajouta-t-elle.

— Si ma mémoire est bonne, tu as même dépensé une petite fortune pour qu'une coach aux cheveux peroxydés te relooke au moral et au physique, renchérit Chrystal.

— Mille huit cents dollars pour rien, précisa-t-elle. C'est pourquoi j'ai décidé de suspendre provisoirement ma quête de l'homme idéal, le temps de faire le point sur la question.

Chrystal fit la moue.

— Six mois sans sorties ? Sans rendez-vous ?

— Oui, six mois, admit-elle.

— A ta place, je mourrais d'ennui, déclara Chrystal.

— Je suis toujours vivante et j'ai même adopté un chien adorable, expliqua-t-elle.

— Un… chien ? répéta Chrystal en ouvrant des grands yeux.

— Ou plutôt une chienne. Tu sais, ces animaux à quatre pattes qui aboient et qui jappent.

Chrystal afficha une moue vexée.

— Je sais ce qu'est un chien, figure-toi, mais je crains fort que ton compagnon à quatre pattes ne puisse jamais remplacer un mari.

Elle éclata de rire.

— Toi et ma mère, vous m'avez mis une telle pression, ces dernières années, que j'avais décidé qu'un mari devait passer avant le chien de mes rêves. Aujourd'hui, j'inverse la proposition, que ça vous plaise ou non !

— Si un chien peut faire ton bonheur, tant mieux, mais il me semblait que le règlement de ta copropriété interdisait de posséder un animal domestique, objecta Chrystal.

— Je compte dès que possible acheter une maison avec jardin, afin que mon toutou puisse s'ébattre en liberté, et puis aussi, je veux prendre des vacances, déclara-t-elle avec fermeté.

— Très bien, mais ne crains-tu pas de t'ennuyer à force de rester seule ? insinua Chrystal.

— Je l'ignore, répondit-elle avec franchise, mais ça ne pourra pas être pire que ce que j'ai enduré jusqu'à présent.

— En somme, tu renonces à être heureuse dans ta vie sentimentale ? s'enquit Chrystal.

— Je ne renonce à rien, s'agaça-t-elle, mais j'ai décidé de vivre un certain temps en célibataire tout en m'octroyant enfin le droit de me faire plaisir.

— Une femme a besoin d'un homme, insista Chrystal, et je parlerai dès que possible à Richard. Le cabinet juridique qui l'emploie vient de recruter plusieurs jeunes avocats pas encore mariés, et l'un d'eux pourrait assurément te convenir.

Elle réprima un mouvement d'agacement.

— Mon seul désir est de me reposer, d'être heureuse avec ma chienne, de la musique et un bon livre… Comprends-tu ça ?

— Tu finiras vieille fille, pronostiqua Chrystal avec une mimique navrée.

— Au cas où tu l'aurais oublié, je n'ai que trente ans, rétorqua-t-elle.

— Tu en auras demain quarante, et si tu n'y prends

garde, tu te retrouveras seule à cinquante ans, insista Chrystal.

— Ne sois donc pas aussi pessimiste, se défendit-elle. Il n'est pas question pour moi d'arrêter de chercher un mari, mais plutôt de faire une pause de quelques semaines, le temps d'y voir plus clair dans mes choix.

Chrystal lui sourit.

— C'est tout le bien que je te souhaite, mais prends garde de ne pas laisser passer cet homme providentiel le jour où il se présentera à toi… par exemple sous les traits d'un certain Dane Camden.

— Dane est le type même du célibataire endurci, objecta-t-elle, et le mariage ne l'intéresse pas.

— Sois celle qui le fera changer d'avis, suggéra Chrystal.

— Je doute d'avoir ce pouvoir, répondit-elle, et de toutes les façons, comme je te l'ai dit, j'ai besoin de souffler pendant quelque temps.

— Que Dane ne veuille pas se marier, je le crois volontiers, déclara Chrystal en se levant, mais rien ne t'empêche de prendre du bon temps avec lui.

Alors même que cette idée aurait dû l'indigner, elle ne put s'empêcher de ressentir un fourmillement de désir à l'idée de se retrouver dans les bras de Dane.

La veille, après l'avoir quitté, elle était rentrée chez elle et, en prenant sa douche, elle n'avait pu s'empêcher de penser à lui, à son regard si bleu, à ses manières douces, à son charme viril…

Et dans son lit, alors que le sommeil se dérobait, c'était encore Dane qui avait envahi ses pensées, suscitant en elle fantasmes et rêveries érotiques dont elle aurait eu honte de parler à Chrystal.

Dane était exactement le type d'homme qui lui

plaisait, celui dont elle rêvait depuis l'adolescence, car il y avait en lui ce mélange troublant de virilité et de tendresse, d'humour et de sensualité.

— Comme tu sembles lointaine tout à coup ! s'étonna Chrystal.

— Oh ! je réfléchissais, s'excusa-t-elle.

— A ma suggestion ? insinua son amie avec un petit sourire.

— A notre chiffre d'affaires, répondit-elle du tac au tac. Le mariage de Georgianna Camden devrait nous valoir une bonne publicité et un afflux de clientes huppées, sans compter que plusieurs autres membres du clan Camden se sont fiancés récemment et que nous pourrions avoir aussi, un jour, à organiser leurs mariages.

— C'est vrai, je n'y avais pas pensé ! s'exclama Chrystal.

— Mais moi si, fit-elle en songeant qu'elle donnait depuis trop longtemps le meilleur d'elle-même à la tête d'une entreprise dont elle n'était pas même la directrice en titre. Et à ce propos, n'oublie pas de rappeler à ton père que j'espère avoir bientôt une réponse à ma proposition de partenariat.

Car si Chrystal était la directrice titulaire de Burke's Wedding, son père en avait conservé la propriété, et c'était lui qui prenait toutes les décisions importantes, pas sa fille.

— Je le lui dirai, lui assura Chrystal sans enthousiasme.

Elle aurait pu se prévaloir de la récente proposition d'embauche faite par Dane Camden pour inciter les Burke à se montrer plus accommodants envers elle, mais sa loyauté lui interdisait de tels procédés.

— Quand penses-tu pouvoir m'obtenir un rendez-vous avec lui ? insista-t-elle.

Chrystal fit la moue.

— Je ne peux rien te promettre, et tu connais papa… Il s'est entiché récemment d'une jolie brunette qui lui fait perdre la tête.

La mère de Chrystal était morte quelques années plus tôt, et son père — architecte de formation et ancien maire de Denver — n'avait jamais renoncé à l'idée de se remarier un jour. Après avoir longtemps fréquenté une avocate de renom, il avait rompu avec cette dernière quelques mois plus tôt.

— Ton père m'avait assuré que cette affaire de partenariat serait réglée au plus tard fin juin, se plaignit-elle.

— Je parlerai à papa dès ce soir, lui assura Chrystal, et toi en échange, ne néglige pas Dane Camden. Tant de femmes rêveraient d'être à ta place…

— Alors je serai l'exception qui confirme la règle, répliqua-t-elle avec humeur.

En poussant la porte de Burke's Wedding ce jeudi soir, Dane Camden éprouva la même excitation que s'il avait rendez-vous avec une petite amie potentielle. Pourtant, ce n'était pas le cas : l'objet de cette rencontre avec Vonni Hunter concernait exclusivement la préparation du mariage de sa grand-mère.

Et pourtant, depuis son dîner avec elle au Cherry Cricket, il n'avait cessé de penser à elle et de toutes les façons possibles.

— Vous êtes pile à l'heure, déclara Vonni en l'accueillant avec un sourire.

— Toujours avec les jolies femmes, répondit-il d'un ton badin.

En fait, il mettait un point d'honneur à être ponctuel et courtois, quelles que soient les circonstances.

En lui emboîtant le pas, il prit le temps d'admirer le doux balancement de ses hanches moulées par une jupe étroite.

Etait-elle consciente de l'effet qu'elle produisait sur lui ? Il l'ignorait, mais le moins qu'il puisse dire est qu'elle savait mettre ses atouts naturels en valeur.

Elle le fit entrer dans une pièce décorée de bibelots précieux et à l'ambiance très féminine.

Une vraie bonbonnière !

— Asseyez-vous, mettez-vous à l'aise, lui dit-elle en lui désignant de la main un fauteuil tendu de velours rose.

— Merci, dit-il, un peu embarrassé de se retrouver dans ce genre de décor.

Mais après tout, elle était organisatrice de mariages mondains et non de safaris en Afrique.

— Désirez-vous boire quelque chose ? lui demanda-t-elle.

— Eh bien…

Oserait-il lui demander un grand verre de bourbon ?

— Perrier, soda, jus de fruits ? suggéra-t-elle avec son sourire si charmant.

— Non merci, s'empressa-t-il de répondre.

— Dans ce cas, que diriez-vous si nous nous mettions tout de suite au travail ? enchaîna-t-elle en prenant le catalogue général des prestations de Burke's Wedding.

Tout en maudissant Gigi de lui avoir imposé cette mission un peu trop féminine à son goût, il s'obligea à sélectionner dans le catalogue un choix de nappes, de serviettes, plusieurs variétés de fleurs et différents modèles de faire-part.

Vonni était au fait des moindres détails qui font les mariages réussis, et quand, vers 23 heures, elle aborda la question des rubans des coussins de chaises, il n'y tint plus.

— Pitié ! Nous avons déjà passé en revue la dimension et la couleur des nappes et des napperons, choisi huit variétés de fleurs, sélectionné les coupelles parfumées qui seront disposées dans la pièce de réception, et le mâle en moi commence sérieusement à ruer dans les brancards.

Elle éclata de rire. Elle aimait son humour, et bien d'autres choses encore en lui.

Dans le feu de leur discussion, elle n'avait pas été sans remarquer qu'il avait retiré sa veste, desserré sa cravate, remonté ses manches sur des biceps impressionnants. Elle avait pu tout à loisir admirer sa carrure athlétique.

— Si j'en juge par votre forme physique, vous êtes de taille à supporter un peu de pression, rétorqua-t-elle.

— Certes, mais je ferais bien une pause, lui répondit-il en posant sur elle un regard qui ne manqua pas de la troubler.

— Dans ce cas, je ne veux pas vous retenir plus longtemps ici, avec moi, et le mieux serait de fixer tout de suite le prochain rendez-vous de travail, suggéra-t-elle.

Il lui adressa un sourire charmeur.

— Et si nous allions dîner ensemble quelque part ?

Levée depuis l'aube, elle avait à peine pris le temps d'avaler un sandwich à midi, et son estomac criait famine, mais en acceptant l'invitation de Dane, ne risquait-elle pas de s'attacher un peu plus encore à cet homme dont elle savait, hélas, ne rien devoir attendre ?

— Je ne suis pas le grand méchant loup ! insista-t-il avec son plus beau sourire.

— Je n'en doute pas et j'accepte votre proposition, se décida-t-elle après avoir fait taire ses réticences.

Le visage de Dane s'éclaira.

— Je connais un pub à côté qui sert d'excellentes bières, dit-il.

Elle connaissait très bien cet établissement, mais le fréquentait peu, car on y rencontrait surtout des couples. Elle était embarrassée de s'y rendre seule.

Au moins pour ce soir, grâce à Dane, elle pourrait donner le change, quitte à oublier qu'elle n'était qu'une organisatrice de mariages travaillant pour Burke's Wedding et lui, son client.

— Le temps de prendre mes affaires et de fermer la boutique et je suis à vous, dit-elle en se levant.

Une fois seule, elle drapa ses épaules d'un joli châle de la même couleur que son tailleur et ne résista pas au désir de se remaquiller.

— Dane Camden est un client et rien d'autre ! s'admonesta-t-elle avant d'aller le rejoindre dans l'entrée.

Il lui apparut si séduisant avec son allure virile et son regard charmeur qu'elle en fut de nouveau toute troublée.

— Que se passe-t-il ? Vous semblez toute chamboulée ? lui demanda Dane d'un ton inquiet.

— Oh ! un peu de fatigue, s'empressa-t-elle de répondre.

Dane lui plaisait beaucoup, et quand il lui prit familièrement le bras, un peu plus tard, et qu'il l'entraîna vers le pub, elle sentit son cœur battre plus fort.

Après des mois de solitude, se retrouver au bras d'un homme aussi beau et séduisant que lui, sous un ciel étoilé, la rendait d'humeur romantique, au point que s'il avait pris l'initiative de l'embrasser, il lui semblait qu'elle l'aurait laissé faire.

« Ne néglige pas Dane Camden. Tant de femmes rêveraient d'être à ta place... », lui avait confié Chrystal lors d'une récente conversation.

Et si son amie avait raison ?

Si, au lieu de s'épuiser à chercher le mari idéal, elle vivait enfin sa vie de femme en oubliant pour un temps ses grands principes ?

— Nous sommes arrivés, déclara Dane en lui ouvrant la porte du pub avec sa galanterie coutumière qu'elle appréciait tant.

S'il avait voulu du mariage, elle aurait certainement tout fait pour le séduire et le retenir auprès d'elle, car les hommes comme lui ne couraient pas les rues. Hélas, convoler en justes noces n'était pas dans les projets de cet homme séduisant.

Une fois assise face à lui, elle en profita pour humer son troublant parfum masculin.

— A quoi pensez-vous ? lui demanda-t-il de sa voix sensuelle.

— Au mariage de votre grand-mère, prétendit-elle avec à-propos.

— Pitié ! rétorqua Dane avec humour en se prenant la tête dans les mains. Plus de rubans, plus de fanfreluches pour ce soir !

— Promis ! répondit-elle avec un sourire.

Durant quelques secondes, ils se dévisagèrent sans rien dire, et elle eut l'impression fugace qu'ils se connaissaient depuis longtemps.

— Je me suis rarement senti aussi bien avec une femme, dit-il soudain en quêtant son regard.

L'arrivée du serveur la dispensa d'avoir à répondre, ce qui l'arrangeait bien, car elle n'aurait jamais osé renchérir sur cette complicité muette qui les unissait.

— Que prendrez-vous ? demanda-t-il.

— Des nachos, répondit-elle après avoir examiné le menu.

— Et du poulet pour moi, déclara Dane à l'intention du serveur. Avec une bouteille de chardonnay.

Le serveur revint bientôt avec la bouteille de vin.

Une fois qu'ils eurent trinqué au succès du mariage futur de Georgianna Camden, elle sentit une douce euphorie l'envahir, et elle savoura son plaisir de se trouver en compagnie d'un homme aussi séduisant que Dane Camden.

Au cours du dîner, elle se sentit peu à peu enveloppée d'une agréable torpeur, et elle se laissa aller à ressentir le désir qu'elle éprouvait pour lui, à faire défiler dans sa tête les images sensuelles qu'il lui inspirait.

Sa dernière relation avec un homme remontait à quelques mois déjà, et si Dane n'avait pas été opposé au mariage, elle aurait été ravie de se laisser séduire par lui…

— Et si vous me parliez un peu de vous et de votre métier ? lui demanda Dane en souriant.

S'efforçant de chasser les images audacieuses qui lui traversaient l'esprit, elle entreprit de lui décrire quelques-unes de ses missions les plus réussies et mentionna aussi sa relation avec Chrystal Burke, son amie d'enfance.

— Mais alors, vous n'êtes que l'employée d'Howard Burke, le père de Chrystal ? s'étonna Dane.

Elle tressaillit.

— Officiellement oui, puisque Chrystal Burke, mon

amie d'enfance, est la directrice en titre de l'entreprise, mais dans les faits, je suis la seule vraie responsable.

— Depuis quand travaillez-vous pour les Burke ? insista Dane.

— Depuis presque huit ans, et j'espère avoir bientôt un statut d'associée, répondit-elle.

— Ça ne serait que justice, car vous êtes à l'origine du succès de Burke's Wedding, confirma Dane.

— N'exagérez pas ! s'exclama-t-elle, sans pouvoir s'empêcher de rougir sous le compliment.

Pensif, il hocha la tête.

— Avez-vous songé qu'Howard Burke n'a aucun intérêt à vous choisir pour associée, alors que vous faites un excellent travail en tant qu'employée ? Quel intérêt aurait-il à partager les bénéfices de l'entreprise avec vous ?

— Celui de vouloir me garder à son service plutôt que de me voir travailler pour la concurrence, répondit-elle.

Il la regarda, compatissant.

— Dans ce cas, je vous souhaite de réussir chez Burke's Wedding, dit-il enfin.

— Quitte à ce que je ne travaille jamais pour vous ? rétorqua-t-elle.

— Oui, même si vous ne deviez jamais travailler pour les Camden, renchérit Dane.

Son désintéressement lui alla droit au cœur.

— Qui sait si je n'en viendrai pas un jour à accepter votre offre ? lui dit-elle en souriant.

— Vous m'en verriez ravi, répondit-il d'une voix chaleureuse.

Son regard de braise et le timbre sensuel de sa voix eurent sur elle un effet troublant et, durant quelques secondes, elle se plut à s'imaginer dans ses bras.

— Ne vous réjouissez pas trop, car je peux être une peste au travail, ajouta-t-elle en plaisantant.

— Les Camden aussi ont parfois leurs humeurs, rétorqua Dane. Mes trois frères, mes deux sœurs, nos quatre cousins et moi, nous formons le directoire de Camden Superstores, et quand nous sommes en désaccord les uns avec les autres, le ton monte vite…

— Et quelle fonction occupe Georgianna Camden dans cet organigramme ? demanda-t-elle avec une curiosité croissante.

Le visage de Dane s'éclaira.

— Ma grand-mère est l'âme du clan. C'est elle qui prend les décisions importantes et nous charge de les mettre en œuvre. Quand Gigi a estimé que nous devrions créer des espaces « mariage » dans nos magasins, aucun de nous ne se serait permis de s'opposer à sa volonté.

— Je vois, fit-elle, et est-ce Gigi qui a eu l'idée de recourir aux services de Burke's Wedding pour son mariage ?

— Oui, car ma grand-mère estime que vous êtes le *nec plus ultra* de la profession.

Elle hocha la tête.

— Merci, mais pourquoi ne pas avoir choisi comme intermédiaire auprès de moi votre cousine Jani ou une femme de la famille Camden ?

Il but une gorgée de bière avant de répondre :

— Parce que j'ai la réputation d'être le plus diplomate du clan.

— Et donc, monsieur le diplomate, Gigi a estimé que vous sauriez mieux que quiconque me persuader de travailler un jour pour vous ?

— En effet, reconnut Dane avec un sourire.

— Une mission difficile, ironisa-t-elle.

— Bien moins que je ne l'aurais cru, répondit Dane sur le même ton, car vous êtes charmante.

— Et vous, fort différent de l'image négative que j'avais jusqu'à présent des Camden, renchérit-elle.

Il se rembrunit.

— Vous faites de nouveau allusion à H. J. Camden et à son fils, le mari de Gigi ? Je n'étais pas né encore quand tous deux ont joué ce mauvais tour à votre grand-père…

— Ils n'auraient jamais dû acheter la formule de grand-père à son cousin Phil, ce traître !

— C'est bien pourquoi ma grand-mère tient tant à réparer le tort que H. J. et son fils ont pu faire à vous comme à d'autres.

Pensive, elle hocha la tête.

— Les Camden sont réputés pour leurs méthodes commerciales musclées.

— Nos méthodes ne sont ni pires ni meilleures que celles de nos concurrents, répondit-il avec conviction.

— Comme j'aimerais vous croire ! dit-elle.

— Si vous vous décidiez à venir chez nous, vous n'auriez pas à craindre le moindre préjudice de la part des Camden, précisa Dane, et en ce qui me concerne, je serais ravi de travailler avec une femme telle que vous.

Ses propos ne manquèrent pas de la déstabiliser ; elle éprouvait à son égard une attirance croissante, qui, hélas, ne pourrait les mener nulle part.

— Vous savez bien que j'éprouve beaucoup de sympathie pour vous, insista-t-il.

— Auriez-vous par hasard des vues sur moi ? rétorqua-t-elle.

— Quel homme ne convoiterait pas une femme aussi belle et charmante que vous ? dit-il.

Elle hocha la tête d'un air navré.

— Voyons, Dane, vous savez bien que seule une relation professionnelle est envisageable entre nous. Vous prônez les bienfaits du célibat, tandis que moi, je recherche un futur mari…

Ses propos ne le surprirent pas outre mesure.

Lors de leurs conversations précédentes, elle lui avait longuement décrit ses espoirs de bonheur, la maison de ses rêves, les enfants qu'elle souhaitait avoir avec son futur mari. Il fit contre mauvaise fortune bon cœur.

— Je le sais, répondit-il avec un sourire désarmant de candeur, ce qui ne m'empêche pas d'espérer sincèrement vous voir rallier notre groupe un jour ou l'autre.

— C'est bien ainsi que je l'entendais, répondit-elle, et comme il se fait tard, nous pourrions peut-être songer à rentrer ?

Il aurait souhaité prolonger leur tête-à-tête, se confier à elle, l'écouter se raconter, mais il se résigna à appeler le serveur.

— Comme je vous impose des horaires impossibles, le moins que je puisse faire est de vous inviter, insista-t-il en sortant sa carte de crédit.

— Bon, d'accord, concéda Vonni, mais à condition que vous me permettiez de vous rendre la pareille prochainement.

Ses yeux brillèrent.

— Quand donc ? demanda-t-il.

— Demain soir, par exemple ? proposa-t-elle en souriant. J'aurai reçu au bureau les échantillons des différents plats proposés par les traiteurs de Denver, et nous les testerons en guise de dîner.

La pensée de revoir Vonni si vite et, qui plus est,

dans son bureau où personne ne viendrait les déranger, enflamma son imagination.

— Très bien, je viendrai, dit-il avec un grand sourire.

Sa satisfaction évidente n'échappa pas à Vonni, qui, de son côté, se voyait déjà succomber au charme incendiaire de ce séducteur-né.

Mais si le vin bu ce soir avait tendance à gommer sa vigilance, elle devait rester sur ses gardes. Elle se promit d'y veiller tout particulièrement le lendemain soir, quand elle reverrait Dane.

Pendant qu'il réglait la note, elle gagna la sortie non sans jeter des regards curieux sur les quelques hommes seuls encore attablés dans le restaurant, à qui elle semblait plaire.

— Vous auriez pu m'attendre ! se plaignit Dane en la rejoignant.

Alors seulement, elle remarqua qu'il jetait des coups d'œil furibonds aux autres clients et s'empressa de l'entraîner dehors.

— Seriez-vous en train de me faire une scène, Dane Camden ? lui demanda-t-elle en rougissant.

— Le comportement de ces hommes m'a déplu, voilà tout, concéda-t-il.

— Et pourquoi donc ? Parce qu'ils me regardaient ? interrogea-t-elle.

— Eh bien oui ! répondit-il d'un ton désagréable.

Elle ne put s'empêcher de sourire.

— A quoi rime votre réaction, puisque nous ne sortons pas ensemble ?

— Au fait que je ne veux pas que vous plaisiez à d'autres que moi, déclara-t-il en lui adressant un regard jaloux.

Se pouvait-il qu'elle lui plaise vraiment ? C'était

presque inespéré… même s'il ne correspondait pas du tout à ses critères !

— Si vous le permettez, je vous raccompagne à votre voiture, proposa-t-il.

— Entendu, dit-elle, ravie de rester un peu plus longtemps encore avec lui.

En marchant, ils bavardèrent de choses et d'autres, et notamment du dîner de dégustation du lendemain grâce auquel ils pourraient proposer à Gigi un menu de mariage à la hauteur de ses attentes.

Lançant un regard discret dans sa direction, elle remarqua un sourire énigmatique sur ses lèvres.

Si elle s'était écoutée, elle se serait déjà jetée à son cou, pour lui offrir ses lèvres… Elle s'efforça de tempérer son ardeur.

— Comptez-vous informer votre grand-mère des premiers résultats de notre collaboration ? demanda-t-elle.

— Je le ferai dès demain matin, répondit Dane.

— Auriez-vous la gentillesse de m'appeler quand vous lui aurez parlé, pour que je sache si nous devons changer nos plans ?

Il posa sur elle un regard qui ne manqua pas de la troubler.

— Je n'y manquerai pas, et j'aurai plaisir à entendre de nouveau votre voix, répondit-il alors qu'ils arrivaient au parking jouxtant les bureaux de Burke's Wedding.

Elle sentit ses joues s'embraser, ce qu'il ne remarqua pas sur le parking mal éclairé et plutôt sinistre. Comme il était déjà tard, elle n'en apprécia que plus encore sa compagnie rassurante.

— Merci pour le dîner et aussi pour l'escorte, lui dit-elle en déverrouillant sa portière de voiture.

— Tout le plaisir a été pour moi, et j'en viendrais

même à voter des félicitations à ma grand-mère pour m'avoir confié cette mission.

Elle se mit à rire.

— Vous disiez le contraire tout à l'heure. Souvenez-vous ! Les rubans, les fanfreluches…

A son tour, il éclata de rire.

— Il est vrai que le rugby et la chasse sont davantage dans mes cordes, mais je ne me suis jamais senti aussi bien avec une femme qu'avec vous ce soir.

Sous le coup de l'émotion, elle faillit lui répondre que la réciproque était vraie, mais elle se ravisa. La prudence restait de mise.

— Plus je vous regarde, et plus je vous trouve belle, ajouta-t-il avec un regard appuyé.

Elle aurait juré qu'il avait envie d'elle, de la serrer contre lui, de la prendre dans ses bras et de l'enlacer…

— Merci, murmura-t-elle en brûlant de lui tendre ses lèvres.

Dane Camden est un client important et doit le rester…, lui souffla la voix de la raison.

Et puis, n'était-il pas de notoriété publique que Dane ne voulait ni se marier ni fonder de famille ?

En soupirant, elle s'installa au volant de sa voiture.

— Sachez que j'ai passé une excellente soirée en votre compagnie, dit-elle.

Il se pencha à sa portière.

— Moi aussi, j'ai passé une excellente soirée avec vous. A quelle heure désirez-vous que je vienne, demain ?

— Pourquoi pas à 18 heures ? suggéra-t-elle. Les autres employés seront partis, et nous serons plus tranquilles pour parler.

— Avec plaisir ! répondit Dane en lui adressant le plus radieux des sourires.

— Dans ce cas, à demain ! dit-elle avant de démarrer.

La haute silhouette de Dane s'estompa lentement dans son rétroviseur.

Jamais aucun autre homme n'avait produit sur ses sens une si forte impression, au point qu'elle n'était plus du tout certaine de pouvoir résister longtemps à l'envie brûlante de lui céder et de se donner à lui.

Dane ! Dane Camden !

Peut-être devrait-elle s'octroyer une cure impromptue de bonheur en sa compagnie, comme le lui avait conseillé Chrystal ?

- 4 -

Depuis son arrivée dans les locaux de Burke's Wedding, Vonni était si impatiente de revoir Dane qu'elle n'avait cessé de consulter sa montre.

Les heures s'étiraient bien trop lentement à son gré.

Une fois la dernière employée partie, les battements de son cœur redoublèrent, et son sang ne fit qu'un tour lorsque à 18 heures précises, le carillon tant attendu retentit...

D'un pas rapide, elle alla ouvrir à son visiteur.

— Bonsoir Vonni, lui dit Dane avec un sourire éclatant en lui tendant un bouquet de fleurs.

Des fleurs ! Elle adorait en recevoir, mais ses petits amis lui en avaient rarement offert.

— Merci, votre geste me touche beaucoup, dit-elle en s'effaçant pour le laisser entrer.

Elle referma la porte derrière lui.

— Je ne vous dérange pas ? demanda-t-il.

— Au contraire, répondit-elle avec un sourire.

Et si elle en jugeait par sa ponctualité, Dane était aussi impatient qu'elle de la revoir !

Pendant qu'elle arrangeait les fleurs dans un vase, il marqua un temps d'arrêt devant les victuailles des traiteurs qu'elle avait pris soin de disposer sur une grande table.

— Je ne pensais pas qu'il y aurait autant de mets à goûter ! s'exclama-t-il avec un sourire gourmand.

— Le plus difficile sera de faire un choix en l'absence de Gigi, remarqua-t-elle.

— Je ne doute pas qu'à nous deux, nous y parvenions, la rassura Dane.

Ce matin, il avait pris la peine de l'appeler pour lui dire que, jusqu'à présent, Gigi approuvait leurs initiatives, ce qui augurait bien de la suite de leur collaboration et la changeait agréablement de ses clientes vétilleuses.

— Votre grand-mère sait ce qu'elle veut, remarqua-t-elle.

Plus d'une fois, elle avait dû composer avec des futures mariées indécises, qui un jour optaient pour telle couleur de nappe, puis le lendemain pour telle autre, ce qui avait le don de la rendre à moitié folle.

— Gigi est une femme exceptionnelle, et quand vous l'aurez rencontrée, je suis sûr que vous tomberez sous son charme, déclara Dane.

— Je n'en doute pas, répondit-elle, en espérant que la fin de sa mission ne signifierait pas la fin de ses relations avec Dane.

Ce matin-là, après lui avoir transmis les félicitations de Gigi, il lui avait fait quelques confidences sur sa jeunesse.

Elle avait été touchée qu'il la traite davantage en amie qu'en prestataire de services, et elle en était venue à lui parler de sa vie à elle.

L'arrivée inopinée de Chrystal l'avait incitée à abréger sa conversation, mais son amie n'avait pas manqué de lui lancer un regard soupçonneux.

— Au fait, je voudrais m'excuser pour avoir raccroché un peu trop vite, ce matin, dit-elle à Dane.

Ce dernier lui sourit.

— Vous aviez sans doute beaucoup à faire ?

— Je n'étais plus seule. Chrystal, la fille de mon patron et la directrice en titre, venait d'entrer dans mon bureau.

— Je comprends très bien, répondit Dane. Et quels sont vos rapports avec Chrystal ?

Elle soupira.

— C'est une longue histoire que je vous raconterai peut-être un jour.

Il eut le bon goût de ne pas insister, et peu après, tous deux entreprirent de déguster les plats des traiteurs.

— Hum, c'est délicieux ! s'exclama-t-il en croquant dans une mini-quiche aux olives.

Elle testa pour sa part un canapé au foie gras.

— C'est en effet très bon, convint-elle, et j'ai bon espoir que nos choix satisferont votre grand-mère.

Il la regarda attentivement.

— J'en suis certain, sans compter que cette séance de dégustation nous donne l'occasion de nous revoir.

Elle se réjouit de sa remarque. Décidément, il avait toujours l'art de dire des choses agréables.

— Moi aussi, je suis heureuse de nous voir réunis autour de ce buffet improvisé.

En effet, elle appréciait au plus haut point cette occasion supplémentaire qui lui était donnée de sympathiser avec Dane, loin des regards indiscrets.

Quand ils eurent testé les préparations salées, elle proposa de goûter aux gâteaux, sorbets, glaces, sabayons et croquants constituant un vaste choix de desserts gourmands.

— Une bouchée par-ci, une bouchée par-là, et pas

plus, annonça Dane en se pourléchant les lèvres, sinon gare aux kilos superflus !

— Pas plus, en effet, dit-elle en riant devant ses mimiques comiques. Notre objectif est de conseiller au mieux votre grand-mère, non de nous remplir l'estomac…

Il la regarda, une lueur amusée dans le regard.

— Et si je vous disais que je commence à avoir la gorge sèche…

— Alors, je serais ravie de vous proposer un grand verre d'eau minérale pétillante, répondit-elle avec malice.

— Pas de vin ? demanda-t-il, déçu.

— Désolée, mais le caviste doit nous livrer dans quelques jours seulement. Si ça peut vous consoler, sachez que j'ai obtenu du négociant en champagne qu'il nous facture la bouteille à moins de deux cents dollars.

— C'est une affaire, en effet, mais j'aurais préféré déguster un petit vin de Californie ici, avec vous…

— L'occasion se présentera peut-être plus tôt que vous ne pensez, lui dit-elle en découpant à son intention une part de tarte au citron.

Au terme de leur dégustation, ils tombèrent d'accord sur un menu type qu'ils allaient proposer à Gigi.

— Ne trouvez-vous pas extraordinaire que nous ayons les mêmes goûts ? demanda-t-il avec un sourire enjôleur.

— Si, convint-elle, songeuse.

Hélas, ils divergeaient au moins sur un point essentiel : il ne voulait ni femme ni enfants, alors qu'elle rêvait d'une maison peuplée de têtes blondes et d'un mari capable de la rendre heureuse.

Il se pencha vers elle.

— Sans doute est-ce parce que nous avons tant d'affinités que j'étais si impatient de vous revoir.

— Vraiment ? fit-elle en rougissant.

— Si vous m'aviez autorisé à venir passer la journée ici, je n'aurais pas hésité un seul instant à bousculer mon emploi du temps afin de vous retrouver au plus vite.

— Nous n'aurions pas eu trop le loisir de parler. Les employées ne partent pas avant 18 heures, lui rappela-t-elle, consciente de l'audace de ses propos.

Après tout, elle était un fournisseur, non sa future petite amie !

Il lui lança un regard brûlant.

— Même ainsi, j'aurais eu du plaisir à être avec vous, car…

— Oui ? demanda-t-elle, la gorge sèche.

— … Car vous me plaisez beaucoup, termina-t-il.

Elle cherchait désespérément quoi répondre quand le portable de Dane sonna.

— Un texto de ma grand-mère, précisa-t-il peu après.

Ses relations avec Dane prenaient un tour intime, ce qui était contraire à l'éthique de Burke's Wedding. En effet, le règlement intérieur lui imposant un devoir de réserve vis-à-vis de sa clientèle. Mais que faire ?

Comment concilier son désir pour cet homme exceptionnel et le devoir d'observer une neutralité qu'elle était bien loin de ressentir ?

— Rien de grave, j'espère ? demanda-t-elle.

— Oh non ! répondit-il avec un sourire radieux. Gigi voulait de nos nouvelles, et elle vous transmet ses salutations.

— C'est très aimable à elle, fit-elle, et puisque nous avons déjà bien avancé, pourquoi ne pas lui demander tout de suite ce qu'elle pense de notre choix ?

Il approuva sa suggestion et envoya par pièce jointe à sa grand-mère la liste des plats et des gâteaux qu'ils avaient sélectionnés à son intention.

Deux minutes après, Gigi leur donnait son accord.

— Quelle bonne nouvelle ! fit-elle avec soulagement.

En comparaison de certaines clientes capricieuses, travailler pour Gigi Camden s'avérait gratifiant.

— Dès demain, je passerai commande auprès des traiteurs, afin que tout soit prêt le jour du mariage de votre grand-mère, ajouta-t-elle.

Elle s'attendait à ce qu'il prenne congé, mais il semblait vouloir s'attarder. Troublée, elle surprit une lueur de désir au fond de ses yeux azur.

— Il n'est pas très tard, fit-il en souriant, et si nous n'avions pas déjà dégusté autant de bonnes choses, je vous aurais volontiers invitée au restaurant.

— Oui, mais nous avons l'estomac plein, dit-elle, une pointe de regret dans la voix.

Il s'approcha d'elle.

— Voyons, Vonni, nous n'allons pas nous quitter comme ça ?

Elle aurait pu invoquer la fatigue ou prétexter son emploi du temps chargé du lendemain. Elle n'en fit rien.

— Que suggérez-vous ? dit-elle.

Avec un sourire, il ouvrit le sac qu'il avait apporté et en sortit une bouteille de mirabelle et deux verres.

— Oh ! mais je ne veux pas boire d'alcool, surtout ce soir ! s'exclama-t-elle.

Cependant, elle ne put s'empêcher de jeter un regard appréciateur sur l'étiquette de la bouteille.

— Un verre ne peut pas nous faire de mal, insista-t-il, et puis, c'est un digestif.

— Très bien, mais alors un seul verre…, protesta-t-elle. Et c'est pour vous faire plaisir.

— Un seul verre, promit-il en remplissant leurs verres.

Ils dégustèrent le nectar avec ravissement.

— Hum, une merveille ! convint-elle.

— Oui, et je compte en offrir une bouteille à Gigi, le jour de son mariage, expliqua-t-il.

Sous l'effet de l'alcool, elle sentit ses muscles se détendre l'un après l'autre et fut gagnée par une douce euphorie.

Après une longue journée de travail, elle savourait un nectar divin avec un homme délicieux. Que demander de mieux ?

— Si Howard Burke venait à apprendre que je sirote de la mirabelle avec l'éminent Dane Camden, je n'aurais plus qu'à me chercher un nouvel emploi, dit-elle, consciente de fournir à son interlocuteur des armes qu'il pourrait utiliser contre elle.

Il éclata de rire.

— Alors, je vais vous dénoncer, et ainsi, vous viendrez travailler chez nous.

Elle lui décocha un regard glacial.

— Si vous le prenez ainsi, mieux vaudrait que nous en restions là.

— Je plaisantais, Vonni ! s'exclama-t-il, la mine contrite.

Sa colère retomba aussi soudainement qu'elle était venue, et quand Dane lui offrit de remplir de nouveau son verre, elle accepta.

— Chrystal Burke est-elle vraiment une amie pour vous ? lui demanda-t-il.

Elle eut un petit rire.

— Décidément, cette chère Chrystal semble vous intriguer au plus haut point.

— C'est à vous que je m'intéresse au plus haut point, pas à elle, corrigea Dane, et si vous me parlez de Chrystal, alors j'en saurai nécessairement davantage à votre sujet…

Elle réfléchit quelques instants.

— Chrystal est une fille très sympa, et je la considère comme une sœur, car nous avons grandi ensemble. Pourtant, nous sommes devenues assez différentes l'une de l'autre. Elle est très jet-set et paillettes, alors que mon rêve est de vivre à la campagne.

Deux verres de mirabelle l'avaient rendue euphorique, et elle le fixa d'un air effronté.

— Je parle de moi, de ma vie, et vous, vous vous contentez de m'écouter !

— Il ne tient qu'à vous de sonder mon cœur, déclara-t-il.

— Vous seriez bien embarrassé si je vous prenais au mot ! fit-elle.

Il sortit de sa poche une pièce de monnaie.

— Pile, vous me parlez de vous, et face, je vous dis tout ce que vous voudrez savoir sur moi, suggéra-t-il.

Avec lui, elle se sentait totalement à l'aise.

— Chiche ? fit-elle.

Il lança la pièce en l'air.

— Pile, je vous écoute, fit-il avec son grand sourire.

Frustrée de ne pas pouvoir le questionner, elle s'efforça de cacher sa déception.

— J'ai bien peur de vous ennuyer avec mes histoires, dit-elle avec une moue.

— Au contraire, insista-t-il en lui caressant la main.

Le contact de ses doigts la fit frissonner.

— Très bien, comme vous voulez, dit-elle en s'efforçant de cacher son trouble. Ma mère était l'assistante personnelle des Burke. A l'époque, j'avais à peine deux ans, et Chrystal aussi, ce qui nous a rapprochées, elle et moi.

— Et qui s'occupait de vous et de Chrystal pendant que votre mère travaillait ?

— La nourrice des Burke. Chrystal et moi avions un parc arboré où nous adorions jouer ensemble, répondit-elle, nostalgique.

Combien de fois avaient-elles parcouru les allées sur leurs bicyclettes ! Et si elles faisaient une bêtise, Jemina, leur nourrice, savait se montrer indulgente et en parlait rarement à Mme Burke.

— Les Burke ont insisté pour que je sois inscrite avec leur fille dans une école privée, poursuivit-elle. Howard Burke était devenu riche, et son chauffeur nous emmenait à l'école tous les matins. Le soir, il venait nous rechercher et nous raccompagnait chez nous, ma mère et moi.

Les souvenirs défilèrent dans sa tête.

— J'ai peine à l'admettre aujourd'hui, poursuivit-elle, nostalgique, mais l'appartement de mes parents me faisait honte, en comparaison avec l'espace dont je disposais chez les Burke, et ma plus grande hâte était de retourner chez eux.

— Et que s'est-il passé ensuite ? demanda-t-il.

— Après le lycée, j'ai obtenu une bourse pour entrer à l'université du Colorado, tandis que Chrystal, plus riche que moi, était admise à la faculté de Denver, plus huppée. Progressivement, nous nous sommes éloignées l'une de l'autre.

— Jolie comme vous l'êtes, je suis sûr que vous êtes devenue la coqueluche de l'université, déclara-t-il.

Il était rare que son passé intéresse quelqu'un, et elle se réjouit de pouvoir s'ouvrir à lui.

— J'ai été courtisée par des garçons bien plus riches que moi, enchaîna-t-elle, mais chaque fois, j'ai eu à le regretter.

— Et pourquoi ? s'étonna-t-il.

Elle le fixa dans les yeux.

— Ces fils de famille voulaient surtout coucher avec moi et ne se souciaient pas le moins du monde de mes sentiments. Il ne leur serait pas venu à l'idée de me présenter à leurs parents.

— Je vois, fit-il.

— Manifestement, je n'étais pour eux qu'une proie facile, et dès le moment où je leur résistais, ils me rejetaient et ne m'adressaient plus la parole.

— C'est navrant ! fit-il en secouant la tête.

— Hélas, tout ce que je vous raconte s'est vraiment produit, insista-t-elle. Et j'avais beau être la « sœur » de Chrystal Burke, le simple fait que je sois fille de l'employée de sa mère dissuadait les jeunes gens fortunés de m'inviter au country club ou dans ce genre d'endroits huppés.

Elle serra les poings sous la table. Des années avaient passé, mais ce souvenir restait douloureux.

— Par pitié, Vonni, ne mettez pas tous les garçons fortunés dans le même sac, plaida-t-il.

Elle lui sourit.

— Vous êtes différent, répondit-elle. Plus sincère, plus franc…

— Je n'aime pas le mensonge, confirma-t-il.

Elle soupira.

— A vous entendre, il est facile de se conduire dignement ; il suffit de le vouloir, mais c'est oublier que les sentiments, l'amour, donnent souvent lieu à des malentendus.

— Parlez-moi encore de votre enfance et de votre jeunesse, insista-t-il.

— Mes parents se disputaient au point que ça en devenait horrible. Je trouvais chez les Burke la paix et le réconfort que je n'avais plus chez moi, poursuivit-elle, consciente du tour très personnel que prenait la conversation.

— Mais vos parents vous aimaient, n'est-ce pas ? s'enquit-il.

— Leurs disputes incessantes me gâchaient l'existence. Ils s'étaient mariés trop jeunes et avaient peu de choses en commun, de sorte que le fossé ne cessait de se creuser entre eux, mais aussi avec moi.

— Je comprends, fit-il. Vos parents ont-ils fini par divorcer ?

Elle hocha tristement la tête.

— Ils n'en ont pas eu le temps. A la suite d'une nouvelle dispute avec ma mère, mon père est parti un soir en claquant la porte. De la fenêtre de ma chambre, je l'ai vu démarrer sur les chapeaux de roues et…

En proie à l'émotion, elle chercha la main de Dane et la serra très fort.

— Mon père roulait à plus de centre trente kilomètres-heure sur une route étroite quand il a dérapé à la sortie d'un virage et s'est écrasé contre un arbre. Il est mort sur le coup.

— Toutes mes condoléances, murmura-t-il en caressant sa main.

— Merci. Quand on m'a annoncé la mort de mon

père, je n'ai pu m'empêcher de pleurer toutes les larmes de mon corps.

— Pauvre Vonni..., dit-il. Quel âge aviez-vous à l'époque ?

— Douze ans. J'aurais dû être à jamais vaccinée contre le mariage, mais c'est tout le contraire, et je me suis mise à rêver qu'un jour, je rencontrerais le prince charmant.

— Aujourd'hui, vous vous chargez d'organiser les mariages des autres, et avec quel brio ! souligna-t-il.

Elle eut un petit rire triste.

— Sans doute s'agit-il là d'une forme de compensation ou, plus probablement, d'un désir de revanche sur le destin. Qu'en pensez-vous, docteur ?

Sans relever sa plaisanterie, il la fixa d'un air grave.

— Croyez-vous vraiment que deux personnes puissent se marier et être heureuses toute une vie ?

— Bien sûr, et pour ma part, j'espère trouver l'âme sœur et le bonheur.

— Pourquoi pas..., commenta-t-il d'un ton sceptique.

— Je sais que vous êtes un célibataire endurci, et loin de moi l'idée de vouloir vous convertir au mariage, déclara-t-elle avec un petit sourire.

— S'il n'existait au monde qu'une femme capable de me convertir, je crois bien que ça serait vous, Vonni, répondit-il en serrant un peu plus fort sa main.

Troublée, elle dégagea sa main pour se verser un verre d'eau, ce qui lui donna le temps de se ressaisir.

— Poursuivez votre récit, l'encouragea Dane.

— Eh bien, après la mort brutale de mon père, les Burke nous ont proposé, à ma mère et à moi, de vivre dans la maison attenante à leur propriété aussi longtemps que nous le voudrions.

— Ce qui explique que Chrystal et vous soyez restées aussi proches l'une de l'autre, observa-t-il.

— Oui, et c'est moi qui ai organisé son dernier mariage.

— Chrystal avait déjà été mariée ? s'enquit Dane.

— Avec un dénommé Bill qui ne l'a jamais rendue heureuse. J'espère qu'il en ira autrement avec Richard, son nouveau mari.

— Dites-moi si je me trompe, mais j'ai l'impression qu'il existe comme un fossé entre Chrystal et vous ? déclara-t-il.

— Elle est beaucoup plus riche que moi, et à notre âge, ce détail a son importance.

— Comment ça ?.

— Eh bien, par exemple, elle est membre du country club où je ne serai jamais admise.

Il la regarda d'un air grave.

— A mes yeux, vous valez largement Chrystal Burke et le genre de personnes qu'elle fréquente, y compris au country club.

— Je ne voudrais surtout pas vous donner l'impression de jalouser Chrystal, s'excusa-t-elle.

— Libre à moi de préférer votre compagnie à celle des gens de son espèce, fit-il remarquer.

Elle le fixa avec un regard perçant.

— Même si mon plus cher désir reste le mariage ?

— Quand une femme me plaît, mon premier réflexe n'est pas de lui demander si elle veut ou non se marier avec moi, répliqua-t-il en prenant la bouteille de mirabelle. Encore un peu de ce nectar ?

Deux verres l'avaient déjà rendue euphorique, et si elle continuait à ce rythme, elle risquait fort de perdre toute retenue.

— J'ai assez bu, et il se fait tard, dit-elle en consultant sa montre.

— J'admets que le plus sage serait d'aller nous coucher. Quand nous reverrons-nous ? demanda Dane.

— Puisque Gigi tient à ce que son mariage se déroule chez elle, je voudrais visiter la maison afin de me rendre compte de l'espace, suggéra-t-elle.

— Mais il n'y a rien de plus simple, déclara-t-il avec un sourire. Demain ?

— Demain, je supervise deux mariages, l'un le matin et l'autre l'après-midi.

— Demain soir, alors ? insista Dane.

— Oui, mais pas avant 20 heures, car ainsi j'aurai le temps de passer chez moi pour me changer et souffler un peu, suggéra-t-elle en espérant qu'il ne devinerait pas qu'elle voulait se faire belle pour lui.

— 20 heures, parfait, approuva-t-il, satisfait.

Qu'un homme aussi séduisant n'ait pas une vie mondaine trépidante ne manquait pas de l'étonner.

— Peut-être aviez-vous quelque chose de prévu ? s'enquit-elle autant par politesse que par curiosité.

— Je vous l'ai dit, Vonni, je me tiens à votre disposition.

— Il est vrai que votre grand-mère étant absente, nous ne risquerons pas de la déranger en dépit de l'heure tardive, lui dit-elle avec un regard complice.

— A part Margaret et Louie Haliburton, le couple de gardiens, nous serons seuls en effet, confirma-t-il.

Elle fronça les sourcils.

— Ne m'avez-vous pas dit que Margaret était une cuisinière hors pair ?

— Oui, un vrai cordon-bleu. Son mari et elle font

partie de la famille, et Margaret sera dame d'honneur au mariage de Gigi.

Elle ressentit un pincement de dépit, car, lors du mariage de Chrystal, au lieu de choisir sa mère comme dame d'honneur pour sa fille, Howard Burke lui avait préféré une connaissance lointaine de la haute bourgeoisie de Denver.

— Eh bien, je crois que je vais rentrer chez moi, déclara-t-il en se levant.

Elle se leva à son tour, avec quelque difficulté car la mirabelle lui faisait tourner la tête.

— Je suis désolé de vous avoir retenue aussi tard, alors que vous avez une journée chargée, demain, dit-il en lui adressant un de ces sourires qui lui faisaient battre le cœur.

— Au contraire ! J'ai été ravie de parler avec vous ; je me sens parfois un peu seule, dit-elle.

— Moi aussi, il m'arrive de me sentir seul.

Qu'un homme aussi séduisant, aussi apprécié des femmes puisse admettre souffrir de solitude dépassait son entendement. Elle se garda bien de le laisser paraître.

Il lui sourit.

— Les Burke ont bien de la chance… et moi aussi puisque je vous ai rencontrée.

— Flatteur ! lui dit-elle en le raccompagnant à la porte.

Il se tourna vers elle.

— Dès demain matin, je vous envoie par SMS l'itinéraire pour vous rendre chez Gigi, et si par hasard vous étiez retardée, n'ayez crainte, je patienterai.

— C'est gentil, et de mon côté, je vous préviendrai en cas d'imprévu, dit-elle.

Il acquiesça.

— Une fois que vous aurez visité la maison, que diriez-vous si nous dînions ensemble ?

La proposition était tentante, mais elle préférait ne pas courir de risques inutiles.

— Les buffets de mes deux mariages regorgeront de petits-fours, et je ne pense pas que j'aurai encore faim, même aussi tard, dit-elle.

Il la fixa de ce regard magnétique qui lui donnait envie de se blottir dans ses bras et de mêler son souffle au sien en un baiser langoureux.

— Dans ce cas, à demain, dit-il en la regardant au fond des yeux.

Et avant de s'éloigner, il effleura tendrement son bras.

— A demain, fit-elle en écho.

Plus troublée que jamais, elle le suivit des yeux tout en caressant son bras à l'endroit où s'étaient posés les doigts chauds de Dane.

— Et s'il m'aimait ? se demanda-t-elle tout bas.

Mais non, c'était impossible !

Tu n'aurais pas dû abuser de la mirabelle ! s'admonesta-t-elle en soupirant. *Un homme tel que lui ne s'encombrerait pas d'une femme comme toi…*

S'il s'intéressait à elle, c'était uniquement en raison du mariage de Gigi, et parce qu'elle était la seule à avoir assez d'expérience en la matière pour tout organiser à temps. En outre, il espérait bien la convaincre de quitter Burke's Wedding pour apporter son savoir-faire au groupe dont il était l'un des dirigeants.

N'empêche que s'il avait tenté de t'embrasser, elle se serait abandonnée dans ses bras, songea-t-elle avec un petit rire.

Se laissant gagner par le trouble délicieux qui l'envahissait, elle songea à quel point il serait exquis d'aller avec Dane plus loin qu'elle ne l'avait jamais fait avec aucun autre homme.

- 5 -

A 20 heures précises, Vonni Hunter se gara devant le domicile de Gigi, un manoir Tudor dont la magnificence surpassait les plus belles maisons de Denver.

Mais bien plus que le cadre enchanteur où Dane avait grandi, c'était la pensée de le revoir qui faisait battre son cœur.

Depuis le matin, elle n'avait cessé de penser à lui, tout en se répétant que toute relation entre eux serait d'emblée vouée à l'échec en raison de leurs opinions divergentes sur le mariage.

S'exhortant à la vigilance, elle gravit les marches de pierre de l'escalier qui conduisait à la porte d'entrée et pressa le bouton de la sonnette.

— Heureux de vous revoir ! la salua chaleureusement Dane en ouvrant le lourd battant.

— Moi aussi, répondit-elle en s'efforçant de contenir son trouble.

Il l'invita à pénétrer dans le vestibule à l'élégance un peu surannée, et elle jeta autour d'elle un regard curieux et admiratif.

— Cet endroit est magnifique, et je n'ai jamais vu un lustre aussi monumental, s'extasia-t-elle en levant les yeux.

— Tout le crédit en revient à Gigi, répondit-il. C'est elle qui a fait restaurer cet ancien manoir dans son style d'origine. Mais venez, je veux vous présenter au gardien et à la gouvernante.

Elle remarqua alors le couple assez âgé, lui plutôt robuste avec des cheveux gris, elle assez corpulente, debout près d'une grande table ronde en chêne massif.

— Margaret et Louie Haliburton, annonça Dane.

— Ravie de vous connaître, répondit-elle en s'approchant du couple et en leur serrant la main.

— Dane nous a beaucoup parlé de vous, dit Margaret avec un sourire, et pour fêter votre venue dans cette maison, j'ai préparé des sablés qui, j'espère, seront à votre goût.

— Oh ! il ne fallait pas vous donner tout ce mal ! s'exclama-t-elle, touchée par tant de délicatesse.

Après un ultime échange de politesses, le couple de domestiques prit congé, la laissant seule avec Dane.

— Margaret et Louie vous ont adoptée, remarqua ce dernier.

— C'est d'autant plus surprenant qu'ils viennent seulement de me rencontrer, remarqua-t-elle.

— Je leur avais parlé de vous et de l'estime dans laquelle je vous tiens, précisa Dane.

Qu'il lui témoigne tant de sollicitude ne manquait pas de l'étonner, car, après tout, elle n'aurait dû être à ses yeux qu'une prestataire de services dont le rôle s'achèverait bientôt.

— Mais pourquoi donc faites-vous autant cas de moi ? lui demanda-t-elle franchement.

— Parce que vous ne me laissez pas indifférent, répondit-il avec une petite moue malicieuse. Et maintenant, dites-moi comment s'est déroulée votre journée ? Pas trop fatiguée ?

De nouveau, elle fut touchée par sa sollicitude.

— Tout s'est déroulé au mieux, mais, rassurez-vous, je garde encore assez d'énergie pour mener ma mission à bien dans ce manoir, lui dit-elle.

Il lui lança un regard admiratif.

— A vous voir si fraîche et pimpante, on jurerait que vous venez à peine de vous lever, dit-il avec un regard sur ses jambes gainées de Nylon.

— Une représentante de Burke's Wedding se doit d'avoir une présentation irréprochable en toutes circonstances, plaisanta-t-elle.

En vérité, c'était pour lui qu'elle avait pris la peine de rentrer d'abord chez elle afin de se refaire une beauté. Mais pour rien au monde elle ne le lui aurait avoué.

— En tout cas, le résultat est éblouissant, insista-t-il en la dévorant des yeux.

— Merci, dit-elle en soutenant son regard.

La première chose qu'elle regardait chez un homme était la silhouette, la deuxième les épaules, puis seulement ensuite, le visage. Et, sur ces trois critères, Dane méritait un vingt sur vingt.

— Non seulement vous êtes charmante, intelligente et sensible, poursuivit-il, mais je vous trouve aussi la plus désirable des femmes. L'éclat de vos yeux illumine votre visage et lui confère une grâce à nulle autre pareille.

— Oh ! Dane ! fit-elle, subjuguée.

— Voulez-vous faire un tour dans le parc ? lui demanda-t-il avec une expression dans le regard qui la troubla.

Elle fut tentée d'accepter, mais la pensée de se retrouver seule, dans la tiédeur de la nuit, avec un homme qu'elle désirait, l'incita à la prudence.

Elle se revit petite fille, jouant dans la grande et belle maison de Chrystal pendant que sa mère, employée à un poste subalterne chez Burke's Wedding, s'échinait à gagner leur vie.

Serait-elle elle aussi, un jour, capable de vivre comme elle l'entendait sans dépendre d'autrui ?

— Vous semblez triste, déclara Dane. J'espère que rien dans mes propos ne vous a blessée ?

— Oh non, bien au contraire, mais mieux vaudrait se mettre au travail sans tarder, dit-elle d'un ton résigné.

Elle aurait préféré se promener au clair de lune avec son hôte si séduisant plutôt que de se livrer à de savantes estimations sur l'emplacement des différents buffets, du vestiaire et de l'orchestre prévus pour le mariage de Gigi. Mais ne devait-elle pas se conduire en employée modèle ?

Peu après, guidée par son hôte, elle visitait le manoir qui recelait des trésors d'architecture et de décoration.

— Quel endroit magnifique ! remarqua-t-elle après avoir choisi les emplacements des trois buffets et décidé de la hauteur de l'estrade qui accueillerait les musiciens.

— Vous devez penser que j'ai eu bien de la chance de grandir ici, dit-il.

— Et ça n'a pas été le cas ? s'étonna-t-elle.

— Il m'arrive de me poser la question.

En définitive, elle en savait bien peu sur lui, sur son enfance et son adolescence, alors qu'elle lui avait déjà parlé largement de sa vie et de ses soucis. Mais l'heure n'était pas aux confidences.

— Si ça ne vous dérange pas, je voudrais jeter un coup d'œil à l'extérieur, dit-elle.

— Allons-y ! s'exclama-t-il, enthousiaste.

Une fois dehors, elle fut impressionnée par l'immensité du parc.

— Sur cette pelouse, nous pourrons facilement

disposer tables et chaises pour une centaine d'invités, se réjouit-elle.

— Oui, une garden-party serait une excellente idée.

— Il faudra prévoir un buffet de plein air, ajouta-t-elle.

— Et s'il pleut ? s'inquiéta Dane.

— Je connais une entreprise qui loue à la demande des tentes géantes. Nous les installerons en prévision d'une averse devant ce bouquet de cèdres. Des spots indirects placés derrière les branches fourniront un éclairage diffus et très romantique qui égaiera les invités.

— Décidément, vous êtes irremplaçable, dit-il d'un ton admiratif. Que diriez-vous à présent si nous allions goûter les sablés de Margaret dans la cuisine ?

— Bonne idée, car ainsi je pourrai m'assurer que les traiteurs disposeront de l'espace nécessaire.

— Vous ne vous accordez aucun répit !

Avec un sourire complice, elle lui emboîta le pas, et après avoir longé un long couloir, ils débouchèrent dans une cuisine immense équipée de deux réfrigérateurs, de trois congélateurs, d'une table de cuisson à six feux, d'un triple évier et de six comptoirs, ainsi que d'une alcôve pouvant accueillir une douzaine de personnes.

— Alors, rassurée ? lui demanda Dane.

— C'est parfait, dit-elle, et maintenant, je suis toute à vous.

Surprenant son regard malicieux, elle s'empressa de rectifier.

— Ne vous méprenez pas ! Je voulais dire que j'étais prête à goûter à ces fameux sablés.

Mais en se disant tout à lui, n'avait-elle pas laissé parler son cœur ?

— C'est bien ainsi que je l'entendais, déclara Dane

avec un sourire radieux. Et comme boisson, que diriez-vous d'un petit rosé californien ?

Elle accepta et, peu après, ils s'installèrent dans l'alcôve qui offrait une vue imprenable sur le parc arboré.

— Cette propriété est magnifique, dit-elle après avoir pris place face à la fenêtre.

— C'est bien pourquoi Gigi tenait tant à ce que leur mariage se déroule dans son cher manoir, répondit Dane en étendant nonchalamment ses jambes devant lui.

Elle mourait d'envie d'ôter ses chaussures, mais comme il ne pouvait en être question, elle se consola avec l'un des appétissants sablés cuisinés par Margaret.

— Exquis ! s'enthousiasma-t-elle.

— Margaret tient la recette de sa grand-mère, expliqua-t-il en croquant un sablé à son tour. Et que dites-vous de mon petit rosé ?

— Il est délicieux, convint-elle en reposant son verre déjà vide, et je n'aurais jamais eu l'idée de marier des sablés et du vin.

Il s'empressa de la resservir.

— L'idée vient de mon cousin Cade et de Nati Morrison, sa fiancée, expliqua Dane.

— Nati Morrison ? Est-elle de la famille de Jonah Morrison, le futur époux de Gigi ? s'enquit-elle.

— En effet, répondit Dane. Nati tient un commerce artisanal dans une ville voisine, où ont lieu, tous les ans, des dégustations de grands crus, et c'est ainsi que j'ai commencé à apprécier le vin.

Plus elle l'écoutait, plus elle se sentait intriguée par lui.

Elle l'imaginait volontiers au bras d'une jolie femme, dans une soirée mondaine, à savourer la vie, sans se soucier de l'avenir et encore moins de fonder un foyer.

En somme, le type d'homme qui chérissait sa liberté

plus que tout, qui adorait sans doute les brèves aventures et qui, sans manquer de respect aux femmes qu'il savait si bien séduire, refusait de s'encombrer de préjugés et de préceptes moraux.

Dans une joute amoureuse, elle était convaincue qu'il laissait une chance à sa partenaire, mais une fois le combat commencé, elle le soupçonnait de se montrer impitoyable…

— Je brûle d'en savoir plus sur votre famille, fit-elle. Si j'ai bien compris, vous étiez très jeune quand vous avez perdu vos parents ?

Il soupira.

— J'avais neuf ans quand mes parents, ma tante, mon oncle et mon grand-père ont péri dans un accident d'avion. A la suite de cette catastrophe, nous, les enfants, avons été recueillis dans ce manoir par Gigi et par H. J. Camden, notre arrière-grand-père.

Elle était consciente que ces souvenirs devaient être douloureux pour lui, mais sa curiosité était plus forte.

— Je connais déjà Jani, votre cousine.

— Et vous aurez bientôt l'occasion de rencontrer mes trois cousins : Seth, Cade et Beau. En tout, nous étions dix à vivre dans ce manoir avec cette chère Gigi.

— *Dix !* s'exclama-t-elle. Et moi qui n'ai ni frère ni sœur.

— H. J., notre arrière-grand-père, veillait au grain, et nous n'aurions jamais osé lui désobéir. Au début, bien sûr, nous étions tristes d'avoir perdu nos parents, mais peu à peu, nous avons repris goût à la vie.

— Vous disposiez ici d'un parc magnifique où organiser des parties de cache-cache, remarqua-t-elle en perçant l'obscurité du regard.

— Oui, et quand il pleuvait, nous transformions le

grenier en salle de jeux. Mais n'allez pas croire que nous vivions comme des princes, car Gigi nous faisait nettoyer les chambres, les escaliers, et elle tenait à ce que nous participions à toutes les corvées.

Elle ne put s'empêcher de soupirer.

— Je vous envie, car en dépit de mon amitié avec Chrystal, mon enfance à moi a été très solitaire.

Il eut un petit rire amer.

— Si vous pouviez savoir comme j'aurais parfois voulu être à votre place ! Gigi exigeait que les plus grands s'occupent des plus jeunes, et comme Cade et moi étions parmi les aînés, nous avons pouponné nos cadets plus souvent qu'à notre tour.

En l'écoutant parler, elle avait un peu l'impression d'être auprès de lui pendant ces années de jeunesse.

Quand il parvenait à se soustraire à la vigilance sévère de sa grand-mère, elle l'imaginait tombant sous la coupe de Margaret et Louie, le couple de domestiques qui avait aussi contribué à l'élever.

Etait-ce à cette éducation très stricte qu'il devait d'être aussi naturel, sincère et charmant ? Sans doute.

— Gigi aurait pu faire appel à une nourrice, fit-elle observer.

— Dans le Montana d'où grand-mère est native, chacun apprend à se débrouiller seul. Elle nous a élevés selon ces principes.

— Peut-être a-t-elle eu raison ?

— En un sens, sûrement, car sa détermination a soudé le clan, et j'ai toujours aimé mes cousins et cousines autant que mes frères et sœurs.

— Le clan Camden…, fit-elle avec un petit sourire.

— Oui, et croyez-moi, nous nous serrons les coudes, affirma-t-il avec fierté.

Elle l'envia d'avoir connu la chaleur d'une famille nombreuse, elle qui non seulement avait grandi seule, mais qui aussi, hélas, avait perdu son père quand elle était encore jeune, après avoir assisté à d'innombrables disputes entre ses parents.

— Vous aimez visiblement votre famille, lui dit-elle, mais pourtant, vous êtes contre le mariage, contre le fait d'avoir des enfants.

Il fit la moue.

— Adolescent, j'ai été forcé de m'occuper un peu trop souvent à mon goût de sept cadets remuants. Aujourd'hui, j'apprécie ma tranquillité à sa juste valeur.

— Est-ce pour cette raison que vous êtes opposé au mariage ? s'étonna-t-elle. Mon amie de lycée Trudy Sizemore prenait soin elle aussi de ses jeunes frères, ce qui ne l'a pas empêchée de se marier et de fonder une famille. Aujourd'hui, je peux vous assurer qu'elle vit heureuse avec son époux et leurs enfants.

— Trudy devait avoir la fibre conjugale, et ça n'est pas mon cas. Encore un peu de vin ?

Sa détermination la privait de l'espoir d'une relation durable, alors même qu'il lui apparaissait, par ailleurs, comme un excellent parti et le seul homme à ce jour qui ait su faire battre son cœur.

— Non merci, dit-elle en se levant. Et puis, il se fait tard. Je crois que je vais rentrer.

— Ce n'est pas moi qui vous reprocherais de vouloir prendre un repos bien mérité après une journée aussi harassante, déclara-t-il en se levant à son tour.

Ils étaient très proches, et elle ressentit soudain le désir impérieux de se blottir dans ses bras.

— Oui, même une femme aussi énergique que moi doit reprendre des forces de temps à autre, ironisa-t-elle.

— Dans ce cas, je vais vous raccompagner jusqu'à votre voiture, dit-il avec sa courtoisie habituelle qu'elle trouvait si séduisante.

— Je ne voudrais pas vous déranger, dit-elle.

— Mais au contraire, ce serait un grand plaisir, insista-t-il.

Elle frémit quand il posa une main sur sa hanche et l'entraîna dans le dédale des couloirs du manoir.

— Voulez-vous que nous fixions tout de suite le programme de demain ? lui demanda-t-il tout en marchant.

— Je croyais que vous passiez vos dimanches en famille ? s'étonna-t-elle.

— Gigi est absente, et il n'y aura pas de réunion dominicale avant son retour.

Lui proposait-il de passer la journée du dimanche en sa compagnie ?

— J'avais prévu de visiter quelques maisons, et aussi d'aller voir ma chienne qui se trouve dans un chenil, dit-elle alors qu'ils venaient d'arriver à sa voiture.

Il posa sur elle un regard curieux.

— Auriez-vous l'intention de louer une maison ?

— Plutôt d'en acheter une, car je rêve d'avoir enfin un endroit bien à moi où il me soit permis de vivre avec Charlie, ma chienne, car là où j'habite, les animaux domestiques sont interdits.

Il lui sourit.

— Je parie que Charlie a des grands yeux.

— Gagné ! fit-elle en riant. Entre elle et moi, ça a été le coup de foudre, mais peut-être me trouvez-vous ridicule ?

— Pas du tout. J'adore les animaux, les chicns en particulier.

— Alors vous ne m'en voudrez pas de vous faire faux bond demain ?

— Bien sûr que non, répondit-il en lui prenant la main. Mais j'y pense, que diriez-vous si je vous accompagnais dans vos visites ? Je pourrais peut-être vous conseiller utilement ?

Il accentua la pression autour de ses doigts, et elle sentit son cœur battre plus vite.

— Je ne vous l'aurais jamais demandé, mais, en effet, votre présence serait la bienvenue, finit-elle par articuler, troublée.

Elle se réjouissait à l'idée de le revoir le lendemain.

— Parfait ! s'exclama-t-il avec une mine réjouie. Et ensuite, nous pourrions nous rendre ensemble au chenil, à condition bien sûr que je n'interfère pas avec vos plans.

— Je serais ravie de vous présenter Charlie, fit-elle en s'efforçant de cacher son trouble. Et si vous voulez, nous en profiterons aussi pour acheter les corbeilles de mariage.

Traditionnellement, ces corbeilles en osier décorées de fleurs séchées étaient remises aux invités qui y déposaient un chèque ou des espèces destinés aux nouveaux mariés.

— C'est entendu.

— Vous êtes sûr que ça ne vous dérange pas de vous plier à cette corvée ? insista-t-elle.

— Certain. Je passerai vous prendre chez vous demain matin, ainsi vous n'aurez pas à conduire et vous pourrez profiter du trajet pour vous détendre.

Elle jeta un coup d'œil envieux à la décapotable sport garée non loin de sa voiture.

— Si ce bolide est le vôtre, je crains qu'il soit

trop exigu pour nous accueillir avec l'énorme sac de croquettes que je destine à Charlie.

— Je prendrai mon 4x4, la rassura-t-il.

— Vous êtes l'homme le plus gentil que j'aie jamais rencontré de ma vie entière, lui dit-elle.

— Et vous la femme la plus fascinante que je connaisse.

Et avant qu'elle ait pu se dérober, il effleura ses lèvres d'un baiser tiède et parfumé qui affola ses sens.

— Contrairement à ce que vous pourriez peut-être croire, ce comportement ne m'est pas familier, fit-il d'un ton d'excuse.

— Nous ne faisions rien de mal, alors ne vous excusez pas, dit-elle.

— J'en avais terriblement envie, expliqua-t-il. Pas vous ?

— Si, mais je n'ai pas pour habitude de me prêter à ce genre d'effusions avec mes clients.

Le cœur battant la chamade, elle s'installa au volant de sa voiture.

— Quelle heure, demain matin ? demanda-t-il en se penchant à sa fenêtre.

— 10 heures ? suggéra-t-elle, encore émue par leur baiser.

— Je serai à l'heure, lui assura-t-il avec un sourire si troublant qu'elle dut s'y prendre à deux fois avant de parvenir à démarrer.

Les joues en feu, elle enclencha une vitesse, contourna la fontaine marquant l'entrée du parc, puis elle se dirigea vers la grille de la propriété Camden.

Ce baiser, cette conversation, l'atmosphère un peu irréelle de cette soirée, étaient-ils le produit de son imagination ?

Non. Elle gardait sur ses lèvres la saveur poivrée des lèvres de Dane, et dans son cœur, la chaleur de son sourire, de ses regards…

Et tandis qu'elle filait vers la nationale, elle prit conscience qu'elle désirait Dane comme jamais elle n'avait désiré aucun homme avant lui.

- 6 -

Comme tous les dimanches matin, Vonni se connecta en ligne avec sa mère.

Grâce à leur webcam, sa mère et elle pouvaient dialoguer et se voir, ce qui rendait leur séparation plus légère.

Etablie récemment en Arizona, Elizabeth Hunter filait depuis quelques mois le parfait amour avec Audie, un sémillant retraité rencontré lors d'une soirée pour célibataires.

Elle ignorait à peu près tout de lui, excepté qu'il était gentil et qu'il avait un grand fils, Dashell, né d'une précédente union.

— Salut maman ! Quoi de neuf ? demanda-t-elle alors que, sur l'écran de son ordinateur, le visage souriant de sa mère venait d'apparaître.

Elizabeth reposa sa tasse de café sur le bureau.

— Il n'a jamais fait aussi beau en Arizona ! Et toi, comment vas-tu ?

— Je travaille toujours autant, mais je ne me plains pas.

Lors de leur conversation précédente, une semaine plus tôt, Dane Camden était encore pour elle un parfait inconnu, mais depuis lors, elle avait passé beaucoup de temps en sa compagnie et la pensée de le revoir dans une heure à peine l'emplissait d'excitation.

— Je sais que ton travail te passionne, déclara sa mère, mais je ne peux m'empêcher de me tracasser à ton sujet.

— Pourquoi ?

— Tu as l'âge de te marier, ma chérie, et pourtant tu vis encore seule.

— Oh ! j'ai bien le temps de trouver un mari, affirma-t-elle sans enthousiasme.

A chacune de leurs conversations, Elizabeth ne manquait jamais de lui dire combien elle était heureuse depuis que le destin avait placé Audie sur sa route, et combien elle espérait dans un avenir proche se marier avec lui.

Dans son enthousiasme, sa mère avait pris l'habitude de lui répéter qu'elle devrait elle aussi en faire autant, ce qui avait le don de l'agacer.

— Tu as bientôt trente ans, Vonni, insista sa mère.

— Je le sais, mais qu'y puis-je si je n'ai pas encore rencontré l'homme de ma vie ? répliqua-t-elle d'un ton brusque.

Et sans laisser à sa mère le loisir de s'étendre sur ce sujet sensible, elle se lança dans le récit détaillé de sa rencontre avec Dane, puis des préparatifs du mariage de Gigi et, enfin, de la proposition qui lui avait été faite de travailler pour le clan Camden.

Quand elle eut fini de parler, sa mère hocha la tête d'un air sceptique.

— Si j'ai bien compris, tu serais chargée d'organiser les espaces « mariage » dans tous les supermarchés Camden ?

— C'est ce que Dane m'a laissé entendre, dit-elle une pointe de fierté dans la voix. Et je pourrais rédiger les clauses de mon contrat et obtenir toutes les garanties.

— Tiens ! Tu appelles ton client par son prénom ? s'étonna sa mère en fronçant les sourcils.

Elle ne put s'empêcher de rougir et se félicita que les images transmises par vidéo soient en noir et blanc.

— C'est moins cérémonieux que « M. Camden », et lui, de son côté, m'appelle « Vonni », tenta-t-elle de se justifier.

— Je vois, fit sa mère en hochant la tête. Et donc, si tu acceptais cette offre, tu quitterais Burke's Wedding ?

— C'est bien là le hic : j'aurais l'impression de trahir Chrystal et sa famille en démissionnant.

Une expression de doute apparut sur le visage séduisant de sa mère.

— Tu crois encore que les Burke te prendront un jour prochain comme associée ?

— Chrystal doit en reparler à son père, répondit-elle, sur la défensive.

Le visage de sa mère se durcit.

— Les Hunter n'ont toujours été que des employées chez les Burke, et le fait que Chrystal et toi soyez proches n'y change rien. N'oublie pas qu'à la mort de Mme Burke, Howard Burke m'a licenciée et nous a demandé de quitter leur cottage.

Elle n'ignorait pas à quel point l'attitude égoïste d'Howard Burke avait pu peiner sa mère, mais, pour sa part, elle comprenait que leur présence dans le cottage ait pu lui rappeler les liens d'amitié qui unissaient son épouse décédée et Elizabeth, et que ce rappel incessant lui était douloureux.

— En attendant, c'est moi et moi seule qui assure le succès de Burke's Wedding, souligna-t-elle avec fierté.

— Tu assures le succès de cette entreprise, ma petite

fille, mais en tant qu'employée et non comme directrice en titre, lui rappela sa mère.

— C'est vrai, convint-elle avec une moue.

— Et je doute fort que le père de Chrystal ait envie de te prendre comme associée, puisqu'il engrange actuellement de gros bénéfices sans avoir à les partager avec toi.

C'était exactement ce que lui avait dit Dane !

— Tu me conseillerais donc d'accepter l'offre des Camden sans rien attendre des Burke ? demanda-t-elle.

— Eh bien, la question demande réflexion, répondit sa mère après une légère hésitation. La génération montante des Camden semble avoir tourné la page de certaines pratiques commerciales discutables, mais je ne peux oublier qu'ils ont fait du tort à ton grand-père.

Elle était tiraillée entre l'envie de défendre la mémoire de son grand-père et celle de ne pas accuser à tort les Camden, et surtout Dane.

— Dane n'était pas encore né quand H. J. Camden a persuadé Phil de voler la fameuse formule de maquillage mise au point par grand-père, rappela-t-elle.

Sa mère fronça les sourcils.

— Sans doute, mais je soupçonne les Camden de chercher à t'attirer dans leurs filets pour profiter de toi et de ton expérience en matière de mariage.

— Selon Dane, si j'accepte leur proposition, j'aurai toute liberté pour définir les clauses de mon contrat de travail, insista-t-elle.

— A ton grand-père aussi, les Camden avaient promis monts et merveilles en échange de sa collaboration, et je ne voudrais pas qu'il t'arrive la même mésaventure, objecta sa mère.

Dépossédé de sa formule, Abe Hunter, son grand-père, avait connu un long passage à vide et avait fini ses jours dans la misère.

— J'ai la tête sur les épaules, et au cas où j'accepterais de travailler pour les Camden, Dane m'a promis que je serais très bien indemnisée en cas de rupture de contrat.

Sa mère ne put s'empêcher de tressaillir.

— Je ne pensais pas que tu étais à ce point tentée par l'offre des Camden…

— Oh ! je me donne le temps pour réfléchir, prétendit-elle, peu désireuse de s'étendre sur un sujet aussi sensible.

Perspicace, sa mère n'aurait pas manqué de la questionner sur sa relation avec Dane, raison pour laquelle elle jugeait plus prudent de rester évasive.

— Réfléchir est toujours profitable, approuva sa mère, car une fois que tu auras quitté Burke's Wedding, il n'y aura plus de retour en arrière possible.

— Je sais, mais je n'oublie pas non plus que Camden Ltd. a la capacité de dominer le marché du mariage et de concurrencer les petites entreprises telles que Burke's Wedding.

— C'est tout à fait possible. Que dirais-tu si j'en parlais à Audie ? suggéra sa mère.

C'était bien la dernière des choses qu'elle souhaitait, mais elle devait néanmoins ménager la susceptibilité de sa mère.

— Oh ! ne le dérange pas pour si peu, dit-elle, et parle-moi plutôt de lui, de vous deux…

Le visage de sa mère irradia le bonheur.

— Je n'ai jamais été aussi heureuse, ma petite fille. Qui aurait cru que le destin me permettrait de rencontrer un homme capable de me comprendre, de m'accepter telle que je suis…

— Un vrai prince charmant, alors ? dit-elle, malicieuse.

— Exactement, et j'ai l'impression qu'Audie songe sérieusement à me demander en mariage.

— Et qu'est-ce qui te donne ce sentiment ? ne put-elle s'empêcher de demander avec un pincement de jalousie.

— Oh ! différents indices, répondit sa mère en souriant.

— Mais encore ?

— L'autre jour, alors que nous étions à Phoenix, Audie s'est longuement arrêté devant la vitrine d'un bijoutier où étaient exposées de très jolies bagues de fiançailles, expliqua sa mère.

— Je vois, fit-elle, dépitée.

Aucun homme ne lui avait jamais offert de bague et encore moins proposé le mariage.

— Et puis, poursuivit sa mère, Audie a parlé de nous deux à son fils Dashell qui est justement venu nous voir. Si tu veux mon avis, j'ai l'intuition qu'il veut lui annoncer nos fiançailles avant que ce dernier reparte pour Denver…

— Et que répondras-tu à Audie s'il te demande en mariage ?

— Tout dépend de toi, ma chérie, répondit sa mère avec une vive émotion. Ta présence me manque, et parfois, je me dis que j'aurais dû rester à tes côtés…

Sa mère avait connu des jours difficiles avec son père, et, après la mort tragique de ce dernier, elle avait su l'élever de son mieux.

— Mon seul désir est de te savoir heureuse, déclara Vonni du plus profond de son cœur.

— Dans ce cas, j'accepterai de devenir la femme d'Audie s'il me demande en mariage, conclut sa mère. Au fait, t'ai-je dit que Dashell, le fils d'Audie, est avocat et gagne fort bien sa vie ?

— Non, fit-elle en redoutant d'entendre ce qui ne manquerait pas de suivre.

— Eh bien, tu le sais maintenant. Non seulement Dashell est riche, mais il est aussi beau garçon et, ce qui devrait t'intéresser, célibataire. Et il vit à Denver, pas très loin de chez toi.

— Dois-je te rappeler que j'ai cessé pour un temps de chercher le mari idéal ?

— Je n'ai pas oublié, mais à mon avis, il faut battre le fer quand il est chaud. Dashell va avoir quarante ans, et Audie espère le voir enfin rencontrer une femme capable de l'aimer et de lui donner des enfants.

Elle poussa un long soupir.

— Tu t'imagines que tous les hommes rêvent de fonder un foyer, mais tu as tort. Nombre d'entre eux enchaînent les aventures et n'ont aucune envie de se lier pour une vie entière avec la même femme. Ton Dashell ne doit pas faire exception.

— Qu'en sais-tu ? protesta sa mère.

— Voyons, maman, s'il est encore célibataire à quarante ans, c'est bien la preuve que le mariage ne l'intéresse pas.

— Ah oui ? Et toi alors, à bientôt trente ans, n'es-tu pas encore célibataire, ma fille ?

— C'est vrai, convint-elle, penaude.

— Et pourtant, tu ne jures que par le mariage.

— Je n'ai pas encore rencontré le mari idéal, se justifia-t-elle.

Sa mère sourit.

— Il en va peut-être de même pour Dashell.

— Peut-être, concéda-t-elle après une légère hésitation, mais je ne referai pas les mêmes erreurs que par le passé.

Sa mère leva les bras au ciel.

— Qui te dit que Dashell n'aurait pas envie de fonder un foyer et d'avoir des enfants ? Si j'étais toi…

— Tu n'es pas moi, maman, et je te prie de ne pas insister, la coupa-t-elle, bien décidée à tout faire pour éviter de se placer dans une position compromettante vis-à-vis d'Elizabeth et d'Audie, ou pis encore, de s'amouracher d'un homme qui ne répondrait pas à ses critères.

Si seulement Dane et elle avaient partagé les mêmes objectifs, comme elle aurait été heureuse de devenir son épouse !

— Très bien, répliqua sa mère avec une pointe d'humeur, alors parlons plutôt de tes loisirs.

— Eh bien, cet après-midi, j'ai l'intention d'aller saluer Charlie au refuge, expliqua-t-elle, soulagée de changer de conversation.

Sa mère hocha la tête avec indulgence.

— Charlie ? Cette si gentille chienne que tu as dû mettre en pension faute d'avoir l'autorisation de la garder avec toi, dans ton appartement ?

— C'est pourquoi j'ai décidé d'acheter une maison avec jardin.

— Je le sais, ma chérie, répondit sa mère, mais jusqu'à présent, tu n'as rien trouvé encore qui te convienne.

— Peut-être aurai-je plus de chance aujourd'hui ? dit-elle d'un ton optimiste.

Sa mère lui sourit.

— Ne m'avais-tu pas dit grand bien de cet agent

immobilier avec lequel tu as déjà effectué plusieurs visites ?

Jack, un grand blond sympathique travaillant pour l'une des plus grandes agences immobilières de Denver, ne l'avait en effet pas laissée insensible, mais, depuis lors, elle avait rencontré Dane, et c'était vers lui et lui seul qu'allaient désormais ses pensées.

— Oui, en effet, Jack et moi nous étions bien entendus lors de nos précédentes rencontres, admit-elle.

Ils s'étaient découvert des points communs — en particulier l'amour des animaux et celui des promenades en forêt —, et quand l'agent immobilier l'avait invitée dans un fast-food de la banlieue de Denver, leur conversation avait pris un tour plus intime.

Au moment de la quitter, Jack lui avait demandé son téléphone, et elle le lui avait donné.

Dans la semaine, il l'avait appelée plusieurs fois. Certes, elle avait eu du plaisir à lui parler, mais il lui était vite apparu qu'elle n'éprouvait aucune attirance pour lui, et les choses en étaient restées là.

— Ne crois-tu pas que ce Jack pourrait être cet homme providentiel que tu as si longtemps cherché ? s'enquit sa mère.

— Au risque de te décevoir, il ne me plaît pas, et je ne veux pas sortir avec lui et encore moins envisager de devenir…

— Elizabeth ?

Elle reconnut aussitôt l'intonation d'Audie.

Quelques secondes plus tard, un homme aux cheveux blancs et au physique avenant fit son entrée dans la pièce où se trouvait sa mère.

— Audie ! s'exclama Elizabeth en braquant un regard extatique vers le nouveau venu.

— Je te dérange ? s'enquit le nouveau compagnon de sa mère.

— Vonni et moi avions presque terminé notre conversation, déclara cette dernière, le visage radieux.

Le bonheur visible de sa mère la touchait, et elle l'envia d'avoir rencontré quelqu'un qui semble être à la hauteur de ses espérances.

Qui sait, peut-être aurait-elle elle aussi prochainement la chance de rencontrer l'âme sœur ?

— Bonjour Vonni ! lui lança Audie en regardant dans sa direction.

— Bonjour, répondit-elle d'un ton plus neutre.

Elle n'avait rien contre lui, mais tant qu'elle ne le connaîtrait pas mieux, elle préférait garder une certaine réserve vis-à-vis de lui.

— Tu ne m'en voudras pas, ma chérie, si je t'abandonne plus tôt que prévu ? lui demanda sa mère d'un ton distrait.

— Mais non, va, je comprends, répondit-elle en souriant.

Après avoir pris congé d'Elizabeth, elle éteignit son ordinateur et resta longtemps pensive devant l'écran, en faisant le vœu qu'une bonne fée mette sur sa route le prince charmant dont elle rêvait en secret depuis si longtemps.

Après s'être inspectée dans le miroir de sa salle de bains, Vonni s'adressa un petit sourire satisfait puis elle dévala l'escalier de son immeuble pour retrouver Dane.

Son appartement ne disposant d'aucun parking intérieur, elle avait dit à Dane de l'attendre un peu plus loin, dans la rue, mais à sa surprise, elle tomba nez à nez avec lui dans le hall de l'immeuble.

— Il ne fallait pas vous donner la peine de chercher une place pour vous garer, lui dit-elle, confuse.

— Je suis arrivé en avance, répondit-il en s'approchant d'elle, un grand sourire aux lèvres. Que voulez-vous, j'avais hâte de vous revoir !

— Merci, répondit-elle, touchée par cette entrée en matière.

— Et permettez-moi d'ajouter que vous êtes ravissante ! Ce jean vous va à merveille, et votre chemisier est très seyant, ajouta-t-il.

— Vous exagérez ! dit-elle, mais néanmoins ravie du compliment.

Plus tôt, dans sa salle de bains, c'était pour lui qu'elle s'était donné la peine de choisir un vernis à ongles assorti à la couleur de son chemisier et un soutien-gorge qui mettait en valeur sa poitrine…

— N'empêche que vous êtes belle à croquer ! renchérit-il en la dévorant de son regard azur.

— Vous ne manquez pas non plus d'élégance, répliqua-t-elle, les yeux comme aimantés vers son torse puissant, mais je suis désolée que vous ayez perdu du temps à chercher une place. Si j'avais su, je serais descendue plus tôt.

— Il n'y a aucun problème. Après tout, c'est ce que font la plupart des gens en ville !

— Oui, mais vous n'êtes pas la plupart des gens, vous êtes Dane Camden, souligna-t-elle, comme pour rappeler à son interlocuteur que tous deux ne jouaient pas dans la même ligue.

— Je ne suis guère différent de mes contemporains.

Plus elle le fréquentait, plus elle notait à quel point il

était au contraire très différent de la plupart des hommes qu'elle avait pu croiser ces dernières années, tant dans sa vie professionnelle que sentimentale.

Sa simplicité, son allant, l'esprit avec lequel il répondait à ses remarques, son humour aussi, lui firent une fois de plus regretter qu'il ne soit pas disposé à se marier ou à fonder un foyer, tant il faisait figure à ses yeux d'homme idéal.

— Je suis garé un peu plus haut, annonça-t-il en pointant son doigt vers un 4x4 flambant neuf de couleur turquoise.

L'esprit bourdonnant de pensées troubles, elle lui emboîta le pas.

— J'ai honte de vous imposer ces corvées, surtout un dimanche : les corbeilles à acheter, les maisons à visiter, le chenil…

— Je n'ai pas d'autres projets en vue aujourd'hui, et je suis ravi de vous accompagner, répondit-il en déverrouillant les portières de son 4x4.

En toute logique, elle aurait dû s'inquiéter du fait qu'une fois de plus, elle allait passer le plus clair de sa journée avec un homme qui non seulement était son client, mais qui en outre la troublait et suscitait en elle une envie folle de faire l'amour, alors même qu'il ne serait jamais pour elle le mari qu'elle appelait de ses vœux.

Et pourtant, comment nier que la perspective de passer ces quelques heures avec lui la remplissait d'espérance ?

— Dans ce cas, merci encore de me tenir compagnie, dit-elle avec reconnaissance.

— Merci à vous d'accepter ma présence à vos côtés, répliqua-t-elle en lui adressant un sourire charmeur.

Avez-vous déjà une idée de l'endroit où nous pourrons acheter ces fameuses corbeilles de mariage ?

— Je connais un artisan qui en vend de très jolies, près de la route de montagne, mais nous aurons un plus grand choix dans un Camden Superstores, dit-elle en surveillant sa réaction du coin de l'œil.

Dane allait-il prendre ombrage de son audace, ou bien s'en amuser ?

— Vous ne manquez pas d'à-propos ! Un Camden Superstores ? Après tout, pourquoi pas !

— Est-on jamais mieux servi que par soi-même ? renchérit-elle en souriant.

Il éclata de rire.

— Dans ce cas, cap sur notre magasin de Colorado Boulevard, dit-il en démarrant, ce qui vous donnera l'occasion de vous familiariser avec notre environnement commercial, au cas où vous accepteriez, un jour prochain, de travailler pour nous…

Prudente, elle se garda de répondre.

Quelques minutes plus tard, le directeur du Camden Superstores de Colorado Boulevard leur faisait visiter ses différents rayons, avant de les laisser enfin seuls.

— Un espace « mariage » dans nos magasins vous paraît-il être une bonne idée ? lui demanda Dane.

— Oui, à condition qu'on puisse l'isoler des autres rayons.

— Un lieu bien à part ?

— Exactement. Un espace clos et raffiné : voilages, lumières tamisées, fleurs, peut-être quelques reproductions de tableaux impressionnistes…

— Ne s'agit-il pas là à peu de chose près de la même ambiance que celle qu'on trouve à Burke's Wedding ?

— Oui, une atmosphère feutrée qui incite la clientèle à choisir parmi nos prestations ce qui se fait de plus chic.

— Je brûle de vous voir à l'œuvre chez nous, déclara-t-il d'un ton enthousiaste.

L'idée de travailler un jour pour les Camden n'était pas déplaisante, et elle fit part à Dane de certaines suggestions qu'il écouta attentivement.

— Vous voyez bien que votre place est parmi nous ! décréta-t-il en lui serrant doucement le bras.

— On peut nous voir ! s'exclama-t-elle, troublée.

— Et alors ? Nous ne faisons rien de mal, répliqua-t-il sans lâcher son bras.

En soupirant, elle se résigna à marcher avec lui comme si tous deux formaient un vrai couple, ce qui n'était pas pour lui déplaire.

— Eh bien ? insista Dane. Que pensez-vous de ma proposition de venir travailler pour nous dès que possible ?

— J'y réfléchirai.

— Vraiment ? demanda-t-il, un peu déçu par son manque d'enthousiasme.

— Je vous le promets, et maintenant, si nous allions acheter les corbeilles de mariage ?

Dane l'escorta jusqu'au rayon arts de la table, et tous deux remplirent leur Caddie de ces traditionnelles corbeilles parées de rubans et de fleurs séchées dont elle avait besoin.

Un vendeur se chargea d'emballer leurs achats et de ranger le tout dans le coffre du 4x4, puis ils reprirent la route, et Dane la conduisit devant l'agence immobilière ouverte le dimanche.

A son soulagement, Jack, le chargé de clientèle avec

lequel elle avait eu des velléités de flirt, était absent. L'un de ses confrères le remplaçait.

Les deux premières visites — une maison à trois étages flanquée d'un escalier aux marches branlantes, et un ranch plutôt délabré — se révélèrent décevantes.

Dane l'aida à évaluer rapidement le coût des travaux à prévoir, ce qu'elle ne manqua pas d'apprécier.

La troisième maison lui plut immédiatement.

Elle aimait ses portes-fenêtres donnant sur un jardin arboré, l'aspect douillet des pièces, et le terrain à l'arrière, assez grand pour plusieurs chiens.

— On pourrait brûler un tronc dans la cheminée tant elle est vaste ! fit observer Dane.

— Oui, murmura-t-elle, sous le charme du décor rustique de la vieille demeure.

Comme dans un songe, elle s'imagina nue devant les flammes de l'âtre, sur une moquette épaisse, tendant ses bras à l'élu de son cœur qui aurait eu les traits de Dane.

Comme elle aurait été heureuse de se retrouver nue devant lui, de l'aider à son tour à se déshabiller, puis de faire l'amour avec lui sans se poser d'inutiles questions…

— Cette maison me semble avoir du potentiel, fit Dane.

— Oh oui ! Je… Je pense qu'on pourrait l'aménager de façon très douillette, répondit-elle, encore troublée par ses rêveries érotiques.

— Il faudrait chiffrer avec exactitude le coût total des travaux de remise en état, insista Dane. Si vous voulez, je pourrais m'en charger ?

Quand il la regarda au fond des yeux, elle ne put s'empêcher de frissonner en découvrant dans ses prunelles une lueur tendre qui avait bien peu de rapport avec les travaux en question.

— Vous feriez ça pour moi ?

— Bien sûr ! Je serais ravi de vous aider de mon mieux.

— C'est gentil à vous, très gentil, même. Mais que me vaut tant de sollicitude ?

D'un regard discret, il s'assura que l'agent immobilier n'était pas à proximité.

— Oh ! Vonni, si vous saviez comme je pense à vous depuis que nous nous sommes rencontrés !

Surprise et troublée, elle crut que son cœur allait s'arrêter de battre.

— Moi aussi, dit-elle d'une voix rauque.

Mais alors qu'elle s'apprêtait à l'embrasser, un pas lourd ébranla l'escalier, et elle s'empressa de s'écarter de lui.

— Que pensez-vous de cette maison ? demanda l'agent immobilier, peu après, en les rejoignant.

— Elle me plaît, et je suis décidée à faire une offre d'achat, annonça-t-elle.

— Très bien, je vais me mettre en rapport avec le vendeur, répondit l'agent immobilier, ravi.

Dane la prit à part.

— Pour ce qui est des travaux, vous pourrez compter sur mon aide, lui souffla-t-il à l'oreille.

Et alors même qu'il était son client et sûrement pas encore son amant, elle se surprit à acquiescer.

Plus tard, quand ils eurent déjeuné dans un snack au bord de la route, Dane la regarda longuement dans les yeux, sa main serrée dans la sienne.

— C'est étrange, mais j'ai l'impression que vous et moi, nous nous connaissons depuis toujours, lui dit-il.

— Moi aussi, admit-elle avec un hochement de tête.

Il lui sourit.

— Et si nous nous disions « tu » ?

— N'est-ce pas un petit peu trop familier ?

— Non, puisque nous en mourons d'envie tous les deux.

— Je… Oui, pourquoi pas, dit-elle en sentant son cœur battre plus fort.

Avec un autre que Dane, elle aurait sûrement insisté pour garder ses distances, mais cet homme stimulait son audace, surtout depuis qu'elle s'était donnée virtuellement à lui, durant la visite de la maison, en imaginant leur étreinte devant la cheminée…

Après s'être restaurés, ils se rendirent dans une animalerie et y firent l'acquisition d'un sac géant de croquettes.

Alors que l'employé peinait à poser le sac sur le comptoir, Dane s'en empara avec facilité et le posa sur son épaule, ce qui ne manqua pas d'impressionner Vonni.

Seule, elle n'y serait jamais arrivée, et elle aurait dû solliciter l'aide de l'employé qui n'avait rien d'un athlète.

Dane démarra peu après.

— Que se passe-t-il, Vonni ? Tu parais soucieuse…, lui demanda-t-il au bout de quelques minutes.

— Juste un peu de fatigue, mentit-elle.

Elle était encore troublée par la force physique dont il avait fait preuve au magasin, et elle n'arrivait pas à détacher les yeux des muscles qui saillaient sous sa chemise.

Quel homme !

Elle ne se lassait pas de sa compagnie, et la pensée que, bientôt, tous deux devraient se quitter, l'emplissait de mélancolie.

— Si quelque chose n'allait pas, tu me le dirais ? insista-t-il.

— Oui, fit-elle sans conviction.

Jamais la vie ne lui avait paru plus compliquée : Dane et elle s'entendaient à merveille, mais elle savait bien qu'elle ne devait rien attendre de lui. Le dilemme n'en était que plus douloureux.

Devait-elle lui céder et vivre avec lui un bonheur éphémère ou bien renoncer à tout espoir de relation sentimentale entre eux pendant qu'il en était encore temps ?

— Nous approchons, dit-elle enfin alors que le silence menaçait de devenir embarrassant.

De loin, le refuge avait un peu l'allure d'un cottage à l'ancienne.

— L'endroit est bien plus gai que je l'aurais cru, dit-il.

— Ce refuge accueille en priorité les animaux qui ont des problèmes de santé, une infirmité, un handicap, lui expliqua-t-elle. Ma Charlie, par exemple, a perdu un œil en se battant avec un chat.

Dane lui lança un regard empli de compassion.

— La malheureuse ! Je comprends que tu sois tant attachée à elle.

— Charlie voit très bien de son œil valide, ajouta-t-elle. C'est une adorable femelle schnauzer de trois ans, et dès que je l'ai vue, j'ai eu le coup de foudre pour elle.

Après s'être garé devant le refuge, il coupa le contact et la prit dans ses bras.

— Je t'envie d'avoir un chien, dit-il en lui caressant la joue.

— Qu'est-ce qui t'empêche d'en avoir un ? demanda-t-elle en se serrant contre lui.

— Mon travail et mes obligations professionnelles,

et sans doute aussi le fait que je me suis habitué à vivre seul.

Sa remarque trahissait aussi son absence de désir pour une vie de couple. Néanmoins, la déception de Vonni fut de courte durée.

— Tu sais que, depuis que je te connais, j'ai changé d'avis sur bien des points ? lui dit-il avec un regard taquin.

— Est-ce à dire que tu pourrais envisager d'avoir un chien aujourd'hui ?

S'il était capable d'une telle décision, peut-être était-ce le signe qu'il pourrait changer un jour d'avis sur d'autres sujets, et peut-être même sur son refus de se marier ?

— Pourquoi pas ! répondit-il en descendant du 4x4.

Il alla chercher le sac de croquettes dans le coffre du véhicule.

Elle le vit jeter sans effort le sac sur son épaule, puis ils se dirigèrent vers le cottage d'où filtrait un concert d'aboiements.

Un grand homme roux les attendait à l'accueil.

— Depuis que Charlie vous a entendus arriver, elle n'arrête pas de donner de la voix, fit-il en regardant alternativement Vonni et Dane.

— Je m'en suis rendu compte, répondit-elle en souriant. Au fait, Mac, je vous présente Dane, un ami. Dane, voici Mac, le responsable du refuge.

— Enchanté ! déclara Dane en déposant le sac de croquettes devant le comptoir.

Un petit chien sans race définie mais à la mimique irrésistible vint faire le beau devant eux.

— Voici Ralph, un sacré numéro ! commenta Mac en flattant l'échine du chien. Il errait dans les rues, et des gens compatissants me l'ont apporté.

— Quel petit diable sympathique ! s'exclama Dane. Il me fait penser à un Jack Russell.

— A mon avis, il s'agit plutôt d'un mélange de terrier et de corgi, rectifia Mac.

Dane le prit dans ses bras puissants et lui caressa la tête.

— Il vous a adopté, observa Mac.

— Je vous verrais bien ensemble, Ralph et toi, renchérit-elle avec espoir.

Sans cesser de caresser l'animal, il lui adressa un regard désolé.

— Si je devais prendre un chien, j'opterais sûrement pour Ralph, mais j'ai tant d'obligations professionnelles que je ne peux y songer pour le moment.

Ni femme, ni enfants, ni chien ? Sur certains points essentiels, il était encore bien loin de ses attentes…

— Et si nous allions rendre visite à Charlie ? suggéra-t-elle en s'efforçant de ne pas manifester son dépit.

Ralph toujours dans ses bras, Dane lui emboîta le pas, et bientôt, elle eut la satisfaction de retrouver Charlie.

— Emmenons les chiens sur la pelouse, suggéra Dane.

Elle accepta, et peu après, Charlie et Ralph se lancèrent dans une série de poursuites sur le gazon fraîchement tondu, tandis que Dane et elle s'allongeaient côte à côte pour les regarder jouer.

— Ils s'entendent à merveille, dit-elle, surprise de constater à quel point Charlie semblait avoir adopté Ralph, et *vice versa*.

— On les jurerait faits l'un pour l'autre, renchérit Dane en lançant une balle aux deux chiens.

Et elle, était-elle faite pour Dane ?

Non, bien sûr, pas plus qu'il n'était le type d'homme

capable de la rendre heureuse, puisqu'il ne voulait pas du mariage.

Sans qu'elle ait eu à le lui suggérer, Dane se leva pour aller donner à manger aux deux animaux. Il prit même soin de remplir leurs écuelles d'eau fraîche.

Depuis combien de temps n'avait-elle plus connu la satisfaction de passer un dimanche entier en compagnie d'un homme ? Sept mois ? Huit mois ? Quelle importance, du reste, puisqu'elle ne gardait de sa dernière relation qu'un souvenir confus et même assez amer.

L'homme qu'elle avait cru aimer alors ne s'intéressait en fait qu'à son corps et se moquait bien de ses états d'âme, encore plus de ses sentiments.

Elle n'aurait sans doute pas dû lui céder si vite, mais elle n'avait pu résister à son charme.

Un soir, alors qu'ils avaient rendez-vous au restaurant, il lui avait posé un lapin, et quand elle lui avait téléphoné pour lui demander des explications, il lui avait raccroché au nez…

— Tu es bien pensive, remarqua Dane.

— Oui, en effet, répondit-elle en hésitant à lui dire ce qu'elle avait sur le cœur.

— Ta mère te manque ?

— Oui, un peu, mais je réfléchissais surtout à ma vie, à cette solitude qui me pèse de plus en plus…

Il la regarda avec tendresse et lui caressa la joue.

— Ne sommes-nous pas ensemble, aujourd'hui ?

— Si, convint-elle en se serrant contre lui.

Et quand il se pencha sur elle et prit sa bouche, elle lui rendit son baiser avec ferveur.

Après avoir longuement couru et s'être pourchassés pour rire, Charlie et Ralph se couchèrent dans l'herbe, à leur côté.

— Je me sens si bien, murmura-t-elle.

Il la regarda longuement.

— Moi aussi, et je voudrais que cette journée ne finisse jamais.

Elle le regarda au fond des yeux et ce qu'elle y lut la convainquit que, même s'il refusait le mariage, il n'était sûrement pas l'un de ces séducteurs qui font le malheur des femmes sentimentales.

— Regarde qui vient ! dit Dane en relevant la tête.

Elle reconnut la silhouette filiforme de Mac.

— Je ne voudrais pas vous chasser, déclara ce dernier en approchant, mais le refuge va bientôt fermer ses portes.

D'un coup d'œil à sa montre, elle constata qu'il disait vrai.

— Désolée, Mac, je n'ai pas vu le temps passer.

— Les chiens sont si attachants qu'on en oublie de regarder l'heure, renchérit Mac avec un regard complice.

Elle se leva.

— A bientôt, ma Charlie ! dit-elle d'une voix émue.

— A une prochaine, mon vieux Ralph, déclara Dane en caressant le petit chien.

Touchée par la sollicitude qu'il manifestait envers l'animal, elle songea qu'un jour peut-être, outre l'envie d'adopter un chien, Dane déciderait aussi de se marier…

Sur la route du retour, il se tourna vers elle.

— Charlie est une chienne adorable.

— Et Ralph n'est pas mal non plus, répondit-elle.

Elle ne pouvait s'empêcher d'établir un parallèle entre son existence solitaire et le sort des animaux du refuge.

Rencontrerait-elle un jour l'homme providentiel, le prince charmant qui lui redonnerait le goût du bonheur ?

— J'aimerais tant que Charlie vive avec moi, dit-elle alors qu'ils approchaient des faubourgs de Denver.

— Peut-être pourrions-nous l'introduire clandestinement dans ton appartement ? suggéra Dane.

— Figure-toi que j'ai essayé, mais Mme Dunwilly, ma voisine, m'a dénoncée au syndic, et j'ai dû reconduire Charlie au refuge.

Dane fronça les sourcils.

— Cette Mme Dunwilly n'a quand même pas eu le toupet de s'introduire chez toi ?

— Bien sûr que non, mais Charlie aboie, et c'est ce qui a alerté ma voisine.

— Et si je prenais Charlie chez moi ? Oh ! je n'ai qu'un tout petit jardin, mais peut-être s'en contenterait-elle ?

— Je te remercie, mais Charlie s'est habituée à vivre dans ce refuge, alors je préfère l'y laisser le temps pour moi d'acheter la maison dont je rêve.

La proposition de Dane était séduisante, mais elle était assez lucide pour en mesurer le danger. Lui confier Charlie signifierait accroître leur complicité et renforcer les liens, qui, de jour en jour, les attachaient toujours plus l'un à l'autre.

Dane possédait le charme, la séduction et le naturel qu'elle recherchait tant chez un homme, mais hélas, elle devait aussi convenir qu'il n'avait rien du mari idéal qu'elle recherchait en vain depuis des années déjà.

Plus que jamais, elle devait cantonner sa relation avec Dane Camden au domaine professionnel, et même s'il lui apparaissait comme un compagnon formidable, se fixer une fois pour toutes des limites à ne pas franchir.

***

Une fois qu'il l'eut déposée devant chez elle, elle se sentit triste à l'idée de le quitter.

— J'ai passé une excellente journée avec toi, lui dit-elle en le fixant au fond des yeux.

Ne serait-ce que pour l'avoir accompagnée au refuge, Dane faisait désormais partie de son existence, et elle le considérait comme un ami à défaut d'être ce prince charmant qu'elle appelait de ses vœux depuis si longtemps.

— Moi aussi, j'ai passé une excellente journée avec toi, répondit-il avec un regard langoureux, mais pourquoi se quitter aussi vite ? Si tu n'as rien de prévu, je t'invite au restaurant.

Le désir de rester encore avec lui balaya ses réticences.

— Qu'est-ce que tu proposes ?

— La Loma, un restaurant mexicain réputé qui a ouvert ses portes près d'ici, répondit-il, ravi qu'elle ne lui ait pas opposé une fin de non-recevoir.

Elle avait entendu parler de cet établissement, mais l'idée de s'y rendre seule ne l'avait jamais effleurée.

— D'accord.

Ils s'y rendirent à pied, et quand, dans la rue, il lui prit le bras, elle le laissa faire.

— Tu vois comme tout pourrait être simple, murmura-t-il à son oreille.

— Qui a dit que les choses étaient compliquées ? objecta-t-elle avec un petit sourire.

— Je te parle sérieusement, insista-t-il en s'arrêtant sur le trottoir pour la prendre dans ses bras.

Elle le repoussa avec douceur.

— A quoi bon tirer des plans sur la comète ? Toi et moi, nous sommes incompatibles comme l'eau et le feu.

— Tu exagères !

— Non, car si je ne nie pas l'attirance qui existe entre nous, je ne perds pas de vue que tu veux une aventure et non une relation durable. Et pour moi, le bonheur s'inscrit forcément dans la durée.

Ils repartirent en silence, et pour qu'il sente qu'elle aimait être avec lui et qu'elle l'appréciait à sa valeur en dépit de ce qui pouvait les opposer, elle prit sa main dans la sienne.

— A l'avenir, choisissons mieux nos sujets de discussion, suggéra-t-elle, bien décidée à ne pas gâcher sa soirée avec lui.

— D'accord, convint-il en lui souriant à son tour alors qu'ils arrivaient devant le restaurant à l'enseigne rouge et or.

Une fois installés à une table d'angle, ils commandèrent des enchiladas et du chili, la spécialité de la maison.

Plus tard, tout en dégustant les plats épicés qui leur avaient été servis par un garçon en gilet de satin noir, ils parlèrent de sa future maison.

— Tu as eu raison de faire cette offre à l'agent immobilier, et pour ce qui concerne les travaux, je suis prêt à t'aider, insista-t-il.

— A l'heure actuelle, rien ne garantit que le propriétaire acceptera mon offre, objecta-t-elle en buvant une gorgée de bière.

Pourtant, la pensée de posséder un jour une maison bien à elle, de pouvoir y vivre avec Charlie et, pourquoi pas, y recevoir Dane, la séduisait énormément.

Après avoir commandé une seconde bière, elle se laissa envahir par une douce euphorie. En dépit de ce qui les séparait, elle se sentait si bien avec lui.

— N'allons pas trop vite en besogne…

Il la regarda en plissant les yeux.

— Tu parles de la maison ou bien de nous ?

— Des deux, répondit-elle sans ciller.

Puisqu'elle en mourait d'envie, pourquoi, après tout, ne s'octroierait-elle pas le droit d'avoir une aventure avec Dane ?

Pourquoi persister à brider ses désirs les plus intimes ? Légèrement grisée par la bière, elle en venait à se demander si elle ne s'enferrait pas dans l'erreur depuis trop longtemps déjà.

— A quoi penses-tu ? demanda-t-il en lui prenant la main.

— Au fait qu'il nous reste peu de temps pour dénicher un orchestre digne de jouer au mariage de Gigi sans lasser les invités.

Il lui avait en effet expliqué à quel point Gigi tenait à une ambiance musicale de qualité.

— Que proposes-tu ? demanda-t-il.

— J'ai l'habitude de travailler avec trois ou quatre orchestres professionnels, et l'un d'entre eux joue précisément demain soir dans un établissement de Larimer Square, à Denver, répondit-elle, en sentant naître en elle une légère excitation.

— Continue, fit Dane en la regardant dans les yeux.

Elle s'éclaircit la gorge.

— Que dirais-tu d'aller entendre cet orchestre demain soir avec moi ? Nous pourrions dîner d'abord dans un restaurant à proximité ?

Elle avait conscience de se jeter à l'eau, mais quel délice de flirter avec lui !

— Tu ne peux savoir à quel point j'ai envie de danser joue contre joue avec une fille aussi ravissante que toi, sous un éclairage tamisé, dit-il en lui caressant le bras.

— Il ne s'agit pas de danser, mais d'écouter un orchestre ! répondit-elle en battant des cils.

— L'un n'empêche pas l'autre.

Ils se regardèrent longuement.

— Je me sens si bien avec toi, déclara-t-il. Tu me plais, et de toutes les façons possibles…

— Moi aussi, je me sens bien avec toi. Mieux que je l'ai jamais été avec un homme.

— C'est vrai ? demanda-t-il, troublé.

— Oui, mais il est tard, et demain, une longue journée nous attend, dit-elle, une pointe de regret dans la voix.

Il appela la serveuse, mais, quand il voulut régler l'addition, elle le devança.

— C'est moi qui t'invite, dit-elle.

— Et en quel honneur ?

— Je pourrais dire que c'est pour te remercier de l'aide que tu m'as apportée aujourd'hui, mais la vérité, c'est que j'en ai envie, voilà tout.

Elle avait à cœur d'affirmer son indépendance, et il n'était pas question pour autant qu'elle lui laisse prendre toutes les initiatives.

Quand ils furent dehors, il insista pour la raccompagner jusqu'à son appartement.

Une fois devant sa porte, elle ne résista pas à l'envie de caresser la joue de Dane.

— Merci pour tout, murmura-t-elle.

— Merci à toi, fit-il en lui souriant. Oh ! à propos, où as-tu appris à chanter si bien ?

Tout à l'heure, sur le chemin du retour, Dane et elle en étaient venus à évoquer leurs enfances respectives, et elle lui avait fredonné certains des airs romantiques qui lui étaient chers.

D'abord surpris, il l'avait complimentée sur la justesse de sa voix, et elle avait alors chanté pour lui.

— Mon grand-père adorait le piano et le chant, expliqua-t-elle, et c'est lui qui m'a donné le goût de ces mélodies un peu surannées.

— Un jour, j'aimerais que tu les chantes encore pour moi, juste pour moi, murmura-t-il à son oreille.

Il la prit dans ses bras, et elle n'eut pas la force de le repousser.

— Oh ! Dane, j'aimerais bien te dire d'entrer chez moi, mais il faut être raisonnable, fit-elle d'une toute petite voix.

— Te ferais-je donc peur ?

— C'est de moi que j'ai peur, pas de toi, confessa-t-elle en se mordant la lèvre. Au fait, sais-tu que mon amie Chrystal m'envie de te connaître ?

— Ce genre de petite fille gâtée ne m'intéresse pas du tout, dit-il avec une moue.

— Tu ne la connais même pas.

— Et de ce que tu m'as dit d'elle, je n'ai aucune envie de la rencontrer.

— Pourquoi ? Une jeune fille naïve et pure te paraîtrait plus excitante ? le taquina-t-elle.

Il lui lança un regard perçant.

— Il me semble que la femme de mes rêves pourrait fort bien être toi.

— Flatteur !

— Je suis sincère. Je me sens vraiment moi-même avec toi.

Mieux aurait valu qu'elle ne corresponde pas à son type de femme, car aussi attachant et séduisant soit-il, il ne la rendrait jamais heureuse.

Néanmoins, elle le laissa l'embrasser, et tandis que

leurs lèvres se pressaient l'une contre l'autre, elle frissonna de désir.

Il s'écarta d'elle à regret.

— Puisque tu l'exiges de moi, je vais rentrer, dit-il.

— Et moi, je vais aller me coucher, s'entendit-elle répondre d'une voix où perçait une pointe de regret.

Il n'aurait tenu qu'à elle d'inviter Dane à partager son lit, mais la crainte de tomber follement amoureuse de cet homme qui refusait le mariage l'en dissuada.

— Dans ce cas, à demain, dit-il.

— Oui, à demain, répondit-elle en lui adressant un dernier signe de la main.

Elle écouta décroître le bruit de ses pas dans l'escalier, puis quand le silence fut revenu, elle s'adressa les plus amers reproches pour avoir peut-être manqué d'à-propos.

Il aurait été ravi de lui tenir compagnie, et sans doute auraient-ils passé une nuit inoubliable.

— J'ai tellement envie de toi…, murmura-t-elle tout bas, encore enveloppée des effluves de son parfum masculin.

- 7 -

Le lendemain, tout en s'affairant dans son bureau, Vonni ne cessa de penser à Dane et à son prochain rendez-vous avec lui.

Même s'il était le dernier homme capable de la rendre heureuse, elle ne pouvait nier qu'il lui plaisait, et, à défaut d'être un mari, elle se disait de plus en plus souvent qu'il ferait un excellent amant.

A 18 heures, une fois les autres employées parties, elle s'empressa de se refaire une beauté avant d'aller rejoindre Dane qui l'attendait déjà devant le siège social de Camden Ldt.

— Bonsoir, fit-elle d'un ton joyeux en s'approchant de lui.

— Bonsoir, répondit-il avec un grand sourire.

Puis, il se pencha et lui murmura à l'oreille :

— J'ai beaucoup pensé à nous depuis cette sortie d'hier…

— Moi aussi, répondit-elle sur le même ton, mais n'oublie pas que si nous nous voyons ce soir, c'est avant tout pour travailler.

— Je sais, fit-il d'un ton résigné en hochant la tête.

Elle était ravie de l'occasion de le revoir, mais elle ne perdait pas de vue qu'ils avaient fort à faire : il leur restait à choisir l'orchestre qui jouerait lors du mariage de Gigi et à décider aussi quels cocktails et alcools seraient servis ce jour-là.

— Eh bien, allons-y ! déclara-t-il en la guidant vers le parking où était garée sa décapotable.

Cheveux au vent, elle savoura le plaisir de se retrouver auprès de lui, autant que l'illusion qu'ils formaient un vrai couple.

Le Larimer Square Lounge où se produisait l'orchestre qu'elle jugeait le meilleur de Denver se trouvait face à l'établissement où officiait l'un de ses amis barmen, une heureuse coïncidence qui leur permettrait de gagner un temps précieux, et que Dane avait saluée d'un compliment appréciateur.

— Allons d'abord tester les cocktails, suggéra-t-elle, et ensuite nous irons écouter l'orchestre.

— Très bien, approuva-t-il, mais nous n'allons pas boire de l'alcool l'estomac vide ?

— Bien sûr que non, le rassura-t-elle.

Le maître d'hôtel les installa à une table d'angle, dans une alcôve feutrée aux murs décorés de photographies de stars hollywoodiennes.

L'éclairage était tamisé, et ils dînèrent agréablement en échangeant quelques confidences sur leurs jeunesses respectives.

Par comparaison avec celle de Dane, la sienne n'avait rien de très excitant.

— Quand je pense que tu as osé te lancer en parachute du haut de cette falaise, dans les Rocheuses ! s'exclama-t-elle, admirative.

— J'étais jeune, et je voulais tester mon courage. Aujourd'hui, je ne risquerais plus ma vie ainsi, expliqua-t-il.

Elle lui lança un regard perçant.

— Autrefois, tu n'hésitais pas à sauter d'une falaise, mais aujourd'hui, tu ne prends plus de risques, y compris en amour…

— Qu'en sais-tu ? demanda-t-il en lui caressant la main. Qui te dit qu'en ce moment précis, je ne suis pas en train de tomber amoureux d'une femme exceptionnelle ?

Elle plongea son regard dans ses yeux bleus.

— Et cette femme à laquelle je pense, qu'aurait-elle donc de si exceptionnel à t'offrir ? demanda-t-elle avec une feinte innocence.

— Tu ne le devines pas ? demanda-t-il en lui souriant.

Elle s'efforça de ne rien laisser paraître de son trouble.

— Je crois qu'il est temps d'aller tester les cocktails de mon ami barman, dit-elle en se levant.

— D'accord !

Tout en se dirigeant vers le bar, elle se repassa dans sa tête les propos de Dane.

Se pouvait-il qu'il soit amoureux d'elle ?

L'hypothèse était séduisante, mais comment oublier qu'il était farouchement opposé au mariage ?

— Steve ? appela-t-elle une fois que Dane et elle se furent juchés sur deux tabourets voisins.

L'homme à veste blanche et nœud papillon qui officiait dignement derrière le bar s'approcha d'eux avec un sourire.

— Steve, je te présente Dane Camden, mon ami et client, dit-elle. Nous désirons tester une large gamme de cocktails en prévision d'un prochain mariage que je dois organiser.

— Tout le plaisir sera pour moi, déclara le barman en saluant Dane.

Et il entreprit de confectionner avec dextérité de savants mélanges qu'ils goûtèrent avec délectation.

— Comment as-tu connu Steve ? lui demanda Dane en profitant d'une absence du barman.

— Oh ! c'est une longue histoire…

— J'aime les histoires, surtout quand c'est toi qui les racontes, insista-t-il.

— Eh bien, commença-t-elle après s'être assurée que Steve ne pouvait pas l'entendre, figure-toi qu'un soir de cafard, il y a de ça quelques années, j'étais venue dîner ici.

— Seule ?

Elle soupira.

— Non, avec un homme qui m'avait fait la cour et à qui j'avais fini par céder. Et même, ajouta-t-elle, envers qui j'éprouvais certains sentiments.

— Je vois, fit Dane en lui souriant. Et je parie que vous vous êtes disputés ?

Elle ouvrit de grands yeux.

— Oui, comment as-tu deviné ?

— Une intuition. Il ne voulait pas se marier, alors que c'était ce dont tu rêvais.

Elle ne put s'empêcher de sourire.

— Eh bien, ton intuition est juste. Je campais sur mes positions, lui sur les siennes, et entre nous, le ton est monté très vite.

— Je vois la scène comme si j'y étais. Au beau milieu de la dispute, ton amoureux est parti…

En dépit du temps qui s'était écoulé depuis lors, la blessure occasionnée par cette mésaventure n'était pas tout à fait cicatrisée.

— Oui, confirma-t-elle, en proie à une vive émotion, et je me suis retrouvée seule et malheureuse.

— Et tu as eu l'idée de boire un cocktail au bar, puis un autre..., termina-t-il.

Elle ne l'aurait avoué à personne d'autre, pas même à sa mère, tandis qu'avec Dane, tout devenait si simple !

— J'en ai même bu cinq ou six, au point de ne plus savoir où j'étais ni ce que je disais. Steve a eu la gentillesse de s'occuper de moi. Il m'a recueillie chez lui, a soigné ma gueule de bois et m'a mis du baume au cœur.

— Seulement du baume ? interrogea Dane.

— Oui, en tout bien tout honneur, précisa-t-elle. Je n'ai jamais oublié son dévouement, et par la suite, chaque fois que j'ai eu l'occasion de faire appel à ses lumières, je l'ai fait.

— Je comprends.

Steve étant revenu avec de nouveaux cocktails, ils poursuivirent leur dégustation.

— Ne crois-tu pas qu'il serait temps d'aller écouter l'orchestre ? lui demanda-t-il après qu'ils eurent sélectionné dix cocktails pour le mariage de Gigi.

— Tu as raison, répondit-elle alors qu'une douce euphorie l'envahissait déjà.

Ils prirent congé de Steve qui avait accepté de faire le barman chez Gigi, le jour du mariage, et ce fut d'un pas léger qu'elle sortit du restaurant.

— Je crois que j'ai un peu trop bu ! s'exclama-t-elle en s'appuyant sur le bras de Dane.

Lorsqu'ils traversèrent la rue, il posa sa main au creux de ses reins. Le contact de sa paume sur son corps déclencha en elle un frisson de plaisir.

— J'aime quand tu me tiens ainsi, murmura-t-elle à Dane.

— Et moi donc !

Quand ils se furent rendus devant le Larimer Square Lounge, il l'aida à descendre l'escalier qui conduisait à la salle principale.

— Merci ! lui dit-elle en entrant dans la salle en sous-sol où, sous des lumières tamisées, trois couples tendrement enlacés dansaient au rythme d'un petit orchestre swing.

Plus détendue qu'elle ne l'avait jamais été, elle s'assit avec Dane sur une banquette et, quand tous deux eurent commandé à l'hôtesse un thé glacé, elle prêta l'oreille à la série de slows qui venait de débuter.

— Le chanteur est talentueux, reconnut Dane quand l'hôtesse fut de retour avec leurs consommations, et je suis sûr que cet orchestre plairait à ma grand-mère.

— Et si tu l'appelais tout de suite pour lui faire entendre le prochain morceau ?

— Bonne idée.

Il sortit son portable et composa le numéro de sa grand-mère. Après l'avoir saluée, il orienta le portable en direction des musiciens.

— Qu'en penses-tu, grand-mère ? demanda-t-il peu après. Tu aimes ? Ah, tant mieux ! Jonah veut donner son avis ? Très bien.

L'orchestre jouait à présent *Body and Soul*, un standard de jazz qui lui tirait des frissons.

— Jonah aime aussi, alors tant mieux ! Dans ce cas, Vonni et moi réserverons l'orchestre et le chanteur pour votre mariage, entendit-elle Dane déclarer à sa grand-mère.

Une fois qu'il eut rangé son portable, il se tourna vers elle et lui sourit.

— Nos tourtereaux sont ravis et t'adressent leurs remerciements, annonça-t-il avec un regard complice.

Elle se sentit flattée.

— Mon travail consiste à anticiper les désirs de ma clientèle, dit-elle, et puisque Gigi est satisfaite, il me semble inutile d'aller écouter d'autres orchestres.

— Pourtant, j'aurais bien voulu prolonger cette soirée avec toi, dit-il.

Elle aussi en avait envie, mais elle songea qu'elle ferait mieux de ne pas s'attacher à un homme qui ne la rendrait jamais vraiment heureuse.

— Demain, une journée très chargée m'attend, lui rappela-t-elle.

L'orchestre venait d'entamer *Tennessee Waltz*, un morceau que son grand-père aimait beaucoup et lui jouait souvent sur son harmonica.

Alors qu'elle se sentait gagnée par une bouffée de nostalgie, un homme aux cheveux poivre et sel s'approcha de leur table et, après lui avoir lancé un regard admiratif, se tourna vers Dane.

— Une cavalière aussi jolie que la vôtre mériterait au moins une danse, lui dit-il.

Elle voulut protester, mais Dane, plus prompt, la devança.

— C'était précisément ce que ma fiancée et moi avions l'intention de faire, répliqua-t-il.

Sa fiancée !

Par crainte d'être sollicitée par l'homme aux cheveux poivre et sel, elle se leva et suivit Dane sur la piste de danse.

— Tu ne manques pas d'audace, protesta-t-elle tout bas. Oser prétendre que nous sommes fiancés !

— Mais nous pourrions très bien l'être, rétorqua-t-il avec un sourire qui ne manqua pas de la troubler.

Se pouvait-il que le puissant Dane Camden voit en

elle une fiancée potentielle, alors qu'il était un ardent défenseur du célibat ?

Dans ses bras virils, bercée par les accents langoureux de l'orchestre, elle se laissa peu à peu gagner par le plaisir de danser avec lui.

Ah, sentir ses lèvres sur les siennes, quêter ses caresses, imaginer qu'il la déshabillait lentement avant de lui faire l'amour, comme elle en rêvait !

— Je me sens si bien avec toi, murmura-t-il à son oreille.

Pourquoi rechignait-elle tant à admettre que Dane lui apportait précisément tout ce qu'elle avait toujours attendu de la part d'un homme ?

Pourquoi l'idée de lui appartenir qui la taraudait depuis le premier jour de leur rencontre l'effrayait-elle à ce point-là ?

— Moi aussi, mais tu me sers un peu trop fort, et j'étouffe, se défendit-elle avec une certaine mauvaise foi.

Il se le tint pour dit et relâcha son étreinte.

Plus tard, quand ils eurent regagné leur table, il eut le tact d'aiguiller la conversation sur des sujets anodins, ce dont elle lui sut gré, tant son esprit était envahi de pensées troublantes.

Quand, d'un commun accord, ils décidèrent de rentrer, il se montra particulièrement prévenant.

— Tu sais que je ferais tout ce qui est en mon pouvoir pour te voir heureuse, lui dit-il en ponctuant ses propos d'un regard tendre.

Elle aurait pu saisir l'occasion de lui dire à quel point il comptait déjà pour elle, mais l'air frais du soir lui avait rendu prudence et lucidité.

— Je n'en doute pas, et je te remercie, fit-elle avec un détachement étudié.

Quand il prit sa main, elle ne vit aucune raison de la lui refuser, et d'un même pas, ils gagnèrent l'endroit où était garé son coupé sport.

— Et si nous allions nous promener en voiture en dehors de la ville ? proposa-t-il.

Sa première pensée fut qu'il n'avait pas renoncé à flirter avec elle, mais peut-être voulait-il simplement l'entretenir du mariage de Gigi ou de l'éventualité d'une collaboration avec les Camden ?

— Je ne sais pas si c'est une bonne idée, dit-elle.

— Il serait dommage de ne pas profiter de ce ciel étoilé, insista-t-il.

Levée aux aurores, elle avait eu une journée chargée, et dans quelques jours à peine, il lui faudrait encore superviser le mariage de Gigi Camden, ce qui aurait dû la persuader de refuser la proposition de Dane et de rentrer illico se coucher.

Pourtant, la perspective d'une balade nocturne était des plus tentantes, et elle avait assez confiance en lui pour ne pas craindre qu'il cherche à tirer avantage de la situation.

— Très bien, allons-y, finit-elle par dire.

Laissant derrière eux Larimer Square, il roula en direction des faubourgs de Denver, avant de s'engager sur la voie express ouest.

Après avoir traversé une zone pavillonnaire cossue, il se gara sur un parking d'où on dominait Denver et la chaîne des montagnes Rocheuses.

Sous l'éclairage de la lune et le scintillement des étoiles, elle songea que jamais cette région ne lui était apparue aussi belle et romantique. Son cœur se mit à battre plus vite.

Dane se tourna vers elle.

— Tout à l'heure, au téléphone, Gigi m'a demandé de t'inviter à dîner vendredi soir au manoir. Toute la famille sera réunie, et ainsi, tu aurais l'occasion de faire leur connaissance.

Et elle qui s'était imaginé que Dane profiterait de cette balade pour lui parler d'amour !

— Il faut que je réfléchisse, répondit-elle.

— Voyons, tu ne risques rien en acceptant, insista-t-il en lui caressant le bras.

— Je suis très touchée, mais je ne peux accepter, se décida-t-elle.

— Pourquoi ?

— Il s'agit d'un dîner familial, et en tant qu'organisatrice du mariage de Gigi, je n'y aurais pas ma place.

Sans compter que si jamais Howard Burke apprenait qu'elle avait noué des liens privilégiés avec Dane Camden, elle n'aurait plus qu'à prendre la porte.

— Je t'assure bien que non.

En accompagnant Dane chez Gigi, elle savait pertinemment qu'elle ne ferait que compliquer leur relation déjà sans issue.

Et puis, outre le fait que Dane Camden n'était pas l'homme qu'il lui fallait, elle n'oubliait pas que H. J. Camden avait contribué à faire le malheur de son grand-père.

— Je suis sûre que tu trouveras sans difficulté une autre femme pour te tenir compagnie, déclara-t-elle.

Et qui sera plus riche, plus belle et plus élégante que moi, ajouta-t-elle *in petto.*

— C'est avec toi que je veux être, pas avec une autrc, insista-t-il, têtu.

Elle lui jeta un regard sceptique.

— D'après ce qu'on dit de toi, tu es la providence des femmes seules.

Serrant son poignet dans ses doigts puissants, il la força à la regarder dans les yeux.

— D'où tiens-tu tes informations ?

— Des demoiselles d'honneur que j'ai côtoyées, et parfois même, aussi des futures mariées, déclara-t-elle avec force.

Un sourire se dessina sur son visage.

— Et quand bien même, en quoi serais-je coupable ?

— Mais en rien, répondit-elle en souriant à son tour. Alors, est-il vrai que tu peux te montrer très direct avec les femmes ?

— Je ne crois pas que le terme soit bien choisi, mais enfin, si tu y tiens, alors oui, je vais toujours au bout de mes désirs.

Ce qui était loin d'être son cas à elle…

— Des désirs qui te conduisent à vivre de brèves aventures avec celles que tu as séduites ? insista-t-elle.

— Mes aventures n'ont fait de tort à personne, se défendit-il.

L'imaginer en train de batifoler avec une kyrielle de jolies filles prêtes à se pâmer pour ses beaux yeux activa sa jalousie.

— Est-ce par crainte du mariage que tu privilégies les relations éphémères ?

— Je recherche des partenaires qui aiment le plaisir consenti, fût-il éphémère, plutôt que celles qui brûlent de me traîner devant l'autel, répondit-il avec un regard appuyé.

— Je vois, dit-elle en s'efforçant de ne pas laisser percer sa déception.

— T'aurais-je choquée, par hasard ?

— Oui, un peu.

— Parce que je te fais l'effet d'un homme volage papillonnant d'une femme à l'autre ?

— Tant de femmes m'ont parlé de toi…

Il se pencha vers elle, et dans son regard brillait une flamme qui mit le feu à ses sens.

— Oh Dane ! murmura-t-elle, la bouche déjà offerte.

— Vonni !

Mais alors qu'elle aurait voulu qu'il l'embrasse, il se contenta de caresser ses mains, et elle se résigna à admirer son beau visage viril, ses traits harmonieux, sa bouche généreuse, ses yeux d'un bleu si troublant…

— Il ne faut pas croire tout ce qu'on aura pu te raconter à mon sujet, déclara-t-il dans un murmure.

— Toutes ces femmes…

— Il n'y en a pas eu autant que tu le crois, car ma grand-mère m'a appris à traiter le beau sexe avec respect, et je ne séduis jamais pour le plaisir de séduire.

— Alors, ces rumeurs…

— Des rumeurs, précisément, insista-t-il, et ce n'est pas parce que je plais aux femmes, du moins à certaines, que ça fait de moi un don Juan.

Il avait beau refuser de se marier et d'avoir des enfants, sa franchise le rendait diablement séduisant aux yeux de Vonni.

— J'étais restée sur l'impression que tu ne laissais jamais passer une occasion de satisfaire tes désirs, répliqua-t-elle.

— Tout dépend avec qui.

— Mais tu ne t'engages pas.

— Jamais définitivement, confirma-t-il, car je ne voudrais pour rien au monde me retrouver un jour la bague au doigt.

Sans se démonter, elle déposa un rapide baiser au coin de ses lèvres douces et viriles.

— Une femme a-t-elle déjà cherché à te faire changer d'avis sur le célibat ? Sur les enfants ?

— Oh oui ! Toi, par exemple…, remarqua-t-il non sans à-propos.

— Je parle de femmes avec lesquelles tu as eu une liaison, objecta-t-elle en s'efforçant de ne pas rougir.

— Eh bien, reprit-il d'un ton sérieux, il y en a eu au moins deux.

— Et aucune qui t'ait convaincu ?

— Aucune, en effet.

— Car tu ne te sentais pas prêt pour le mariage…

— Et je ne le serai jamais.

Cette phobie du mariage chez lui s'expliquait-elle autrement que par une adolescence passée à s'occuper de ses cadets, ou bien souffrait-il de blessures sentimentales justifiant sa crainte de tout engagement durable ?

Cette question sans réponse ne manquait pas de la tarauder.

— Bien des femmes auraient été ravies de te rendre heureux, de te donner des beaux enfants et de te démontrer jour après jour que le bonheur conjugal peut être une réalité, ne put-elle s'empêcher de dire.

— Bien des femmes ? A ce jour, je n'en ai rencontré aucune qui m'ait donné envie de changer d'avis.

Une question lui brûlait les lèvres.

— As-tu déjà aimé une femme au point de vouloir vivre avec elle ? demanda-t-elle.

— Oui, la première. Nous étions tous deux inscrits dans la même université et nous sommes sortis ensemble pendant trois ans.

— Trois ans ? Mais c'est long ! fit-elle, étonnée.

— Tu vois qu'il peut m'arriver de m'attacher, remarqua-t-il. Après elle, je suis sorti deux ans avec une autre femme, et encore trois ans avec la dernière en date.

Qu'il ait connu des passions amoureuses, des relations durables alors qu'elle n'avait voulu voir en lui, à ce jour, qu'un don Juan frivole ne fit qu'accroître sa perplexité.

Peut-être avait-elle eu tort de se focaliser sur le fait qu'il ne désirait pas se marier ?

Peut-être, après tout, était-il bien plus sensible et romantique qu'elle l'avait imaginé ?

— A quand remonte ta dernière relation durable ? demanda-t-elle d'une voix douce.

— A deux ans, répondit-il avec un soupir.

Maintenant qu'elle avait commencé à percer à jour les secrets de cet homme énigmatique, elle brûlait d'en savoir plus.

— Parle-moi d'abord de la première femme que tu as aimée, l'étudiante…

Il serra plus fort ses doigts.

— Elle s'appelait Vanessa et rêvait d'être médecin, commença-t-il, et comme elle ambitionnait de diriger un jour un service hospitalier, elle ne voulait entendre parler ni de mariage ni d'enfants.

— Alors que toi, peut-être, à cette époque…, risqua-t-elle.

— C'est vrai qu'alors, je n'aurais sûrement pas dit non à l'idée de fonder une famille, reconnut-il, mais Vanessa s'est spécialisée en neurochirurgie, et nous avons rompu d'un commun accord.

— Tu ne l'as pas regretté ?

— Non, car au fil des mois, j'avais découvert chez elle une froideur qui tempérait mes ardeurs. Vanessa était trop réfléchie pour un homme au sang chaud tel que moi.

— Et ensuite ?

— J'ai rencontré Donna. Elle était journaliste photographe, et quand le rédacteur en chef du magazine pour lequel elle travaillait l'a envoyée en reportage outre-mer, elle m'a carrément oublié.

— Tu as dû la maudire !

— Non, car la haine est un sentiment qui m'est étranger.

— Alors qu'as-tu ressenti pour elle ? Des regrets ?

Il soupira.

— Même pas, car j'étais heureux qu'elle fasse la carrière de son choix.

Qu'il puisse considérer ces ruptures comme des événements presque inéluctables et, finalement, sans véritables incidences sur son ego ou son cœur la troublait au plus haut point.

— Et la troisième femme qui ait compté pour toi ? demanda-t-elle.

— Rebecca ? Elle avait étudié le droit et rêvait de siéger un jour à la Cour suprême des Etats-Unis. Je pensais que nous aurions pu, elle et moi, avoir une relation sincère tout en gardant nos libertés respectives, mais elle tenait à se marier et à avoir des enfants.

— Et toi, à ce moment-là, tu ne voulais déjà ni du mariage, ni d'une famille ? devina-t-elle.

— Exactement. Nous étions sur le point de rompre quand elle a fait plus ample connaissance avec l'un de mes amis nommé Buzzy.

— Et qu'est-il arrivé ? demanda-t-elle avec une curiosité croissante.

— Rebecca et Buzzy se sont mariés à Hawaii l'an dernier, et j'ai accepté d'être leur témoin.

Le calme avec lequel il narrait ses mésaventures amoureuses la surprenait énormément.

— En voyant Rebecca au bras de… de Buzzy, n'as-tu pas éprouvé un sentiment de jalousie ?

— Non, puisque Rebecca et moi n'étions pas faits l'un pour l'autre et que Buzzy et elle, en revanche, avaient tout pour s'entendre. Du reste, leur premier enfant devrait naître bientôt.

— Aider ton ex-femme à convoler avec un autre homme est sans doute une preuve de générosité de ta part, mais je ne peux m'empêcher de trouver ton comportement bizarre, déclara-t-elle.

— C'était exactement ce que pensait ma famille, à l'époque, lui répondit-il avec un grand sourire, mais je peux t'assurer qu'il n'y avait de ma part aucune envie de choquer quiconque.

— Je te crois.

— Vraiment ?

— Même si je ne comprends pas toujours tes raisons, au moins, je dois reconnaître que tu es sincère. En définitive, c'est ce qui compte.

Quoi qu'elle fasse, jamais elle ne pourrait réussir à le persuader que le mariage était un objectif louable, pas plus qu'il ne la ferait changer d'avis sur les bienfaits du libertinage.

Quand il effleura sa joue d'une caresse légère, elle le regarda dans les yeux, et l'espace d'un court instant, elle eut envie de se jeter dans ses bras.

— Et toi, demanda Dane, comment se fait-il que tu sois encore célibataire ? Jolie comme tu l'es, tu ne dois pas manquer de prétendants…

Elle s'efforça de cacher son trouble. Cette question l'embarrassait terriblement. Que répondre ?

— Question de hasard, sans doute, éluda-t-elle. J'ai cherché en vain l'homme idéal sans jamais le trouver.

— Et tu penses le rencontrer un jour ?

— Disons que j'ai perdu en grande partie mes illusions, mais que je continue d'espérer.

Et si Dane était l'homme qu'il lui fallait, l'homme capable de la rendre heureuse pour le temps que durerait leur relation ?

Si, au lieu de courir derrière un mirage, elle se contentait de prendre la vie du bon côté, de profiter de cette belle soirée étoilée, du fait que quelques centimètres seulement séparaient leurs deux bouches…

Il serra plus fort sa main dans la sienne.

— J'ai envie de toi, lui murmura-t-il à l'oreille.

— Moi aussi, répondit-elle, les yeux mi-clos.

Il l'attira à lui, et quand ses lèvres se pressèrent sur les siennes, elle crut que son cœur allait exploser tant elle était émue.

— Encore ! chuchota-t-elle alors qu'ils reprenaient lentement leur souffle.

Alors, il l'embrassa de nouveau.

Ce baiser, elle en rêvait depuis leur brève étreinte, mais jamais elle ne l'aurait imaginé si intense.

— Viens plus près et serre-moi fort dans tes bras, murmura-t-elle.

Il l'enlaça avec une fougue juvénile qui la fit frissonner, et elle se livra à lui de tout son cœur, heureuse de sentir ses mains d'homme explorer son corps impatient, heureuse aussi de caresser son érection qu'elle sentait sous son pantalon.

Combien de temps dura leur étreinte ? Elle aurait

été bien en peine de le dire, quand soudain, un bruit de moteur les alerta, et peu après, une autre voiture surgit, phares allumés, et vint se garer à quelque distance d'eux.

— Dommage ! s'exclama Dane avec un sourire résigné.

Elle faillit lui suggérer d'aller chez lui ou chez elle faire l'amour, mais elle se ravisa, dissuadée par la crainte de s'engager dans une relation à sens unique.

— Nous aurons d'autres occasions, lui dit-elle avant d'effleurer ses lèvres d'un baiser.

Il posa ses doigts sur sa gorge.

— Et si nous profitions de celle qui nous est offerte ce soir ? suggéra-t-il en défaisant les boutons de son chemisier.

— Non, protesta-t-elle d'une voix faible.

— Je m'y prends mal ?

— Oh non, et même un peu trop bien à mon goût !

— Alors je ne comprends pas !

— Embrasse-moi, demanda-t-elle en lui tendant ses lèvres.

Quand il l'eut satisfaite, elle le repoussa de ses mains.

— Pourquoi ? demanda-t-il d'une voix teintée de regret.

— Parce que tu me fais perdre la tête. Avec toi, j'ai trop tendance à oublier que le mariage reste mon objectif premier.

Il lui prit le menton et la regarda intensément.

— Es-tu sûre de ne pas le regretter ?

— Certaine, s'obligea-t-elle à dire. Voudrais-tu me raccompagner ? Il se fait tard, et demain, j'ai encore mille choses à faire.

— D'accord, répondit-il, mais à condition que tu

acceptes de m'accompagner vendredi soir au dîner organisé par Gigi.

— Non.

— Si ! insista Dane avant de démarrer et de prendre la direction de la nationale.

— Ma présence à ce dîner de famille serait déplacée, plaida-t-elle.

— Gigi serait ravie de faire ta connaissance. Elle voudrait tant te remercier pour tout le mal que tu te donnes pour préparer son mariage, plaida Dane.

En l'accompagnant à ce dîner, elle passerait sans doute aux yeux des Camden pour sa nouvelle petite amie, sans compter qu'elle gardait une dent contre cette famille qui autrefois avait floué son grand-père.

— Nous sommes arrivés, déclara-t-il en serrant son frein à main devant la devanture de Burke's Wedding où elle avait laissé sa voiture. Alors, est-ce que je peux compter sur toi vendredi soir ?

— Non, s'obstina-t-elle.

Il lui lança un regard tour à tour impatient, implorant, déçu puis résigné.

— C'est ton dernier mot ?

— Oui, c'est mon dernier mot.

— Dans ce cas, bonne nuit et à demain, fit-il avec une certaine froideur.

— Bonne nuit, répondit-elle.

Elle se dirigea vers sa voiture. Quand elle fut installée derrière le volant, elle poussa un soupir.

Elle était fière d'avoir tenu tête à Dane, mais elle ne pouvait se mentir : elle aurait été ravie de l'accompagner vendredi chez les Camden. Une telle occasion ne se représenterait sans doute jamais plus.

- 8 -

— Ce green est un vrai billard ! s'exclama Cade en frappant sa balle à l'aide d'un club n° 8.

Dane esquissa un sourire : quel que soit le type de parcours de golf et l'état du terrain, son cousin Cade avait pour habitude de prononcer cette phrase rituelle.

— Oui, le gazon est bien entretenu, convint-il.

La veille, Gigi et son futur mari Jonah étaient rentrés du Montana. Seth, son cousin responsable du secteur agricole de Camden Ltd., les accompagnait, et s'il avait été heureux de revoir sa grand-mère, c'était vers Vonni qu'allaient ses pensées.

Durant la nuit, il n'avait cessé de penser à elle, à sa beauté, à sa gaieté et à son charme, et il s'était rendu compte qu'elle lui manquait terriblement.

Ce vendredi matin, quand elle était venue au manoir afin de mettre la dernière touche à la préparation du mariage, il n'avait pu s'empêcher de la serrer dans ses bras sans se soucier d'être surpris par un membre de sa famille. « Pour le dîner de ce soir, je suis d'accord », lui avait-elle murmuré à l'oreille.

Trop ému pour répondre, il l'avait embrassée sur la bouche.

Et, pendant que Vonni s'affairait tandis que les femmes du clan s'étaient rendues en cortège au sauna aménagé dans le parc, il avait accepté de disputer une partie de golf avec ses frères, ses cousins et Jonah, le futur mari de Gigi.

Cade lui lança un regard moqueur.

— Tout à l'heure, quand Jonah a suggéré d'aller sur le green, j'ai vraiment cru que tu déclarerais forfait, tant tu sembles envoûté par cette ravissante jeune femme qui prépare le mariage de Gigi.

— Tu exagères ! se défendit-il.

— Comment s'appelle-t-elle déjà ? insista Cade d'un ton malicieux.

— Vonni, répondit-il vivement.

— Un bien joli prénom, intervint Seth en lui lançant un regard ironique.

Il jugea prématuré d'expliquer à son cousin à quel point Vonni comptait déjà pour lui.

— Ma vie privée ne regarde que moi, rétorqua-t-il avec une pointe d'impatience.

Cade lui donna une tape sur l'épaule.

— Ne monte pas sur tes grands chevaux, voyons ! Au fait, où en sont tes pourparlers avec Vonni concernant son entrée dans le groupe ?

— Je lui en ai touché deux mots, mais elle ne m'a pas encore donné de réponse précise. Bah, pour le moment, l'essentiel est que le mariage de Gigi soit une réussite.

— Compte tenu du mauvais coup porté autrefois par H. J. au grand-père de Vonni, une certaine réticence de sa part n'est pas étonnante, fit remarquer Cade.

— Nous n'étions même pas nés ! riposta-t-il.

— Bien sûr, mais ça ne change rien, fit Cade. Quand Gigi m'a chargé de réparer discrètement le tort fait à la famille de Nati, je t'avoue que je n'en menais pas large et qu'il m'a fallu une bonne dose de courage pour gagner sa confiance.

Il se souvenait fort bien de la façon dont Cade avait convaincu Nati Morrison d'effectuer des travaux dans sa maison, ceci afin de pouvoir la rétribuer royalement sans donner pour autant l'impression de lui faire la charité.

— Nati et Vonni ne se ressemblent pas vraiment, fit-il remarquer.

— Il se trouve que Nati et moi avons très vite ressenti du désir l'un pour l'autre, répondit Cade.

Il se sentit vexé par la remarque de son cousin.

— Qu'est-ce que tu insinues ?

— Oh, rien du tout ! s'empressa de répondre Cade.

— Et moi, je n'ai pas eu à me creuser longtemps la tête pour amadouer Heddy, intervint Lang, son plus jeune frère. Peux-tu en dire autant en ce qui concerne Vonni, mon vieux Dane ?

Il décida de jouer cartes sur table.

— Au début, quand Gigi m'a chargé d'approcher Vonni, je n'en menais pas large moi non plus, puis j'ai eu la surprise de découvrir une fille formidable. Simple, charmante, délicieuse…

— A t'entendre, elle ferait une épouse idéale, ironisa Cade.

— Oui, cette Vonni Hunter me semble parée de plus d'un charme, renchérit Lang.

Dane s'efforça de réprimer son agacement.

— Vous savez fort bien tous les deux que je ne veux pas me marier.

— Même avec Vonni ? insista Lang.

— Je préfère le célibat à la vie conjugale, éluda-t-il, et dès que j'aurai pu convaincre Vonni de travailler pour le groupe, ma mission sera terminée.

Mais il n'était pas dupe : il ne pourrait pas l'oublier aussi facilement qu'il le laissait entendre.

— De quoi parlez-vous ? s'enquit Seth en les rejoignant, un club de golf n° 7 à la main.

— Du prochain mariage de Dane avec Vonni ! ironisa Lang.

— Laisse Vonni Hunter tranquille ! répondit-il en décochant une bourrade amicale à son frère.

— En tout cas, poursuivit Seth, Vonni est une fille ravissante et charmante.

— Elle ne manque en effet ni de séduction ni de beauté, renchérit Lang.

Cade lui lança l'un de ces regards ironiques dont il avait le secret.

— Se pourrait-il que Cupidon t'ait atteint de l'une de ses flèches acérées, mon vieux Dane ?

— Pas de danger ! répondit Dane en se positionnant sur le green, avant de frapper la balle blanche qui décrivit un arc de cercle impeccable.

— Nul n'est à l'abri de tomber amoureux, insista Cade.

— Si je l'étais, mes convictions n'en seraient pas changées pour autant, rétorqua-t-il en suivant des yeux la trajectoire de sa balle.

Il n'oubliait pas que Cade était fiancé, que Seth s'était marié quelques mois plus tôt et que Lang avait épousé Heddy Hanrahan tout récemment. Ces récentes unions l'incitaient à garder ses distances avec Vonni, afin de ne pas risquer de se laisser passer la bague au doigt à son tour.

— Admettons, fit Cade, mais tu ne m'enlèveras pas de l'idée que Vonni et toi, vous formeriez un beau couple.

Il haussa ses robustes épaules.

— Peut-être, mais la question ne se pose pas, alors à quoi bon en parler ? Gigi m'a confié pour mission de convaincre Vonni de travailler pour nous, afin qu'elle soit dédommagée du tort fait autrefois à son grand-père, et c'est bien ce à quoi je m'efforce de parvenir.

— D'accord, dit Seth, mais tu avoueras que c'est curieux : Cade, Lang et toi, vous avez été chargés du même genre de mission délicate par Gigi, et à ce jour, Cade et Lang se sont acquittés de la leur tout en rencontrant aussi l'amour. Même Jani a eu le coup de foudre pour Gideon Thatcher, quelqu'un dont la famille avait eu aussi à pâtir des actes de H. J. Camden.

Dane sentit l'agacement monter.

— Et si tu cessais de vouloir te mêler de ma vie intime ?

— Dane a raison, renchérit Lang à l'intention de Seth, et si tu n'avais pas découvert le journal du vieux H. J. dans ce grenier poussiéreux, à Northbridge, Gigi ne nous aurait pas confié la mission de jouer les preux chevaliers auprès de tous ceux spoliés par notre aïeul.

— Sans la découverte du journal de H. J. par Seth, Gigi ne nous aurait jamais confié ces missions, ce qui, en un sens, aurait été dommage, puisque je n'aurais pas rencontré Nati, fit remarquer Cade.

— Ni moi Heddy, ajouta Lang.

— Et moi, renchérit Seth avec un sourire, je n'aurais pas rencontré Lacey, la femme de ma vie. Alors vous voyez bien que ma découverte était bénéfique.

Dane soupira.

— Mes relations avec Vonni sont amicales et le resteront. J'estime son intelligence et son savoir-faire, et si j'espère la convaincre de travailler pour nous, je n'ai aucun projet personnel avec elle, mentit-il.

Même s'il était résolu à ne pas se marier, il brûlait de mieux la connaître, et, pourquoi pas, de nouer avec elle une relation sentimentale durable.

— Aucun projet, vraiment ? s'étonna Seth. Alors explique-moi pourquoi, depuis que Vonni est arrivée au manoir, ce matin, tu n'as cessé de la dévorer des yeux ?

— Ai-je dit qu'elle me déplaisait ? se justifia-t-il. On peut trouver une femme à son goût et ne pas vouloir l'épouser. Et maintenant, pourrait-on enfin continuer cette partie de golf ?

Cade se plaça devant sa balle.

— Je me sens si maladroit aujourd'hui que j'aurais presque envie de déclarer forfait tout de suite.

— Mais non, tu n'as simplement pas eu de chance, objecta Lang.

— Essaie un autre club, suggéra Seth.

Alors que les autres se passionnaient pour la partie en cours, Dane avait du mal à s'y intéresser. Toutes ses pensées le ramenaient inexorablement à Vonni.

Etre séparé d'elle durant ces trois derniers jours avait mis ses nerfs à rude épreuve, au point que jeudi dernier, il s'était résolu à l'appeler en prétextant un détail à régler avec le fournisseur de spiritueux, juste pour le plaisir d'entendre le son de sa voix.

Obsédé comme il l'était par elle, il s'était montré irascible avec ses secrétaires, ce qui ne lui était encore jamais arrivé, et ce matin, quand elle avait sonné chez Gigi et qu'il lui avait ouvert la porte, il s'était senti plus ému qu'un collégien à son premier rendez-vous.

Puisqu'elle semblait tant compter pour lui, elle aurait dû lui inspirer des sentiments proches de l'amour, et, pourquoi pas, peut-être même l'inciter à changer d'attitude vis-à-vis du mariage ?

Or, il persistait à vouloir demeurer célibataire coûte que coûte, moins par goût que par crainte de lier sa destinée à celle d'une femme qui ne lui correspondrait pas vraiment.

— Je veux réussir ce coup ! décréta Cade en prenant position les jambes écartées et les pieds bien à plat sur le green.

— N'aie pas peur de frapper fort la balle, lui conseilla Seth.

— Et accompagne bien ton swing, renchérit Lang.

Il mêla ses encouragements à ceux de son frère et de son cousin, mais n'en continua pas moins de penser à Vonni, à tout ce qu'elle avait fait naître d'attentes et d'espoir en lui…

— Manqué ! s'exclama Cade en suivant des yeux la trajectoire de la balle blanche.

— Bah, tu feras mieux la prochaine fois, le consola Seth en s'apprêtant à jouer à son tour.

Tout en s'efforçant de se concentrer sur la partie en cours, il fit des vœux pour que Vonni et lui en viennent à trouver un terrain d'entente qui leur permettrait de connaître le bonheur, sans pour autant s'engager dans une voie à sens unique.

Saurait-il lui faire admettre qu'entre eux, une relation intime sans mariage était non seulement possible, mais aussi souhaitable ?

A la satisfaction de Dane, le dîner se déroula dans une atmosphère détendue et chaleureuse.

Non seulement Vonni brillait par sa beauté, mais elle ne manquait pas non plus d'esprit et son sens de la repartie fit merveille face à ses frères et ses cousins, au point que Seth et Lang ne se privèrent pas de lui lancer des regards envieux.

Quant à Cade, s'il resta discret, il ne manqua pas de lui adresser des signes de connivence qui lui firent chaud au cœur.

— N'oublions pas les corbeilles de mariage, dit-il tout bas à Vonni, alors que celle-ci bavardait avec Nati Morrison, sa voisine qui était aussi la fiancée de Cade.

En fait, peu lui importaient ces corbeilles dans lesquelles les invités déposeraient leurs offrandes destinées aux nouveaux mariés, mais grâce à ce subterfuge, il espérait bien pouvoir s'isoler pendant quelque temps avec Vonni et, qui sait, peut-être même en profiter pour l'embrasser…

— Tu as raison, nous irons les chercher chez moi tout à l'heure, lui répondit-elle.

Nati intervint.

— J'ignorais que vous vous tutoyiez, tous les deux, fit-elle avec un petit sourire.

— Et pourquoi ne serions-nous pas proches ? se défendit-il en s'adressant à sa future belle-sœur.

Gigi prit alors la parole :

— Vonni et Dane ont collaboré activement pour préparer mon mariage, et il est normal qu'une certaine intimité se soit créée entre eux.

— Notre intimité est toute platonique, et le tutoiement n'a jamais fait de tort à personne, s'empressa-t-il de préciser tant pour ménager la pudeur de Vonni que la sienne.

— En tout cas, vous formez un beau couple, conclut Nati.

Les membres de sa famille ne semblant avoir d'yeux

que pour le couple qu'il formait avec Vonni, il jugea plus prudent d'opérer une retraite stratégique.

— Vous voudrez bien nous excuser de vous quitter aussi vite, mais Vonni et moi devons aller chercher ces corbeilles de mariage afin de les déposer à l'hôtel où descendront les invités de Gigi. Nous vous verrons demain, au mariage.

Et, sans attendre l'approbation de Gigi, il prit Vonni par la main et l'entraîna à sa suite.

— Tu es fou ! lui reprocha-t-elle une fois qu'ils furent hors de vue des autres.

— Pourquoi ? rétorqua-t-il d'un ton tranquille.

— Pourquoi ? Mais parce que après la façon dont tu as pris ma main, tout le monde va croire que nous sommes amants !

Un désir fou incendia soudain ses veines, et il l'attira à lui.

— Tu m'as tellement manqué, je veux dire physiquement manqué.

Il l'entendit soupirer, et elle se blottit plus près de lui encore.

— Toi aussi, tu m'as manqué, souffla-t-elle à son oreille.

Ils s'étreignirent puis s'embrassèrent à perdre haleine.

Alors qu'il reprenait son souffle, il entendit un bruit de pas, et, soudain, Gigi fit son apparition, un sourire aux lèvres.

— Ah, tant mieux, vous n'êtes pas encore partis ! dit-elle en lui tendant le paquet qu'elle tenait à la main. Puisque vous n'avez pas pris le temps d'attendre le dessert, j'ai fait emballer par Margaret à votre intention deux parts de sa délicieuse tarte.

— Oh ! c'est trop gentil de votre part, déclara Vonni.

— Oui, grand-mère, tu n'aurais pas dû te donner ce mal, renchérit-il.

Elle posa sur eux un regard tendre.

— Après tout le mal que vous vous êtes donné pour mon mariage, Vonni et toi, je vous devais bien ça, leur dit-elle avec un grand sourire.

Dane contempla d'un œil satisfait les piles de corbeilles disposées sur le comptoir de l'hôtel où étaient descendus les invités de Gigi et de Jonah.

Faites d'osier et de fleurs séchées, elles étaient très légères, mais il y en avait beaucoup. Six voyages avaient été nécessaires pour les transporter de son 4x4 et de la voiture de Vonni à la réception de l'hôtel.

Cette corvée n'avait rien eu de très excitant, mais son désir pour Vonni était tel qu'il était prêt à toutes les concessions pour la satisfaire et, qui sait, peut-être même pour la conquérir.

— Je crois qu'elles sont toutes là, déclara Vonni après en avoir vérifié le nombre.

— En effet, le compte est bon, dit-il en rayant les noms des deux derniers invités sur sa liste.

Il appela le groom.

— Je compte sur vous pour distribuer ces corbeilles à leurs destinataires, fit-il en lui remettant un généreux pourboire.

— Il en sera fait selon vos instructions, monsieur Camden, répondit l'employé avec une légère inclination du buste.

Plus tard, alors que Vonni et lui se dirigeaient vers le parking où tous deux étaient garés, elle leva vers lui un regard courroucé.

— C'était à moi de donner un pourboire à cet employé, pas à toi. Après tout, ne suis-je pas celle qui est chargée d'organiser…

Sans lui laisser le temps de terminer sa phrase, il l'embrassa sur la bouche.

— Tu es fou ! s'exclama-t-elle.

— Fou de toi, oui ! Et maintenant, si nous dénichions un endroit tranquille où déguster la fameuse tarte de Margaret ?

Elle sentit un pincement au cœur. Se pouvait-il que Dane soit vraiment, comme il le prétendait, « fou d'elle » ? Et comment réagirait-elle s'il lui prenait de nouveau la main ? S'il cherchait à l'embrasser ?

— Nous pourrions aller chez moi, dit-elle en rougissant.

Il la regarda intensément.

— Ou chez moi si tu préfères ?

Depuis qu'elle le connaissait, elle brûlait de curiosité de découvrir l'endroit où il vivait.

— Très bien, se décida-t-elle. Allons déguster cette tarte chez toi.

Au volant de sa voiture, elle suivit le 4x4 de Dane jusqu'à la luxueuse résidence où il vivait.

L'appartement qu'il occupait était spacieux, richement meublé, et disposait même d'un jardin privatif.

— C'est vraiment chic ! remarqua-t-elle sans oser lui avouer qu'elle préférait de beaucoup la maison plus modeste mais nettement plus chaleureuse que tous deux avaient visitée l'autre jour.

— Installons nous dans le salon, proposa-t-il en lui désignant un canapé de cuir blanc.

Après être allé chercher du café chaud et avoir placé

les parts de tarte sur des assiettes, il prit place à côté d'elle.

— Hum, cette tarte est exquise, dit-elle après la première bouchée.

— Oui, Margaret est un vrai cordon-bleu. Alors, qu'as-tu pensé de ce dîner avec ma famille ?

— Je ne m'attendais pas à être aussi bien accueillie.

— Tout le monde t'a trouvée charmante, et je suis sûr que mes frères et cousins se demandent comment une femme aussi jolie que toi peut encore être célibataire.

— Ça n'est pas faute d'avoir cherché l'âme sœur, répondit-elle avec un soupir.

— Mais aucun des hommes que tu as rencontrés ne t'a convenu ?

— Aucun n'a eu la franchise de me dire d'emblée qu'il ne désirait pas se marier, rectifia-t-elle, et c'est sans doute ce qui explique cette succession de malentendus entre eux et moi.

Il secoua la tête d'un air navré.

— Si tu veux mon opinion, ces hommes-là ne te méritaient sans doute pas.

— Dois-je comprendre qu'il existerait peut-être quelque part, dans le monde, un preux chevalier prêt à voler au secours d'une gente dame en détresse ? ironisa-t-elle.

— Et pourquoi pas ?

Jusqu'à quel point était-il sérieux ? se demanda-t-elle. Prête à en avoir le cœur net, elle se décida à mettre les choses au point.

— Contrairement à toi, aucun des hommes que j'ai connus n'a osé me dire d'emblée qu'il voulait une simple aventure avec moi, et non une relation durable.

Certains même n'ont pas hésité à me faire croire qu'ils étaient prêts à m'épouser pour mieux arriver à leurs fins.

A l'évocation de ces moments pénibles, elle sentit une tristesse la gagner.

— Ne sois pas triste…, murmura Dane en lui caressant la joue.

Elle prit sa main et la serra avec force.

— Oh ! c'est de l'histoire ancienne. J'ai tourné la page, mais ma dernière tentative pour trouver un mari me laisse encore un goût amer.

— Et si tu m'en parlais ? Ne crois-tu pas que tu te sentirais mieux après ?

Elle acquiesça.

— Mark avait vingt-huit ans. Un garçon beau, intelligent, sachant parler aux femmes. Pendant des semaines, il m'avait fait la cour. Il m'invitait en week-end dans des palaces, sur les plages de Californie, comme si nous étions promis lui et moi à un bel avenir conjugal, m'offrait des robes, des fleurs, bref, il me traitait comme une reine…

— Et les choses se sont déroulées autrement que ce que tu espérais ?

— Ma mère m'imaginait déjà mariée avec lui quand Mark a décidé que je n'étais finalement pas la femme qu'il lui fallait. Oh ! je n'oublierai jamais la façon dont il m'a jeté ses reproches à la figure !

— Quels reproches ?

— Eh bien, que j'étais trop « axée sur le mariage et les enfants », alors que lui rêvait d'une vie plus aventureuse. Il m'a alors parlé d'une ex-petite amie avec laquelle il avait eu, naguère, une relation orageuse, une certaine LuAnn, et il m'a dit qu'il n'avait cessé de penser à elle et de l'aimer en secret, alors même qu'il était avec moi.

— C'était cruel ! s'exclama Dane.

— Un mois après que Mark m'eut quittée, LuAnn et lui étaient devenus mari et femme.

— Si je comprends bien, tu n'as pas eu de chance non plus avec les autres…, insinua-t-il avec un regard réconfortant.

— Le premier homme que j'ai aimé s'appelait Tanner, reprit-elle en rassemblant ses souvenirs. Il avait dit qu'il m'épouserait quand nous serions sûrs d'être faits l'un pour l'autre, et puis il m'a quittée le jour de mes vingt-cinq ans. J'ai beaucoup pleuré… Nous vivions déjà ensemble depuis deux ans et je croyais qu'il m'aimait autant que je l'aimais…

Incapable de retenir ses larmes, elle cacha son visage dans ses mains. Il se mit à lui caresser tendrement la nuque. Réconfortée, elle poursuivit ses confidences.

— Le second homme qui a vraiment compté pour moi s'appelait David, reprit-elle d'une voix émue. Lui aussi a vécu avec moi pendant deux ans en me faisant miroiter le mariage, un foyer, des enfants.

— Et lui aussi t'a quittée ?

— Oui, répondit-elle en hochant tristement la tête.

Contrairement à Tanner et aux autres, Dane ne lui avait jamais menti dans le but de la séduire. Hélas, elle n'avait rien à espérer de lui, puisqu'il ne voulait pas se marier.

— Même si ça peut te paraître absurde ou démodé, je ne conçois pas de relation amoureuse sans mariage, précisa-t-elle.

— Je respecte tes choix.

Elle le regarda, méfiante.

— Tu dis ça, mais je sais ce que la plupart des hommes pensent.

— Certes, nos opinions sur le mariage divergent, mais nos sensibilités sont proches, souligna-t-il.

Elle se sentit portée par un soudain espoir.

— Que je puisse vouloir vivre durablement avec l'homme que j'aime et avoir des enfants avec lui ne te paraît pas absurde ?

— Bien sûr que non, dit-il en lui souriant.

Elle se sentit un peu réconfortée.

— Tu comprendras donc aussi que la solitude me pèse et que je rêve de partager ma vie avec l'élu de mon cœur, celui qui saura me choyer, m'aimer, recevoir mon amour, avoir des attentions pour moi comme j'en aurai pour lui ? poursuivit-elle.

— Naturellement, fit Dane, mais aujourd'hui, les femmes se sont émancipées, et le rôle des hommes a changé. Autrefois, l'homme était le pilier du couple, celui qui devait travailler pour assurer la subsistance des siens, et ça n'est plus, comme tu le sais, le cas aujourd'hui.

— Tu dis que les temps ont changé, mais moi, je me sens toujours l'âme romantique et je rêve d'un bonheur conjugal à l'ancienne, insista-t-elle, bien décidée à saisir l'occasion qui lui était donnée pour ouvrir son cœur et dire les choses telles qu'elle les pensait.

— Aujourd'hui, la femme est l'égale de l'homme, quand elle ne lui est pas supérieure, et, dans un sens, c'est ce qui complique les relations entre les deux sexes, expliqua-t-il.

— Et c'est bien ce qui rend ma quête si difficile, reconnut-elle.

Il se pencha vers elle.

— D'après ce que tu m'as confié, tes parents ne s'entendaient pas et se sont séparés alors que tu étais encore petite fille ?

— En effet, répondit-elle, la gorge serrée, et c'est parce que leur rupture m'a profondément blessée que je tiens tant à réussir mon mariage.

Dans le mouvement qu'elle fit pour trouver une position plus confortable sur le canapé, sa jupe remonta sur ses cuisses. Le spectacle de ses jambes nues alluma une lueur de convoitise dans les prunelles de Dane.

Pendant un instant, elle fut tentée de répondre à ses avances muettes, mais la crainte d'aller, avec lui comme avec les autres, au-devant d'une nouvelle déception, l'incita à rabattre sa jupe au plus vite sur ses jambes.

— Comme mes tentatives ne donnaient pas les résultats escomptés, poursuivit-elle d'une voix aussi neutre que possible, je me suis tournée vers les sites de rencontres sur internet, puis je me suis inscrite dans des clubs et des associations de femmes seules.

— Et les agences matrimoniales ? demanda-t-il avec un regard caressant.

— Les responsables de ces agences me proposaient de rencontrer des hommes qui, statistiquement, étaient proches de ma sensibilité, de mes goûts, de mes critères physiques.

— Mais quand tu te retrouvais face à ces candidats au mariage…, commença Dane.

— Je n'avais qu'une seule envie, c'était de prendre mes jambes à mon cou ! termina-t-elle.

Il fronça les sourcils.

— Ne crois-tu pas que ta soif de mariage est un handicap ? Si tu avais laissé faire le hasard, peut-être aurais-tu fini par rencontrer un homme capable de te rendre heureuse sans forcément vouloir t'épouser tout de suite ?

— Tu as sûrement raison, soupira-t-elle, mais en ce qui me concerne, je recherche un homme qui veuille de moi comme épouse et non comme maîtresse.

Il s'approcha d'elle, leurs cuisses se touchant, mais alors qu'elle s'était promis de ne pas commettre d'imprudence, pas un instant elle ne songea à s'écarter de lui tant elle désirait se retrouver dans ses bras.

— Tu es une femme exceptionnelle, et je considère que tout homme qui te désire doit faire ses preuves avant de te mériter, dit-il en lui caressant la main.

Sans lui laisser le temps de répondre, il poursuivit :

— Ces trois derniers jours, tu m'as tant manqué que j'ai cru devenir fou.

Il semblait sincère, mais pouvait-elle lui faire confiance ?

— Toi aussi, tu m'as manqué, répondit-elle en s'efforçant de raffermir sa voix dont les accents rauques trahissaient le désir qu'il lui inspirait.

— Et si nous nous accordions une parenthèse enchantée ? lui proposa-t-il en la serrant plus fort.

Frissonnante de désir, elle lui offrit ses lèvres.

— Embrasse-moi ! ordonna-t-elle.

Ils échangèrent un baiser fougueux, et serrée contre lui, mille pensées érotiques se bousculèrent dans sa tête.

— Vonni, murmura-t-il en reprenant son souffle.

— Mon chéri, répondit-elle avec toute la tendresse qu'elle éprouvait.

Sa joue posée contre son torse viril, elle ne se lassait pas d'écouter battre son cœur et de réfléchir à tout ce qui l'unissait déjà à lui.

— A quoi penses-tu ? lui demanda-t-il.

— A Gigi, sans laquelle nous ne nous serions jamais rencontrés.

— Grand-mère a eu du flair en m'incitant à faire équipe avec toi pour préparer son mariage, et plus d'une fois, ces trois derniers jours, j'ai failli t'appeler tant j'avais envie de te voir…

— Moi aussi, s'empressa-t-elle de dire.

Et si elle ne l'avait pas fait, c'était parce que Dane occupait déjà dans sa vie une grande place, et qu'elle redoutait de tomber amoureuse d'un homme qui ne saurait combler ses attentes.

— Embrasse-moi encore, lui demanda-t-elle.

Et tandis que Dane soudait sa bouche à la sienne, mêlant son souffle au sien, elle s'abandonna avec volupté à la chaleur de leur étreinte en s'obligeant à ne plus réfléchir.

— C'est bon, n'est-ce pas ? demanda-t-il en s'écartant d'elle à regret.

— Oh oui !

Et quand ses mains glissèrent de sa nuque à ses épaules, puis de ses épaules à ses seins, elle sentit une nouvelle bouffée de désir l'envahir, et elle tendit vers lui son corps brûlant.

— Tu es belle ! murmura-t-il à son oreille.

Il releva sa jupe. Ses doigts s'insinuèrent entre ses cuisses, caressant sa peau brûlante avec une lenteur qui exacerbait ses sens et lui donnait encore plus envie de lui appartenir.

— A mon tour ! dit-elle en entreprenant de lui retirer sa chemise.

Il se laissa faire, et quand elle lui eut ôté sa chemise, elle posa ses mains sur ses pectoraux et admira son torse athlétique.

— J'aime ce que tu me fais, dit-il, sans cesser de la caresser.

Elle écarta les jambes, offrant à lui son sexe moite, tandis qu'elle s'affairait autour de sa ceinture, le tissu de son pantalon tendu par son érection.

Admirer un homme dans la force de son désir ne lui était pas arrivé depuis longtemps, et elle en eut la bouche sèche.

— Dane, s'il te plaît, continue de me caresser..., murmura-t-elle d'une voix rauque.

Ses doigts continuèrent leur exploration, et elle poussa un petit cri de plaisir.

Les yeux mi-clos, elle s'abandonna à ses caresses habiles. Il lui retira son chemisier et son soutien-gorge, puis se mit à caresser ses seins nus.

— Oh oui, continue ! supplia-t-elle d'une voix rauque.

Tendrement, puis avec plus de fougue, il prit les pointes de ses seins entre ses lèvres.

Elle laissa échapper un petit cri.

— Encore ! le supplia-t-elle, les reins creusés par le désir.

Ouvrant alors les yeux, elle aperçut son visage au-dessus du sien. Pour mieux se donner à lui, elle écarta les jambes et guida sa main entre ses cuisses.

— J'ai tellement envie de toi ! déclara Dane.

— Moi aussi, répondit-elle en se serrant plus fort contre lui.

Elle s'apprêtait à approfondir sa caresse, à poser la main sur la bosse qui déformait son pantalon, quand la peur de se fourvoyer une fois de plus dans une relation sans espoir la fit reculer.

— Je crois qu'il vaudrait mieux en rester là, bafouilla-t-elle en s'écartant de lui.

Elle s'attendait à ce qu'il se vexe ou se mette en colère, mais il se contenta de lui rabattre sa jupe sur ses cuisses enfiévrées de désir.

— Perdre la tête avec une femme comme toi est la chose la plus aisée au monde, déclara-t-il avant de rajuster son pantalon et de remettre sa chemise.

Un vrai gentleman, et si différent des autres hommes qu'elle avait connus et qui, tous, l'avaient traitée avec mépris.

— Toi aussi, tu sais, tu me rends à moitié folle, dit-elle en se reboutonnant à son tour.

Loin d'avoir voulu jouer avec le désir de Dane, elle avait aimé sentir ses mains sur ses cuisses, sur ses seins, et elle en venait presque à regretter, à présent, son manque de courage.

— A quoi penses-tu ? lui demanda-t-il, rompant le silence qui menaçait de s'éterniser.

A toi, à nous ! aurait-elle voulu crier.

A tout ce qu'il lui avait déjà apporté, à ce qu'elle espérait encore vivre avec lui, tant il parvenait à lui donner l'illusion d'être la plus belle et la plus désirable des femmes…

— Au mariage de ta grand-mère, répondit-elle, en s'efforçant de chasser les pensées érotiques qu'il lui inspirait.

— N'aie aucune crainte, alors, fit-il en la fixant d'un œil malicieux. Nous avons accompli du bon travail, et les choses se dérouleront comme prévu.

— Puisses-tu dire vrai ! répondit-elle, navrée de débiter des banalités après leur étreinte si fougueuse.

— Que comptes-tu faire maintenant ? demanda-t-il.

— Rentrer chez moi, répondit-elle en se levant.

Elle rassembla ses affaires, songeant que Dane et

elle auraient pu être en train de faire l'amour en cet instant même.

En pensant à ses baisers brûlants, à ses lèvres happant ses tétons avec une douce violence, sa virilité à fleur de peau, elle fut parcourue d'un long frisson.

— Je te raccompagne, dit-il en se levant à son tour.

A l'évidence, Dane n'était pas celui qui l'épouserait et lui donnerait des enfants. Or, c'était ce qu'elle désirait le plus au monde. Mieux valait garder ses distances, songea-t-elle, plutôt que d'être une nouvelle fois déçue.

Arrivée devant la porte de l'appartement de Dane, elle se tourna vers lui.

— Je regrette de t'avoir déçu, dit-elle d'une voix émue.

— Alors reste avec moi, et passons la nuit ensemble.

Pour se réveiller le lendemain le cœur empli de regrets ?

— Non, mieux vaut que je rentre, dit-elle en s'efforçant d'affermir sa voix.

Il la prit dans ses bras, et elle ne résista pas à l'envie de l'embrasser.

— Je te raccompagne jusqu'à ta voiture, insista-t-il.

Elle lui sourit, incapable de dissimuler la tendresse qu'il lui inspirait.

Alors qu'ils gagnaient sa voiture, marchant main dans la main, elle caressa l'espoir qu'un jour peut-être, une relation entre eux deviendrait possible.

Qui sait ? Peut-être pouvait-elle faire évoluer ses principes, même si, en définitive, c'était encore et toujours l'idée d'un couple marié et d'enfants jouant dans un grand jardin qui représentait pour elle le bonheur suprême.

— Et voilà, nous sommes arrivés, dit-il en s'arrêtant devant sa voiture.

En soupirant, elle ouvrit sa portière et se glissa derrière son volant.

— A demain, chez Gigi, lui dit-elle avec un petit sourire.

Et dire qu'elle perdait peut-être une occasion rêvée de connaître enfin le bonheur et la volupté dans ses bras !

— Oui, à demain, fit-il en la regardant avec tendresse.

— Tu dois me maudire !

— Bien sûr que non ! lui assura-t-il avec une fougue qui lui fit oublier ses remords.

Savoir que son départ précipité ne compromettait pas leurs relations futures l'aiderait sûrement à mieux dormir, cette nuit.

— Alors, à demain ?

— Oui, à demain, dit-il avec un sourire si irrésistible qu'elle faillit renoncer à partir.

Au prix d'un effort surhumain, elle se résigna finalement à démarrer.

- 9 -

Au mariage de Gigi, la foule était si dense autour du buffet qu'il fallut un certain temps à Vonni pour apercevoir enfin Dane Camden.

D'un pas résolu, elle se dirigea vers lui et la jeune et jolie brune avec laquelle il était en discussion.

— Vonni ! Voici Charlene LeMatt, une architecte qui travaillera peut-être bientôt pour nous, annonça Dane.

Elle attendit qu'il ait fait les présentations, puis l'entraîna discrètement à l'écart.

— Je suis ennuyée de te déranger en si charmante compagnie, dit-elle, mais Chrystal Burke insiste pour te rencontrer.

Arrivée peu après le début de la réception, Chrystal avait, comme à son habitude, joué les inspectrices des travaux finis, ce qui n'avait pas manqué de l'agacer, au moins autant que le fait de surprendre Dane avec cette Charlene décidément bien trop séduisante.

— Je ne tiens pas particulièrement à rencontrer ton amie Chrystal, répondit Dane avec une moue ennuyée.

— Pourquoi ? Elle est au moins aussi jolie que cette Charlene LeMatt dont tu sembles pourtant faire grand cas.

— Mais que vas-tu imaginer encore ! s'exclama-t-il en haussant les épaules. Crois-moi, tu es la seule femme à qui je pense en ce moment…

Elle le fixa droit dans les yeux, et convaincue de sa bonne foi, elle se détendit.

— Chrystal étant la directrice officielle de Burke's Wedding, je serais heureuse que tu acceptes au moins d'échanger quelques mots avec elle, insista-t-elle.

— Très bien, alors va chercher ton amie ! dit-il d'un ton impatient.

Au même instant, Chrystal, qui avait été trop impatiente pour attendre, apparut, souriante.

C'était bien elle de vouloir s'imposer par tous les moyens, dès lors qu'elle y trouvait son intérêt !

— Dane Camden ! J'ai beaucoup entendu parler de vous, minauda Chrystal à l'intention du petit-fils de Gigi.

— Dans ce cas, il est inutile que je fasse les présentations, remarqua Vonni, agacée.

— Enchanté, répondit Dane, d'un ton froid.

Chrystal prit une pose sexy, et Vonni sentit son agacement monter d'un cran.

— Oh ! cher Dane, si vous saviez combien je suis ravie de vous rencontrer ! s'exclama Chrystal.

— Ainsi, votre père a fondé l'entreprise où travaille Vonni ? s'enquit Dane. Je suis sûr qu'il se félicite d'avoir une collaboratrice aussi efficace que Vonni Hunter à son service.

Elle fut touchée qu'il profite de l'occasion pour la mettre en valeur.

— En effet, Vonni nous est précieuse, répondit Chrystal en regardant son amie avec affection.

Sans elle, jamais Burke's Wedding n'aurait acquis sa notoriété actuelle. Quoi qu'il en soit, le compliment lui fit chaud au cœur.

— Ne pensez-vous pas que Vonni serait l'associée idéale pour votre père ? suggéra Dane à Chrystal.

— Oui, en effet, bafouilla son amie en perdant de sa superbe.

Immédiatement, Vonni fut en alerte.

Pourquoi Chrystal semblait-elle si gênée tout à coup ?

Lui cachait-elle quelque chose d'important concernant ce partenariat avec les Burke ?

Depuis six ans, tous les matins, elle espérait trouver enfin dans son courrier ce fameux contrat de partenariat, mais le père de Chrystal semblait peu décidé à donner suite à ses promesses…

Chrystal s'était engagée à en reparler à son père et lui apporter bientôt sa réponse, mais, à ce jour, elle attendait encore d'être fixée sur son sort.

— Ne pensez-vous pas le moment venu pour votre père et vous de prendre Vonni comme associée ? reprit Dane en fixant Chrystal d'un regard pénétrant.

— Oh ! et si nous parlions d'autre chose ? minauda Chrystal.

Quel culot !

Non seulement son amie d'enfance se mêlait de venir récolter à sa place les félicitations des Camden pour la réussite du mariage de Gigi, mais en plus, elle n'avait aucun scrupule à faire du charme à Dane Camden en sa présence.

— Et de quoi donc voudriez-vous que nous parlions ? demanda Dane d'une voix lasse.

Chrystal haussa les sourcils.

— Je ne sais pas, moi ! Des prochaines régates californiennes, peut-être ?

Soudain, Vonni en eut assez.

— Désolée ! Il faut que j'aille en cuisine superviser la préparation des desserts, annonça-t-elle.

— Tu pars déjà ? s'étonna Chrystal en se tournant vers elle.

— Le travail n'attend pas, répliqua-t-elle avec une pointe de perfidie.

— Bien sûr, et j'en profiterai pour faire plus ample connaissance avec Dane, répondit Chrystal avec son sourire candide et exaspérant.

Elle s'apprêtait à la remettre à sa place vertement quand Dane regarda sa montre.

— Désolé, Chrystal, mais je dois moi aussi vous quitter pour discuter d'un projet urgent avec l'un de mes frères.

Et avant de se fondre dans la foule des invités, il adressa à Vonni un clin d'œil qui la rasséréna.

— Flûte ! gémit Chrystal en se tournant vers elle. Et dire que nous nous entendions si bien, Dane et moi.

— Oui, c'est bien dommage pour toi, ironisa-t-elle.

Chrystal soupira.

— Tu sais, au sujet de ce partenariat que tu espères, eh bien, j'ai finalement pu en parler à papa.

— Ah ?

D'un geste embarrassé, Chrystal se tordit les mains, fuyant le regard de Vonni.

— Mon père a une nouvelle fiancée, Gina, et autant te le dire, il est fou d'elle.

— Et quel rapport avec mon partenariat avec lui ?

Chrystal prit un air navré.

— Mon père a décidé de nommer Gina à la tête de Burke's Wedding, et il compte sur toi pour lui apprendre le métier. Quand j'ai objecté que tu étais l'âme de l'entreprise, il ne l'a pas contesté, mais il m'a reproché de ne pas m'être impliquée assez dans la bonne marche de nos affaires.

Elle crut avoir mal entendu.

— Non seulement ton père ne veut pas de moi comme associée, dit-elle, mais en plus, je devrais aider sa fiancée à prendre ma place à la tête de Burke's Wedding ? Ai-je bien compris ?

— Mon père compte épouser Gina, et comme Burke's Wedding est encore sa propriété, je n'ai pas mon mot à dire sur la façon dont il gère l'entreprise, déclara Chrystal en baissant les yeux.

Elle comprit qu'il ne servirait à rien d'adresser des reproches à son amie qui ne pouvait être tenue pour responsable des décisions de son père.

— Quand Gina entrera-t-elle en fonction ?

— Lundi prochain. Et papa compte sur toi pour la former sans perdre de temps.

Elle fronça les sourcils.

— Alors, c'était pour me dire tout ça que tu es venue ici, aujourd'hui, pas pour rencontrer Dane Camden ?

Chrystal esquissa un sourire.

— Evidemment ! Dane et toi allez si bien ensemble qu'il faudrait être idiot pour ne pas s'en apercevoir au premier coup d'œil.

Sans lui laisser le temps de répliquer, Chrystal lui adressa un petit signe de la main avant de se fondre dans la foule des invités.

Une fois seule, Vonni songea à la trahison du père de Chrystal. Pendant huit ans, elle s'était donnée corps et âme à l'entreprise, espérant un partenariat qu'il lui avait fait miroiter, alors qu'il n'avait jamais eu l'intention de partager son pouvoir et ses bénéfices avec elle.

Désormais, la seule issue honorable était de démissionner, et le plus tôt serait le mieux.

— Tout va bien, Vonni ? demanda Dane en surgissant devant elle, une coupe de champagne à la main. Tu discutais avec cette chipie de Chrystal, quand, soudain, tu es devenue toute pâle.

— Oh ! disons que je viens d'apprendre une mauvaise nouvelle, dit-elle en acceptant avec reconnaissance la coupe de champagne qu'il lui tendait.

— Une mauvaise nouvelle ? répéta Dane.

— C'est le moins qu'on puisse dire.

Elle trempa ses lèvres dans le champagne et fut satisfaite qu'il ne cherche pas à en savoir plus.

— Veux-tu aller prendre l'air avec moi dans le parc, le temps de te remettre de tes émotions ?

L'offre était tentante. Elle avait besoin d'être consolée, et se retrouver dans les bras de Dane lui ferait le plus grand bien. Mais elle se força à refuser.

— Je manque de temps, dit-elle d'un ton d'excuse. Il me faut surveiller le personnel et veiller à l'approvisionnement du buffet en petits-fours et boissons.

— Je comprends, répondit Dane, et dans ce cas, nous parlerons plus tard.

— Oui, confirma-t-elle en exerçant une discrète pression de ses doigts sur son bras.

Déjà trahie par Howard Burke, elle espérait que Dane ne reviendrait pas sur sa décision de lui confier la direction des espaces « mariage » des magasins Camden. Ce serait le comble de l'infortune puisque alors, elle se retrouverait sans emploi…

Une fois la réception terminée et le personnel parti, Vonni avait accepté avec reconnaissance l'invitation de Dane à venir boire un verre chez lui.

A son soulagement, quand elle l'avait mis au courant

du mauvais tour que Burke père lui avait joué, il avait renouvelé son offre de l'engager comme responsable des espaces « mariage » au sein du groupe Camden, ce qui lui avait mis du baume au cœur.

— Un whisky ? lui proposa-t-il quand elle fut assise sur le canapé, dans son luxueux salon.

— Oui, pourquoi pas ! fit-elle en s'efforçant de lui cacher à quel point elle était troublée de se retrouver seule avec lui dans le lieu même où, la veille, ils avaient failli faire l'amour.

Une fois servie, elle trempa avec précaution ses lèvres dans le liquide ambré.

Elle n'avait pas du tout l'habitude de boire, et c'était seulement depuis sa rencontre avec Dane qu'elle se sentait assez libre pour s'autoriser ce genre d'écarts.

— Excellent, dit-elle.

— Pas mauvais, convint-il à son tour avec un clappement appréciateur de la langue. Et pour en revenir à notre discussion, si tu acceptes de travailler pour nous, ça serait pour toi le début d'une carrière prometteuse.

Après sa longue journée de travail, ses pieds lui faisaient si mal qu'elle ne put s'empêcher de laisser échapper une petite grimace.

— Qu'y a-t-il ? demanda-t-il aussitôt.

— Je suis restée trop longtemps debout, répondit-elle en riant.

— Mais voyons, qu'attends-tu pour te déchausser ? lui enjoignit Dane. Tu sais bien qu'entre nous, il n'y a pas lieu de faire des manières.

Elle ne se fit pas prier. Sans plus attendre, elle se mit à son aise, avant d'en revenir à leur discussion.

— Même si j'ai confiance en toi, dit-elle avec un soupir, je ne peux oublier qu'à cause de ton aïeul

H. J. Camden, mon grand-père a autrefois été spolié de sa découverte.

Il vint s'asseoir face à elle et jeta un regard admiratif à ses jambes gainées de Nylon.

— Tu sais bien que je n'étais pas né quand le vieux H. J. a joué ce sale tour à ton grand-père. Et pour réparer le tort qui t'a été fait, nous t'offrons bien mieux qu'un partenariat chez Burke.

— Je le sais, mais ce qui me donne vraiment du plaisir dans ce métier est d'organiser des mariages, de rencontrer la clientèle, et non de passer mes journées enfermée dans un bureau climatisé.

— Une fois l'infrastructure mise en place, il ne tiendra qu'à toi de reprendre du service sur le terrain si c'est ce qui te tente, répliqua-t-il. Du reste, tu es notre meilleure publicité.

— Tu me prêtes une notoriété que je n'ai pas, protesta-t-elle en finissant son verre.

— A Denver, mais aussi ailleurs, le nom de Vonni Hunter ouvre bien des portes, insista-t-il, et crois-moi, nous mesurons à sa juste valeur tout le potentiel que tu représenterais pour notre entreprise.

Même s'il exagérait, elle ne pouvait s'empêcher d'être flattée qu'il la considère comme un élément aussi prometteur pour l'avenir commercial de Camden Ltd.

— Admettons que j'accepte votre proposition, dit-elle. Qui me dit que j'aurai les coudées franches pour mener à bien des projets qui me tiennent à cœur ?

— Tu auras un contrat en or qui garantira ton indépendance, répondit-il. Crois-moi, jamais le père Burke ne te proposerait ce que ma famille et moi sommes disposés à t'offrir.

Le bon sens lui conseillait d'accepter l'offre généreuse

de Dane, et ce, d'autant plus qu'elle savait désormais ne rien avoir à attendre de la part d'Howard Burke. Pour cela cependant, il lui faudrait aussi oublier H. J. Camden et ses manigances.

— Après ce que les Camden ont fait à mon grand-père, murmura-t-elle comme si elle se parlait à elle-même, est-il bien raisonnable que je coopère avec vous ? Quelles garanties aurai-je que vous ne m'évincerez pas, une fois les espaces « mariage » mis en place dans vos magasins ?

Dane griffonna quelques mots sur une feuille de papier qu'il lui tendit.

— Voici les coordonnées d'un des avocats les plus célèbres de Denver qui, pour diverses raisons, voue aux Camden une haine farouche. Crois-moi, s'il pouvait nous ruiner, il ne s'en priverait pas. Fais-lui rédiger un contrat qui te garantira, si jamais tu devais quitter notre groupe, une petite fortune en indemnités.

Elle se sentit rassérénée, ce dont elle avait grand besoin après le choc qu'avait été pour elle la nouvelle de son éviction programmée de Burke's Wedding.

— Pourquoi te donnes-tu tant de mal pour moi ? lui demanda-t-elle en se blottissant dans ses bras. La préparation du mariage de Gigi… Ton offre commerciale… Ton aide dimanche dernier…

— Tu ne devines pas ?

— Si, répondit-elle en baissant les yeux.

Pourtant, n'avait-elle pas décidé qu'il lui fallait garder ses distances avec un homme ne jurant que par le célibat et n'ayant aucune intention d'avoir des enfants ?

— Alors, que dis-tu de ma proposition de venir travailler pour nous ? insista-t-il.

Sans doute faisait-elle une erreur en envisageant

de s'impliquer dans les affaires des Camden. Mais comment résister alors que ses sentiments pour Dane devenaient plus forts de jour en jour ?

— J'ai bien envie d'accepter, dit-elle enfin.

— Tant mieux ! répondit-il avec un sourire.

Bien décidée, cette fois, à ne plus laisser passer une aussi belle occasion de faire l'amour avec un homme qu'elle désirait plus que tout au monde, elle serra plus fort sa main dans la sienne.

— Puisque le mariage de ta grand-mère est terminé, rien ne nous oblige à observer un devoir de réserve l'un vis-à-vis de l'autre, fit-elle avec un petit sourire.

— S'agirait-il d'une proposition galante, mademoiselle Hunter ? demanda-t-il avec un sourire.

— Peut-être bien, monsieur Camden, répondit-elle sur le même ton en entreprenant de déboutonner la chemise qui moulait son torse viril.

— Tu es sûre que tu ne le regretteras pas ? lui demanda-t-il d'une voix douce. Chrystal t'a appris une mauvaise nouvelle, tout à l'heure, et je ne voudrais pas que ce soit par dépit que…

— J'ai envie de toi, voilà tout, s'empressa-t-elle de répondre, et je suis assez grande pour prendre mes responsabilités. En un sens, ma déconvenue avec les Burke a du bon, car elle m'a obligée à ouvrir les yeux et à devenir plus réaliste.

Sans perdre de temps, elle acheva de déboutonner la chemise de Dane, puis elle posa ses mains sur son torse couvert d'une toison bouclée, frissonnant au contact de sa peau brûlante.

— Oh Dane ! dit-elle en se serrant alors contre lui.

— Vonni ! répondit-il en caressant ses seins par-dessus son chemisier.

Les yeux mi-clos et les lèvres entrouvertes, elle attendit qu'il l'embrasse, comme il l'avait si bien fait la nuit précédente, avant qu'elle mette un terme à leurs effusions.

Et quand il prit enfin possession de sa bouche, quand son souffle se mêla au sien, elle soupira d'aise tout en lui rendant son baiser.

Elle sentit qu'il l'attirait entre ses cuisses robustes.

— Viens, viens plus près ! la supplia-t-il.

Bien cambrée, collant son ventre contre son sexe en érection, elle se mit alors à onduler contre lui.

Ce soir, juste ce soir ! se répéta-t-elle, imposant ainsi par avance silence à ses éventuels remords.

Elle pouvait bien s'octroyer deux heures de plaisir avec Dane, elle qui, depuis de longs mois, menait une vie désespérément chaste…

— Tu es si viril ! lui dit-elle d'un ton langoureux.

— Et toi si belle, dit-il avant de l'embrasser sur la bouche.

— Encore ! dit-elle quand il s'interrompit pour reprendre son souffle.

Elle se cambra entre ses bras tandis qu'il tirait d'un coup sec sur la fermeture de sa robe.

— Dire que je ne t'ai encore jamais vue nue…, murmura-t-il d'un ton gourmand.

Sa robe glissa lentement le long de ses hanches puis de ses cuisses et vint former à ses pieds une corolle chatoyante.

— Je suis toute à toi, dit-elle, consciente qu'elle se trouvait à moitié nue devant lui, en soutien-gorge, culotte, bas et porte-jarretelles.

— Oh ! Vonni ! s'exclama-t-il en reculant d'un pas pour mieux la regarder.

Les mains sur les hanches, les cuisses légèrement écartées, elle prit une pose provocante.

— Si tu savais comme j'ai rêvé de faire l'amour avec toi, murmura-t-elle.

— Tu es sûre que tu ne le regretteras pas ? demanda-t-il encore une fois.

— Certaine !

Et pendant qu'il dégrafait son soutien-gorge, elle ouvrit son pantalon.

Avec un grognement impatient, il dénuda ses seins et se mit à les caresser frénétiquement.

— Oui ! murmura-t-elle tout en empoignant son sexe en érection.

Depuis le début de leur relation, elle avait rêvé de ce moment, et ce soir, par miracle, son vœu était enfin exaucé.

— Je te désire tant ! s'exclama-t-il en la regardant dans les yeux.

Et tout en l'embrassant fougueusement, il plaça bien en vue sur le comptoir de la cuisine le préservatif qu'il venait d'extraire de sa poche.

Toujours plus fébrile à l'idée de faire l'amour avec lui, elle jeta des coups d'œil impatients sur le préservatif.

— Bientôt, souffla Dane en l'enlaçant, ses mains caressant ses fesses.

Elle frémit quand il pressa son sexe durci sur son ventre.

— Je ne peux plus attendre ! J'ai trop envie de toi ! lui murmura-t-elle à l'oreille.

Avec un grognement de plaisir, il l'adossa au comptoir, lui écarta les cuisses et entreprit de caresser son sexe.

— Dane…, murmura-t-elle d'une voix rauque.

S'il continuait, elle ne pourrait pas résister longtemps au plaisir qu'elle sentait déjà monter en elle.

— Donne-toi ! lui intima-t-il sans la quitter des yeux.

Alors que, subjuguée, elle se prêtait en gémissant à ses caresses, une vague de plaisir l'emporta soudain.

— Oui, oh oui ! cria-t-elle.

— Vonni ! s'exclama-t-il en lui arrachant sa culotte.

Leurs regards soudés, ils se caressèrent avec fougue, puis il enfila le préservatif et la pénétra d'un coup de reins.

— A toi, je suis à toi ! gémit-elle, ses cuisses nouées autour de la taille de Dane, ses bras autour de son cou.

Avec un cri rauque, il commença à bouger en elle, d'abord lentement, puis de plus en plus vite, alors que leurs cris se confondaient, que leurs souffles se mêlaient, que ses seins s'écrasaient avec force contre son torse.

— Allons dans ta chambre, lui souffla-t-elle à l'oreille.

Il l'emporta dans ses bras puissants jusqu'à l'étage et la déposa en douceur sur un lit gigantesque.

— Et maintenant, continue ce que tu as si bien commencé, ajouta-t-elle d'une voix que l'émotion rendait rauque.

Alors qu'il était de nouveau en elle, toujours plus viril, toujours plus fougueux, elle s'abandonna à lui dans un ultime acte de soumission.

Cette nuit, elle ne voulait penser qu'à ce plaisir inouï qu'il lui procurait.

Il serait bien temps, demain, de faire le bilan de leur folle aventure…

- 10 -

Le soleil entrait à flots dans la chambre, et Vonni se blottit entre les bras de Dane.

Jamais elle ne s'était sentie aussi heureuse, aussi détendue.

Dane et elle avaient fait l'amour jusqu'à 4 heures du matin, puis ils s'étaient assoupis pour recommencer à l'aube, au point qu'elle était épuisée de plaisir.

— Je t'ai griffé le dos ! dit-elle à Dane avec un petit soupir satisfait.

— Tu peux bien me faire tout ce que tu veux, répliqua-t-il en l'enlaçant avec fougue.

Touchée, elle se blottit dans ses bras, et quand il prit sa bouche, elle lui rendit son baiser.

— Que dirais-tu si nous allions prendre notre brunch en famille, chez Gigi ? suggéra-t-il peu après.

En dépit du sentiment de plénitude qui était le sien, elle ne perdait pas de vue que leurs buts divergeaient : jamais il ne voudrait l'épouser, et elle, de son côté, savait qu'elle ne se satisferait pas longtemps d'un rôle de maîtresse.

Au moins, et contrairement à d'autres, il ne lui avait jamais promis le mariage, et elle lui savait gré de sa franchise. C'était du reste aussi pour cette raison qu'elle avait fini par lui céder, le temps d'une belle nuit d'amour.

— Il faut que je rentre chez moi. Ma mère ne va

pas tarder à m'appeler, et je ne veux pas lui faire faux bond, répondit-elle.

Il fronça les sourcils.

— Tu ne peux pas remettre cette conversation à plus tard ?

— Ça me paraît difficile, soupira-t-elle en sentant se réveiller sa méfiance.

Chaque fois qu'elle avait fait confiance à un homme, le réveil avait été douloureux, et elle en arrivait à croire qu'il était stupide de sa part de vouloir pousser au mariage un homme qui n'en avait nulle envie. Une erreur qu'elle se garderait bien de commettre avec Dane.

Certes, elle se priverait du plaisir de le revoir, et, qui sait, peut-être de vivre avec lui une merveilleuse histoire d'amour inachevée, mais tant pis !

— A quoi penses-tu ? lui demanda-t-il.

— Oh ! à des choses et d'autres, répondit-elle, évasive.

Il l'enlaça avec fougue.

— J'espère que tu sais à quel point tu comptes pour moi ?

— Oui, et toi aussi, tu comptes beaucoup pour moi, répondit-elle en bridant son envie de refaire l'amour avec lui.

D'une caresse, elle s'autorisa à effleurer son menton.

— Jamais je n'ai été aussi heureuse que dans tes bras, lui avoua-t-elle.

Il s'assit dans le lit et la regarda, songeur.

— Alors, où est le problème ? Pourquoi ne pas venir avec moi chez Gigi ? Tu serais la bienvenue, et je peux t'assurer que ma famille t'aime beaucoup.

— Souviens-toi de ce que nous étions convenus, hier soir, lui rappela-t-elle. Une nuit, une seule nuit ensemble…

Il eut une mimique agacée.

— Qu'est-ce qui nous empêche de changer d'avis ? Après le brunch, nous pourrions par exemple aller chercher Charlie au refuge, l'emmener en promenade, puis aller dîner en amoureux dans un restaurant exotique avec orchestre de mariachis ?

— J'avoue que c'est tentant, dit-elle en sentant fléchir sa résolution.

— Tu vois bien ! insista-t-il en l'embrassant. Et puis, nous en profiterions pour évoquer notre avenir.

Elle s'obligea à rassembler son courage.

— Cette nuit était formidable, lui dit-elle d'une voix douce, et pour qu'elle le reste, il ne faut plus que nous recommencions.

— Est-ce vraiment ce que tu veux ? demanda-t-il d'un ton chagriné.

— Oui, décréta-t-elle, et je comprendrais très bien que tu ne tiennes plus, désormais, à m'offrir ce poste de responsable dans votre entreprise.

— Même si tu refuses d'avoir une relation sentimentale avec moi, il va de soi que mon offre tient toujours, dit-il en haussant les épaules.

— Dans ce cas, nous travaillerons ensemble, mais nos relations resteront purement professionnelles, affirma-t-elle d'un ton qui manquait d'assurance.

Elle avait craint un esclandre, mais il se contenta de hocher la tête, pensif.

— Il en sera comme tu le désires, déclara-t-il.

Et il lui lança un regard si éloquent qu'elle eut des remords de lui avoir adressé une fin de non-recevoir.

— Je suis attachée au mariage, et je rêve d'avoir un jour des enfants, crut-elle bon de préciser une fois de plus. Avec toi, rien de ce que je désire ne se concrétisera. Tu restes obstinément attaché à ta liberté et au célibat, et dans ces conditions, je préfère ne prendre aucun risque.

— Tu as donc peur de t'attacher à moi ?

— Oui, et peut-être encore plus d'être abandonnée ensuite, admit-elle.

— Qu'est-ce qui te permet d'affirmer que j'aurais l'intention de t'abandonner ? insista-t-il en fronçant les sourcils.

— Mon expérience. Les hommes que j'ai connus m'ont systématiquement trahie.

— Je n'ai jamais prétendu vouloir t'épouser sous prétexte que je te trouvais charmante, déclara-t-il, et aucune des femmes que j'ai connues ne pourrait m'accuser d'avoir joué avec ses sentiments…

En effet, contrairement à Tanner et aux autres hommes de sa vie, lui au moins n'avait pas cherché à se faire passer pour qui il n'était pas.

— Oh Dane ! fit-elle, déchirée, en se jetant dans ses bras.

— Vonni ! répondit-il en la serrant contre lui.

Elle quêta son regard.

— Si je m'attachais à toi, je voudrais à tout prix me convaincre que nous sommes faits l'un pour l'autre et qu'avec le temps, tu pourrais peut-être changer d'avis en ce qui concerne le mariage. Et ce serait une erreur de ma part.

— Tu sais bien que…

— Chut ! Tu pourrais être tenté de me faire des promesses qui seraient difficiles à tenir. Et moi, amoureuse de toi comme je le suis, j'aurais tendance à te croire…

— Rien ne te permet d'affirmer que les choses se dérouleraient ainsi entre nous, plaida-t-il.

— Oui, convint-elle, sachant qu'il s'en faudrait de peu pour qu'elle s'attache durablement à cet homme merveilleux avec lequel elle venait de vivre des heures torrides, mais je ne peux m'empêcher de croire au pire. Et je ne veux plus souffrir comme j'ai pu souffrir auparavant.

Une ou deux nuits de plus dans ses bras, et elle succomberait définitivement à son charme, à son art de lui faire l'amour, ce qui ne ferait que la rendre encore plus vulnérable à une éventuelle séparation…

Il l'embrassa tendrement sur le front.

— Ma petite Vonni, comme j'aimerais te faire changer d'avis ! Tu me deviens chaque jour plus proche, et ma famille t'apprécie beaucoup.

— La réciproque est vraie, dit-elle, tant elle gardait de son dîner avec les Camden le meilleur des souvenirs.

Gigi s'était montrée charmante et attentionnée, autant que Seth, Cade, Lang, Jani et le restant de la fratrie, mais ce n'était pas une raison pour qu'elle accepte de se lancer dans une aventure qui, elle le savait hélas, se terminerait sans doute très mal.

— Mieux vaut en rester là, déclara-t-elle en s'efforçant de sourire.

— Plus de nuit ensemble ?

— Plus de nuit ensemble.

— Pas de brunch ?

— Pas de brunch.

— Et tu signeras ton contrat avec nous ?

— Oui, puisqu'il s'agit d'un engagement professionnel et non sentimental.

Comme il soupirait, elle insista :

— Ai-je ta parole que tu respecteras ma décision ?

— Oui, répondit-il d'une voix triste. Si tu acceptes

ce poste, il ne sera jamais question entre nous d'autre chose que de travail.

Plus désemparée que jamais, mais néanmoins satisfaite d'avoir trouvé une issue à son dilemme, elle sortit du lit sans prendre la peine de voiler sa nudité.

— Je t'appellerai dès que l'avocat que tu m'as recommandé aura préparé le contrat, dit-elle en faisant face à Dane qui la dévorait du regard.

— Très bien, répondit-il d'une voix émue.

Et, tandis qu'il la regardait avec convoitise, elle se dirigea vers la salle de bains.

Après le départ de Vonni, Dane avait pris sa douche à contrecœur, tant il se sentait d'humeur morose, puis, comme tous les dimanches, il s'était rendu chez sa grand-mère pour le brunch familial.

Chacun avait observé à son égard la plus totale discrétion, mais il avait senti combien sa relation avec Vonni était devenue pour tous une source de curiosité.

Après avoir bu son café et grignoté quelques toasts nappés de marmelade, il avait prétexté un travail urgent pour quitter la table et chercher refuge dans le bureau de H. J., une pièce aux murs tapissés de livres dans laquelle il se sentait bien et qui était propice à la méditation.

Avant qu'il ait eu le loisir de rassembler ses pensées, la voix cristalline de Gigi retentit dans le couloir.

— Dane ! Où donc es-tu passé ?

— Je suis dans le bureau de H. J., grand-mère, répondit-il d'un ton résigné.

— Que se passe-t-il ? demanda-t-elle en entrant dans

le bureau. C'est la première fois que je te vois quitter la table aussi vite. Ne me dis pas qu'entre Vonni et toi…

Quelques heures plus tôt, Vonni haletait sous ses caresses, et l'évocation de son visage radieux raviva un peu plus sa déception de ne pas avoir su la convaincre que leur histoire méritait de se prolonger.

Qui aurait cru que l'intérêt qu'elle lui inspirait se muerait peu à peu en un sentiment qui ressemblait à de l'amour ?

— Vonni et moi sommes devenus amants, cette nuit, avoua-t-il à sa grand-mère dans un élan de confiance.

— Ah, je vois… Et puisqu'elle ne t'a pas accompagné ici, c'est sans doute que vous vous êtes disputés ?

— Il s'agissait moins d'une dispute que d'une divergence de vues, expliqua-t-il. Vonni tient à tout prix à se marier et à avoir des enfants, et moi pas.

— Tu as tort ! répliqua Gigi.

— Peut-être bien, mais c'est mon choix, et je n'en démordrai pas.

— Mon pauvre Dane, tu es aussi entêté que pouvait l'être H. J.

— Au moins ai-je de qui tenir, persifla-t-il.

— Le cynisme te va mal, rétorqua sa grand-mère. Dois-je en déduire que, parce que Vonni et toi avez décidé de ne plus vous revoir, elle ne travaillera jamais pour nous ?

— Eh bien, réjouis-toi, car elle a accepté notre offre.

— Ah, tant mieux ! Peut-être tout n'est-il pas perdu avec elle ?

— Malheureusement, si ! Vonni ne veut plus rien avoir à faire avec moi, sinon professionnellement, dit-il avec une certaine tristesse.

Elle le dévisagea avec compassion.

— Allons, Dane, les choses peuvent encore s'arranger entre vous, crois-en mon expérience. Qui va rédiger le contrat de travail de Vonni ?

— John Beckman.

Elle eut une moue de désapprobation.

— Connaissant Beckman, les intérêts de notre recrue seront bien protégés ! Enfin, s'attacher les services de cette organisatrice hors pair valait cette concession, approuva-t-elle.

Il sentit son cœur se serrer. S'il avait insisté auprès de Vonni, c'était sans aucune arrière-pensée autre que celle de réparer le tort fait autrefois aux Hunter par H. J.

Savoir qu'il ne la tiendrait plus jamais dans ses bras, que ses lèvres ne se poseraient plus sur sa bouche, et qu'enfin, jamais plus elle ne l'implorerait de lui faire l'amour accentua encore sa mélancolie.

Tout à l'heure, alors qu'il aurait ardemment souhaité parler avec elle de leur avenir, elle s'était dirigée vers la salle de bains, en lui offrant comme un ultime cadeau le charmant spectacle de son corps nu.

A présent, il regrettait de l'avoir laissée partir sans autre explication, mais peut-être n'était-il pas encore trop tard pour redresser la situation ?

Gigi lui lança un regard inquiet.

— Tu t'es donné beaucoup de mal pour mener à bien, avec Vonni, les préparatifs de mon mariage. Pourquoi ne profiterais-tu pas de ce que nous sommes dimanche pour sortir et te détendre un peu ?

— Je crois que je vais suivre ton conseil, fit-il avec un grand sourire.

Gigi l'embrassa.

— Même en amour, Dane, il n'y a de problème qui ne trouve sa solution, lui glissa-t-elle à l'oreille.

*
* *

Une fois seul, il ne put s'empêcher de repenser aux propos de Gigi.

« Même en amour, il n'y a de problème qui ne trouve sa solution… »

Quand Vanessa avait décidé de sacrifier leur vie de couple pour entamer des études de médecine, à des milliers de kilomètres de lui, il n'avait ressenti qu'une tristesse passagère, et il en était allé de même avec Donna et même avec Rebecca qui, contrairement aux autres, voulait se marier et avoir des enfants à un moment où lui ne le désirait plus.

En fait, aujourd'hui, il devait admettre qu'il n'avait jamais vraiment aimé aucune de ces femmes, alors que la pensée qu'un autre puisse lui prendre Vonni lui était insupportable.

Jusqu'où était-il prêt à aller pour reconquérir Vonni ? Pour qu'elle ait foi en lui et qu'elle ne le considère pas comme un opportuniste ?

Un mois plus tôt, la pensée qu'il pourrait un jour sacrifier sa liberté bien-aimée lui aurait paru de l'ordre de l'impossible, mais aujourd'hui, rompre avec le célibat ne lui paraissait plus aussi inconcevable.

- 11 -

Une fois rentrée chez elle, Vonni se laissa aller à sa tristesse et pleura toutes les larmes de son corps.

En rompant avec Dane, elle avait gâché ses chances d'être heureuse, et tout ça, au nom de ses sacro-saints principes qui la poussaient depuis toujours à vouloir être aimée en tant qu'épouse, que future mère, et non en tant que femme libre de son corps et de son désir…

Pour la première fois peut-être, elle eut le courage d'admettre qu'elle n'avait rien fait pour favoriser l'éclosion d'une véritable relation amoureuse avec Dane qui, pourtant, lui avait donné des gages répétés de sa bonne foi.

— J'aurais dû lui dire que je l'aimais ! Que je voulais vivre avec lui sans conditions ! se morigéna-t-elle en essuyant ses larmes d'un geste rageur de la main.

Ne se sentant pas le courage de se connecter sur internet avec sa mère, elle envoya à cette dernière un SMS pour décaler leur rendez-vous, puis, un peu rassérénée, elle se décida à aller retrouver Charlie au refuge pour animaux.

Jouer à la balle avec sa chienne sur la pelouse lui fit le plus grand bien sans pour autant la guérir de son chagrin, car, en voyant Ralph, elle sentit de nouveau couler ses larmes.

Quelle sotte elle avait été de gâcher ses chances avec un homme tel que lui !

Le retour fut morose, et après s'être remaquillée pour effacer les coulées de mascara sur ses joues, elle se connecta avec sa mère.

— Bonsoir, ma chérie ! Ton dimanche a-t-il été agréable ? lui demanda celle-ci.

— Très, répondit-elle, consciente qu'il s'agissait là de la litote de l'année. Et de ton côté ?

— Audie et moi revenons tout juste de l'aéroport où nous avons accompagné Dashell, lui expliqua sa mère. J'avais l'intention de te demander d'aller le chercher à son arrivée à Denver afin que vous fassiez connaissance, mais après avoir reçu ton SMS, je me suis dit qu'il était préférable d'attendre une autre occasion.

L'insistance de sa mère à lui faire rencontrer le fils de l'homme avec lequel elle vivait ne manqua pas, une fois de plus, de l'exaspérer.

— Tu as bien fait, car je n'aurais pas eu le temps d'aller à l'aéroport, répondit-elle avec franchise.

— Aurais-tu passé ton dimanche avec un petit ami ? s'enquit sa mère en souriant.

Décidée à garder pour elle-même ses déconvenues sentimentales, elle s'efforça de sourire.

— Je suis allée voir Charlie au refuge, et nous avons joué ensemble pendant deux bonnes heures, répondit-elle.

La compagnie de sa chienne avait été pour elle un réconfort, mais en réalité, elle n'avait cessé de penser à Dane.

Au souvenir de cette nuit fabuleuse passée entre ses bras, elle eut du mal à contenir son émotion.

— Que se passe-t-il donc ? s'inquiéta sa mère.

— Oh ! je crois que j'ai pris un peu trop de soleil aujourd'hui, mentit-elle.

— Vraiment ? insista sa mère. Tu me parlerais, n'est-ce pas, s'il t'était arrivé quelque chose de grave ?

— Bien sûr.

Son visage dut la trahir, car, sur l'écran de l'ordinateur, elle vit sa mère froncer les sourcils.

— Je crois que tu me caches quelque chose, ma petite fille, décréta Elizabeth.

Une idée providentielle lui traversa l'esprit.

— Autant que tu le saches, maman, mes espoirs de partenariat avec les Burke tombent à l'eau, car Gina, la future Mme Burke, a l'intention de prendre la direction de l'entreprise.

— Quelle malchance !

— Comme tu dis ! Non seulement Howard Burke compte sur moi pour former cette Gina, mais en plus, il me faudrait travailler sous ses ordres, précisa-t-elle.

— Que comptes-tu faire, ma chérie ?

— Accepter l'offre des Camden dès que j'aurai mené à bien les contrats en cours chez Burke's Wedding, déclara-t-elle.

— H. J. Camden s'est mal conduit autrefois envers nous, lui rappela sa mère. Ne crois-tu pas que tu devrais réfléchir avant de travailler pour eux ?

— En m'offrant un contrat en or, les Camden ne montrent-ils pas qu'ils tiennent à réparer le tort fait autrefois à grand-père ? plaida-t-elle.

Sa mère fit la moue.

— Je crois plutôt que les Camden ont conscience de ta valeur commerciale et de tes talents d'organisatrice. Ils ont besoin de toi, mais n'osent pas te le dire de façon trop directe, de peur de te voir partir chez la concurrence.

— En mettant en avant leur faute passée et leur désir de la réparer, tu estimes donc qu'ils chercheraient à m'amadouer ?

— Oui, répondit sa mère.

— Dane Camden a toujours été charmant avec moi, ajouta-t-elle, émue.

— On peut être charmant et retors, l'avertit sa mère.

— Certes, mais il a aussi, le premier, suggéré que je fasse appel aux services d'un avocat qui ne porte pas particulièrement les Camden dans son cœur, ce qui, pour moi, est une garantie supplémentaire que mes intérêts seront préservés.

Sa mère soupira.

— Je reste convaincue que les Camden veulent t'impliquer affectivement dans leurs affaires pour mieux te retenir dans leurs filets.

— Oui, c'est possible, dit-elle, songeuse.

Dane aurait-il eu pour mission de la séduire uniquement dans le but de la faire signer chez les Camden ? Si tel était le cas, alors, en effet, elle n'avait rien perdu en rompant avec lui si brutalement, ce matin même, et elle se défendrait désormais d'avoir des regrets.

Mais s'il en allait autrement ?

Après tout, Dane ne lui avait jamais rien caché, ni le fait que sa famille espérait la voir travailler pour elle, ni les erreurs passées de H. J. et le tort commis par ce dernier au détriment de son grand-père Abe Hunter. Sans compter qu'un homme manipulateur, aussi doué fût-il, ne lui aurait jamais murmuré autant de mots tendres à l'oreille en lui faisant l'amour…

— Si grand-père était encore de ce monde, que crois-tu qu'il me conseillerait de faire ?

Sa mère lui sourit.

— Il te dirait de veiller à tes intérêts mieux qu'il n'avait su le faire concernant sa formule miracle.

Alors qu'elle s'apprêtait à répondre, elle entendit tambouriner à sa porte.

— Excuse-moi, maman, mais j'ai de la visite, sans doute cette chipie de Mme Dunwilly.

— Je vais te laisser, fit sa mère, et nous reprendrons notre conversation plus tard.

— Entendu.

Les coups redoublèrent à sa porte.

Après avoir éteint son ordinateur, elle s'empressa d'aller ouvrir.

— Toi !

Dane se tenait devant elle, sa chienne Charlie sous son bras droit et, sous le gauche, Ralph, le chien avec lequel il avait sympathisé au refuge.

— J'avais très envie de te voir, déclara-t-il en lui adressant un sourire à la faire fondre.

— Oui, mais pourquoi les chiens ?

— Je suis passé au refuge juste avant l'heure de la fermeture, et Mac m'a permis de les emmener. Je comptais te faire une surprise.

— C'est réussi ! dit-elle à Dane en le faisant entrer.

Tout en refermant la porte derrière lui, elle prit conscience du fait qu'elle ne portait qu'un déshabillé qui révélait son corps nu et elle s'empressa d'aller enfiler sa robe de chambre.

— Et maintenant, voudrais-tu m'expliquer un peu de quoi il retourne ?

Il déposa les deux chiens à terre, puis se tourna vers elle.

— Il fallait que je te parle, commença-t-il, car chaque seconde vécue loin de toi est une seconde perdue.

Elle sentit un frisson la parcourir.

— Si nous avions les mêmes objectifs, à savoir le mariage et l'envie de fonder une famille, j'aurais été la première à vouloir vivre avec toi, reconnut-elle.

— C'est bien pourquoi je suis ce soir chez toi.

— Tu veux dire que…

Il riva son regard au sien.

— Tu me manques tant, Vonni ! Tu manques à ma vie et sans toi, j'ai l'impression de ne plus exister.

La gorge nouée, elle tenta de se donner une contenance.

— Tu dis ça, mais…

— Je suis sincère, la coupa Dane.

— Mon objectif est toujours d'avoir un mari et des enfants.

— C'est aussi devenu le mien depuis aujourd'hui, déclara-t-il, et pour t'en convaincre, jette un coup d'œil sur le collier de Charlie.

Un peu étonnée, elle prit la chienne dans ses bras et vit qu'une bague en or sertie de diamants était fixée à la boucle métallique du collier.

Il lui lança un regard brûlant.

— Je suis allé acheter cette bague tout à l'heure, au centre commercial ouvert le dimanche, dit-il, et j'ai l'honneur de te demander ta main.

— C'est une plaisanterie ? demanda-t-elle en sentant son cœur battre la chamade.

La perspective de vivre enfin avec l'homme qu'elle chérissait plus que tout au monde n'était-elle pas en effet inespérée ?

— Je t'aime, et je n'ai jamais été plus sérieux, répondit-il.

Mue par un ultime scrupule, elle le regarda dans les yeux.

— Tu es sûr de vouloir t'engager pour la vie avec une femme comme moi ? Je ne voudrais pas te voir malheureux par la suite.

— C'est toi que j'aime, répéta-t-il d'un ton solennel.

Soupirant d'aise, elle vint se blottir contre lui.

— Me désireras-tu encore demain ? s'inquiéta-t-elle.

— Demain, après-demain et tous les jours, répondit-il en l'embrassant sur la bouche.

Elle lui rendit son baiser avec fougue.

— Nous aurons des enfants ?

— Oui.

— Tu les élèveras avec moi ?

— Bien sûr !

— Sans te lasser ni t'énerver quand ils feront des bêtises ? Sans vouloir nous quitter parce que cette vie de famille finirait par t'ennuyer ?

— Tu as ma parole d'homme.

Lentement, il détacha la bague d'or et de diamants du collier de Charlie et la lui présenta sur sa paume offerte.

— Veux-tu être ma femme, Vonni ?

Elle crut que son cœur allait exploser, et les pensées se bousculèrent par milliers dans sa tête.

— Rien ne me plairait plus au monde, mais j'ai si peur d'une déconvenue que…

— Aie confiance, la coupa Dane.

N'avait-elle pas déjà été échaudée plusieurs fois par des hommes qui lui promettaient le mariage et qui, en définitive, s'étaient montrés incapables d'assumer ce choix ?

— J'aimerais tant te croire.

Il prit ses mains dans les siennes.

— Ce matin, tu es partie si brusquement que je n'ai pas eu le temps de te confier ce que tu m'inspires comme sentiments. Toute la journée, j'ai pensé à toi, à nous, à notre vie future, et ce soir, je peux t'affirmer solennellement que je t'aime et que tu es la femme de ma vie.

Elle l'avait quitté à la hâte par crainte de ne plus pouvoir se passer de lui si elle s'attardait une seconde de plus à ses côtés, et maintenant, c'était lui qui venait à elle, lui qui faisait amende honorable, alors pourquoi ne pas le croire ?

— Oh Dane, si tu savais combien tu m'as manqué ! dit-elle en caressant son beau visage qu'éclairait l'éclat de ses yeux bleus.

— Je t'aime, répéta-t-il, et j'ai l'intention de te rendre heureuse jusqu'à la fin des temps.

Dès leur première rencontre, une attirance instinctive les avait rapprochés. Il avait su l'écouter et, pour la première fois peut-être, elle avait eu la sensation qu'un homme s'intéressait vraiment à elle.

Puis il y avait eu ces sorties au restaurant, ces caresses furtives, ces baisers, leurs regards qui en disaient si long sur leurs attentes respectives.

— Moi aussi je t'aime, dit-elle, mais es-tu sûr que nous serons heureux l'un avec l'autre si nous nous marions ?

— J'en suis certain, et en plus, l'avocat dont je t'ai parlé et qui déteste les Camden rédigera un contrat de mariage t'offrant toutes les garanties possibles.

Elle prit le temps de réfléchir.

— Une fois devenue ta femme, serai-je toujours responsable des espaces « mariage » au sein du groupe Camden ?

— Plus que jamais. Nous travaillerons en famille, et plus tard, avec nos enfants, lui répondit-il avant de passer à son doigt la bague en or et diamants qui lui allait parfaitement.

— Oh Dane ! dit-elle, émue, en admirant la bague qui brillait à son annulaire.

— Et tu sais quoi ? ajouta Dane, nous emménagerons très bientôt avec les chiens dans une maison encore plus spacieuse que celle que tu voulais acheter.

— Et nous aurons des tas d'enfants ?

— Oui, autant que tu voudras, lui promit-il.

— Je t'aime moi aussi de tout mon cœur, dit-elle avec ferveur.

Et quand il l'embrassa, elle eut une pensée émue pour son grand-père à qui les Camden avaient fait du tort, autrefois, mais qui, sûrement, se réjouirait de la voir aujourd'hui en route vers le bonheur.

Découvrez l'histoire de Derek Camden
dès le mois prochain
dans votre collection Passions *!*

Passions

Le 1er mars

Passions n°524

L'aveu impossible - Maureen Child

Soudain, Penny sent son cœur s'affoler. Colton King est là, près d'elle. Cela fait deux ans qu'elle rêve de lui, de leur rencontre passionnée, de leur mariage éclair, et du matin funeste où l'homme dont elle est tombée si rapidement amoureuse l'a abandonnée. Cela fait deux ans qu'elle se prépare à cette rencontre, et pourtant le choc qu'elle éprouve est intense et mêlé d'angoisse. Car bientôt, c'est certain, Colton découvrira qu'il est le père de leurs jumeaux...

Intenses souvenirs - Judy Duarte

Pour Mallory, Rick Martinez a été une dangereuse addiction lorsqu'elle était adolescente. Mais elle s'en est guérie, fort heureusement. Du moins le croit-elle, jusqu'à ce qu'elle le retrouve à Brighton Valley dix ans après leur séparation. Aussitôt, les souvenirs refont surface : la passion qu'elle éprouvait pour le mauvais garçon d'autrefois, le bonheur qu'elle découvrait au creux de ses bras. Puis la douleur, terrible, qu'ils ont dû partager ensemble. C'est alors que malgré l'émotion et les années Mallory se prend à rêver : et si une nouvelle chance lui était donnée aujourd'hui d'aimer Rick ?

Passions n°525

Le désir interdit - Yvonne Lindsay

La culpabilité tenaille Alexis lorsque, face à Raoul Benoit, elle sent le désir la gagner. Ses lèvres sensuelles, son corps sculptural, tout chez lui la bouleverse. Pourtant, pas plus qu'hier, elle n'a le droit d'éprouver un tel élan pour Raoul – et encore moins de l'aimer. Car il y a des années de cela, il lui a préféré sa meilleure amie. Et, s'il sera à jamais l'homme de ses rêves, il restera aussi l'homme d'une autre...

Une étreinte parfaite - Sara Orwig

Cela fait six ans que Jared lutte pour oublier la nuit parfaite qu'il a passée avec Allison Tyler, la petite sœur de son meilleur ami. Une nuit qu'ils ont autrefois décidé de garder secrète... Mais, lorsqu'il apprend qu'il va devoir travailler quelques jours avec elle, ses efforts sont en un instant réduits à néant. Déjà, Jared n'a plus qu'une envie : retrouver les sensations délicieuses qu'Allison seule a su lui offrir – quitte à briser la promesse qu'ils se sont faite de ne jamais plus céder à la tentation...

Passions n°526

L'inconnu vénitien - Kat Cantrell

La poésie de Venise, la frivolité d'un bal costumé, le mystère d'un inconnu masqué... Il n'en faut pas moins pour qu'Evangeline ose savourer l'instant présent. Tandis qu'elle goûte les lèvres de Matt – puisque c'est ainsi que son cavalier dit s'appeler –, elle peut enfin laisser s'exprimer la femme qu'elle est au fond de son cœur, celle qu'elle dissimule d'ordinaire sous un vernis social des plus étouffants. Hélas, elle sait déjà que cette parenthèse merveilleuse prendra fin sitôt que Matt et elle auront tombé les masques et qu'il découvrira sa véritable identité...

Un regard si troublant - Victoria Pade

A force d'échecs sentimentaux, Gia se méfie des hommes. Aussi, quand Derek Camden lui offre son aide pour la collecte de fonds qu'elle organise, se montre-t-elle réticente à accepter sa proposition. En effet, si elle aurait bien besoin du soutien du célèbre homme d'affaires, elle redoute déjà de le côtoyer jour après jour. Car le désir qu'elle lit dans ses yeux éveille en elle des sensations bien trop délicieuses qu'elle s'est juré de ne jamais plus éprouver...

Passions n°527

Un pacte délicieux - Michelle Major

Julia est bouleversée. Si elle ne peut offrir un foyer digne de ce nom à son petit garçon, elle perdra bientôt sa garde... A moins qu'elle n'accepte l'étrange proposition de Sam Callahan de l'épouser sans tarder. Certes, ce mariage de pure convenance avec un homme aussi puissant que respectable lui permettrait de ne pas être séparée de son enfant. Mais peut-elle vraiment s'adonner à cette folie, alors qu'elle ne comprend pas les réelles motivations de Sam, ni même les sentiments troublants qu'elle éprouve pour lui ?

Dans les bras d'un ami - Nancy Robards Thompson

Bia, songeuse, pose une main sur son ventre. Maintenant que le père de son enfant l'a abandonnée, seule et enceinte, vers qui peut-elle se tourner, sinon Aiden, son meilleur ami ? Aiden, qui s'est toujours montré si protecteur envers elle, même dans les pires moments de sa vie. Aiden, dont le sourire ravageur, dernièrement, éveille en elle un trouble étrange et nouveau...

Proposition à Bride Mountain - Gina Wilkins

Une organisatrice de mariages qui ne croit pas à l'amour éternel, le comble ! Et pourtant, s'il y a une chose dont Alexis est certaine, c'est que les sentiments et la passion finissent toujours par s'évanouir. Entre elle et Logan Carmichael, le séduisant propriétaire de l'auberge de Bride Mountain, l'entente devrait donc être parfaite : ils sont amants, et ne se sont jamais rien promis d'autre que cette liaison délicieuse et sans engagement qui les unit nuit après nuit. Mais alors pourquoi, depuis peu, chaque fois qu'elle est dans ses bras, Alexis se surprend-elle à rêver d'un avenir avec Logan ?

Le secret d'un homme - Brenda Harlen

Rachel n'en revient pas. Comment s'est-elle retrouvée, le soir de la Saint-Valentin, à dîner avec un homme qu'elle connaissait à peine ? Car Andrew Garrett, cet homme aussi beau que réservé, n'est qu'un client de sa boutique de fleuriste, et elle ne sait rien de lui. Rien, sinon qu'il éveille en elle des émotions surprenantes. Rien, sinon qu'il porte une alliance…

A paraître le 1er janvier

Best-Sellers n°627 • suspense

Mystère en eaux profondes - Heather Graham

Un luxueux cargo englouti depuis plus d'un siècle au fond du lac Michigan. A son bord, un somptueux trésor : le sarcophage sacré d'un grand prêtre égyptien…
Les malédictions, l'agent Kate Sokolov n'y croit pas. Alors, quand on la charge d'enquêter sur une série de meurtres ayant tous un lien avec l'épave du Jerry McGuen – un galion échoué dans les eaux glaciales du lac Michigan – et qui seraient, selon la rumeur, l'œuvre d'un fantôme, elle se fait la promesse de mettre un terme aux agissements du tueur au plus vite. Elle qui possède le don si particulier de communiquer avec les morts, est en effet bien placée pour savoir que ces assassinats n'ont en aucun cas été commis par un revenant. Un avis partagé par Will Chan, un expert du FBI qu'on lui a assigné comme partenaire sur cette affaire et qui trouble Kate au plus haut point. Car, en plus de faire preuve à son égard d'une horripilante arrogance, il lui révèle bientôt avoir le même don qu'elle…

Best-Sellers n°628 • suspense

La marque écarlate - Virna DePaul

L'embaumeur. Carrie s'est fait la promesse d'arrêter ce psychopathe qui, depuis deux ans, embaume le corps de jeunes femmes encore vivantes et envoie des photos de son œuvre à la police, comme s'il s'agissait de trophées. Si elle veut avant tout empêcher le meurtrier de frapper de nouveau, pour Carrie, l'enjeu est aussi personnel. C'est son premier cas de tueur en série, et l'occasion qu'elle attendait de faire ses preuves dans l'univers si masculin de la brigade spéciale d'investigation de San Francisco. Même si cela signifie aussi, hélas, qu'elle va devoir travailler avec l'agent Jase Tyler. Un homme qu'elle a toutes les raisons de détester – n'a-t-il pas émis des doutes sur sa capacité à diriger l'enquête ? – mais dont la seule présence éveille en elle un désir profond, brut et incontrôlable...

Best-Sellers n°629 • suspense

Au cœur de la vengeance - B. J. Daniels

Ginny, la petite sœur qu'il adorait, gisant morte dans un fossé…
Depuis onze ans, Rylan West est hanté par cette image terrible, insoutenable. Et, depuis onze ans, il n'a qu'une obsession : tuer Carson Grant, l'homme qui – il en est persuadé – est l'assassin de sa sœur. Aujourd'hui, enfin, il tient sa vengeance. Car Carson vient de refaire surface à Beartooth, le petit village ancré au cœur du Montana où ils ont grandi…
Mais c'est alors que Destry Grant, la jeune fille fougueuse et terriblement attachante dont il était fou amoureux avant le drame, lui apprend, bouleversée, qu'une nouvelle preuve vient d'être découverte. Il faut la croire, répète-t-elle, quand elle affirme que son frère est innocent. Et, si Rylan accepte son aide, elle est prête à reprendre l'enquête avec lui pour découvrir qui est vraiment le meurtrier de Ginny…

Best-Sellers n°630 • érotique
Le secret - Megan Hart

Les regards lourds de désir d'un inconnu dans un bar, les caresses fiévreuses échangées à la hâte, le plaisir vite pris, et vite oublié… Jusqu'où Elle Kavanagh est-elle prête à se perdre ?

Pour fuir son passé et son terrible secret, Elle Kavanagh s'est jetée à corps perdu dans des aventures sans lendemain, multipliant les rencontres furtives et dénuées de sentiments avec des inconnus qu'elle ne revoit jamais. Mais l'irruption de Dan Stewart dans sa vie va tout changer. Pour la première fois, un homme qui lui plaît pourtant de manière insensée refuse le corps qu'elle lui offre. Et lui annonce qu'il ne couchera avec elle que si elle accepte de le revoir. Même si ce n'est que pour du sexe…

Best-Sellers n°631 • historique
Conquise par un gentleman - Kasey Michaels

Londres, 1816

Depuis qu'elle a appris la mort de son fiancé à Waterloo, Lydia pensait qu'elle ne pourrait plus jamais aimer. Son grand amour était tombé au champ d'honneur, et tous ses espoirs avec lui. Recluse dans la demeure familiale d'Ashurst Hall, elle mène depuis ce drame une existence paisible, égayée par le prévenant Tanner, le meilleur ami de son défunt fiancé, qui a juré de veiller sur elle. Mais contre toute attente — et surtout contre toute morale — elle sent monter un trouble de plus en plus fort pour ce confident si attentif, et si séduisant. Se pourrait-il qu'elle nourrisse des sentiments à l'égard d'un homme qui était comme un frère pour son fiancé ? N'est-ce pas une trahison envers la mémoire de ce dernier ? Et Tanner, est-ce seulement par devoir qu'il lui accorde tous ces moments d'intimité, qui les rapprochent au fil des jours ? Elle doit absolument réprimer ses émotions, Lydia le sait : même si son désir était partagé, rien ne pourrait arriver entre eux. Car Tanner est fiancé à une autre...

Best-Sellers n°632 • thriller
L'automne meurtrier - Andrea Ellison

Par une sombre soirée d'octobre, le lieutenant Taylor Jackson est appelée sur plusieurs scènes de crime dans un quartier chic de Nashville. Sur place, elle découvre les corps sans vie de sept adolescents, marqués de symboles occultes. Une vision d'horreur qui obsède Taylor, partagée entre colère et angoisse à l'idée que le tueur puisse frapper de nouveau. Elle doit agir vite, très vite. Mais aussi avec prudence, car le meurtrier est manifestement aussi incontrôlable qu'imprévisible. Or, Taylor a beau se concentrer de toutes ses forces sur le peu d'indices dont elle dispose – les dessins mystiques laissés sur les corps des victimes –, l'enquête piétine.

Déterminée, elle plonge alors dans les ténèbres de cette affaire macabre. Au risque de voir son équilibre menacé, malgré le soutien que lui apporte Jack Baldwin, le brillant profileur du FBI avec qui elle est fiancée. Car c'est le prix à payer pour comprendre comment un être machiavélique, animé d'une rage débridée, en arrive à commettre de telles atrocités. Et, pour trouver le tueur, elle devra d'abord s'en approcher…

Composé et édité par HARLEQUIN

Achevé d'imprimer en Italie (Milan)
par Rotolito Lombarda
en janvier 2015

Dépôt légal en février 2015

Pour l'éditeur, le principe est d'utiliser des papiers composés de fibres naturelles, renouvelables, recyclables, et fabriquées à partir de bois issus de forêts qui adoptent un système d'aménagement durable. En outre, l'éditeur attend de ses fournisseurs de papier qu'ils s'inscrivent dans une démarche de certification environnementale reconnue.